LANGNAUER GIFT

Peter Beutler, geboren 1942, ist in Zwieselberg, einem kleinen Dorf am Fusse der Berner Alpen, aufgewachsen. Als promovierter Chemiker war er Lehrer an einem Gymnasium in Luzern. Heute lebt er mit seiner Frau auf dem Beatenberg, hoch über dem Thunersee.

Dieses Buch ist ein Roman. Dennoch sind viele Personen nicht frei erfunden, sondern existierten wirklich. Ihre Handlungen beruhen auf einem historischen Hintergrund. Im Anhang befinden sich ein Personenverzeichnis und ein Glossar.

PETER BEUTLER

LANGNAUER GIFT

Kriminalroman

emons:

Bibliografische Information der Deutschen Nationalbibliothek
Die Deutsche Nationalbibliothek verzeichnet diese Publikation in der Deutschen Nationalbibliografie; detaillierte bibliografische Daten sind im Internet über http://dnb.d-nb.de abrufbar.

MIX
Papier aus verantwortungsvollen Quellen
FSC® C083411
FSC
www.fsc.org

Umschlagmotiv: Reilika Landen/Arcangel.com
Umschlaggestaltung: Nina Schäfer, nach einem Konzept von Leonardo Magrelli und Nina Schäfer
Umsetzung: Tobias Doetsch
Gestaltung Innenteil: César Satz & Grafik GmbH, Köln
Druck und Bindung: CPI – Clausen & Bosse, Leck
Printed in Germany 2021
ISBN 978-3-7408-0950-8
Originalausgabe

Dieser Roman wurde vermittelt durch die Agentur Altas, Bern.

Wenn man reale Menschen, Orte und Ereignisse
in einem Roman mischt,
ist das immer eine riskante Sache.
John Grisham, «Home Run»

1. Die Verhaftung

Um halb neun am Dienstagmorgen des 22. Dezember 1925 machte Wendolin Roder eine kurze Pause, weil das Wartezimmer sich ausnahmsweise geleert hatte. In dieser dunklen Jahreszeit mit Schneestürmen und Nebel litten die Menschen im Emmental an Erkrankungen der Atemwege. Viele davon hatten sich bereits um sieben Uhr ins Arzthaus begeben und auf die Behandlung gewartet. Der junge Mediziner praktizierte erst seit fast einem Jahr in Langnau. Er hatte sich bereits in dieser kurzen Zeit einen guten Ruf als tüchtiger Landdoktor erworben.

Roder vertrat sich die Füsse auf dem Vorplatz seines aufwendig renovierten herrschaftlichen Gebäudes. Er übernahm es, nachdem sein Vorgänger Ende 1924 in den Ruhestand gegangen war. Roder hatte sich deswegen in hohe Schulden gestürzt. Die vielen Patienten liessen ihn hoffen, zügig das aufgenommene Geld zurückzahlen zu können. Doch heute vor vier Tagen hatte ihn ein Schicksalsschlag getroffen; seine Gattin war unter ungeklärten Umständen verstorben.

Er war gerade daran, den Stummel seiner eben gerauchten Zigarette wegzuwerfen, als der Landjäger Armin Wäfler am Eingang des Gartens auftauchte. «Herr Doktor», rief er, gut zehn Meter bevor er zu ihm getreten war, «ich möchte mit Fräulein Borelli sprechen, sie soll sich in Ihrem Hause aufhalten.»

«Stimmt, sie wohnt bei mir. Um was geht es?»

«Das möchte ich mit ihr unter vier Augen besprechen.»

«Darf ich wirklich nicht zugegen sein, wenn Sie mit ihr reden?»

Wäfler überlegte. «Meinetwegen, das dürfte an der Angelegenheit kaum mehr etwas ändern.»

Roder ging mit Wäfler ins Besucherzimmer seiner Wohnung im ersten Stock. «Laura, jemand möchte dich sprechen. Kommst du rasch in die Stube?»

«Um Himmels willen, die Polizei?», rief sie entsetzt.

«Nehmt doch Platz am runden Tisch, ich setze mich dazu», sagte Roder mit leicht bebender Stimme.

Wäfler zog aus seiner Jackentasche ein Papier und reichte es Fräulein Borelli.

Regierungsstatthalteramt SIGNAU

VERHAFTUNGSBEFEHL
gegen
Borelli Laura Agostina,
geboren am 7. Mai 1894, heimatberechtigt in Burgdorf.
Zurzeit wohnhaft bei Dr. Roder Wendolin, Arzt, Kirchgasse, Langnau.
Grund der Festnahme: Todesfall Frau Dr. Linda Roder.
Fräulein Borelli ist in das Bezirksgefängnis Langnau zu überstellen.

Der Regierungsstatthalter
sig. Dr. iur. Friederich Wüterich
Amtshaus Langnau, 22. Dezember 1925

Laura Borelli begann heftig zu schluchzen. Roder legte den Arm um ihre Schultern. «Beruhige dich, alles wird wieder gut. Es muss sich um ein Missverständnis handeln.»

Roder fragte den Landjäger, ob er Fräulein Borelli mit seinem Ford zum Gefängnis fahren dürfe.

Wäfler dachte einige Augenblicke nach. Das sei möglich, unter einer Bedingung, sagte er. Das Auto dürfe nur so schnell fahren, dass er ihm mit seinem Fahrrad folgen könne.

Eine halbe Stunde später war Roder wieder in seiner Praxis. Mittags um Viertel nach zwölf hatte er alle Patienten behandelt. Er war nun allein. Das Kindermädchen, das er nach dem Tod seiner Frau engagieren musste, hatte die kleine Rosemarie in seine Obhut genommen.

Roder machte sich Gedanken darüber, wie es am nächsten Tag weitergehen sollte. Er hoffte, dass Laura bis am Abend wieder freikommen, die Verhaftung sich als Missverständnis herausstellen würde.

Hunger verspürte er trotz seines Arbeitsaufwands kaum. Die letzten Tage hatten ihn mitgenommen. Nicht dass er seiner am Abend des 18. Dezember verstorbenen Frau nachtrauerte. Aber dass sich seine Nachbarn von ihm abwandten, das machte ihm zu schaffen. Besonders wenn sie in seiner Gegenwart verhalten, aber doch vernehmbar das Wort «Mörder» aussprachen.

Er bereitete sich einen Schwarztee zu, ass ein Käsebrot und einen Apfel. Das war das Minimum, das er für den kommenden Nachmittag brauchte. Eine Reihe von Hausbesuchen stand an.

Er machte sich auf den Weg zu seinem Ford, der in einem kleinen Häuschen neben der Arztpraxis untergebracht war. Es fiel ihm auf, dass am Garteneingang der Landjäger Armin Wäfler, begleitet vom Gefreiten Jenni, stand. Die beiden steuerten auf ihn zu. Wäfler sprach Roder freundlich an. «Herr Doktor, ich habe Ihnen eine Mitteilung zu machen.»

«Wollen wir zusammen in meine Wohnung gehen? Dort können wir uns ungestört unterhalten.»

Das sei nicht nötig, sagte der Landjäger. «Herr Roder, Sie sind verhaftet.»

«Herr Roder …?» Der Arzt zog beleidigt die Augenbrauen zusammen. «Verhaftet weswegen?»

«Wegen der Ermordung Ihrer Gattin.»

«Jetzt komme ich noch ins Zuchthaus.»

«Interessant. Das haben Sie gesagt, Roder.»

«Sie werden immer unfreundlicher. Nach der Begrüssung vergassen Sie den ‹Doktor›, nun lassen Sie bereits den ‹Herrn› weg.»

«Das tun wir bei allen Verhafteten.»

Wäfler legte Roder Handschellen an, griff ihn unsanft am Arm und führte ihn geradewegs in Richtung «Hirschenstöckli», das Bezirksgefängnis von Langnau. Das erregte Aufsehen, denn es war ein Weg von gut fünfhundert Metern, an vielen Häusern vorbei.

Das Gefängnis bot Platz für acht Insassen. Im Erdgeschoss

für sechs Männer, im ersten Stock für zwei Frauen. Doch Roder wurde vorerst nicht dort hingebracht.

Vom Innenhof wurde er direkt in den Verhörraum geführt. Ein Verlies, das eher an eine Folterkammer erinnerte.

Kahle, feuchte Mauern, kleine, vergitterte Fenster, ein Holztisch, an dem vier Stühle standen. Staatsanwalt Christian Lauener und Regierungsstatthalter, Untersuchungsrichter und Gerichtspräsident Friederich Wüterich sassen bereits. Landjäger Wäfler und der Gefreite Jenni setzten sich dazu. Roder kannte jeden der vier.

Wüterich begrüsste Roder, ohne ihm die Hand zu reichen. «Grüessech Untersuchungshäftling Roder.» Und er stellte ihm die drei Anwesenden vor. Die Aufgabe des Gefreiten Jenni war, die Vernehmung zu protokollieren.

Roder suchte nach einer Sitzgelegenheit, aber es gab nur die vier Stühle am Tisch.

«Lieber Friederich, warum siezt du mich plötzlich? Wir trafen uns seit rund einem Jahr fast jeden Donnerstag anlässlich der Herrenabende im ‹Hirschen›.»

«Was fällt Ihnen ein, mich zu duzen?»

«Herr Regierungsstatthalter, auch ich möchte mich setzen. Ich nehme an, das steht mir zu.»

Wüterich lachte. «Roder, Sie kennen unsere Sitten nicht. Mörder haben keinen Anspruch auf schonungsvolle Behandlung.»

«Herr Regierungsstatthalter, Sie behandeln mich respektlos.»

«Roder, was unterstehen Sie sich. So spricht ein Mörder einen Vertreter der Justiz nicht an. Für diese Frechheit verordne ich Ihnen vier Tage verschärfte Haft.»

Roder schluckte leer. «Das mit den Haftbedingungen können Sie ja mal durchziehen, aber es wird auf Sie zurückfallen. Irgendwann. Dass Sie mich, bevor überhaupt ein Urteil gesprochen wird, als Mörder bezeichnen, ist juristisch nicht haltbar. Eindeutig eine Vorverurteilung.»

Wüterich hörte mit offenem Mund zu, und vor Ärger wurde sein Gesicht immer röter. «Das werden Sie mir büssen, Roder.»

Wüterich zog aus einer schwarzen Mappe ein Papier. «Lesen Sie das bitte!»

Landjägerposten Langnau, 19. Dezember 1925

Bericht betreffend mündliche Mitteilung von verschiedenen Zeugen aus Langnau an Landjäger WÄFLER ARMIN

Weitergeleitet an das
Regierungsstatthalteramt SIGNAU in Langnau

In der Nacht vom Freitag auf Samstag, den 18./19. Dezember 1925, verstarb Frau Dr. Roder, geboren am 21. April 1890, Tochter des Charles und der Bertha Henriette Schneeberger von Zürich, Ehefrau des Roder, Wendolin, Paul, Theodor, Arzt in Langnau, verheiratet seit dem 23. November 1925.
Die Verstorbene wurde Mitte Dezember noch im Dorfe gesehen und als vollständig gesund betrachtet.
In der hiesigen Ortschaft geht nun das Gerücht um, es dürfte sich beim plötzlichen Ableben der Frau Roder um einen unnatürlichen Tod handeln (Vergiftung oder dergleichen).
Wie dem Unterzeichneten bekannt ist, hält sich zurzeit bei der Familie Roder ein gewisses Fräulein auf. Borelli, Laura, Agostina, geboren 1894, welche seinerzeit bei Herrn Dr. Roder als «Haushälterin», zwischenzeitlich auch als «Praxishilfe», angestellt ist und sich als seine Braut ausgibt. Da diese Person der Verstorbenen ein Dorn im Auge war und sie nicht dulden mochte, dass dieses Frauenzimmer noch in ihrer Nähe war, dürfte nicht ausgeschlossen sein, dass Frau Roder aus Gram Hand an ihr Leben legte. Ohne Zweifel war das Einvernehmen der Verstorbenen und des Fräulein Borelli kein schönes, und es dürfte deshalb auch dahingehend untersucht werden, ob das Fräulein Borelli eine Schuld am Ableben der Frau Roder hat.

Warum sich die Borelli, nachdem Dr. Roder verheiratet war, immer noch bei ihm aufhielt, ist nicht zu verstehen. Dieselbe soll sich geäussert haben, dass Herr Dr. Roder schon wisse, warum er sie noch in seinem Haus dulde. Um Klarheit über das Gerücht zu verschaffen, wäre es wohl angezeigt, eine Sektion der Leiche anzuordnen.

sig. Wäfler Armin, Landjäger

Dieses Schreiben wurde von Jenni Adolf, Gefreiter, Polizeiposten Langnau, dem Herrn Regierungsstatthalter Wüterich um halb sieben vormittags, Samstag, den 19. Dezember 1925, persönlich überreicht.

«Was sagen Sie dazu, Roder?»
Roder schwieg.

***

Nach ihrer Unterbringung im Bezirksgefängnis wurde Laura Borelli am späten Nachmittag vom Staatsanwalt und stellvertretenden Untersuchungsrichter Lauener vernommen. Lauener forderte sie auf zuzugeben, dass sie bei der Tötung von Frau Roder mitgeholfen habe. Trotz Drohungen und Überredungskünsten von Lauener, der ihr Haftverkürzung zusicherte, sollte sie auch noch Wendolin Roder als Haupttäter bezichtigen. Mittäterschaft würde in der Regel wesentlich milder bestraft als der Mörder, und der heisse, das stehe jetzt schon fest, Wendolin Roder.

Lauener hatte das Nachsehen, Fräulein Borelli stieg nicht auf dieses Angebot ein, was ihn masslos erzürnte.

Laura Borelli wurde nach dem Verhör in den ersten Stock hinaufgebracht, wo sie eine Gefangenenwärterin in einen kleinen Verschlag, der mehr einer Besenkammer als einem Zimmer glich, bugsierte.

«Jetzt hast du für lange Zeit fertig gevögelt, du Schlampe.

Wir werden dir das Leben schwer machen. Zum Frühstück gibt es Wasser und Brot. Mittags Sauerkraut und geschwellte Kartoffeln.»

***

Das Kind von Wendolin und Linda Roder, Rosemarie, wurde vorübergehend in einem Waisenhaus untergebracht. Drei Tage danach holten es die Eltern von Roder ab. Das ging zunächst nicht ohne Schwierigkeiten. Der Vater von Roder trat im Sozialamt von Langnau aber so selbstsicher auf, dass es der zuständige Gemeinderat vorzog, klein beizugeben.

Eine Woche später entschied der Regierungsstatthalter des Amtes Signau, Rosemarie sei bis zum Prozessende in einer Pflegefamilie unterzubringen. Bei einer Verurteilung von Roder würde sie dort bis zu ihrer Volljährigkeit bleiben.

2. Jugendjahre

Wendolin Paul Theodor Roder wurde 1892 in Berlin geboren. Seine Eltern waren seit 1893 in Davos ansässig und betrieben eine Pension für Lungenkranke; sie waren wohlhabend. In Davos besuchte Wendolin die Volksschule. Ein Bruder und eine Schwester wuchsen mit ihm auf. Er galt damals als schwieriger Schüler. Zwar war er aufgeweckt, lernte leicht, aber nervte die Lehrpersonen mit vielen Fragen, was den Unterricht über Gebühr störte. Man führte dieses Verhalten auf eine Unterforderung zurück. So wurde den Eltern nahegelegt, Wendolin im Alter von dreizehn Jahren in einer höheren Schule unterzubringen. Der Entscheid fiel auf die Evangelische Mittelschule Schiers im Prättigau.

Doch bald nach seinem Eintritt erkrankte er an Tuberkulose. Er musste den Unterricht für gut ein Jahr aussetzen. Er kehrte nach Hause, ins hoch gelegene Davos zurück, das sich als Kurort für diese Krankheit geradezu aufdrängte. Wendolin nutzte die Zeit, sich in die Fächer Latein, Griechisch, Französisch, die in der Volksschule von Davos nicht angeboten wurden, unter Mithilfe seiner gebildeten Eltern weiter zu vertiefen.

1907 trat er in die Kantonsschule Frauenfeld ein. Von Montag bis Samstag nach dem Frühstück, das um sieben begann, waren vier Stunden Unterricht angesagt, nachmittags, ausgenommen am Samstag und am Sonntag, von zwei bis sechs Uhr. Eine Stunde Mittagessen, eine Stunde im Zimmer danach. Darin waren zehn Betten, drei Vierertische.

Nach der Schule das Nachtessen, es folgten zwei Stunden Hausaufgaben im Zimmer. Die Zeiten mussten eingehalten werden. Alles war auf die Minute genau geregelt. Mädchen gab es keine. Eine einzige Frau, Erna Affolter, die Angetraute des Konviktvorstehers, tauchte hin und wieder im Speisesaal auf. Zweihundert Schüler und zwanzig Lehrer verpflegten sich dort.

Erna Affolter war siebenunddreissig Jahre alt, Wendolin gerade mal fünfzehn. Schon vom ersten Tag an verschlang Wendolin Roder Erna Affolter mit seinen Blicken. Er war beileibe nicht der Einzige, der das tat. Vergleichsmöglichkeiten hatten die jungen Burschen keine. Erna Affolter war für die Jungs erotisierend. Sie hatte volle Brüste und brachte sie – immer noch im Rahmen des Erlaubten – mit einem ziemlich grossen Ausschnitt zur Geltung, einen prallen Hintern und wohlgeformte Beine, von denen sie viel blosslegte, da ihre Röcke nur die Oberschenkel bedeckten.

Es vergingen Wochen, bis sich die Blicke von Wendolin Roder und Erna Affolter während der Mittagsverpflegung trafen. Als das geschah, lächelte sie einige Augenblicke. Roder zitterte vor Erregung. Er trug Sommerhosen, die bis zum Knie reichten, und legte unwillkürlich seine Serviette darüber. Dem Jungen, der neben ihm sass, entging das nicht. Er stupste ihn am Arm. «Hey, Wendolin, reg dich ab, bei der kannst du nicht landen.»

Wendolin errötete und schwieg. Er schob seine Serviette in den Hosenbund. Auch das bemerkte sein Nachbar und hielt die Nase zu. «Freund, bald stinkst du nach Fisch.»

Wendolin stand auf.

«Hast du Probleme mit der Verdauung», fragte ihn ein Lehrer, der am Ende des Tischs sass.

Erleichtert sagte Wendolin: «Mich plagt seit dem frühen Morgen Durchfall.» Und er rannte danach zur Toilette.

Im Frühjahr 1908 trafen sich Wendolin Roder und Erna Affolter in einem engen Korridor des grossen Schulgebäudes. «Bist du der Junge aus Davos?»

Wendolin war wie vor den Kopf geschlagen. Er blieb unschlüssig stehen.

«Oh weh, bist du ein schüchternes Bübchen. Hast du Heimweh?»

«Eigentlich nicht.»

Erna Affolter lachte. «Eigentlich nicht? Vielleicht doch ein wenig? Mich dünkt, dir fehlt die Mama. Komm doch auf einen Sprung in unsere Wohnung. Du besuchst den Lateinunterricht bei meinem Mann. Ich weiss alles von dir. Komm jetzt!»

Sie zog den verdatterten Jüngling mit sich in ihre Behausung, die im Nebengebäude untergebracht war. Es war eine grosse, luxuriöse Wohnung, noch fast vornehmer als die in seinem Elternhaus.

«Hilf mir ein bisschen in der Küche.»

«Darf ich denn das?»

Wieder perlte das helle Lachen über die Lippen von Erna Affolter. «Alles, um was ich dich bitte, darfst du.»

Wendolin zog seine Taschenuhr hervor, sah stirnrunzelnd auf das Zifferblatt und sagte mit gepresster Stimme: «In zehn Minuten sollte ich auf dem Zimmer sein, um meine Hausaufgaben zu machen. Erscheine ich dort nicht, blüht mir eine Strafe.»

«Hör mal zu, mein Junge. Wenn du bestraft werden solltest, sagst du einfach, du wärest bei mir gewesen. Ich kann dir versichern, dann wird dir kein Haar gekrümmt werden.»

Erna Affolter strich Wendolin zärtlich über die Haare, was ihn richtiggehend elektrisierte. Seine Hose wölbte sich etwas. Erna Affolter warf einen Blick unter seine Gürtellinie, zwinkerte mit dem rechten Auge und stellte sich nahe hinter ihn, so nahe, dass ihre Brüste seinen Rücken berührten, legte die rechte Hand auf seine Brust und fuhr damit sachte nach unten, über den Hosenbund und berührte mit dem Zeigfinger die Wölbung darunter. «Ich spür es doch, Kleiner, bei dir kribbelt's. Ich bin offen zu dir. Bei mir auch.»

Erna Affolter öffnete ihren Jupe und liess ihn nach unten gleiten. «Dreh dich zu mir, Schätzchen.»

Wendolin gehorchte. Sie fasste Wendolins rechte Hand und schob sie unter ihr Höschen. «Was spürst du, mein Junge?»

«Es ist feucht.»

«Nicht nur feucht, sondern richtig nass.» Sie schob Wendolins Hose nach unten und fasste zwischen seine Beine. «Ganz passabel, mach's mir, mein Schatz.»

«Hier?»

«Ja, genau hier. Reiss mir die Bluse vom Leib.»

«Wirklich? Dann spicken aber die Knöpfe ab.»

«Sollen sie doch. Nur zu ...»

Wendolin tat es.

Erna Affolter drehte ihm den Rücken zu. «Öffne meinen Büstenhalter.»

Folgsam kam Wendolin dem Befehl nach.

«Umfasse von hinten meine Brüste. Knete sie … Jetzt dreh dich um.»

Erna Affolter umarmte ihn, presste ihren Köper an den seinen. «Knabbere an meinen Brustwarzen. Du darfst ruhig ein bisschen zubeissen.» Sie stöhnte … Sie legte sich rücklings auf den Boden, spreizte ihre Beine.

Und so verlor Wendolin Roder seine Unschuld.

Wendolin kam zu spät ins Zimmer. Der beaufsichtigende Lehrer, ein fast schon weisshaariger Herr, schalt ihn. Als Wendolin sich mit zittriger Stimme rechtfertigte, er hätte der Frau des Konviktvorstehers in der Küche helfen müssen, verzog sich sein Gesicht zu einem säuerlichen Grinsen. «Na dann, viel Glück. Du hast es sicher gut gemacht, oder? Wir müssen also mit weiteren Verspätungen von dir rechnen. Wohl bekomm's.»

Einer von Wendolins Zimmergenossen lachte laut auf. Der Lehrer sah den vorlauten Jungen streng an, dann setzte er eine neckische Miene auf und sagte den Finger hebend: «Psssst, man sollte zurückhaltend sein können, wenn man mehr merkt als die anderen.»

Von nun an kam Wendolin oft zu spät in die Zimmerstunde. Regelmässig, wenn Direktor Affolter im Militärdienst war, und das geschah oft, denn er war Oberst in der Schweizer Armee.

* * *

Erna Affolter war des Lebens im Konvikt überdrüssig. Wendolin war im Frühling 1911 achtzehn, sie stand vor dem einundvierzigsten Geburtstag. «Diese Enge hier und meinen schwulen Mann ertrag ich nicht mehr», klagte sie Wendolin einmal während eines Schäferstündchens. «Ich verschwinde nach Amerika. Kommst du mit?»

Wendolin zögerte nicht, er sagte spontan Ja.

«Bist du dir sicher, ist dir klar, auf was du dich da einlässt?», bemerkte Erna augenzwinkernd.

Wendolin nickte nachdrücklich. «Aber sicher weiss ich das. Ich muss sowieso damit rechnen, dass unser Verhältnis bald auffliegt. Immer wieder hänseln mich meine Klassenkameraden, sodass ich befürchte, der Konviktvorsteher könnte bald Wind davon bekommen.»

Spontan erfasste Erna ein Lachanfall. «Bist du ahnungslos! Glaubst du wirklich, der wüsste das nicht? Er kontrolliert seine Schule wie keiner vor ihm. Der hoch angesehene Direktor hat einen veritablen Geheimdienst aufgebaut. In jeder Klasse hat er mindestens einen Spitzel, ganz zu schweigen vom Lehrerkollegium. Die meisten Lehrpersonen sind feige Kerle, die genauestens über die sexuelle Ausrichtung ihres Bosses Bescheid wissen. Doch keiner würde sich je getrauen, das nach aussen zu tragen.»

Erna entging nicht, dass Wendolin leicht erbleichte. «Mach dir keine Sorgen. Liebe zwischen meinem Mann und mir existiert nicht, existierte nie. Er ist noch so froh, dass ich ihm nicht davonlaufe, und verheerend für ihn wäre es, würde ich den Grund dafür öffentlich kundtun. Er kann es sich nicht leisten, keine Frau zu haben. Für einen Konviktvorsteher ist verheiratet zu sein ein Muss.»

So begannen Erna Affolter und Wendolin Roder mit den Vorbereitungen ihrer Flucht. Als Zwischenstation wurde Paris gewählt. Einen Dampfer für die Atlantiküberquerung zu buchen war nur in einer bedeutenden Stadt, von der aus die Küste in wenigen Stunden zu erreichen war, möglich. Das traf auf Paris zu. Wendolin hatte sich kurz vor der Zimmerstunde abzusetzen, so war Ernas Plan. Er entschuldigte sich beim Lehrer, der in seinem Zimmer Aufsicht hatte. Er müsse in Frauenfeld einen Zahnarzttermin wahrnehmen. Der Lehrer wollte wissen, wie der Zahnarzt heisse. Da mehrere davon in Frauenfeld praktizierten, würde sich der Lehrer später kaum noch an ihn erinnern. Ohne eine Miene zu verziehen, nannte Wendolin einen Namen.

Erna und Wendolin reisten in zwei nacheinander abfahrenden Zügen nach Zürich. Erna um ein Viertel vor drei, Wendolin zwei Stunden später. Am Hauptbahnhof Zürich wartete Erna beim Perron. Ihre Vorbereitungen waren minutiös. In aller Heimlichkeit hatte sie das, was er für die erste Übernachtung brauchte, aus Wendolins Schrank geholt und in ihrer Wohnung zwischengelagert. Die erste Nacht sollten Wendolin und Erna zusammen im Schlafwagen des Zugs Zürich–Paris verbringen. Fast hätte die Fahrt in Les Verrières, dem Grenzbahnhof nach Frankreich, vorzeitig geendet. Bei der Passkontrolle machte der französische Zöllner Schwierigkeiten. Er wollte Wendolin nicht einfach so nach Frankreich einreisen lassen und fragte: *«Qu'est-ce que ce garçon veut ici?»* Er fragte nach der verwandtschaftlichen Beziehung zwischen Frau Affolter und Wendolin. Sie sagte ihm, er sei der Neffe ihres Gatten. Danach erkundigte er sich nach dem Wohnort des Mannes und seiner Tätigkeit. Die Kaltblütigkeit Ernas musste dem Grenzbeamten Eindruck gemacht haben. Er schrieb gar nichts auf. *«Excusez-moi. Je devais demander ça. Vous pouvez entrer les deux.»* Damit war die Angelegenheit erledigt.

Die Plätze von Paris nach Le Havre hatte Erna von Frauenfeld aus reserviert. In Paris sollte das Einschiffen in Le Havre arrangiert werden. Es war auch nicht ihre erste Reise in die Vereinigten Staaten von Amerika. Ihr Bruder besass in Pennsylvania eine Fabrik für Elektrogeräte. Erna hatte ihn schon mehrmals besucht.

Bereits in Paris wurden sie mit Problemen konfrontiert, mit denen Erna nicht gerechnet hatte. Im Hotel, einer billigen Absteige im Bahnhofsquartier, kam es schon am ersten Abend zu einem peinlichen Streit.

«Ein Achtzehnjähriger mit einer Vierzigjährigen zusammen in einem Doppelbett, das dulden wir nicht», sagte der Concierge.

Erna löste den Zwist, indem sie den Concierge mit einem ansehnlichen Geldbetrag schmierte.

Dieser Vorfall verunsicherte Wendolin. Als sie endlich im gemeinsamen Zimmer waren, klagte er: «Glaubte ich doch, Paris sei die Stadt des Prunks, der Lebenslust und des Flirts, in der auch unsere verrückte Liebe kein Aufsehen erregen würde. Und nun das: Es spricht sich die hässliche Geschichte herum, ein ungleiches Paar logiere in diesem Haus, eine alte Schachtel treibe es mit einem pubertierenden Knaben. Schlendern wir durch die Empfangshalle, drehen lüsterne Gäste den Kopf nach uns um. Im grossen Essraum wird getuschelt, gerade so verständlich, dass wir alles mitbekommen.»

«Da hast du dich eben getäuscht. Mir scheint, ich habe das falsche Hotel gewählt. Es gäbe auch andere Etablissements, die den Ruf haben, käufliche Liebe anzubieten. Bordelle nennt man sie. Dort würden wir nicht auffallen, doch diese bergen das Risiko, dass sie häufig Polizeirazzien ausgesetzt sind. Ist etwas mit den Papieren nicht in Ordnung, steht die Identität des Gasts nicht eindeutig fest, machen die kurzen Prozess. Man wird festgenommen, als Ausländerin oder Ausländer landet man in Ausschaffungshaft und wird in den Heimatstaat zurückspediert. In unserem Fall naheliegend, da die Schweiz ein Nachbarland ist.»

«Glaubst du, wir sind international ausgeschrieben?»

«Heute und in den nächsten Tagen wohl kaum, doch in einer Woche ist das wahrscheinlich. Eine ältere Frau, die einen Jungen entführt, ist nicht alltäglich, es gäbe in Polizeikreisen bestimmt zu reden.»

«Für mich eine neue Sachlage. In Frauenfeld wäre es uns nie eingefallen, zusammen auszugehen. Jetzt in Paris benehmen wir uns wie ein verliebtes Paar. Wir flanieren Arm in Arm durch die Strassen und Gassen, zwischendurch küssen wir uns in der Öffentlichkeit. Fast kommt bei mir Scham auf. Sollten wir uns nicht wenigstens im Restaurant des Hotels voneinander fernhalten?»

Erna geriet das in den falschen Hals. «Bist du ein kleinkariertes Geschöpf, ein richtiger Hasenfuss. Du enttäuschst mich.»

«Ein Hasenfuss? Vielleicht schon, ja, ich bin nicht gerade heldenhaft. Aber ist das nicht eine menschliche Eigenschaft, das eigene Überleben zu sichern?»

Sie schüttelte entnervt den Kopf. «Jetzt redest du wie mein Angetrauter. Du musst noch viel lernen, Wendolin, wenn du dich in *dem* Amerika, das ich schätze, mit mir zusammen zurechtfinden willst.»

«Was meinst du denn für ein Amerika?»

«Zu deiner Horizonterweiterung: Amerika besteht nicht nur aus den USA. Die lateinamerikanischen Staaten haben zusammen weit mehr Einwohner als die USA und Kanada. Die Vereinigten Staaten und vielleicht noch Kanada dürfen also nicht einfach mit Amerika gleichgesetzt werden. Ich stelle mir unter Amerika eine offene, tolerante Gesellschaft vor, wo auch freie Liebe erlaubt ist, wo sich eine ältere Frau und ein junger Mann lieben dürfen oder ein älterer Mann und eine junge Frau. Ein Land, wo Weisse, Schwarze, Rote und Gelbe gleich viel zählen. Das ist in vielen Gebieten der USA längst nicht und im übrigen Amerika fast nirgends erfüllt. Aber es gibt wunderbare Oasen auf diesem Kontinent, wo das möglich ist. Ich hoffe es jedenfalls.»

Wendolin fand keine Antwort darauf.

«Jetzt fahren wir zur US-amerikanischen Botschaft», fuhr Erna weiter. «Dort müssen wir unsere Visen beantragen.»

«Beantragen?»

«Ja. Und das kann ein bis zwei Wochen dauern, bis sie fertiggestellt sind und wir sie dann abholen können.»

«Zu dieser Botschaft fahren wir? Ist sie denn so weit weg von hier?»

«An der Place de la Concorde. Einige Kilometer bis dort.»

«Ich stelle fest, dass ich noch längst nicht alles von dir weiss. Dann warst du ja schon mehrmals in Paris.»

Erna gab Wendolin einen leichten Klaps auf den Hinterkopf. «Mehrere Male. Um zur Place de la Concorde zu gelangen, müssen wir die Metro nehmen.»

Sie nahm Wendolin an die Hand. «Sonst gehst du mir noch verloren. Jetzt suchen wir die Station, wo die Billete ausgegeben werden … Dort sehe ich sie.» Erna zeigte auf einen in Stein gehauenen Eingang. Sie ging, immer noch Wendolin an der Hand, hinein, klaubte einige Münzen aus ihrem Portemonnaie und erhielt dafür zwei Billete.

Wendolin hatte im Geografieunterricht von der Metro gehört. Konnte sich darunter einen Zug vorstellen, der durch einen langen Tunnel fuhr. Dass es weit mehr war, wurde ihm bereits bewusst, als er über eine lange Treppe in den Untergrund hinabstieg. Es waren Massen von Menschen, die sich mit ihm in die Tiefe wälzten. Zwanzig, dreissig oder mehr Meter unter der Erdoberfläche war man plötzlich in einer ganz anderen Welt. Es tat sich eine riesige Halle auf, die hell erleuchtet war, obwohl kein einziger Sonnenstrahl in sie fiel. Alles war sehr sauber. Die Wände aus Kacheln glänzten. Dutzende von Frauen putzten mit Bürsten, die an langen Stangen befestigt waren.

«Ein leicht stechender Geruch nach Chlor steigt einem in die Nase. Das Chlor entströmt dem Javelwasser, einer Lösung, die die Chlorverbindung Kaliumhypochlorit enthält», belehrte Wendolin Erna. Das sei nicht so angenehm, sagte er zu Erna. Aber notwendig. Wäre dem nicht so, würden viele Menschen an Infektionen erkranken.

Auf dem Perron wartete eine unübersehbare Menschenmenge. Ein Zug fuhr mit hoher Geschwindigkeit in den Höhlen-Bahnhof ein, bremste kreischend und hielt nach wenigen Augenblicken an. Erna bemerkte Wendolins Unbehagen und konnte ein helles Lachen nicht unterdrücken. «Wenn du im Wagen bist, halte dich an mir fest, sonst wirst du bereits beim Anfahren erbarmungslos nach hinten geschleudert und prallst auf andere Passagiere.»

Die Fahrt dauerte mit einmal Umsteigen sehr lange … eine halbe Stunde? Vielleicht sogar doppelt so lange. Wendolin hatte das Gefühl für die Zeit verloren. Alles kam ihm geheimnisvoll, ja fremd vor. Sogar Erna musterte er plötzlich kritisch. Auf ihren Lippen war dick Rouge aufgetragen. Dann ihr Ausschnitt. Er war gewagt, zog lüsterne Blicke von Männern an. Warum war Wendolin das nicht aufgefallen, als sie am Morgen zusammen das Hotel verlassen hatten?

«Du siehst eigenartig aus», flüsterte er ihr im überfüllten Metrowagen ins Ohr.

«Ach, komm doch endlich in meine Welt. In Paris schminkt man sich und zeigt seinen Körper. Das mag in Mostindien als schlampig daherkommen. Das ist auch der Grund, weshalb ich es dort nicht mehr aushalte. Du bist ein Bünzli», entgegnete sie in breitem Thurgauer Dialekt und gab ihm einen Kuss auf den Mund. Mehrere Fahrgäste drehten sich zu ihnen um.

Die Zielstation war erreicht. Das Perron führte direkt in eine prächtige Halle, in der mehrere einem ins Auge springende Plakate hingen mit dem Bild einer fast nackten Frau und der Schrift: «MATA HARI: Une danseuse nue conquiert Paris.»

Wendolin übersetzte flüsternd: «Mata Hari, eine Nackttänzerin erobert Paris.»

Wieder erscholl das quirlige Lachen Ernas, und sie sagte mit fester Stimme: «Das darfst du hier laut sagen.»

Nach einem Aufstieg über eine Treppe mit fast hundert Stufen sahen sie wieder Tageslicht. Sie standen vor einem wunderschönen Park, umflutet von gleissendem Sonnenlicht. Mittendrin ein herrschaftliches Gebäude. Die Botschaft der Vereinigten Staaten von Amerika. Auf dem Vorplatz ein reges Kommen und Gehen. Wohl Menschen, die in die USA auswandern wollten. In diesem Land, das hörte Wendolin immer wieder, herrschten ungeahnte Freiheiten. Arbeitslosigkeit gebe es dort nicht. Tüchtige Leute könnten es in kurzer Zeit zu Wohlstand, mitunter zu unermesslichem Reichtum bringen.

Erna suchte den speziell bezeichneten Eingang für Migranten. Er war leicht zu finden. Eine gigantische Menschentraube breitete sich über eine lange Treppe aus, an deren Ende war ein offenes Tor. Es mochte gut und gerne eine halbe Stunde gedauert haben, bis sie an die Reihe kamen. Der Portier zeigte auf Wendolin. «Grosse und kleine Kinder bleiben draussen», sagte er in einem breiten Englisch, das Wendolin irgendwie ordinär vorkam.

Wendolins Gesichtsausdruck war unmissverständlich: Er war zutiefst gedemütigt.

Erna amüsierte sich. «Bald wirst du ein richtiger Mann sein.»

Wendolin wollte aufbegehren, doch dazu kam es nicht. In das Haus hastend, rief sie zurück: «Ich bemühe mich, möglichst bald zurück zu sein.» Dann war sie verschwunden.

Nach fast anderthalb Stunden erschien Erna mit einem strahlenden Lächeln am Ausgang. Sie winkte Wendolin, umschlang ihn. «Armer Junge, gut ist es draussen richtig warm, so hast du wenigstens nicht gefroren.»

Wendolin musterte sie mit einem Blick, der in etwa ausdrücken konnte: Ich fühle mich wie dein Schosshündchen an der Leine.

«Und – wie lange dauert es, bis wir uns einschiffen können?», erkundigte er sich.

«Ein paar Tage, bis wir Bescheid erhalten.»

«Was ist mit ‹Bescheid› gemeint?»

Erna sah Wendolin fast verloren an. «Wenn ich das genau wüsste. Ich habe das Gesuch für beide eingereicht. Der Beamte, der es entgegennahm, sagte, man würde es prüfen und mitteilen, ob alles in Ordnung sei oder wir allenfalls etwas nachreichen müssten.»

«Nachreichen? Was, denkst du, ist damit gemeint?»

«Er wirkte etwas geheimnisvoll und meinte, wenn du volljährig wärst, gäbe es keine Probleme. In Pennsylvania, wo wir Wohnsitz nehmen, werde man das nach dem einundzwanzigsten Geburtstag.»

Was man denn nachreichen müsse, fragte Wendolin.

Das habe man ihr nicht gesagt.

Als die beiden wieder in ihr Hotel zurückkehrten, griff Erna beim Vorbeigehen die Neue Zürcher Zeitung von gestern und bezahlte die neunzig Centimes. «Im Zimmer oben», es war in der vierten Etage, «vertiefst du dich in den Inland- und ich in den Auslandteil», beschied Erna.

Wendolin gehorchte ohne Widerrede – wie immer seit Anfang ihrer Flucht.

Bei der Lektüre fuhr er plötzlich zusammen, so heftig, dass es Erna, die auf der gegenüberliegenden Seite des Tischs sass, auffiel. «Ist etwas?», fragte sie.

«In der Tat, ja.»

Wendolin schob ihr die Seite mit dem Artikel zu.

Frauenfeld. Vermisst werden ein Schüler des Konvikts und die Gattin des Vorstehers. Die Vermisstenmeldung wurde allen Polizei- und Grenzposten zugestellt.

Erna lachte. «Beruhigend ist, dass die keinen internationalen Haftbefehl ausgestellt haben. Ich denke, wir können uns vorläufig noch zurücklehnen.»

«Was wird wohl der Konviktvorsteher denken?»

«Denken ist gut. Vielleicht denkt er tatsächlich einmal nach.»

Am 2. Juni, vier Tage nach dem Besuch in der Botschaft, fand Erna einen Brief in ihrem Postfach. Er war von der Migrationsbehörde der USA und in Englisch abgefasst.

Bitte melden Sie sich am 6. Juni 1911, um zehn Uhr in der Botschaft der USA. Eingang Migration.

Der 6. Juni war ein Dienstag. Erna ging dorthin, Wendolin begleitete sie. Um rechtzeitig auf der Place de la Concorde zu sein, verliessen sie das Hotel bereits um acht Uhr.

Erna wurde Punkt zehn Uhr einem Einwanderungsbeamten vorgeführt. Der sagte zu ihr gerade mal zwei Sätze. «Es fehlt noch die Einwilligung der Eltern von Wendolin. Wir erwarten Sie damit genau in einer Woche.»

Als Erna Wendolin diese Nachricht eröffnete, wurde er kreideweiss und stotterte: «Damit habe ich nicht gerechnet.»

«Ich auch nicht.»

«Was machen wir jetzt?», fragte Wendolin.

«Du musst, sobald wir zurück im Hotel sind, deine Eltern anrufen und sie um ihre Einwilligung bitten.»

«Ich werde es versuchen, aber die Hoffnung, dass sie Ja sagen, ist minim.»

Er rief von der Telefonkabine in der Lounge an. Erna stand neben ihm. Es klingelte lange, bis jemand abnahm. Eine Frauenstimme, die er nicht kannte. Wohl das neue Hausmädchen. Wendolin fragte nach dem Herrn oder der Frau Roder. Mit wem sie denn das Vergnügen habe zu sprechen, wollte die Frau wissen. Erst dann sagte Wendolin, wer er war.

Danach ging es hektisch zu. «Moment bitte ...»

Wendolin vernahm ein rasches Trippeln. Anschliessend schnelle, schwere, immer lauter werdende Schritte. Dann die donnernde Stimme seines Vaters. «Junge, Junge, was machst du für Sachen? Wo bist du? Bist du entführt worden? Um Himmels willen, wie geht's dir? Kannst du frei sprechen?»

Wendolin beantwortete klar und deutlich jede Frage und verriet auch, wer sich neben ihm in der Kabine aufhielt. Der Vater verhielt sich einige Augenblicke still. Dann wieder eine rhetorische Sturmflut. «Komm sofort nach Hause. Das geht so nicht. Diese Schlampe hat dich entführt.»

Erna schmiegte sich mit dem Kopf an Wendolins Ohr. Sie hörte so alles mit.

«Vater, ich bitte dich. Das ist keine Schlampe. Ich liebe die Frau.»

«Sohn, du drehst durch. Du hattest immer schon verrückte Ideen, um deine perversen Sehnsüchte zu befriedigen. Doch diesmal übertreibst du. Gib mir jetzt die Adresse des Hotels an. Ich überweise dir ... welche Zeit ist es gerade? ...»

«Das fragt er meine Mutter», bemerkte Wendolin.

Und Erna rief die Antwort: «Sechzehn Uhr siebenundzwanzig ...»

«Verdammt, halb fünf. Das reicht nicht mehr, um bei der Bank Geld zu überweisen. Junge, ich hoffe, übermorgen oder am Tag danach erhältst du das Geld für das Bahnbillet nach Zürich. Dann steigst du in den Nachtzug. Am folgenden Morgen hole ich dich am Hauptbahnhof ab, dann fahren wir nach Hause ins Bündnerland.»

«Ich muss mir das alles noch überlegen.»

«Solltest du nicht einlenken, sähe ich mich gezwungen, die Polizei einzuschalten.»

«Ich werde noch mit Erna reden –»

Vater Roder fiel Wendolin ins Wort. «Mit dieser verdammten Hure –»

Wendolin hängte auf. Erna begann zu schluchzen. Sie umarmte Wendolin. «Du bist ein guter Junge. Gehen wir ins Zimmer, reden wir darüber. Danach genehmigen wir uns ein gutes Nachtessen.»

Das Ergebnis der Unterredung konnte, was Wendolin betraf, nicht anders ausfallen. An eine Reise über den Atlantik war nicht mehr zu denken. In Frankreich zu bleiben kam auch nicht in Frage. Die Behörden in Paris und Bern arbeiteten gut zusammen, Wendolin hätte sich auf eine Abschiebung gefasst machen müssen. Das Gleiche galt für die anderen europäischen Staaten.

«Und du, Erna, wie siehst du deine Zukunft?», fragte Wendolin einfühlsam.

«Niemals werde ich nach Frauenfeld zurückkehren. Ich reise allein nach Pennsylvania. Ich werde in der Fabrik meines Bruders arbeiten. Er hasst meinen Mann, weil er das Militär hasst. Zu Beginn der Rekrutenschule hatte mein Bruder einen Unfall und wurde für ein Jahr zurückgestellt. Nach dem einundzwanzigsten Geburtstag beantragte er in der Botschaft der USA in Bern ein Visum. Das lief damals – vor fünfzehn Jahren – problemlos ab.»

Wendolin fasste zusammen. «Ich reise also zurück in die Schweiz. Ganz sicher nicht mehr ins Frauenfelder Konvikt. Dort, das nehme ich an, hat man mich bereits rausgeworfen. Ich werde nach einer anderen Möglichkeit suchen, die Matura zu machen, und dabei wieder ein Jahr verlieren. Dann bin ich einundzwanzig, in unserem Land und auch in Pennsylvania volljährig und werde zu dir nach Amerika reisen.»

Sie legte die Arme um Wendolin. «Sobald ich bei meinem Bruder angekommen bin, werde ich dir schreiben. Ich kenne deine Adresse in Davos. Doch denk daran, ich werde zu diesem Zeitpunkt dreiundvierzig Jahre alt sein.»

Das Nachtessen war ausgezeichnet, beide in guter Stimmung.

Wendolin wurde vier Tage später im Zürcher Hauptbahnhof von seinen Eltern in Empfang genommen. Sie waren sehr lieb und machten ihm keine Vorwürfe. Es war buchstäblich die Rückkehr des verlorenen Sohns.

«Entspanne dich mal bei uns, dann wollen wir weitersehen», versuchte die Mutter, Wendolin aufzumuntern.

Eine Woche machte er Spaziergänge, dann anerbot er seinen Eltern, in ihrem Betrieb auszuhelfen, was diese dankbar annahmen.

Was er aber fortan jeden Tag machte: Er öffnete den Briefkasten. Als er einen Monat später darin keinen Brief von Erna fand, war er traurig. Doch er sprach mit niemandem darüber. Es vergingen weitere Wochen, der Herbst ging vorüber, auch an Weihnachten kam kein Brief aus Amerika. Er beschloss, sein Schicksal selbst in die Hände zu nehmen. Beim Mittagessen am 24. Dezember schnitt er das Thema seiner beruflichen Zukunft an. Er wolle Arzt werden. Die Eltern nahmen diese Ankündigung zustimmend zur Kenntnis.

«Doch dazu musst du zuerst die Maturaprüfung machen», ermahnte ihn der Vater.

Das schaffe er schon.

«Glaubst du, ein öffentliches Gymnasium würde dich trotz des Rauswurfs aus dem Konvikt von Frauenfeld aufnehmen?»

«Wir könnten es mal versuchen.»

«Wenn das nicht funktioniert?»

«Dann bleibt mir nichts anderes übrig, als in eine Privatschule einzutreten.»

«Das dürfte hart werden. Du musst in einem solchen Fall ohne Erfahrungsnoten die eidgenössische Maturaprüfung ablegen.»

Darin sah Wendolin kein unüberwindbares Hindernis.

Er wurde in kein Gymnasium mit eigener Matura zugelassen. Man fand eine andere Lösung. Das Institut Lémania in Lausanne. Das Schuljahr begann im Herbst 1912.

Im September 1914 bestand er die eidgenössische Maturaprüfung, zwei Jahre später, als es seinem Jahrgang entsprach.

Anschliessend immatrikulierte er sich an der Medizinischen Fakultät der Universität Lausanne, wo er die ersten zwei Semester belegte und die erste Zwischenprüfung bestand. Er wechselte an die Universität Bern, studierte dort ein weiteres Jahr bis zum nächsten Examen, das er wiederum problemlos schaffte. Für den praktischen Teil des Arztstudiums schrieb er sich im Herbst 1916 an der Medizinischen Fakultät in Zürich ein.

3. Linda

In Zürich fand Wendolin Roder eine günstige Unterkunft in der Wohnung von Fräulein Linda Schneeberger, die zusammen mit ihren beiden Geschwistern Hulda und Karl einen Haushalt führte. Linda betrieb gleichzeitig in einem Atelier, das sich im Parterre desselben Hauses befand, eine Damenschneiderei.

Nach wenigen Tagen kam Wendolin Roder ziemlich niedergeschlagen nach Hause. Linda Schneeberger fiel das auf. «Was ist Ihnen denn über die Leber gekrochen, Herr Roder?»

Wendolin Roder verwarf die Hände. «Ich bekam meine Klausur, für die ich das vergangene Wochenende gebüffelt habe, zurück. Sie war knapp genügend.»

«Genügend? Das reicht doch.»

«Knapp. Geht es so weiter, habe ich keine Reserve, und das Risiko ist gross, dass ich bei der nächsten Prüfung durchfalle. Ich müsste dann womöglich ein ganzes Semester wiederholen.»

Linda Schneeberger sah Roder einen Augenblick lang bedauernd an. «Könnte es sein, dass Sie zu hart arbeiten und sich deswegen verkrampfen?» Dann lächelte sie und nahm Wendolin in die Arme. «Die zwei Jährchen, die ich älter bin, zählen nicht. Wir sind also fast gleich alt. Ich heisse Linda. Und du? Darf ich dich Wendolin nennen?»

Ganz kurz zögerte er, einfach aus Verlegenheit, und sagte schliesslich herzhaft: «Jaaa …», während er Linda zart auf beide Wangen küsste. Ihm gefielen ihr ausgesprochen hübsches Gesicht und ihre wohlproportionierte Figur.

Sie drückte ihn an sich und presste ihre vollen Lippen auf die seinen.

«Sind wir nun ein Liebespaar?», fragte er.

«Klar doch, du dummer Junge.»

Wendolin schaute betreten zu Boden.

«Gehen wir ins Kino? Ich lade dich dazu ein. Dann vergisst du deine verpatzte Klausur.»

Linda und Wendolin sahen kaum auf die Leinwand, zu sehr waren sie mit sich beschäftigt.

Linda nahm Wendolins Hand und legte sie auf ihren vollen Busen.

«Ich nehme vorerst nur Stoff wahr», flüsterte er ihr ins Ohr.

Sie lachte so laut, dass sich die benachbarten Kinobesucher nach den beiden umdrehten, und sagte dann deutlich vernehmbar: «Sind wir zu Hause, darfst du die nackte Haut berühren.»

Das war für Wendolin die erste Nacht im Bett von Linda, und es folgten weitere.

Einen Monat später polterte es mitten in der Nacht an die Wohnungstür. Man hörte eine durchdringende Männerstimme. «Polizei, bitte unverzüglich aufmachen.»

Wendolin stand als Erster hinter der Tür. «Nicht so schnell. Sind Sie wirklich von der Polizei? Von welchem Posten kommen Sie?»

«Warte nur, was meinst du eigentlich, wer du bist.» Mit ihren schweren Schuhen bearbeiteten die Hüter des Gesetzes die Tür, bis sie buchstäblich in zwei Stücke brach. Sie rannten durch den Korridor, öffneten das erste Zimmer. Dort standen zwei verängstigte Frauen in Nachthemden vor ihren Betten. Einer der beiden Polizisten knallte die Tür zu und brummte: «Wo ist das verdammte Schlafzimmer der Konkubine und ihres Begatters? Das Zusammenleben eines unverheirateten Paares ist ein Offizialdelikt. Eine von ihnen schlief mit dem Herrn, der uns an der Tür empfangen hat.»

Wendolin Roder reagierte ungehalten. «Wie steht es mit Ihren Manieren, Sie trotteliger Bulle?»

Der Angesprochene schmierte Roder eine kräftige Ohrfeige auf die linke Gesichtshälfte. Sie wurde gleich feuerrot. Roder holte aus, besann sich aber eines Besseren und schlug nicht zu. Stattdessen gab er mit Worten zurück: «Sind solche Schläger-Attacken bei der Zürcher Stadtpolizei überhaupt erlaubt? Ich bin mir sicher, dass das nicht der Fall ist.»

«Vielleicht nicht, aber das nehme ich mir heraus.» Der Polizist zog aus einer Seitentasche einen Schlagstock, ging auf Roder zu, setzte zu einem Schlag an, doch er war zu langsam, Roder wich behände aus.

Dann mischte sich der zweite Polizist ein. «Lass das, Kollege, das bringt uns wieder Scherereien ein. Denk daran, was uns bei einem der letzten Einsätze passiert ist. Plötzlich versammelten sich so an die zwanzig Hausbewohner vor der eingetretenen Wohnungstür. Am übernächsten Tag stand alles in der Zeitung. Sollte das wieder geschehen, sind wir beide unseren Job los. Wir werden ins Militär eingezogen und müssen zu einem mickrigen Sold an der Grenze zum Elsass stehen, wo derzeit ein Massaker zwischen Deutschen und Franzosen stattfindet. Ich habe sieben hungrige Kindermäuler zu versorgen.» Er sah Roder an. «Tut mir leid, aber mein Kollege ist mit den Nerven am Ende. Wir sind schon die fünfte Nacht auf der Jagd nach illegalen Liebespärchen, so ein himmelschreiender Blödsinn. Denken Sie ja nicht, uns würde das Spass machen. Wir befolgen nur Befehle. Würden Sie uns bitte jetzt ins Schlafzimmer führen?»

«In welches? Es gibt mehrere in dieser Wohnung», entgegnete Roder mit einem süffisanten Grinsen.

«Dort, wo Sie und das Frauenzimmer zusammen im Bett gelegen haben.»

«Das Frauenzimmer?»

Der Uniformierte entnahm aus einer Rocktasche einen Zettel. «Sie heisst Linda Schneeberger, und Sie sind Wendolin Roder?»

«Richtig.»

«Und die Schneeberger schlief mit Ihnen. Nun tut sie so, als ob sie im Zimmer der andern Frau nächtigt, das glauben wir nicht. Wer ist eigentlich die andere Frau?»

«Hulda Schneeberger, die Schwester von Linda.»

Roder führte die beiden Polizisten in den Raum, wo er geschlafen hatte.

«Da sind zwei Personen dringelegen. Das stellen meine geübten Augen fest. Das müssen Sie und die Frau da sein.» Der

Polizist zeigte auf Linda Schneeberger, die nun neben Roder stand. «Alfred, hol bitte den Fotoapparat aus dem Veloanhänger. Wir müssen einige Aufnahmen machen, solange man die beiden Dellen noch sieht.»

Eine Viertelstunde später verabschiedete sich der freundlichere Polizist mit kräftigem Händedruck von Roder und Schneeberger. «Sie werden eine gerichtliche Vorladung bekommen. Wie das der zuständige Untersuchungsrichter handhaben wird, steht in den Sternen. Häufig verzichtet er auf eine Strafe, wenn die Angeschuldigten versprechen, umgehend zu heiraten. Andernfalls müssen sie mit einer saftigen Busse rechnen, im Wiederholungsfall mit einigen Tagen Gefängnis.»

Der andere Polizist war wortlos verschwunden.

Linda Schneeberger und Wendolin Roder entgingen einem Gerichtsverfahren, indem sie einer unverzüglich anberaumten Ziviltrauung zustimmten. Wendolin besuchte mit Linda seine Eltern, um deren Einverständnis einzuholen. Linda war aus deren Sicht nicht die Traumfrau für ihren Sohn. Sie verhielten sich ihr gegenüber derart abweisend, dass Wendolin und Linda beschlossen, gleich wieder abzureisen.

Als Wendolin den Eltern einige Tage später seine Heiratsanzeige zuschickte, schrieben sie ihm einen geharnischten Brief mit einer Absage ihrer Teilnahme an den Hochzeitsfeierlichkeiten. Wendolin teilte ihnen anschliessend in einer Einschreibnachricht mit, dass er den Kontakt mit ihnen abbrechen werde.

Wendolins Mutter rief ihren Sohn schluchzend an. «Dein Vater lässt dir ausrichten, er werde von nun an die Zahlungen an dich einstellen. Er ist aber bereit, seinen Entschluss rückgängig zu machen, unter einer Bedingung. Du musst die Beziehung mit Linda Schneeberger beenden.»

«Mama, das werde ich nicht tun.» Wendolin hängte den Hörer auf die Gabel.

Linda, die neben ihm stehend das Telefonat mitverfolgte, umarmte ihn. «Wendolin, du hast das einzig Richtige getan. Wie geht es nun weiter? Ich setze mich an die Schreibmaschine und tippe einen Vertrag. Den werden wir beide unterzeichnen. Wir lassen ihn notariell beglaubigen.»

Wendolin sah Linda ratlos an.

«Du bist immer noch ein kleiner Junge, Wendolin. Du musst geführt werden, andernfalls landest du auf der Gosse. Ich bin von nun an deine Partnerin. Anders als du stehe ich auf eigenen Füssen. Das soll aber nicht heissen, dass du wie bis anhin keine Pflichten wahrzunehmen hast. Damit wir all das schaffen, musst du auch Hand anlegen.»

«Wie stellst du dir das denn vor?»

«Eben, ich setze einen Vertrag auf, und du unterschreibst ihn.»

«Und ich habe dabei nichts zu sagen?»

Linda wog den Kopf hin und her. «Wir können über das eine oder andere diskutieren.»

«Gut, ich lasse mich überraschen.»

«Ich gehe jetzt in mein Atelier. In einer Stunde komme ich mit dem Schriftstück zurück.»

Ehevertrag zwischen Wendolin Roder, geb. 12.09.1892, und Linda Schneeberger, geb. 21.04.1890.
Erstens: W. R. wohnt während seines Studiums bei seiner Ehefrau, L. S., bei freier Kost und Logis.
Zweitens: L. S. kommt für die Studien- und Prüfungsgebühren auf.
Drittens: L. S. gibt W. R. monatlich ein Sackgeld von Franken 20.-.
Viertens: W. R. hilft, soweit das Studium es erlaubt, im Geschäft und im Haushalt mit.
Diese Verpflichtungen und Gegenleistungen sind, solange das Studium nicht abgeschlossen ist, nur in gegenseitigem Einvernehmen kündbar.

«Ein kurzer Vertrag, doch der Teufel liegt im Detail», sagte Wendolin.

«Stimmt. Das war meine Absicht.»

«Nachteile? Vorteile?», fragte Wendolin.

«Oh weh! Hast du Angst, ich würde dich übers Ohr hauen? Um das geht es nicht. Auch du könntest schlechter wegkommen. Das möchte ich sicher nicht», beschwichtigte Linda.

«Gut. Unter ‹viertens› geht es um meine Gegenleistungen. Da steht ‹soweit das Studium es erlaubt› … Aber wie kannst du wissen, was mein Studium erlaubt?»

Linda lachte und legte Wendolin beide Hände auf die Schultern. «Damit tust du wieder mal kund, dass du noch nicht erwachsen geworden bist. Ist es dir nicht möglich, eine Handreichung für mich auszuführen, sagst du es einfach. Mit einer plausiblen Begründung, versteht sich. Dann werden wir das zusammen besprechen. Ich bin auch interessiert daran, dass du möglichst bald als Arzt arbeiten kannst. Ist es so weit, werde ich deine Praxishilfe sein, und du wirst sagen, wo's langgeht.»

«Bis es so weit ist, könnten einige Jahre vergehen.»

«Du sagst es. Aber das liegt in deiner Hand. Je mehr du für dein Studium arbeitest, je rascher wirst du zum Staatsexamen zugelassen.»

«Richtig, aber merkst du denn nicht, wie du dir widersprichst. Je mehr ich Dienstleistungen für dich erbringe, je weniger bleibt mir Zeit für mein Studium.»

«Hört sich plausibel an. Aber bislang bist du stets flott vorwärtsgekommen, mit Ausnahme der nur knapp bestandenen Klausur am Anfang deines Studiums hier in Zürich. Du hast deine Examen in der kürzestmöglichen Zeit hinter dich gebracht. Trotzdem hast du dir immer wieder grosszügig Freiräume herausgenommen. Du hast Übungen und Vorlesungen geschwänzt, hast am Abend oder sogar über den Tag mit deinen Studienkollegen Bier getrunken. Du hast, statt zu studieren, einen Ausflug gemacht, auf den Uetliberg, mit dem Schiff nach Rapperswil. Auf diese Art Zerstreuung musst du nun verzichten, stattdessen mir beim Haushalt und im Geschäft beistehen.»

«Ich werde mich bemühen, allem, dir und meinem Studium, gerecht zu werden. Doch auf meine sozialen Kontakte möchte ich nicht ganz verzichten, auch wenn ich einsehe, dass ich sie ein wenig zurückbinden muss.»

Linda sah Wendolin herausfordernd an. «Darüber können wir reden. Du hast immer noch die Wahl. Du kannst vor deinen Alten zu Kreuze kriechen, dich wieder von ihnen aushalten lassen.»

Wendolin sagte nichts darauf, er schüttelte lediglich resigniert den Kopf.

«Ich verstehe.» Linda hob den Finger. «Wie soll's jetzt weitergehen, Wendolin?»

«Wir werden heiraten. Jetzt erst recht.»

Linda machte einen Luftsprung. Sie fiel über Wendolin her, nahm ihn in die Arme, küsste ihn mit einer Heftigkeit, dass er kaum noch atmen konnte.

«Einen Moment.» Sie rannte weg, hielt kurz inne und sah zurück. «In fünf Minuten bin ich wieder da.»

Es dauerte zehn Minuten. Sie stürzte mit einer Flasche Champagner durch die Wohnungstür, nahm einen Zapfenzieher aus der Schublade des Küchentischs und warf ihn Wendolin zu. «Öffne das Ding, dann ab ins Schlafzimmer. Ich habe unten den Laden dichtgemacht.»

«Gläser?»

«Gläser? Du steifer Junge. Brauchen wir nicht.»

Linda und Wendolin heirateten im Januar 1917. Standesamtlich, nicht in der Kirche.

***

Linda Schneeberger wurde 1890 in Rümlang, Kanton Zürich, geboren. Ihr Vater war Kassier in der Gemeindeverwaltung, daneben arbeitete er als Briefträger. Er galt als intelligent, allerdings mit einem Handicap: Zwischendurch blickte er zu tief ins Glas. Seine Sucht wurde immer schlimmer. Zunächst verlor er die prestigeträchtige Stelle bei der Gemeinde, dann auch seinen Broterwerb bei der Post. Linda war damals sechzehn und hatte gerade eine Lehrstelle als Schneiderin gefunden. Ihre Schwester Hulda, zwei Jahre jünger, ging noch zur Schule, ebenso wie Karl, mit Jahrgang 1893 der Jüngste von den dreien. Die Familie zerbrach. Die Mutter musste sich um Karl und Hulda kümmern und arbeitete wie besessen als Putz- und Kinderhütefrau, bis sie plötzlich erschöpft zusammenbrach und kurz darauf starb. Der Vater, er hatte sich in der Zwischenzeit wieder gefangen, kam zu einer Stelle als Versicherungsagent und heiratete wieder, ohne sich allerdings einen Deut um Linda, Hulda und Karl zu kümmern.

Eine kinderlose Tante, die mit ihrem Mann ein kleines Bauerngut auf dem Gemeindegebiet von Rümlang bewirtschaftete, nahm die drei Geschwister auf. Dort mussten sie allerdings Hand anlegen, was ihnen zunächst nicht sehr behagte. Als sie noch bei ihren Eltern lebten, mussten sie lediglich im Haushalt mithelfen. Wie Linda als Schneiderin fanden Hulda und Karl eine Lehrstelle. Beide im Warenhaus Globus, Hulda mit dem Berufsziel Sekretärin, Karl als Kaufmann. Sie schlossen ihre Ausbildungen erfolgreich ab und fanden eine Arbeitsstelle.

Nach dem achtzehnten Geburtstag trat Linda in Zürich eine Stelle im Atelier der Damenschneiderin Greta Zwicky an. Diese hatte bereits das sechzigste Lebensjahr hinter sich, ihre Kräfte liessen nach, sodass sie gezwungen war, Linda die Kontrolle über die Ausgaben und Einnahmen des kleinen Geschäfts zu übergeben. Linda nahm den Auftrag mit Begeisterung an. Frau Zwicky hatte keine Nachkommen. Sie setzte einen Vertrag auf und bat Linda, ihn zu unterzeichnen. Linda wurde darin als Alleinerbin eingesetzt, mit der Verpflichtung allerdings, für die alte Dame bis zu ihrem Tod zu sorgen. Linda ging in der Arbeit auf. Das Geschäft lief gut, besser als je zuvor. Linda zog in die Wohnung von Greta Zwicky um und besorgte dort auch den Haushalt. Das liess sich machen, da die Wohnung an der Nelkenstrasse im Stock über dem Atelier lag. Damit fiel für sie der lange Arbeitsweg weg.

An ihrem zweiundzwanzigsten Geburtstag klopfte Linda an die Schlafzimmertür von Frau Zwicky und trat leise ein, als diese nicht reagierte.

Greta Zwicky lag friedlich, mit einem Lächeln auf dem Gesicht, im Bett und sagte: «Ich gratuliere dir zum Geburtstag. Gerne hätte ich dir ein gutes Frühstück gemacht. Doch ich bin so müde. Ich mag heute nicht aufstehen.»

«Ich bringe es dir ans Bett.»

«Vielen lieben Dank … mir wird plötzlich schwindlig.» Der Kopf von Greta Zwicky fiel auf das Kissen.

Linda umfasste das Handgelenk der alten Frau und fühlte keinen Puls mehr.

Nun war Linda allein in der Wohnung. Sie bat ihre Schwester, die in einem Zimmer in der Stadt Zürich wohnte, zu ihr zu ziehen. Ein gemeinsamer Haushalt käme für beide billiger. Hulda, die als Sekretärin in einem Büro arbeitete, nahm das Angebot dankend an.

Doch wunschlos glücklich war Linda nicht. Ihr fehlte etwas, was Hulda nicht vermisste. Ihr fehlte ein Mann. Sie schreckte davor zurück, sich den Erstbesten zu angeln. Sie dachte dabei immer an ihren trunksüchtigen Vater, der, bevor er die Familie verliess, ihre Mutter, ihre Schwester und selten auch sie terrorisierte. Sie wusste, dass sie auf Männer anziehend wirkte, im Gegensatz zu ihrer Schwester, die das Kapitel «Heiraten» ad acta gelegt hatte. Nicht zuletzt, weil sie sich einbildete, wenig hübsch zu sein und sich deswegen mit einem hässlichen Partner zufriedengeben zu müssen.

Linda stellte sich ihren Zukünftigen als begüterten und gebildeten Menschen vor.

Warum sollte sie nicht einen Studiosus von der Universität oder gar der Eidgenössischen Technischen Hochschule in ihrer Wohnung einquartieren, ihm ein Zimmer vermieten? Das wäre doch eine kreative, nicht aufdringliche Art, mit einem solchen Mann Kontakt aufzunehmen. Linda begab sich ins Hauptgebäude der ETH und erkundigte sich beim Empfang, wie man es anstellen müsse, Studenten gegen bescheidenes Entgelt eine Schlafgelegenheit anzubieten.

Die ältliche Dame am Schalter musterte Linda skeptisch. «Es gibt immer junge Männer, die das möchten. Wenn ich Sie so anschaue, gehe ich davon aus, dass einige dieser Tunichtgute auch noch etwas mehr von Ihnen möchten. Sehen Sie sich vor. Sie wären nicht die Erste, die heulend zu mir kommt und nach dem Burschen fragt, der bei Nacht und Nebel die Schlafbude geräumt, das Geld für die Monatsmiete unter das Kopfkissen gelegt hat und etwas im Bauch der Schlummermutter zurücklassend verschwunden ist.»

Mit dem könne sie problemlos umgehen, sagte Linda und fragte nochmals nach, was sie tun müsse, um ein Zimmer an einen Studenten zu vermieten. Die Frau händigte ihr ein Formular aus und bat Linda, es auszufüllen. Als Linda es zurückgab und den Geldbeutel aus ihrer Handtasche zog, sagte die Dame, es koste nichts.

Schon am nächsten Tag klopfte ein junger Typ an ihre Ateliertür. Er hatte rote, fettige Haare und Pickel im Gesicht.

«Sie kommen wohl wegen des Zimmers?», sprach ihn Linda an.

Er errötete leicht und nickte.

«Tut mir leid. Es ist schon vergeben.»

Fünf weiteren Bewerbern ging es genauso. Dann kam einer, der Linda wirklich zusagte. Gut aussehend, muskulös, ein Männlichkeitsprotz zweifellos und offensichtlich aus gutem Haus. Von Anfang an, wie Linda sich eingestand, war ihr aber klar, dass daraus nur ein Techtelmechtel werden konnte, sicher nichts Ernstes. Aber sie rechtfertigte sich damit, mal behutsam in diese Kreise einzudringen.

Der neue Mieter trug den Namen Lothar Sommerhalder und war der Enkel eines bekannten Textilfabrikanten. Er biss gleich an. Man wurde handelseinig zu einem für Linda guten Mietzins. Sie wollte zunächst weniger verlangen, er aber beharrte auf der Zugabe, so nannte er den Mehrpreis.

Hulda, die Linda kritisch beäugte, als sie mit Sommerhalder verhandelte, machte ihr Vorwürfe, als er gegangen war. «Merkst du denn nicht, um was es diesem Burschen geht? Du hättest besser den schüchternen Rothaarigen genommen. Der hätte dich bestimmt nicht angerührt.»

Linda beantwortete das mit einem vielsagenden Lächeln.

Schon am ersten Tag des Einzugs von Sommerhalder geschah das, was Lothar wollte und Linda im Geheimen erhofft hatte. Hulda war noch am Arbeiten im Büro. Für Lothar war es eine «körperlich intime Einweihung» der neuen Bude, wie er unumwunden gestand. Das Liebesnest sei allerdings renovierungsbedürftig, bemerkte er. Aber das liesse sich ändern. Er habe so seine Beziehungen.

Linda liess das alles über sich ergehen, als wäre es eine Selbstverständlichkeit, machte aber Lothar darauf aufmerksam, dass ihre Schwester nichts davon erfahren dürfe. In einem Bett zusammen nächtigen liege nicht drin. Für ihn kein Problem, wie er schmunzelnd einräumte, das könne man in einem Hotel nachholen. Er reise bisweilen ins Tessin oder an den Genfersee.

Es war eine lustige Zeit für Linda.

Nach zwei Semestern nahm der Spass ein Ende. Lothar wechselte an die École polytechnique de l'Université de Lausanne.

Danach kam Wendolin, und Linda hatte ihr Ziel erreicht.

4. Die ersten Ehejahre der Roders

Das erste Jahr unter der Obhut seiner frisch Angetrauten war für Wendolin gewöhnungsbedürftig. Er gab sich sehr Mühe. Doch es kam zunehmend zu Spannungen. Als Bettgespielin schätzte er sie sehr, ja war ihr irgendwie verfallen. Er vermisste an Linda jedoch die Fähigkeit, mit ihm auf Augenhöhe zu diskutieren.

Zwischen ihrem und seinem Bildungsstand klaffte ein tiefer Graben. Manchmal konnte Wendolin Linda überreden, mit ihm ins Theater oder ins Konzert zu gehen. Die Stücke, die auf der Bühne vorgeführt wurden, vermochten sie nicht zu erwärmen, und die Opern, in die ihr Gatte sie mitschleppte, nervten sie entsetzlich, so entsetzlich, dass sie Wendolin einmal bat, bei Beginn der Pause nach Hause zurückzukehren. Dann ging er mit Linda nur noch ins Kino.

Mit den Dienstleistungen im Haushalt und in Lindas Geschäft kam er gut zurecht. Er sah es als Ausgleich zu seinem Studium, das er gezielt vorwärtstrieb.

Im Turnus von zwei Wochen, immer an einem Montag, kam Wendolin nach seinen Vorlesungen kurz nach Hause und zog eine farbige uniformähnliche Kleidung an. Er gehe jetzt an den Stamm seiner Verbindung. Linda erkundigte sich das erste Mal, was denn damit gemeint sei. Er sei, wie fast alle angehenden Ärzte, ein Couleurstudent, klärte er Linda auf.

«Couleurstudent? Was bedeutet denn das?»

Wendolin lachte nur. «Das wirst du noch früh genug erfahren.» Dann verschwand er, ohne zu essen. Es wurde immer spät, meist nach Mitternacht, bis er zurückkehrte. Halb angezogen, nach Bier und Tabak stinkend, plumpste er ins gemeinsame Bett, schlief augenblicklich ein und begann fürchterlich zu schnarchen.

Einmal war es früher, etwa um halb zehn. Er wurde begleitet

von zweien seiner Couleurbrüder. Statt der roten Mütze trug er einen Verband auf dem Kopf.

Linda war erschüttert. «Was haben sie dir angetan? Oder hattest du einen Unfall?»

Wendolins Begleiter hielten sich die Bäuche vor Lachen. «Was haben sie dir angetan? Das tönt wirklich gut», lallte der beleibtere der beiden Kumpane. «Unser Wendolin hat eine scharfe Mensur geschlagen und dabei einiges abgekriegt.»

«Mensur?»

Das sei ein streng reglementierter Fechtkampf, belehrte Wendolins Studienkollege die ahnungslose Linda. Die Schläge zielten immer auf den Kopf. Die Augen seien geschützt, das andere liege bloss. Dann wickelte er den Verband ab, der immer blutiger wurde und am Schluss richtiggehend an den Backen klebte. Die Haare waren kurz geschnitten, nun durchsetzt von mehreren zentimeterlangen zugenähten Wunden.

Der andere Student meinte grinsend, Wendolin habe beim Verarzten sehr gelitten. Man dürfe in einem solchen Fall keine schmerzstillenden Massnahmen anwenden. Das auszuhalten sei eben echte Männlichkeit. Doch nun hätten diese Qualen ein Ende.

Der eine riss dem Verwundeten die Hosen herunter. Der andere öffnete eine mitgebrachte Büchse, entnahm ihr eine Spritze und injizierte einige Milliliter Narkotika in beide Backen von Wendolins Hintern.

Dann trugen sie ihn, noch angezogen und gestiefelt, ins Bett, wo er grunzend eindöste.

Am folgenden Morgen machte Linda Wendolin eine Szene. Sie finde diese Gebräuche dieses Couleurvereins das Allerletzte. Das mache doch überhaupt keinen Sinn.

«Das wirst du nie begreifen. Frauen können so etwas nicht verstehen. Und dann diese Verunglimpfung ‹Couleurverein›. Das ist nicht einfach ein Kaninchenzüchterverein. Es handelt sich um die prestigeträchtigste Studentenverbindung der Schweiz, um die ‹Helvetia›.»

Im Sommer 1918 kam es zu einer schweren Krise in der Ehe. Hulda sah vor einem Gebäude der Universität, wie Wendolin eine junge Frau abknutschte. Sie meldete das sofort Linda. Diese wiederum nahm Wendolin noch am Abend des gleichen Tages ins Gebet.

«Stimmt es, dass du vor dem Anatomischen Institut eine junge Frau leidenschaftlich geküsst hast?»

Sie machte sich darauf gefasst, dass er es bestreiten würde. Das tat er aber nicht. Er gab alles zu, was Hulda gesehen hatte. Noch mehr: Er habe mit dieser Frau Geschlechtsverkehr gehabt.

Linda fiel aus allen Wolken. Sie ohrfeigte Wendolin. «Das ist Ehebruch. Du hast mir vor dem Altar die ewige Treue geschworen. Du bist ein dummer Junge. Hör sofort damit auf.»

«Den Altar gab's zum Glück nicht.»

«Aber das Gelübde vor dem Standesbeamten», gab Linda zurück.

Er sehe keinen Anlass dazu. Er würde ihr auch nicht nachspionieren. Ganz abgesehen davon, dass er es verstände, wenn sie ebenfalls Gegenrecht beanspruche und mit einem anderen Mann ins Bett ginge. Eine Aussage, die Wendolin die nächste Ohrfeige bescherte. Wendolin schlug nicht zurück.

Linda zeigte mit dem Finger auf die Stirn. «Du spinnst wohl. Ich sag dir eines: Hör sofort auf mit dieser Schlampe. Was ist das für ein Weibsbild?»

«Eine Studentin, zwei Semester unter mir.»

«Ich stelle dich vor die Wahl. Entweder brichst du diese Beziehung unverzüglich ab, oder ich werfe dich noch heute Abend aus dem Haus.»

«Ich werde das nicht tun.»

«Für wie blöd hältst du mich eigentlich. Pack deine Sachen und verschwinde augenblicklich.»

Wendolin fand Unterschlupf bei einem Studienkollegen, dessen Eltern sehr wohlhabend waren. Sie boten Wendolin an, ihn auch mit Essen und Trinken zu versorgen und ihm ein Sackgeld zu geben, bis er seine privaten Verhältnisse wieder geregelt habe. Er begann sich Gedanken darüber zu machen, wie er Linda am besten loswerden könnte. Er begab sich sogar nach Davos zu seinen Eltern und bat sie, ihn wieder zu unterstützen, da es zwischen ihm und Linda aus sei.

«Zwischen euch beiden soll es aus sein?», fragte sein Vater. «Ich bestehe darauf, dass du aus eigener Kraft aus diesem Schlamassel herauskommst. Du hast mit einer anderen Weibsperson herumgemacht. Eheliche Untreue, ein Grund für eine Scheidungsklage. Etwas schreib dir hinter die Ohren, Junge. Du bekommst keinen Rappen von mir, sollte sich deine Angetraute dafür entscheiden. Ich kann mir vorstellen, dass du für ein Scheidungsverfahren denkbar schlechte Karten hast. Die Nacht heute kannst du noch bei uns bleiben, morgen früh gehst du wieder nach Zürich und bringst diese Sache in Ordnung.»

Die Mutter weinte, aber sie konnte Roder senior nicht von seinem bereits gefällten Entschluss, Wendolin zu zwingen, das elterliche Haus zu verlassen, abbringen.

Es blieb Wendolin nichts anderes übrig, als vor Linda zu Kreuze zu kriechen. Linda nahm ihn wieder auf.

Im letzten Studienjahr konnte Wendolin bei einem praktischen Arzt aushelfen, was ihm gutes Geld und für seine spätere Berufsausübung wertvolles Rüstzeug einbrachte.

Dennoch war er alles andere als glücklich. Immer wieder kamen ihm Trennungsgedanken, doch er wies sie weit von sich.

1919 bestand Wendolin Roder das Staatsexamen als Arzt. Er hatte es trotz der Widrigkeiten, die ihn während des Studiums immer wieder zurückwarfen, in der kürzestmöglichen Zeit geschafft.

Er bemühte sich um eine Arztpraxis, die er kurz danach im emmentalischen Oberburg fand, dank seiner Mitgliedschaft bei der Studentenverbindung Helvetia. Roder konnte die Praxis eines Arztes übernehmen, der seine Zulassung für fünf Jahre verloren hatte, weil er mehrere Schwangerschaftsabbrüche vorgenommen hatte.

Um die Praxis zu finanzieren, nahm Roder einen Kredit auf, was für ihn als verheirateten, jungen Arzt kein Problem war.

Seine Frau Linda gab ihr Geschäft in Zürich auf und liess sich mit ihrem Gatten im Wohnteil der Praxis nieder. Diese lief von Beginn an gut, besser als erwartet. Der Arzt, der sie vor Roder fast zwanzig Jahre lang betrieben hatte, hatte ihm eine grosse Anzahl von Patienten übergeben, und neue kamen dazu.

5. Krieg und Frieden bis zur Scheidung

Linda war nicht besonders guter Dinge, Wendolin noch weniger. Sie behandelte ihren Gatten immer noch, als wäre er ihr Angestellter. Sie bestand darauf, die Finanzen – die der Praxis wie des Haushalts – zu kontrollieren. Wendolin hatte anfänglich kaum Probleme damit, aus Geld machte er sich ohnehin nichts. Doch er hatte die Art, es mit beiden Händen auszugeben.

Nach getaner Arbeit suchte er abends oft noch eine Gastwirtschaft auf, setzte sich an den Stammtisch, begann ein Gespräch mit den anderen Gästen, trank ein Bier. Nicht immer blieb es bei einem. Betrunken war er ab und zu schon. Linda machte ihm deswegen Vorhaltungen. Ein alkoholisierter Arzt sei ein schlechtes Vorbild. Sie müsse sich wegen seines Benehmens schämen. Das wiederum ging Wendolin zu weit. Er berief sich darauf, dass er es sei, der nun das Geld hereinbringe. Was Linda so nicht akzeptierte. Die Streitereien häuften sich. Sie blieben auch den Hausangestellten, die Roders beschäftigten, einer Putzfrau und zeitweise einer Praxishilfe, nicht verborgen.

Linda begann ein Tagebuch zu schreiben, in dem sie die Ehezwistigkeiten zwischen ihr und ihrem Mann festhielt.

6. Februar 1920
Wendolin kam gestern um elf Uhr abends nach Hause. Er stank grässlich nach Bier. Entleerte seine Blase auf dem Klo, stolperte ins Bett und begann nach einigen Sekunden zu schnarchen. Ich rüttelte ihn wach und sagte ihm meine Meinung. Er hatte die Unverschämtheit, nicht zu antworten. Er fand wohl keine Argumente der Verteidigung. Um vier Uhr morgens wurde es mir zu bunt. Ich weckte ihn erneut, er stand auf, kam mit dem Teppichklopfer zurück, drosch auf mich ein.
Ich stellte Wendolin beim Frühstück zur Rede wegen seines

Zustands am Abend zuvor und seiner Gewalttätigkeiten in der Nacht. Er bestritt, dass er betrunken gewesen sei.
«Und dein Stolpern?»
«Deine Schuhe waren neben dem Bett.»
«Hast du noch eine blödere Ausrede?»
Wendolin stand auf und ging in die benachbarte Wirtschaft und verzehrte dort sein Zmorge. Nicht hinnehmbar, statt versuchen, sich zu rechtfertigen, verschwindet er einfach. (…)

12. März 1920
Wendolin tätschelt der Praxishilfe die Wangen. Und das Luder lächelt ihn noch genüsslich an. Ich eile hinzu, verabreiche ihr eine Ohrfeige und sage zu ihr, diese hättest du dem Herrn Doktor geben sollen.
Wendolin fasst mich unsanft am Arm und zerrt mich in sein Arbeitszimmer. Ich stelle klar: «Du fasst mich nie mehr an, sonst schlage ich unbarmherzig zurück, dabei spielt es keine Rolle, wenn unsere Hausangestellten zusehen.» (…)

August 1920
An der 1.-August-Feier in Oberburg sind wir am Ehrentisch eingeladen. Der Gemeindepräsident erwähnt uns in seiner Ansprache als Leuchtturm für Oberburg. Ein junger Arzt mit einer charmanten und hübschen Frau sei genau das, was unserer Gemeinde noch gefehlt habe. Er wünscht uns sehnlichst eine Kinderschar.
Die Menschen sehen zu uns herüber und klatschen. Ich stehe auf, umarme Wendolin und gebe ihm einen herzhaften Kuss auf den Mund. Das kommt gut an. Stehende Ovationen.
Vielleicht wird jetzt doch noch alles gut. (…)

30. Oktober 1920
Juhe, wir haben es geschafft. Ich bin schwanger.

Als ich das Wendolin mitteile, umarmt er mich liebevoll wie schon lange nicht mehr.
Wir gehen in das nobelste Restaurant von Burgdorf essen. Da staune ich, wie man uns dort schon kennt. Ein gutes Dutzend Personen kommt kurz an unseren Tisch, um uns zu begrüssen. Wunderbar. Ich geniesse es. (...)

***

Mitte Januar 1921 stürzte Linda kurz nach Verlassen ihres Hauses auf dem vereisten Trottoir der Dorfstrasse. Noch am Abend dieses Tages verlor sie ihr Kind. Sie war untröstlich. Da zu dieser Zeit im Emmental eine Grippewelle grassierte, blieb Wendolin kaum Zeit, sich um seine Frau zu kümmern. Das nahm sie ihm übel. Die Streitereien fingen wieder an. Sie wurden noch heftiger als ein Jahr zuvor. Dazu trug auch das nun stärkere Selbstbewusstsein Wendolins bei. Er begann, zwischendurch auch mal auf den Tisch zu klopfen, gab seiner Frau klar zu verstehen, dass er ein gleichberechtigter Partner sei, nicht mehr bereit, sich alles bieten zu lassen. Linda reagierte hysterisch darauf. Wendolins forscheres Auftreten führte plötzlich zu Handgreiflichkeiten. Nicht nur von ihm, sondern ebenso von ihr. Sie zerkratzte ihm regelrecht das Gesicht. In der Folge suchte Wendolin Hannes Zaugg, einen Fürsprecher, auf. Er war in Burgdorf tätig, Wendolin kannte ihn von seiner Studentenverbindung, den Helvetern.

«Du siehst malträtiert aus, Wendolin», bemerkte Zaugg. «In der Regel soll es umgekehrt sein, der Mann verdrischt die Frau.»

Roder sah beschämt zu Boden. «Damit hast du natürlich recht. Mit Gewalt in den eigenen vier Wänden habe ich in meiner Praxis häufig zu tun. Aber ich weiss keinen Fall, wo die Frau dreingeschlagen hat.»

«Du willst also einen Rat von mir?» Zaugg sagte das mit etwas schrägem Gesicht, wie wenn er Roder davon abhalten wollte, ihm einen Auftrag zu erteilen. «Dass eine Scheidung die denkbar schlechteste Lösung dieses Problems wäre, dürfte dir wohl klar sein. Das geht ins Geld. Auch wenn ich dir als Anwalt einen Vorzugspreis gewähren würde.»

«Das Geld würde ich schon irgendwie kriegen.»

«Es geht nicht nur ums Geld, auch um die Schuldfrage zum Beispiel.»

«Die Schuldfrage? Tja, ich würde mich darauf gefasst machen, schuldig gesprochen zu werden.»

«Hast du denn eine Geliebte?»

«Nein, noch nicht. Doch ich könnte mir vorstellen, eine zu haben.»

Zaugg runzelte die Stirn. «Da rate ich dir zur Zurückhaltung. Das würde die ganze Geschichte noch um zehntausend Franken teurer machen – mindestens.»

«Hannes, du hast es ja vorhin gesagt. Die Schuldfrage. Bin ich der Alleinschuldige an der Zerrüttung der Ehe, kommt Linda bei einem Scheidungsprozess weit besser weg, als wenn ihr auch ein Teil der Schuld angelastet werden würde. So weit habe ich mich informiert. Eine Scheidung ist nur möglich, wenn beide damit einverstanden sind.»

«Das stimmt zweifellos so. Aber dann kommt noch der gesetzlich vorgeschriebene Versöhnungsversuch. Der ist nicht zu umgehen, auch wenn beide einvernehmlich in die Trennung einwilligen.»

«Wie lange, glaubst du, Hannes, könnte das dauern?»

«Gute Frage. Das hängt vom Richter ab, aber auch von der Mentalität der Leute im Amtsbezirk. Burgdorf liegt im Emmental. Und du weisst ja, die Leute sind hier konservativ. Hinter vorgehaltener Hand sagt man, hinterwäldlerisch.»

«Das weiss ich genau. Und ich stelle mich darauf ein.»

«Wenn du dich nur nicht übernimmst. Mit Geld lässt sich viel durchziehen, aber nicht alles. Du bist auf Patienten angewiesen. Wenn die plötzlich fernbleiben, kannst du deinen Laden dichtmachen.»

«Keine Angst, das werden nur Einzelne sein.»

«Ich will es für dich hoffen. Aber mache dir keine Illusionen. Glaube mir, ich kenne die Leute hier.»

Roder drückte Zaugg die Hand. «Danke trotzdem, Hannes. Ich werde über deine Worte nachdenken und mich später nochmals bei dir melden.»

Roder hatte ein Einsehen. Er kämpfte noch einige Tage mit sich, machte Linda den Vorschlag, nach Burgdorf essen zu gehen, in ein nobles Restaurant. Sie nahm das Angebot an, schien sich zu freuen. Sie zog ihre schönsten Kleider an und bat Wendolin, es ihr gleichzutun.

Das Essen dauerte lange. Die Roders spazierten anschliessend eng umschlungen zu ihrem Haus nach Oberburg zurück, was eine gute Dreiviertelstunde in Anspruch nahm.

Danach ging es über viele Wochen sehr gut. Linda eröffnete Wendolin, dass sie schwanger sei. Er war entzückt. Die Roders gingen zur Feier des Tages wieder in dasselbe Lokal und bestellten exakt das gleiche Mahl wie nach der ersten Einladung von Wendolin.

Im März 1923 kam Linda nieder. Es war eine Tochter, sie erhielt den Namen Rosemarie. Linda hätte lieber einen Sohn gehabt, Wendolin war auch eine Tochter recht.

Einige Wochen nach der Geburt hing der häusliche Frieden wieder schief.

Roder erklärte sich die Trübung der Atmosphäre mit einer Depression von Linda, die mit der Schwangerschaft in Zusammenhang stehen müsse. Er setzte sich mit einem Psychiater, den er während des Studiums kennengelernt hatte, in Verbindung. Er hiess Meinrad Leibundgut. Man kam überein, der beste Weg zur Kontaktaufnahme von Linda mit Leibundgut sei wohl ein gemeinsames Nachtessen zu dritt mit Wendolin zusammen.

Doch Linda wies das weit von sich. Dieser Leibundgut sei ein Seelenklempner. Sie musterte Wendolin mit bösem Blick. «Ich bin nicht reif für die Klapsmühle. Gib's doch zu, dort möchtest du mich am liebsten haben.»

Nun rastete Wendolin aus. «Das darfst du so nicht sagen. Psychische Krankheiten sind Krankheiten wie andere. Daran ist nichts Ehrenrühriges.»

«Hör auf mit solchen Phrasen. Du redest wie ein Bolschewik.»

«Jetzt mach aber einen Punkt. Wenn du nur wüsstest, was ein Bolschewik ist. Davon hast du geradeso viel Ahnung wie der bescheuerte Redaktor des ‹Emmentaler Blattes›, nämlich keine.»

«Ich mag diese Zeitung. Darin stehen einfache Sätze, die das einfache Volk auch verstehen kann. Nicht wie du, du mit deinem akademischen Dünkel. Du verachtest die Armen, die Bescheidenen …»

Wendolin sagte nichts darauf. Er schüttelte nur den Kopf. Alles war noch schlimmer als vorher. Nun war für ihn klar, so konnte es nicht weitergehen. Eine Trennung schien ihm unumgänglich. Doch einige Wochen wollte er abwarten, bis er den ersten Schritt einer Scheidung machen würde.

Es war Anfang Juni 1923, als er Hannes Zaugg aufsuchte und ihm sein Leid erneut klagte. «Ich habe alles versucht. Es geht nicht mehr. Linda ist ernsthaft krank.»

«Manchmal verstehe ich dich nicht, Wendolin», entgegnete ihm Hannes Zaugg. «Du bist Arzt und hättest alle Möglichkeiten, Linda in die Heil- und Pflegeanstalt Münsingen einzuweisen, allenfalls auch in die Waldau.»

«Welche von beiden würdest du mir empfehlen?»

«Münsingen. Dort wird weniger hinterfragt als in der Waldau.»

«Warum nicht die Waldau?»

«Es braucht dafür einen Entscheid des Statthalters in Burgdorf.»

«Was meinst du damit?»

«Du musst zuerst einen Psychiater zurate ziehen.»

Roder lachte laut auf. «Genau das habe ich getan, nachdem Linda kurz nach der Geburt von Rosemarie in eine Depression verfallen war. Doch Linda wehrte sich mit Händen und Füssen dagegen.»

Zaugg reagierte ungehalten. «Du weisst besser als ich, dass Irre unberechenbar sind. Es ist nahezu unmöglich, sie mit Argumenten zu überzeugen. Man muss sie zu einer Handlung zwingen.»

«Schöne Worte. Aber erklär mir, wie ich sie in die Tat umsetzen kann.»

Zaugg überlegte einige Augenblicke. «Ich kenne den Statthalter in Burgdorf. Ich werde mit ihm reden, versuchen, ihn dazu zu bringen, dass er einen Landjäger schickt, damit dieser deine Frau zum Psychiater in die Praxis abführen kann. Wenn's nicht anders geht, halt in Handschellen.»

Roder schnaubte: «Kommt nicht in Frage. Schon am gleichen Tag wäre dies das Stammtischgespräch in Oberburg und Burgdorf. Das kann ich mir nicht leisten. Ich würde einen Grossteil meiner Patienten verlieren.»

«Deine Halsstarrigkeit ist nicht zu überbieten. Das wäre die einzige Möglichkeit, eine Scheidung zügig über die Bühne zu bringen.»

«Kann schon sein. Doch der Preis dafür ist mir zu hoch.»

«Deine Entscheidung. Denk noch mal darüber nach. Einen anderen Weg als den von mir vorgeschlagenen sehe ich nicht.»

Roder versprach Zaugg, allenfalls auf seinen Vorschlag zurückzukommen, doch zum gegenwärtigen Zeitpunkt liege das nicht drin. Er werde zunächst einen anderen Weg versuchen. «Aber auch für diesen muss ich deine Dienste beanspruchen.»

«Verstehe ich dich richtig, beabsichtigst du, beim Gericht eine Scheidungsklage einzureichen?»

«So ist es, Hannes. Anders geht es nicht.»

«Gut, dein Wille geschehe. Dennoch bitte ich dich, noch ein wenig zuzuwarten.»

«Wenn du denkst, das sei der ganzen Sache dienlich, dann werde ich mich darin schicken.»

«Danke, gut so.»

«Aber etwas möchte ich an dieser Stelle noch einbringen. Innerlich steht mein Entschluss fest, mich von Linda scheiden zu lassen.»

«Denk trotzdem noch mal darüber nach.»

Die Zeit bis zum Jahresende war für Wendolin die Hölle, doch er vertröstete sich auf die Zeit nach der Trennung.

Linda bestand darauf, auch wieder als Praxishilfe tätig zu sein. Bislang engagierte Wendolin jeweils Fräuleins, die ihm in der Praxis zur Hand gingen. Linda lehnte sein Ansinnen ab, zusätzlich eine andere Person dafür anzuheuern. Wendolin blieb nichts anderes übrig, als sich damit abzufinden. Andernfalls hätte er riskiert, dass Linda ihm vor seinen Patienten eine Szene nach der anderen machen würde.

Wendolin machte Linda jedoch klar, dass er vorhabe, sich von ihr scheiden zu lassen.

Ihre Antwort darauf war: «Rede du nur, das wirst du nie schaffen.»

Mitte Januar 1924 suchte Wendolin Roder den Anwalt Hannes Zaugg wie abgesprochen erneut auf.

«Und? Bist du nach wie vor bereit, dich von Linda zu trennen?»

«Ja, das bin ich. Und jetzt müssen wir vorwärtsmachen.»

«Einverstanden. Dann eröffne ich das Scheidungsverfahren. Wie steht jetzt Linda dazu?»

«Sie ist neuerdings auch einverstanden damit. Hat mir sogar zu verstehen gegeben, wenn ich keine Scheidungsklage einreichen würde, täte sie es.»

«Kann ich nachvollziehen. Sie hat, so wie ich es beurteile, gute Karten für den Ausgang des Prozesses. Wohnt sie immer noch bei dir?»

«Nein.»

«Aber du brauchst doch einen Ersatz für die Praxis.»

«Schon geregelt. Ich habe ein Fräulein dafür engagiert.»

«Ein Fräulein? Wer ist denn das? Wie kam es dazu, dass du so rasch eine Person dafür gefunden hast?»

«Derzeit kein Problem. Es gibt viele junge Frauen, die irgendwo arbeiten möchten, um Geld zu verdienen.»

«Ist sie ausgebildet?»

«Mangelhaft, ich habe ihr das Nötigste beigebracht.»

«Hmmm ... wo wohnt jetzt das Fräulein?»

«Zwischendurch in meinem Haus. Doch ihr registrierter Wohnsitz ist Burgdorf.»

Tiefe Falten durchzogen Zauggs Stirn. «Junge, Junge, pass auf. Teilst du mit ihr Tisch und Bett?»

Eine leichte Röte überzog Roders Gesicht. «Mehr oder weniger.»

«Und Linda weiss davon?»

«Mehr oder weniger. Aber ich habe Linda gesagt, ich würde das Fräulein sicher nicht heiraten. Sie ist nicht mein Typ.»

«‹Mehr oder weniger.› Dass ich nicht lache. Aber mir ist nicht zum Lachen zumute, und für dich sollte das noch weniger der Fall sein. Noch bist du verheiratet. Damit hast du Linda eine Waffe in die Hand gegeben. Sie kann dich der ehelichen Untreue beschuldigen. Das ist so ziemlich das Schlimmste für einen Scheidungswilligen. Dem Untreuen werden sämtliche Gerichtskosten überbunden. Er wird seine Verlassene mit einem fürstlichen Betrag abfinden müssen, und der dürfte bei deinen finanziellen Verhältnissen happig ausfallen. Nun ja, daran lässt sich nichts mehr ändern. Immerhin wird es dazu beitragen, dass der Prozess ohne Verzögerung abgewickelt werden kann. Über die Schuldfrage braucht nicht mehr gestritten zu werden. Alles, was du gegen Linda verwenden möchtest, und das wäre einiges, kannst du jetzt vergessen.»

«Das ist für mich schwer nachvollziehbar. Wir haben uns sozusagen freiwillig getrennt.»

Zaugg stampfte mit den Füssen. «Ich glaub's einfach nicht. Deine Naivität sprengt alle Grenzen. Mir kommt es vor, als hätte ich einen Schuljungen vor mir. Irgendwie bist du nicht erwachsen geworden.»

Roder schaute ziemlich belämmert drein und konnte die Tränen nicht zurückhalten. «Schon möglich, dass ich Fehler gemacht habe. Doch ich hielt es nicht mehr aus. Ich brauchte jemand, der mir hilft, diesem Elend zu entfliehen. Und da bot sich als Übergangslösung das Fräulein an. Stimmt, das Ganze kostet eine Stange mehr Geld. Doch das ist verkraftbar. Mein Seelenheil bedeutet mir mehr als die Moneten.»

Zaugg stand auf und legte Roder beide Hände auf die Schultern. «Tut mir leid, Wendolin. Ich ahnte nicht, dass dir die Sache so nahegeht. Wir beide werden es schaffen. Ich werde dir entgegenkommen. Du bleibst mir das Honorar schuldig, bis du wieder auf eigenen Beinen stehst. Du bist ein tüchtiger Arzt. Doch etwas stösst mir schon sauer auf an dir.»

«Was denn?»

«Dein Benehmen gegenüber Frauen. Das sind nämlich auch Menschen. Aber das musst du mit deinem Gewissen vereinbaren.»

«Danke, Hannes. Das werde ich dir nie vergessen.»

6. Laura

Laura Borelli wurde am 7. Mai 1894 in Burgdorf geboren. Der Vater, ein arbeitsamer Handwerker und aus Italien eingewandert, hatte eine Stelle bei einem Malermeister gefunden. Da Borellis Arbeitgeber keinen Nachkommen hatte, der das Geschäft zu übernehmen bereit war, übergab er es seinem tüchtigsten Angestellten, Aldo Borelli, dem Tschinggen.

Lauras ursprünglich evangelische Mutter, die aus Finsterhennen stammte, nahm den katholischen Glauben des Vaters an, auch und wohl besonders, weil sich ihre Eltern, ein gut situiertes Wirtsehepaar, von ihrer Tochter abgewandt hatten, weil sie Schande über ihr Haus gebracht hatte. Sie hatte sich von einem Tschinggen schwängern gelassen. Ein solches Grosskind ertrugen die Wirtsleute in Finsterhennen nicht, noch weniger eine unverheiratete Tochter mit einem unehelichen Kind. Einer Ehe mit dem geliebten Aldo stand nichts mehr im Wege.

Aldo wurde zum erfolgreichen Unternehmer und damit zu einem geachteten Mann im Städtchen. Er bewarb sich um das Schweizer Bürgerrecht, das ihm anstandslos gewährt wurde.

Laura war das zweitälteste der zehn Borelli-Kinder; es waren fünf Buben und fünf Mädchen. Als sie Wendolin Roder kennenlernte, war Jean, der älteste Nachkomme der Borellis, bereits verheiratet und betrieb in St. Légier eine Gastwirtschaft, der jüngste Bruder Lauras, Ernst, besuchte noch das Gymnasium in Burgdorf. Die andern drei Brüder arbeiteten alle im Geschäft des Vaters. Laura und ihre Schwestern waren dazu ausersehen, einen tüchtigen Mann, der auf eigenen Beinen stand, zu ehelichen. Die zweitälteste Tochter, Paula, war bereits unter der Haube. Sie hatte einen erfolgreichen und liebenswürdigen Gatten geangelt, Konrad Zwygart. Er war Direktor der Burgdorfer Landbank. Die drei jüngeren waren noch in Warteposition und versuchten ihr Glück als Kinderfräuleins in England, Frankreich und in Belgien. In Italien, das eigentlich naheliegender gewesen wäre, herrschte Mussolini. Ein Schwiegersohn von dort kam für Vater Borelli nicht in Frage, denn er wollte mit dem Faschismus nichts zu tun haben.

Die Borellis blieben trotz des Erfolgs des Vaters Aussenseiter. Laura und ihre Geschwister wurden als Tschinggen gehänselt. Den falschen Glauben hatten sie auch. Doch Laura liess sich deswegen nicht unterkriegen. Sie besuchte in Burgdorf die Primarschule, dann die Mädchensekundarschule und ging, um die französische Sprache zu erlernen, nach St. Croix in die Pension Junod, wo sie nicht ganz ein Jahr blieb. Wieder nach Burgdorf zurückgekehrt, erlernte sie bei den Töchtern Matter und Zimmermann die Damenschneiderei, was zwei Jahre dauerte. In Langnau bestand Laura die Lehrabschlussprüfung. Danach folgten verschiedene Anstellungen als Schneiderin in der Waadt.

Im Frühjahr 1918 fand Laura eine Teilzeitstelle in der Kohle AG, Burgdorf, wo sie bis 1924 im Büro arbeitete. Sie bildete sich dort teils autodidaktisch, teils durch Kurse weiter. Sie lernte Maschinenschreiben, eine Buchhaltung führen, Briefe in französischer und italienischer Sprache schreiben.

Ihre Schwester Paula besuchte das Gymnasium von Burgdorf, was Aufsehen erregte. Laura wäre liebend gerne auch dorthin gegangen. Sie war kulturell interessiert und ausgesprochen musikalisch. Sie rang ihren Eltern ab, Unterricht bei einem Cellolehrer zu nehmen. Sie bestand im Frühjahr 1919 das Aufnahmeverfahren ins Konservatorium von Bern. Nach einigem Hin und Her gestanden die Eltern ihr zu, diese Hohe Schule der Musik zu besuchen unter der Bedingung, dass sie daneben die Stelle als Bürolistin und Buchhalterin in Burgdorf behalten würde. Denn Musikerin, das sahen Vater und Mutter gleich, sei kein Brotberuf. Laura erfüllte ihren Eltern diesen Wunsch.

Doch auf die Musik mochte sie nicht ganz verzichten. Sie wurde ins Stadtorchester von Burgdorf aufgenommen und spielte dort mit Hingabe ihr Cello.

Anfang Juni 1923 spielte das Stadtorchester Burgdorf Haydns «Schöpfung». In der Pause fragte die neben Laura Borelli spielende Violinistin sie: «Hast du nicht bemerkt, dass dich in der vordersten Reihe ein Typ fortwährend mit Stielaugen anstarrte?»

«Doch, habe ich.»

«Kennst du ihn?»

«Nein.»

«Ich weiss, wer er ist. Der Arzt von Oberburg. Doch lass dir gesagt sein, der Mann ist nicht frei, er ist in festen Händen, verheiratet mit Frau und Kind.»

Laura Borelli seufzte ein wenig. «Leider ist es immer so. Zieht einen endlich ein Mann an, ist er schon vergeben.»

Nach dem Konzert trafen sich die Musikerinnen und Musiker in einem separaten Raum der Wirtschaft «Zum Stadthaus». Wendolin Roder schloss sich ihnen, obwohl er keine Einladung hatte, an. Er hatte ja den Direktor des Stadtorchesters, Traugott Weber, vor zwei, drei Jahren kennengelernt. Jedes Mal wenn sie sich über den Weg liefen, grüssten sie sich überschwänglich. Weber schmeichelte, dass er auf Augenhöhe mit einem Arzt verkehren durfte, Roder versprach sich so einen vorteilhafteren Zugang zu den Mehrbesseren aus dem Emmental. Anwälte, Richter, Grossräte, Fabrik- und Gutsbesitzer, Bankdirektoren, Offiziere und dergleichen pflegten als Angehörige der obersten Gesellschaftsschicht den gegenseitigen Kontakt im Rahmen kultureller Anlässe.

Roder suchte sich gezielt den Tisch, an dem Laura Borelli sass. «Ist es erlaubt, Fräulein?», fragte er mit scheinheiliger Unschuldsmiene.

Laura nickte leicht verlegen und fragte: «Kennen wir uns?»

«Natürlich nicht, noch nicht», antwortete Roder augenzwinkernd.

«Mit wem habe ich die Ehre?»

Roder sagte seinen Namen, danach sie den ihren. Sie konnte ein Lächeln nicht unterdrücken. «Sie sind mir während des Konzerts aufgefallen.»

«Habe ich mich etwa auffällig benommen?»

«Hmmm ...» Sie summte leise eine Melodie. Dann trällerte sie ein kaum vernehmbares Lachen und sagte im Flüsterton: «Ja, das kann man wohl sagen. Sie haben mich mit grossen Augen gemustert. Ich fragte meine Nachbarin, die Violinistin, was denn in diesen Kerl gefahren sei. Sie schenkte mir reinen Wein ein.»

«Was meinen Sie damit?»

«Jemandem reinen Wein einschenken bedeutet ... Die Violinistin sagte ohne Umschweife und Ausflüchte die Wahrheit. Und die fällt nicht immer so aus, wie man es gerne hätte.»

Eine flüchtige Röte huschte über Roders Gesicht. «Was hätten Sie denn gerne?»

Laura Borelli zuckte ein bisschen hilflos mit den Schultern. «Verheiratete Männer könnten ein Problem bedeuten.»

«Unabwendbar?»

«Das habe ich nicht gesagt, aber wenn sie einem gefallen, dann vielleicht schon.»

«Ich fasse das als Kompliment auf.»

Es wurde ein recht langes Zusammensein. Als die beiden sich zum Gehen aufmachten, hatten sie einander einiges aus ihrer Lebensgeschichte erzählt.

«Darf ich dich nach Hause begleiten?», fragte Wendolin.

Laura schien zu überlegen. «Spaziere ich in der tiefen Nacht durch dunkle Gassen, überkommt mich oft Angst. Ein männlicher Begleiter ist dann vielleicht ein Schutz. Tja ...» Laura sah Wendolin etwas gequält an. «Aber er könnte auch das Gegenteil sein.»

«Das Gegenteil?»

«... wenn er zudringlich wird.»

«Ich verspreche, dass ich das nicht sein werde.»

Es war ein langer Spaziergang. Wendolin bemerkte wohl, dass Laura nicht den kürzesten Weg gewählt hatte. Vor der Haustür des Hauses, wo sie wohnte, streckte sie ihm die Hand entgegen. «Es war schön, dich kennenzulernen.»

Er war ein bisschen enttäuscht, denn er hatte sich eine Einladung zu einem Tee in ihrer Wohnung erhofft.

Ein paar Tage später lag ein Brief von ihm in ihrem Briefkasten.

Liebe Laura,
die ganze Zeit verweilen meine Gedanken bei dir. Du bist eine reizende Person. Ich würde dich gerne wiedersehen. Warten bis zum nächsten Konzert? Das dauert leider ziemlich lange. Bis Anfang August.
Du hast mir erzählt, dass du als Buchhalterin bei der Kohle AG arbeitest. Wäre es möglich, dass du dich auch um meine Buchhaltung kümmern könntest?
Komm doch mal in meiner Praxis vorbei. Du arbeitest bis sechs Uhr am Abend?
Wenn es so ist, erwarte ich dich am kommenden Mittwoch, ein Viertel vor sieben. Geht das so?
Ich freue mich auf deinen Besuch.
Herzlich
Wendolin

Schon einen Tag später fischte Wendolin einen Brief aus seiner Postablage.

Der Absender: Laura. Vor und nach dem Namen ein Herzchen. Dahinter stand ein grosses Fragezeichen. Er seufzte: «Oje, das kann nur Linda gewesen sein. Nun steht das Gesprächsthema beim Nachtessen fest.»

Erwartungsvoll riss er das Couvert auf. Auf rosarotem Papier standen nur zwei Worte: «Ich komme.»

Es waren gerade zwei Wochen seit der Konzertvorführung vergangen, als Laura Borelli an der Glocke beim Eingang der Praxis zog.

Wendolin selbst öffnete die Tür. Er war über das Erscheinen des Fräuleins überrascht. Sie war elegant gekleidet. Einen Tag zuvor musste sie bei der Coiffeuse gewesen sein. Ihre schwarzen Haare waren onduliert. Sie trug eine Bluse mit einem gewagt grossen Ausschnitt. Ihr Jupe reichte nur knapp unter die Knie.

Der kühle Abschied zwei Wochen zuvor war vergessen.

Wendolin streckte ihr die Rechte entgegen. Sie nahm sie nicht an, stattdessen gab sie ihm einen Kuss auf die Wange. Er schob die Tür mit dem Fuss zu und nahm sie in die Arme.

«Ich bin gekommen, um mich um deine Buchhaltung zu kümmern.»

«Nur darum?»

«Wir werden sehen ...»

«Komm in meine Ordination, dort habe ich die Unterlagen dazu.»

«Ordination?»

«An diesen Ausdruck musst du dich gewöhnen. Ein anderes Wort dafür ist ‹Sprechzimmer›. Doch wir Ärzte ziehen die vornehmere ‹Ordination› vor. Dort werden die Patienten untersucht und allenfalls behandelt. Wir machen Spritzen oder kleinere chirurgische Eingriffe wie eine Zehe oder einen Finger amputieren. In seltenen Fällen auch eine Hand oder einen Fuss. Ein Bein vom Knie an oder ein Arm vor oder hinter dem Ellbogen dürfen wir nicht mehr wegschneiden. Solche Operationen werden im Spital vorgenommen. Häufig gipsen wir eine gebrochene Gliedmasse ein wie Unter- oder Oberschenkel, Füsse, Arme ...»

«Und das machst du alles allein?»

«Dabei assistiert mir die Praxishilfe.»

«Wer ist denn das?»

«Bislang hat sich meine Frau Linda dazu hergegeben. Seit sie ein Kind zu betreuen hat, musste ich dafür eine weitere Person engagieren.»

«Was muss die Praxishilfe können? Wo wird sie ausgebildet?»

«Können muss sie eigentlich alles, was das auch heissen mag. Ich lerne diese Frauen an. Arztgehilfin ist kein Beruf, für den man eine Lehre machen kann, trotzdem ist es eine anspruchsvolle Tätigkeit.»

Laura lachte. «Dann könnte ich bei dir die Ausbildung machen?»

«Im Prinzip ja. Wir könnten mal darüber reden. Doch so viel wie eine Buchhalterin würdest du nicht verdienen.»

«Ich werde es mir überlegen. Aber zeig mir jetzt die Buchhaltung.»

Wendolin öffnete einen Schrank, der zehn Bundesordner, Papierbögen, eine Schachtel mit Farbstiften, mehrere Füllfederhalter der Marke «Soennecken» und «Waterman» sowie mehrere Tintenfässer enthielt. Dann zog Wendolin ein Gerät hervor, das die Form eines dicken Massstabes hatte. «Weisst du, was das ist?»

«Wie bitte? Das fragst du eine Buchhalterin? Ein Rechenschieber natürlich.»

«Kannst du damit umgehen?»

«Aber sicher.»

«Ich brauche ihn nicht für die Buchhaltung, sondern für alle möglichen Berechnungen, die ich für Krankenberichte anstellen muss. Diesbezüglich könntest du mir eine wertvolle Hilfe sein.»

Wendolin nahm zwei Ordner aus dem Schrank und legte sie auf den grossen Schreibtisch. «Wirf einen Blick hinein und sag mir, ob du damit etwas anfangen kannst. Ich verziehe mich für etwa eine Stunde, dann komme ich zurück. In Ordnung so?»

Laura wirkte verlegen.

Wendolin verstand das als Zustimmung. Es war sieben Uhr, genau um diese Zeit hatte Linda das Nachtessen zubereitet, wie immer.

Als er vom Essen zurückkam, erzählte er Laura, dass seine Frau ihr Kommen bemerkt habe.

«Wer kam noch so spät in die Praxis?», hatte sie gefragt. «Es war ein junges Ding, oder?»

Danach habe es eine wüste Szene gegeben.

«Hast du ihr gesagt, weshalb ich gekommen bin?», wollte Laura wissen.

«Nein, später werde ich es ihr verraten. Sie wird toben.»

«Hat sie denn bislang die Buchhaltung gemacht?»

«Ja.»

«So schlecht ist die Buchhaltung nicht. Aber nicht sehr professionell. Ich könnte es besser. So, dass auch du es verstehen würdest.»

«Gut, dann beginne so bald als möglich damit.»

«Gerne, danke.»

Wendolin bot Laura an, sie nach Hause zu begleiten. Zu ihrer Wohnung auf Burgdorfer Boden waren es lediglich einige hundert Meter. Sie nahm das Angebot an. Auf halbem Weg hakte sie sich bei ihm ein. Diesmal durfte er sie bis in die Wohnung bringen. Sie servierte ihm ein Glas Wein. Sein Blick fiel auf ein Heft aus der Kunstszene. Wasmuths Kunsthefte. Auf dem Titelbild eine attraktive Frau in den Vierzigern mit dem Namen Alexandra Michailowna Kollontai, russische Revolutionärin und Pionierin der freien Liebe in der Sowjetunion.

«Ich bin fasziniert», rief Wendolin aus. «Von wo hast du denn diese subversive Literatur her?»

«Unser Orchester trat vor einem Jahr in Freudenstadt im Schwarzwald auf. Ein kultureller Austausch zwischen zwei ländlichen Kleinstädten. In den benachbarten Ländern Schweiz und Baden. Du lachst?»

«Wenn ich an Burgdorf denke, glaube ich, dass sich kein Kiosk, keine Buchhandlung gewagt hätte, ein solches Heftli aufzulegen.»

«Weisst du denn von Alexandra Kollontai?»

Wendolin zuckte mit den Schultern. «Wie sollte ich denn? Dieser Name ist mir noch nie begegnet.»

«Die Kollontai ist eine bemerkenswerte Person. Sie ist alleinerziehende Mutter und war Volkskommissarin für Soziales in der Sowjetunion nach der Oktoberrevolution 1917. Unter ihr wurde das Eherecht gelockert, der Mutterschutz verbessert, sie setzte das Recht auf Schwangerschaftsabbruch durch, führte Volksküchen ein und ermöglichte eine staatlich organisierte Kindererziehung. Die junge Sowjetunion fasziniert mich. Sie ist fortschrittlicher als unser Land. Um Himmels willen, bei uns dürfen die Frauen nicht mal an die Urne gehen. In der Sowjetunion gibt es seit ihrer Gründung Frauen in der Regierung.»

Ein bisschen verwirrt war Wendolin schon. Er hatte zunächst geglaubt, Laura intellektuell, bildungs- und wissensmässig hoch überlegen zu sein.

Laura sah Wendolin mit einem Hauch von Triumph an. «Das hättest du mir nicht zugetraut, oder?»

«Ich muss zugeben, ich bin überrascht.» Wendolin hielt inne. Seine Miene wurde erst ernst, dann zauberte sich ein Lächeln darauf, das in ein lüsternes Grinsen ausartete. «Die freie Liebe …» Wendolin räusperte sich. «Die freie Liebe, hast du sie schon mal ausprobiert?»

«Warum möchtest du das denn wissen? Legst du Wert darauf, ein junges, unerfahrenes Fräulein zu entjungfern? Ich lasse diese Frage mal offen.» Sie hielt inne und schüttelte ein bisschen resigniert den Kopf. «Hätte sich die Gelegenheit ergeben, ja. Doch was bieten diesbezüglich Burgdorf und Umgebung? Glaubst du, diese Bauernlümmel, diese bescheuerten Landjäger, diese selbstgerechten Beamten, diese willfährigen Büezer, diese scheinheiligen, ehrenwerten Geschäftsinhaber an der Bahnhofstrasse, diese bünzligen Anwälte und Notare und was es dergleichen noch gibt … glaubst du im Ernst, diese Leute wären zu einer Revolution fähig?»

Wendolin war baff, buchstäblich mit seinem Latein am Ende. Es hatte ihm die Sprache verschlagen.

«Ist dir die Lust vergangen? So komm doch, versuchen wir es mal.» Laura zerrte ihn in ihr Schlafzimmer.

Sie lagen bange Minuten nackt nebeneinander. Laura blickte Wendolin tief in die Augen. Dann begann er plötzlich zu schluchzen: «Das ist mir noch nie passiert. Ich kann nicht …»

Sie strich ihm zärtlich über die Haare.

Nach einem langen Gespräch stand Wendolin unverrichteter Dinge auf und kleidete sich an.

Sie zog sich den Morgenmantel an. «Ich mache dir einen heissen Tee.»

Kleinlaut nahm er das Angebot an.

Laura verabschiedete sich zärtlich von ihm. «Du bist mir sympathischer geworden. Du möchtest gerne ein Held sein, aber das bist du nicht. Vielleicht solltest du dich von einigen gesellschaftlichen Konventionen lösen. Es ist nicht zwingend, dass ein Arzt verheiratet sein muss.» Sie hielt für einige Augenblicke inne, bis sie sich zur Frage durchrang: «Darf ich meine Arbeit als Buchhalterin in deiner Praxis fortsetzen?»

«Ja, es wäre mir ein Anliegen. Mehr denn je. Komm in einer Woche wieder. Genau um dieselbe Zeit.» Er überlegte. «Nein, das passt schlecht. Wir haben einen Anlass der Verbindung.»

«Welche denn?»

«Helveter.»

«Helveter? Das darf doch nicht wahr sein. Diese bierseligen Faschisten. Wie kannst du nur?»

Unsicher musterte Wendolin Laura. «Soll das ein Rat sein, dort zu kündigen?»

«Das musst du entscheiden.»

Wendolin entschloss sich, die nächste Zusammenkunft der Helveter fallen zu lassen. Er sagte das Laura. Doch aus dieser Gemeinschaft austreten mochte er nicht überstürzt. Er versuchte, es Laura zu erklären. Ohne Mitgliedschaft bei einer Studentenverbindung komme kein frischgebackener Arzt zu einer Praxis. Er habe die von Oberburg nur bekommen, weil der dort vom Regierungsstatthalter suspendierte Arzt den Helvetern angehörte. Und vielleicht geschehe etwas in seinem persönlichen Umfeld, das einen Umzug an einen anderen Ort notwendig mache.

«Dabei denkst du wohl an eine Scheidung von Linda?»

«So ist es.»

Laura kam zum vereinbarten Zeitpunkt. Wieder hiess er sie am Praxiseingang willkommen, führte sie in die Ordination und liess sie dort eine Stunde allein. Ihre Besuche wiederholten sich bis Mitte November, als Wendolin Laura erneut ein Angebot machte, sie zu ihrer Wohnung zu begleiten. Sie nahm es an.

Sie gingen zusammen ins Bett, und es glückte.

In der kommenden Woche wurde anstelle des Bettes in Lauras Wohnung mit dem Schragen in der Ordination der Praxis vorliebgenommen.

«Hast du kein schlechtes Gewissen?», fragte Wendolin Laura.

«Du bist unmöglich. Wer ein schlechtes Gewissen haben müsste, wärest du. Du bist es, der seine Frau betrügt.»

«Ganz wohl ist mir nicht dabei.»

«Befürchtest du, Linda könnte uns beim Schäferstündchen überraschen?»

«Eigentlich nicht. Ich habe ihr nicht verheimlicht, dass ich vor einer Woche mit dir intim war.»

«Und?»

«Sie hat mir eine Szene gemacht. Drohte, mich mit Rosemarie zu verlassen, sollte das nochmals vorkommen.»

«Und du nimmst das in Kauf?»

«Ja.»

«Bist du dir bewusst, was dann auf dich zukommt?»

«Eine gerichtlich vollzogene Trennung, während der ich für den Lebensunterhalt von Linda und Rosemarie aufkommen muss.»

«Dann musst du eine Praxishilfe engagieren. Wohl auch noch eine Haushaltshilfe, die für dich kocht, die Wohnung putzt und die Wäsche macht. Und das alles kannst du dir nicht leisten, das muss ich dir als deine Buchhalterin offen ins Gesicht sagen.»

«Hast du eine Lösung für dieses Problem?»

«Habe ich, ja. Ich künde meine Wohnung, ziehe bei dir ein, übernehme als Halbtagsstelle deine Hausarbeiten und deine Assistenz bei der Behandlung der Patienten. Dann musst du lediglich wöchentlich für einige Stunden eine Frau anheuern, die dir in der Praxis oder im Haushalt aushilft. Ich denke, es gibt genügend in der Gegend, die sich um eine solche Stelle reissen würden.»

«Meinst du damit, ich müsste meine Frau wegschicken?»

«Wohl kaum, du musst warten, bis sie von sich aus geht, ansonsten handelst du dir bei der Scheidung noch mehr Nachteile ein.»

Wendolin nickte verständnisvoll.

Der Besuch von Laura führte regelmässig zu Zornesausbrüchen von Linda. Doch sie blieb.

Als sie dann aber zusehen musste, wie es ihr Ehemann und Fräulein Borelli miteinander auf dem Schragen trieben, entschloss sie sich, dem Zusammenleben mit Wendolin ein Ende zu setzen, mit einer Spur Berechnung. Sie lud immer, wenn das Fräulein zu Besuch war, ihre Freundin ein, die die beiden heimlich beobachtete. Und diese Frau war Zeugin von drei Vorfällen mit Geschlechtsverkehr zwischen Wendolin und Laura. Einen solchen Beweis von Untreue, glaubte Linda, dann dem Gericht vorlegen zu müssen, als Begründung der Scheidungsklage.

Linda kostete dieses Ereignis im Beisein ihrer Freundin als Beleg des Ehebruchs aus. Sie schob das Kinn vor und stierte Wendolin an. «So, jetzt habe ich dich am Wickel, deine Schlampe sollte sich in Grund und Boden schämen.» Sie trat auf Laura zu und verabreichte ihr eine schallende Ohrfeige. «Du blödes Ding, wetterst gegen die Institution Ehe und verlobst dich mit diesem Lumpen.»

Der Gerichtspräsident von Burgdorf leitete das Scheidungsverfahren ein und legte die gesetzliche Trennung fest.

Laura Borelli zog am 3. April 1924 endgültig bei Wendolin Roder ein.

Am nächsten Tag beschlossen sie, sich zu verloben. Zusammen spazierten sie in Burgdorf zu einem Goldschmied und liessen die Ringe anfertigen. Am 11. April waren sie abholbereit. Die beiden gingen zusammen hin.

Auf ihrem Ring stand: «Wendolin * 12. April 1924», auf seinem: «Laura * 12. April 1924».

In den kommenden Wochen leerte sich Roders Wartezimmer immer mehr. Einen Monat später kam täglich kaum mehr als eine Handvoll Patienten. Anfang Juli wusste Roder, dass er in Oberburg ausgespielt hatte. Ein Arzt, der mit seiner Konkubine zusammenlebte, war in diesem Dorf ein Tabubruch. Er sah sich nach einer anderen Praxis um. Ein Kollege vermittelte ihm eine in Thun. Dort gebe es zu wenig Ärzte.

Die Praxis von Oberburg wurde zu einem viel zu tiefen Preis

veräussert. Für die neue brauchte er mehr, als er aus dem Verkauf herausschlug. Die Spar- und Leihkasse Thun, die SLKT, erklärte sich bereit, sie zu finanzieren. Ein Banker der SLKT bot ihm eine Hypothek zu einem günstigen Zins an. Das war möglich, weil der Direktor dieser Bank der Studentenverbindung der Helveter angehörte.

Der Umzug nach Thun brachte es mit sich, dass Laura ihre Stelle als Buchhalterin bei der Kohle AG kündete. Von nun an war sie Praxishilfe, Haushälterin und die Geliebte von Wendolin.

Sie waren noch am Einrichten der Praxis, als der stellvertretende Chefredaktor der «Thuner Nachrichten», Willi Lanz, auftauchte. Er beglückwünschte die Roders, in seiner Stadt eine Arztpraxis zu eröffnen. Eine ganze Seite habe er in seiner Zeitung dafür reserviert. Lanz schoss eine Menge Fotos. Das grösste und schönste vom Paar Wendolin und Laura. Seit wann sie denn schon zusammen seien, fragte Lanz. Als die Antwort kam, erst seit einigen Monaten, hakte er nach. Das sei sicher ein rauschendes Hochzeitsfest gewesen. Wendolin und Laura tauschten bestürzte Blicke aus. Ein Augenblick der Sprachlosigkeit folgte. Dann schickte sich Roder an, den Mann der «Thuner Nachrichten» aufzuklären. Nicht restlos. Die Feier stehe erst noch an. In einigen Monaten. Tiefe Falten bildeten sich auf der Stirn des Zeitungsmannes.

Roder reagierte sofort. «Aber wir leben nicht etwa im Konkubinat. Laura und ich nächtigen in verschiedenen Zimmern.»

Die Skepsis des Zeitungsmanns verflog nicht. «Ein guter Ratschlag: Legalisieren Sie Ihr Zusammenleben möglichst bald, vorher wird kein Beitrag über Sie beide in den ‹Thuner Nachrichten› erscheinen. Die Menschen hier sind gläubige Reformierte. Die meisten Männer arbeiten in einem der beiden grossen Militärbetriebe, der Konstruktionswerkstätte und der Munitionsfabrik. Welchen Rang bekleiden Sie übrigens in unserer Armee? Als Arzt sind Sie sicher Offizier, in Ihrem Alter, schätze ich, wohl Hauptmann.»

«Ich gehöre der Armee nicht an.»

Das Gesicht von Lanz verzog sich, als ob er an einer Tasse mit saurer Milch genippt hätte.

«Sind Sie Ausländer?»

«Nein, mein Heimatort ist Bonfol im Berner Jura.»

«Sie sind doch nicht etwa Dienstverweigerer?»

«Bin ich nicht. Bei der Aushebung wurde bei mir starkes Asthma diagnostiziert, man hat mich als Folge davon untauglich geschrieben», log Roder.

«Ich bin beruhigt. Andernfalls hätte ich dieses Haus fluchtartig verlassen.» Lanz streckte Roder die Hand entgegen. «Ich verabschiede mich jetzt. Wenn Sie mir Ihren Trauschein vorweisen können, suche ich Sie nochmals auf.» Laura Borelli würdigte er keines Blicks. Er drehte sich auf dem Absatz um und ging.

Als Lanz die Eingangstür hinter sich zuknallte, entfuhr Wendolin ein wüster Fluch, dem er die Bemerkung «Ist das ein verdammtes Arschloch» nachschickte.

Wendolin Roder und Laura Borelli glaubten nach dem kurzen Intermezzo mit Lanz dennoch an einen verheissungsvollen Neuanfang in Thun. Da läutete am nächsten Morgen kurz nach halb neun der Briefträger und brachte einen eingeschriebenen Brief mit dem Absender: «Schloss Burgdorf, Gerichtspräsident».

Wendolin riss ihn auf, überflog ihn. «Auch das noch. So ein Mist, ich habe für übernächsten Mittwoch eine Vorladung in Sachen Scheidungsverfahren bekommen. Punkt sieben fünfundfünfzig habe ich mich beim Empfang des Amtsgerichts Burgdorf zu melden.»

«Warum schaust du so drein wie sieben Tage Regenwetter? Freu dich doch, dass du diese Angelegenheit bald hinter dir hast.»

«Bald hinter mir? Dass ich nicht lache. Ich glaube, es wird Winter, bis ich das Scheidungsurteil in Händen habe. Und die in Burgdorf werden mir bis aufs Hemd alles ausziehen. Wir gehen harten Zeiten entgegen.»

«Das ist nur Geld. Wir beide schaffen das.»

In den kommenden Tagen blieb das Wartezimmer leer. Wendolin wurde missmutig. Laura versuchte ihn aufzumuntern. Das sei doch immer so, wenn man eine neue Praxis eröffne.

«Da irrst du dich, mein Liebes. In Oberburg war es anders. Schon am ersten Tag war das Wartezimmer gestossen voll.»

«Oberburg und Thun kannst du nicht gleichsetzen. In Oberburg spricht sich alles im Nu herum. Thun ist eine grössere Stadt. Da dauert es länger, bis etwas bekannt wird ...»

«Wenn du nur recht hättest. Doch warten wir ab.»

Das Wartezimmer blieb weiterhin leer. Roder informierte sich, wie die Praxis vor seinem Einzug lief. «Gar nicht», bekam er allenthalben zu hören. Der letzte Arzt habe es nur ein halbes Jahr ausgehalten, dann musste er aufgeben. Der vorletzte war ein Säufer und ging schliesslich bankrott. Von einem Kundenstamm könne nicht die Rede sein. Bis so einer aufgebaut sei, brauche es Jahre, klärte ihn ein Nachbar auf.

Die erste Gerichtsverhandlung in Burgdorf war niederschmetternd. Linda kam mit einem Anwalt namens Krebs aus Burgdorf. Emotionslos verlas er die Punkte der Scheidungsanklage. Roder, der kurz zuvor noch seinen Freund Zaugg angefragt hatte, erschien ohne Fürsprech. Zaugg bereitete ihn darauf vor, dass er den Prozess mit oder ohne ihn verlieren werde. Er, Zaugg, könne in diesem Fall schlicht nichts für Roder tun.

In Anbetracht dieser Umstände hatte Roder Krebs nichts entgegenzusetzen. Er wusste, dass eheliche Untreue ein Scheidungsgrund war. Und er hatte eine Geliebte, Linda hatte keinen. Dass Linda ihm, aus seiner Sicht, das Leben schwer machte, fiel nicht ins Gewicht. Das sagte er dem Gerichtspräsidenten direkt ins Gesicht.

«Sie fühlen sich also schuldig?», fragte der Richter.

«Nein, ich fühle mich nicht schuldig.»

«Aber Sie haben ein Unrecht begangen, gegen das Gesetz und die Moral verstossen, als Sie Ihre Frau betrogen haben.»

«Gesetze werden von Männern gemacht, die von der Bevölkerung ins Parlament gewählt werden. Ich habe eine andere

Meinung als diese Herren, die ich als Spiesser, als rückständig einstufe. Deshalb betrachte ich in diesem Fall die Missachtung des Gesetzes als legitim.»

Krebs strahlte. Es schien, Roder machte ihm die Sache leicht.

Dem Richter entfuhr die Bemerkung: «Und so einer will Arzt sein.»

«Herr Gerichtspräsident, solche Aussagen stehen Ihnen nicht zu.»

«Roder, reizen Sie mich nicht. Mit jedem dummen Spruch, der über Ihre Lippen geht, machen Sie die Scheidung teurer.»

«Auch das hätten Sie nicht sagen dürfen», entgegnete Roder mit freundlicher Stimme.

Der beisitzende junge Gerichtsschreiber, ebenfalls ein Jurist, schubste den weisshaarigen Richter sanft am Arm, was wohl zu bedeuten hatte, er solle Roder nicht mehr antworten.

Es folgten weitere fünf Vorladungen des Richters. Sie verliefen allesamt etwa gleich. Stets kanzelte er Roder ab, der immer zurückgab. Zur Gaudi von Krebs.

Am Vormittag des 19. November 1924 war die Hauptverhandlung. Sie dauerte nicht mehr als eine halbe Stunde. Das Urteil: eine Abfindungssumme von Franken fünfzehntausend an die nun geschiedene Frau, Alimente von Franken fünfhundert monatlich und ein einjähriges Eheverbot gegen Wendolin Roder.

Roder telefonierte danach mit seinem Freund Zaugg und wollte von ihm wissen, ob das Urteil wegen seines ungeschickten Verhaltens so happig ausgefallen sei.

«Ein bisschen vielleicht schon, ein-, zweitausend Franken mehr gingen auf das Konto deiner frechen Bemerkungen. Doch das Verdikt war in Anbetracht der Umstände zu erwarten. Deine Untreue liess sich ja leicht belegen. Unter uns gesagt: Du bist ein unverbesserlicher Dummkopf.»

Trotz des niederschmetternden Urteils war Wendolin zufrieden. Fröhlich kam er am Mittag am Bahnhof Thun, wo ihn Laura erwartete, an.

Er umarmte seine Geliebte und sagte: «Nun bin ich frei!»

«Wann heiraten wir?», fragte sie.

«Gehen wir zuerst nach Hause und essen wir zusammen Zmittag. Du hast doch bereits gekocht, oder?»

«Natürlich.»

Laura und Wendolin spazierten eng umschlungen zu ihrem Haus.

Der Tisch war schon gedeckt. Die Rösti und die Bratwürste mussten noch aufgewärmt werden. Beim Essen kam das Gespräch in Gang.

«Warum heiraten? Ich war immer der Meinung, für dich sei die Ehe nur eine unbedeutende Zugabe», fragte Wendolin leicht provozierend.

«Grundsätzlich denke ich immer noch so. Doch unsere Gesetze lassen ein Zusammenleben ohne Trauschein nicht zu. Und ich möchte mit dir zusammenleben, ich liebe dich.»

Wendolin lächelte bitter. «Das mit der Heirat ist vorläufig aufgeschoben. Der Richter hat gegen mich ein Eheverbot von einem Jahr verfügt.»

Lauras Tränen machten die Sache auch nicht einfacher. «Warum hast du dich nicht dagegen gewehrt?»

«Das Eheverbot hat Krebs vorgeschlagen, allerdings erst heute Morgen. Der Richter fragte mich immerhin, ob ich damit einverstanden sei. Natürlich war ich dagegen. Doch das hatte überhaupt keinen Einfluss. Der Richter sagte, in Fällen von Ehebruch sei eine solche Massnahme üblich.»

«Und was glaubst du, wie geht es jetzt weiter?»

«Wir teilen nach wie vor Tisch und Bett, müssen dabei aber vorsichtig sein. Immer ein Ausweichzimmer mit einem zweiten Bett bereithalten. Und das Bett so zurichten, als ob du darin geschlafen hättest. Ein ohnmächtiges Theater, ich weiss. Aber Leben im Konkubinat ist ein Straftatbestand. Das habe ich schon in Zürich erfahren müssen.»

Laura seufzte. «Wenn's nicht anders geht, werde ich mich danach richten, halte es bis zum 19. November 1925 aus.»

Wendolin nahm sie in die Arme, strich ihr zärtlich übers

Haar und sagte: «Alles kommt gut.» Dann schweifte sein Blick in die Ferne, zum Fenster hinaus, von dem aus man das Stockhorn gut sah. «Da wäre noch etwas, was mir auf dem Magen liegt, besser lag. Unsere Praxis. Damit kommen wir auf keinen grünen Zweig. Wir müssen diese Übung abbrechen.»

In Lauras Blick lag Bestürzung, als sie Wendolin musterte und fragte: «Wie sollen wir denn das anstellen? Du hast ja noch eine Hypothek am Laufen. Es geht doch ein bisschen aufwärts mit unserer Praxis. Gestern waren bereits zehn Personen im Wartezimmer, und du hast zwei Hausbesuche gemacht.»

«Nur weil wir heute den Laden geschlossen haben. Im Durchschnitt kommen fünf Personen täglich. Das ist zu wenig. Wir zehren vom Vermögen, und dieses ist bald aufgebraucht. Aber ich habe eine Lösung des Problems.»

Laura kniff die Augen zusammen. «Wirklich?»

«Ja, ich telefonierte nach dem Scheidungsurteil mit meinem Vater. Ich erklärte ihm, es sei an der Zeit gewesen, mit Linda Schluss zu machen. Und ich schlug ihm vor, dass er mir einen Erbvorbezug von Franken fünfzigtausend geben könnte. Nicht viel mehr, als ich wohl bei seinem und Mutters Tod zu erwarten hätte. Aber die Moneten brauche ich jetzt. Nach der Abfindung an Linda bliebe mir noch eine schöne Stange Geld übrig.»

«Und das reicht dann zum Abzahlen der Hypothek und zum Erwerb einer neuen Praxis?»

Wendolin überlegte einige Augenblicke. «Es ist so. Ich habe mich schon längere Zeit nach einer umgesehen. Im Januar wird in Langnau eine frei. Ein einflussreicher Verbindungsbruder, Erich von Steiger, Notar und Fürsprech an ebendiesem Ort, wird sie mir vermitteln. Der Arzt, der sie betreibt, möchte in den Ruhestand treten. Er ist bald fünfundsiebzig, erfreut sich grosser Beliebtheit und hat einen grossen Kundenstamm.»

«Kennst du ihn, hast du mit ihm geredet?»

«Nur vom Hörensagen. Gesprochen habe ich nicht mit ihm. Er sei so gut wie taub, hat mir von Steiger anvertraut.»

«Taub? Wie geht denn das?»

«Habe ich von Steiger auch gefragt. ‹Im oberen Emmental?

Überhaupt kein Problem. Viele, vor allem die älteren Leute, kommunizieren weniger mit Worten als mit Gebärden und Handzeichen›, klärte mich von Steiger auf.»

«Das kann ja spannend werden.»

Wendolin prustete heraus. «Statt des Arztes kann auch der Patient taub sein. Ich stelle mich darauf ein, mit tauben Klienten umzugehen. Das traue ich mir zu. Nehmen wir den Fall Bauchschmerzen. Die Bäuerin, die mich hat kommen lassen, sagt: ‹Dem Alten tut der Ranzen weh.› Ich sage ihr: ‹Ziehen Sie ihm die Hosen herunter, knöpfen Sie ihm das Hemd auf, und er soll sich auf die Ottomane legen.› Natürlich hat der Alte nichts verstanden, er ist ja schwerhörig. Doch seine Frau reisst ihm rasant die Hosen herunter und schleppt ihn zur Ottomane.»

«Und jetzt demonstrier mir, wie geht die Unterleibsuntersuchung, wenn der Arzt schwerhörig ist?»

«Mach ich, leg dich auf das Sofa.»

Sie machte ihren Oberkörper frei, er zog ihren Jupe herunter.

«Du hast jetzt Schmerzen in der Blinddarmgegend. Ich taste deinen Bauch ab.»

Als Roders Hand etwas unsanft auf die Stelle über dem Blinddarm drückte, schrie Laura auf.

«Genau so geht's. Der Mann verzerrt schmerzvoll das Gesicht und brüllt.»

Danach entkleidete Wendolin Laura vollständig, zog sich im Nu ebenfalls aus und legte sich auf sie.

«Eigentlich sind wir beide noch Kinder. Da kann doch nichts schiefgehen», quietschte Laura mit sprudelnder Stimme.

7. Ankunft in Langnau – Versöhnung mit Linda

Alles lief, wie es sich Roder vorgestellt hatte. Das Arzthaus wurde zwar mit Verlust verkauft, aber die Hypothek auf den neuen Besitzer übertragen. Diesmal war es ein viel beschäftigter Thuner Arzt, der dort seinen Sohn einquartierte, einen frischgebackenen Mediziner.

Zur Eröffnung der neuen Praxis in Langnau blieb noch genügend Geld. Schon in der ersten Januarwoche war das Wartezimmer gestossen voll. Roder kam entgegen, dass gerade eine Grippewelle über die Gegend schwappte.

Eine kleine Schwierigkeit gab es bei der Wohnung. Sie musste noch renoviert werden, sodass Wendolin und Laura nicht umhinkamen, in der Nähe eine Behausung zu mieten.

Die Fankhausers, das Ehepaar Johann und Sarah mit sieben Kindern, offerierten Wendolin Roder und Laura Borelli eine vorübergehende Bleibe auf der zweiten Etage. Was die Fankhausers zunächst annahmen: Bei ihren beiden Mietern handelte es sich um ein Ehepaar. Sie sprachen deshalb Laura mit Frau Doktor an. Weder Laura noch Wendolin klärten die Vermieter über ihren wahren Zivilstand auf.

Kaum zwei Wochen später klopfte die Fankhauserin während der Mittagszeit an die Wohnungstür – Laura und Wendolin waren gerade am Essen. Laura öffnete.

«Grüss Gott, Fräulein Borelli, hol mir den Doktor, ich möchte mit ihm sprechen.»

Wendolin Roder erstarrte einige Sekunden, während Laura die neue Anrede gar nicht aufgefallen war.

«Um was geht's denn?», fragte Laura.

Die Fankhauserin verzog verächtlich ihren Mund. «Unglaublich, dass du diese Frage stellst!»

«Erstens bitte ich Sie, mich nicht zu duzen. Zweitens frage ich immer nach, wenn jemand eine Dienstleistung von meinem Mann verlangt.»

«‹Mein Mann›? Das ist gar nicht dein Mann. Du bist seine Konkubine, seine Dienstmagd, der letzte Dreck.»

Nun kam Roder angerannt. «Was fällt Ihnen ein, Fankhauserin? Scheren Sie sich zum Teufel. Melden Sie sich wieder, wenn Sie Anstand angenommen haben.»

«Herr Doktor … hmmm … Herr Doktor, ich weiss mehr von Ihnen, als Sie denken. Diese Ungezogenheit haben Sie keiner Toten an den Kopf geworfen, sondern einer ehrbaren, verheirateten Frau und Christin.» Sie drehte sich auf dem Absatz um und stapfte schimpfend die Treppe hinunter.

«Oh weh, die wird uns hinauswerfen», jammerte Laura.

Wendolin grinste. «Das wird diese Furie mit Sicherheit nicht tun. Die wird uns so lange behalten, bis wir den Mietvertrag auflösen unter Einhaltung der Kündigungsfrist. Wem könnte sie sonst diese Unterkunft so teuer vermieten? In einigen Wochen soll der Wohnteil des Arzthauses renoviert sein. Jetzt schon werde ich den Fankhausers per Einschreibsendung mitteilen, dass wir diese Bruchbude nicht mehr benötigen.»

«Aber sie wird uns quälen, wie und wo sie nur kann. Sie wird herumerzählen, dass ich nicht deine Angetraute bin.»

Wendolin setzte eine bedauernde Miene auf. «Ja, darauf kannst du Gift nehmen.»

So ging das Gerücht in Langnau um, der neue Arzt sei geschieden und lebe in wilder Ehe.

Doch die Patienten sahen ihm das aus zwei Gründen nach. Erstens waren die Fankhausers unbeliebt. Sie hatte den Ruf einer verlogenen Hexe, die ihre Umgebung drangsalierte und sich die übelsten Geschichten ausdachte, um die Mitmenschen zu verleumden. Und ihr Mann war ein Säufer, was sie vergebens zu verheimlichen suchte. Zweitens ging Roder – aus nicht ganz nachweisbaren Gründen – der Ruf voraus, ein exzellenter Doktor zu sein. Sein Vorgänger war dies gewesen und hätte seine Praxis niemals einem Versager übergeben.

Und Laura wurde nicht mehr mit «Frau Doktor» angeredet, sondern mit «das Fräulein vom Doktor».

Das Wartezimmer war die kommenden Monate immer gut

besetzt. Wendolin Roder schloss Freundschaft mit den wichtigen Leuten in Langnau. Mit Friederich Wüterich, dem Regierungsstatthalter und Gerichtspräsidenten, mit Staatsanwalt Lauener, dem Pfarrer Jakob Oppliger, dem Apotheker, dem Gemeindepräsidenten und den Gemeinderäten, dem Vorsteher der Sekundarschule, dem Stationsvorstand, dem Posthalter, dem Hirschen-, Bären- und Löwenwirt, den Direktoren der drei Baumwollspinnereien sowie den grösseren Gewerbetreibenden.

Während des Abendessens Mitte Januar 1925 rang sich Laura durch, Wendolin zu eröffnen, sie sei schwanger. Wendolin hatte ihr zwar klargemacht, dass er vorläufig kein Kind wünsche, dennoch war sie erstaunt, als Wendolin ihr vorwarf, sie hätte nicht aufgepasst. Als er ihr klarmachte, er könne sich derzeit kein zweites Kind leisten, begann sie zu weinen.

«Aber ich will das Kind behalten. Es wird höchstens zwei Monate unehelich bleiben, dann heiraten wir ja, und es wird deinen Nachnamen tragen wie ich auch.»

Doch Wendolin blieb unerbittlich. «Wir kommen nicht um eine *Abruptio graviditatis* herum.»

Laura begriff, was er meinte, sah ihn entgeistert an, und er sagte: «Entweder akzeptierst du, dass ich es wegmache, oder ich werfe dich aus dem Haus.»

Für Laura brach eine Welt zusammen. «Dann gehe ich halt. Ich würde für alles selbst aufkommen. Du müsstest keinen Rappen für das Kind ausgeben. Keine Alimente wie für die andere», flüsterte sie mit tränenerstickter Stimme.

Wendolin schloss Laura tröstend in die Arme. «Das wirst du nie schaffen. Nimm doch Vernunft an. Zerstöre bitte unsere Zukunft nicht. Beharrst du auf deinem Standpunkt, verlierst du mich und später das Kind. Eine ledige, alleinstehende Mutter hat in unserer Gesellschaft keine Zukunft. Sie endet als ausgebeutete Dienstmagd oder landet in der Gosse. In beiden Fällen wird das Kind verdingt. Es geht nicht anders als mit einem Schwangerschaftsabbruch, glaub mir, Laura. Du wirst das durchstehen, Mädchen.»

Der nächste Tag brach an, für Laura bislang der traurigste in ihrem Leben. Am 21. Januar nahm Roder vor Arbeitsbeginn die Abtreibung vor.

Die Blutungen hielten mehr als eine Woche an. Laura fühlte sich elend. Sie war sehr blass, half aber bereits einen Tag nach dem Eingriff wieder in der Praxis mit, was Wendolin zu der Bemerkung veranlasste: «Du bist ein tapferes Mädchen, ich bin stolz auf dich.»

Anfang Februar hatte Laura sich so weit erholt, dass sie wieder ein normales Leben führen konnte. Sie machte Wendolin einen Vorschlag. «Ich hätte Lust, wieder einmal meine Eltern und meine Schwester zu besuchen. Beide wohnen immer noch in Burgdorf. Mein Vater ist dort ein geachteter und erfolgreicher Geschäftsmann, aber das habe ich dir ja schon erzählt. Meine Schwester, auch sie hast du noch nicht kennengelernt, ist seit einem halben Jahr verheiratet. Ihr Gatte ist Direktor einer Bank. Ich würde mich freuen, wenn du mich begleiten könntest.»

Wendolin zuckte etwas verlegen mit den Achseln, stimmte dann aber zu.

Mitte Februar, an einem Samstagvormittag, fuhren sie mit dem Ford nach Burgdorf. Die Fahrt dauerte lange. Es hatte viel Schnee auf den Strassen. Zuerst fuhren sie bei ihren Eltern vor. Das Geschäftshaus war auch das Wohnheim der Borellis. In grossen Lettern stand an der Front des Hauses: «ALDO BORELLI, DIPL. MALERMEISTER».

Vor dem Haus waren drei Parkplätze. Auf einem stand bereits ein Ford. Ebenfalls ein Modell T, Jahrgang 1923. Allerdings eine etwas andere Ausführung. Eine mit einem Verdeck. Nicht so allwettertauglich wie der von Roder, dafür aber eleganter.

«Hast du dich angemeldet?», fragte Wendolin.

«Habe ich nicht. Das erachte ich nicht als notwendig.»

«Bei mir sieht es ein wenig anders aus. Bereite deine Eltern auf mich vor. Auch wenn ich sie noch nie bewusst zu Gesicht bekommen habe, bin ich überzeugt, dass sie genau wissen, wer ich bin. Vielleicht haben sie Probleme mit unserer nicht ganz legalen Partnerschaft. Es wäre mir peinlich, wenn sie ihre Unstimmigkeiten in meiner Gegenwart an dir auslassen würden. Ich schlage vor, mich in die gegenüberliegende Gastwirtschaft zu verziehen. Möchten sie tatsächlich meine Bekanntschaft machen, werde ich mich ihnen gerne vorstellen.»

Laura überlegte einige Momente. Dann sagte sie: «Ich denke, du hast recht. Ich weiss nicht, wie mein Vater auf dich reagieren würde. Mit einer üblen Szene möchte ich dich verschonen.»

Nach einer halben Stunde erschien Laura in der Gaststube und setzte sich ganz nahe zu Wendolin. Sie hatte Tränen in den Augen.

«Du schaust drein wie sieben Tage Regenwetter», kommentierte Wendolin.

«Regenwetter ginge ja noch. Es war ein veritabler Gewittersturm. Mein Vater tobte. Er nannte mich eine Hure, die mit einem Schurken im Konkubinat lebe. Nicht nur Oberburg, auch ganz Burgdorf habe über uns geredet. Als wir uns nach Thun verzogen hatten, sei er froh gewesen. Erst dann habe er sich, ohne rot zu werden, wieder in der Stadt zeigen dürfen. Da schrie er mir zu: ‹Mach, dass du fortkommst. Du bist nicht mehr meine Tochter.› Meine Mutter bekam Weinkrämpfe und flehte meinen Vater an: ‹Warum sagst du so was. Du versündigst dich vor Gott.›»

«Soll der Teufel diesen Gott holen, wenn er so schreckliche Sachen zulässt.»

Laura hatte fluchtartig die Wohnung verlassen.

«Glaubst du, es sei sinnvoll, dich jetzt noch deiner Schwester und deinem Schwager zu zeigen?»

«Ja, da bin ich mir sicher. Meine Schwester ist anders als mein Vater. Sie hat eine gute Schulbildung und ist weltoffen.»

«Und ihr Mann?»

«Zwygart? So genau weiss ich das nicht. Aber es scheint mir unwahrscheinlich, dass die Schwester einen Mann ehelicht, der grundverschieden von ihr denkt. Gehen wir doch hin.»

Eine Viertelstunde später standen sie vor dem Eingang der Villa Zwygart.

«Eine neureiche Bausünde», brummte Wendolin.

«Pssst.» Laura fuhr ihm liebevoll über den Mund. «Ich denke, meine Schwester hat es geschafft.»

«Das kann man wohl sagen. Dafür ihr Studium sausen lassen …»

«Was lasse ich alles sausen deinetwegen?»

Paula öffnete. Sie war Laura wie aus dem Gesicht geschnitten, ebenfalls eine Schönheit.

«Was ist das für eine Überraschung! Und vor mir steht dein Verlobter, den du erst im November heiraten darfst …» Sie lachte, hielt Roder die Rechte entgegen und sagte mit einem charmanten Lächeln: «Paula.»

«Wendolin, freut mich.»

Laura zuckte leicht zusammen, als ihre Augen über den Bauch von Paula glitten. Er war ein bisschen gewölbt. «Bist du in Hoffnung?», fragte sie. «Wann ist es so weit?»

«Mitte Juli, wenn alles rundläuft.»

Paula führte Laura und Wendolin in den Salon, wie sie diesen Raum bezeichnete.

Konrad Zwygart sass Stumpen rauchend mit ausgestreckten, gespreizten Beinen auf einem Polstersessel und las den Finanzteil der NZZ. Er mochte wenige Jahre älter als Paula sein. War offensichtlich aus der Form geraten, sein respektabler Bauchansatz hatte wenigstens den Vorteil, dass er darauf die Zeitung ablegen konnte.

«Steh auf, du Faulpelz, wir haben hohen Besuch.»

Ächzend erhob sich Zwygart. «Was du nicht sagst. Muss ich etwa den Schlips anziehen?»

«Den hast du ja schon an. Nimm ihn herunter, er ist arg zerknittert. Die Dame kennst du ja, aber nicht ihren Begleiter, obwohl du schon oft von ihm gehört hast.»

«Ah, der Doktor. Konrad nennt man mich, und dein Name ist … ist … Wendolin. So gut, wieder mal hat mich das Gedächtnis nicht im Stich gelassen.»

Sogleich übernahm Zwygart die Führung des Empfangs. «Setzt euch an den Tisch. Paula, mein schöner Schatz, hol die Champagnergläser, wir stossen an.»

«Und die Flasche, wo ist die?»

«Das weisst du selbst besser als ich. Ich fürchte, du willst mich nur in den Keller jagen, um mir etwas Bewegung zu verschaffen.» Zwygart strich über seinen Bauch. «Von wo kommt denn diese Beule, von wo wohl? Vom Herumsitzen und vom Fressen. Gut haben wir jetzt einen Arzt im Hause. Er weiss mir sicher ein Mittelchen, um meinen Ranzen etwas schrumpfen zu lassen.»

«Ein Mittelchen?» Wendolin lachte röhrend. «Eher nicht, aber einige Ratschläge. Friss die Hälfte, Treppen steigen, Kniebeugen und Liegestützen.»

Nun kullerten sich die andern vor Lachen.

Laura machte wieder ein fröhliches Gesicht. Sie legte Konrad die Arme um die Schultern. «Schwager, du hast ein goldenes Gemüt. Aber vielleicht solltest du wirklich Wendolins Ratschläge befolgen. Ich fände es schade, verschwändest du wegen eines Herzinfarkts frühzeitig auf Nimmerwiedersehen.»

Es war eine gelöste Stimmung. Wendolin war froh, dass Laura ihn überzeugt hatte, ihre Schwester und ihren Schwager aufzusuchen.

Nachdem Laura zwei Gläser Champagner ausgetrunken hatte, wurde ihr leicht taumlig. Sie hielt sich an einer Stuhllehne fest. Paula bemerkte das und fragte: «Du bist nicht etwa in anderen Umständen?»

«Nein, bin ich nicht. Ich habe einfach seit dem Frühstück nichts mehr gegessen.»

«Warum hast du das nicht gesagt, als du kamst? Ich glaubte, du seist bei den Eltern gewesen und die hätten euch bewirtet.»

«Wäre ja schön gewesen. Das hatten wir zunächst auch vorgehabt. Doch es kam anders. Vater drehte durch. Er nannte mich eine Hure, die sich einem verheirateten Mann hingibt. Mir verging der Appetit. Ich suchte das Weite.»

«Du allein? Und Wendolin?»

Laura schilderte Paula, was in den vergangenen Stunden vor sich gegangen war.

Paula seufzte. «Ach, der Vater, er ist halt der süditalienische strenge Katholik geblieben, auch wenn er stets Offenheit und Toleranz vorgibt. Nun ja, diesbezüglich unterscheidet er sich um kein Jota von den scheinheiligen Pharisäern in Burgdorf. Aber dass er so reagieren würde, erstaunt mich doch. Vielleicht hängt es damit zusammen, dass du und dein Verhältnis mit Wendolin über Monate hinweg das Tagesgespräch in Burgdorf waren. Er hat sich deswegen so geschämt. Dabei hat ihm niemand Vorwürfe gemacht ... Kannst du mir rasch zur Hand gehen, damit wir unseren Herren ein deftiges Nach-Mittagsmahl zubereiten können?»

«Habt ihr denn nicht schon gegessen?»

«Haben wir, doch Konrad hat stets Hunger, sein Appetit ist unbezähmbar. Und ich kann auch ein paar Bissen vertragen. Im Übrigen schaue ich gerne zu, wenn andere essen. Es ist ein Glücksgefühl, zu sehen, wie ihnen mein Essen schmeckt.»

Es wurde zu einer fröhlichen Runde, die bis zum frühen Abend andauerte. Zum Schluss kam Wendolin noch in den Genuss von etwas, das er sich insgeheim erhofft hatte, aber sich nicht getraute, es anzusprechen. Konrad wollte ihm eine Hypothek andrehen.

«Konrad, derzeit bin ich knapp an Geld. Ich wüsste nicht, wie ich in der nächsten Zeit die Zinsen dafür zahlen könnte.»

Konrad wieherte vor Lachen. «Das zeigt mir, dass du keine Ahnung vom Bankenwesen hast. Die Verhandlungen mit den Kunden sind Vertrauenssache. Da gilt es, Weitblick zu haben. Wer ist der Darlehensnehmer? In welcher beruflichen Situation steckt er? Bei dir sehe ich da keine Hindernisse. Du bist ein tüchtiger Arzt, das Wartezimmer in deiner Praxis ist stossend voll.»

Wendolin sah Konrad unschlüssig an. «Wie weisst du denn das?»

«Hahaha. Solche Sachen weiss ein Bankdirektor. Er hört und sieht sich um, mit wem er Geschäfte machen könnte. Und bei dir sehen wir eine Möglichkeit, dass du die Hypothek nach dem Ablauf zurückzahlen kannst. Kein Risiko. Auf absehbare Zeit hin wirst du liquid sein. Dein Kundenstamm ist beträchtlich.»

«An flüssigem Geld fehlt es mir, Konrad. Die Praxis in Langnau war in einem lamentablen Zustand, vor allem was die Gerätschaften betraf. Vieles war noch aus dem vorigen Jahrhundert. Gut, die Praxis überdauerte ein Vierteljahrhundert, und notfalls hätte sie noch fünf Jahre hergehalten. Doch Langnau wächst stark, und ich muss damit rechnen, Konkurrenz zu bekommen. Neben mir praktizieren bereits zwei Ärzte. Einen vierten würde es dort noch gut vertragen. Der dürfte dann wohl mit der neuesten Einrichtung arbeiten und könnte für mich zu einem Konkurrenten werden.»

Konrads Gesicht wurde immer gönnerhafter. «Im Moment mangelt es dir an Flüssigem. Daran habe ich schon gedacht. Ist bei den meisten Unternehmern so, die mit etwas Neuem beginnen. Da kann ich dir aushelfen. In zwei Tagen kannst du bei mir zwanzigtausend Franken abholen. Eine Quittung gibst du mir, einen Vertrag braucht's nicht.»

Wendolin sah dabei nicht in Lauras besorgtes Gesicht, sonst hätte er ihre Gedanken ablesen können: Mit Geld kann Wendolin schlecht umgehen. Hat er davon in der Hosentasche, ist er freigiebig und gibt es mit vollen Händen aus.

Die Heimfahrt begann in guter Atmosphäre, entwickelte sich aber zu einem Abenteuer. Die schmalen Hartgummireifen des Fords und der tiefe Schnee auf den Strassen, der immer mehr wurde, vertrugen sich schlecht. Das Fahrzeug schlitterte von einer Strassenseite zur andern. Schlimm wurde es bei jeder kleinsten Steigung. Die Räder des Fahrzeugs drehten durch, es blieb stehen trotz heulenden Motors. Zum Glück kam immer ein Pferdefuhrwerk. Mit einem Seil durfte Roder sein Auto hinten am Brügiwagen festmachen, dann ging es bis zur Anhöhe. Roder gab dem Karrer jeweils einen Zweifränkler. Dieser bedankte sich überschwänglich, denn Bargeld war für einfache Leute ein Gottesgeschenk.

Beim Bahnhof Zollbrück gab es kein Fortkommen mehr, und der letzte Zug nach Langnau war abgefahren. Laura und Wendolin beratschlagten, was zu tun sei. Sie hatten sich für die Besuche in Burgdorf in die Sonntagskleider gestürzt, trugen unpassendes Schuhwerk, sie Stöckelschuhe, er feine, lackierte, knapp halbhohe Lederstiefel. Bis Langnau hätte es bei wenig oder keinem Schnee fünf Viertelstunden zu Fuss gedauert, bei diesen Wetterverhältnissen wohl doppelt so lang.

Wieder war Laura und Wendolin das Glück hold. Eine Schlittenkutsche, gezogen von zwei Pferden, kam von Burgdorf her in flottem Galopp durch die Dorfstrasse. Roder winkte. Das Gefährt hielt an. «Wo soll's denn hingehen?», erkundigte sich der Mann auf dem Bock; noch fast ein Junge, höchstens zwanzig.

«Nach Langnau.»

«Passt gut, ich bin auf dem Weg nach Luzern. Ein bisschen Gesellschaft finde ich immer gut. Derzeit habe ich keine Passagiere.»

«Tut mir leid, das ist schlecht für Ihr Geschäft. Gerne bezahle ich für die Fahrt.»

«Nein, nein ... ich verlange kein Geld von meinen Passagieren. Ich brachte meinen alten Herrn mit der Kutsche nach Bern. Vor drei Tagen fuhren wir von Luzern ab. Vorgestern nächtigten wir in Escholzmatt, von gestern auf heute in Bern. Dort fuhr ich am frühen Nachmittag wieder los – Richtung Heimat.»

«Eigenartig, so zu reisen, aber sicher wunderschön. Mit dem Zug dauert die Fahrt etwas mehr als zwei Stunden. Zwei Stunden statt zwei Tage.» Roder lachte schallend. «Sagen Sie mal, war es etwa ein Geburtstagsgeschenk an Ihren Vater?»

Nun prustete der junge Mann los. «Falsch geraten. Mein Vater ist Nationalrat der Katholisch-Konservativen. Es macht ihm Spass, so zu reisen wie seine Vorfahren. Die reisten bis 1856, damals wurde Luzern ans Bahnnetz angeschlossen, mit Pferdewagen.»

«Wie heisst denn Ihr Vater?»

«Er ist ein Pfyffer von Altishofen.»

«Welche Ehre, Herr Pfyffer von Altishofen.»

«Nicht doch, ich pfeife auf das ‹von Altishofen›. Joseph heisse ich, Seppi werde ich genannt. Ich würde mich nie im Leben den Konservativen anschliessen.»

Pfyffer fuhr sie bis zum Arzthaus in Langnau. Roder genierte sich ein wenig, von Pfyffer bis zu der Wohnung bei den Fankhausers gebracht zu werden.

Am Tag darauf, es war Sonntag, reiste Roder mit dem Zug nach Zollbrück und fuhr seinen Ford zurück nach Langnau. Das war möglich, weil nun der Schneepflug die Strasse benutzbar gemacht hatte.

Wendolin Roders Bestreben, sich in die gute Gesellschaft Langnaus zu integrieren, schien anfänglich von Erfolg gekrönt zu sein. Doch bei näherem Zusehen musste er sich eingestehen, dass er noch weit davon entfernt war, als vollwertiges Mitglied der bestimmenden Dorfgemeinschaft akzeptiert zu werden. Stein des Anstosses war einmal mehr das Fräulein beim Doktor. In den Augen der hohen Herren seine Konkubine. So sagte in einer Tischrunde, notabene in Anwesenheit von Roder, Staatsanwalt Lauener: «Ein Einfaltspinsel ist er halt schon, unser Doktor. Warum reagiert der Bursche seinen Kopulationstrieb nicht in den dafür vorgesehenen Etablissements ab? Die Städte Bern und Biel stellen für dergleichen ein ausreichendes Angebot zur Verfügung. Etwas umständlich zu erreichen, aber mit dem Auto problemlos zu machen.»

Wüterich nickte heftig, was von Steiger zur Bemerkung veranlasste: «Gell, Friederich, dieses Problem hast du nicht mehr.»

Der schon ziemlich angesäuselte Gerichtspräsident stellte daraufhin seine berüchtigte Schlagfertigkeit unter Beweis. Er schielte aus den Augenwinkeln zu von Steiger und rief mit leicht lallender Stimme: «Das kommt mir billiger als deine ständigen Besuche im ‹Tingel Tangel› in der Bundesstadt.»

Tobendes Gelächter brach aus. Von Steigers hohe Frequenz in den Bordellen Berns war selbst im weit entfernten Langnau kein Geheimnis. Kaum jemand drehte ihm dort einen Strick daraus. Er konnte es sich ja leisten.

Ein weiterer Fallstrick für Roder war seine Art, sich über die Armee lustig zu machen. Ein bisschen darüber spotten durfte man, vor allem bei Grossbauern, wenn sie oder ihre Knechte während der Heu-, Kirschen-, Getreide-, Apfel- und Birnenernte zum Militärdienst eingezogen wurden. Ein Tabu war aber, die Schweizer Armee lächerlich zu machen. Genau das leistete sich Roder abermals in dieser Männerrunde im «Hirschen».

Besonders stiess das von Steiger, Wüterich und Lauener auf. Alle drei waren höhere Milizoffiziere. Von Steiger diente als Oberst bei der Kavallerie, Lauener und Wüterich waren Hauptleute in der Militärjustiz. Pfarrer Oppliger, der sich immer neben Roder setzte, machte ihn mehrfach darauf aufmerksam. «Sieh doch mal in die Gesichter der drei Herren.»

«Diese Fratzen machen mir keinen Eindruck.»

«Du vergisst, mein Freund Wendolin, dass diese drei Herren am meisten Einfluss und die Macht im ganzen Amtsbezirk haben. Irgendwann werden sie dich spüren lassen, dass du ihnen die nötige Ehrerbietung verweigerst.»

Roder überlegte einen Moment. «Sollen sie doch, ich kann mir schwer vorstellen, dass sie etwas gegen mich in der Hand haben.»

«Bist du dir da so sicher?»

«Warten wir ab. Ich sehe keine Veranlassung, meine Haltung gegenüber diesen drei Clowns zu überdenken.»

Der Pfarrer rückte ein wenig beleidigt ein Stück von Roder weg.

Roder schmunzelte. «Hast du etwa Angst vor ihnen?», fragte Roder.

«Was für eine indiskrete Anspielung. Ich sicher nicht, aber du solltest Angst haben. Ich will dir ja nur helfen und bitte dich jetzt nochmals eindringlich, dich vor diesen drei Honoratioren in Acht zu nehmen.» Der Pfarrer zuckte resigniert die Schultern. «Ich geb's auf. Du bist unbelehrbar.»

Über die Ermahnungen des Pfarrers sprach Roder nach seiner späten Heimkehr mit Laura. «Ich zitterte», schrieb sie in ihr Tagebuch, «am ganzen Körper. Manchmal scheint mir, handelt Wendolin fahrlässig. Und ausbaden muss ich es dann. Er ist einer, der sich nichts sagen lässt. Ein Mensch, der mit dem Kopf durch die Wand geht, vor allem an sich denkt. ‹Ich habe halt meine Prinzipien›, pflegt er sich danach zu rechtfertigen.»

Als Wochen nach den Ermahnungen des Pfarrers nichts passierte, fühlte sich Roder in seiner Haltung gegenüber den drei Mächtigen in Langnau bestärkt. Seine Verwegenheit diesbezüglich nahm zu. Nach des Tages Werk, wenn er mit den Krankenbesuchen durch war, ging er häufig in eine der Wirtschaften Langnaus. Das kam gut an. Dort trank er ein Bier, bisweilen auch zwei oder drei. Bald hatte er das Gefühl, nun einer «von ihnen» zu sein. An den Stammtischen waren hin und wieder auch von Steiger, Wüterich und Lauener das Thema. Immer alle drei zusammen. Unter dem Strich waren die Männer in der Runde schlecht auf die drei zu sprechen. «Grosskotzige» Halunken seien das. Roder goss bei diesen Gelegenheiten immer ein bisschen Öl ins Feuer, indem er sich von ihnen distanzierte, was die von ihm erhoffte Wirkung nicht verfehlte. Der anfängliche Eindruck der Stammtischbesucher, Roder stecke mit von Steiger, Lauener und Wüterich unter einer Decke, verflüchtigte sich bald. In der Folge vernahm er alles Mögliche über die drei. Was davon wirklich zutraf, stand allerdings auf einem anderen Blatt geschrieben. Aber auch wenn einiges in der Phantasie und dem Wunschdenken der Erzähler wurzelte, blieb doch noch recht viel übrig. Lauener und Wüterich hatten gehörig Dreck am Stecken, der Übelste von ihnen aber war eindeutig von Steiger. Von Steiger, der eigentlich nie ein öffentliches Amt in der Gemeinde bekleidete, das wäre ihm zu minderwertig gewesen, aber geachteter Grossrat und auf dem Sprung, eidgenössischer Parlamentarier zu werden. Was noch viel mehr wog: Dank Ländereien und Abstammung konnte er nach Gutdünken walten und schalten.

***

Etwas weniges hatte Roder auf der Seite. Allerdings noch längst nicht genug, um Linda abzufinden. Darüber zermarterte er sich den Kopf. Der Vater wollte ihm keinen Rappen geben. Er sprach Laura auf Konrad an. Sie lenkte sofort ein. Konrad sei ein gutmütiger Kerl, der mache nicht nur alles für ihre Schwester, sondern auch für ihre nächsten Angehörigen.

Sie fuhren wiederum nach Burgdorf – mit dem Ford. Der Schnee war kein Problem mehr, die Strassen schneefrei.

Konrad zeigte sich von der grosszügigen Seite. Er versprach Wendolin alles, was er begehrte, wäre bereit gewesen, das Darlehen noch aufzustocken, was aber Laura verhinderte.

Bei Laura setzte die Periode aus, wie sie befürchtet hatte.

Während eines Nachtessens an einem milden Maiabend gestand sie Wendolin, sie sei wieder schwanger.

«Kannst du denn nicht aufpassen», motzte er sie an.

Ihre Augen wurden feucht. Doch sie erwähnte die Nacht nach der Sauferei vor ein paar Wochen im «Hirschen» nicht, stattdessen sagte sie: «Eine Katastrophe ist das nicht. Ab dem 19. November 1925 können wir ja heiraten.»

Roder setzte eine bedauernde Miene auf. «Ich kann es mir als Arzt nicht leisten, ein uneheliches Kind zu zeugen. Der Fötus muss weg.»

Laura begann zu schluchzen. «Wie soll ich das verstehen? Du kannst mich ja wegschicken, ich werde für das Kleine selbst aufkommen. Du brauchst keinen Rappen zu bezahlen.»

«Hör bitte auf mit diesem Unsinn. Das haben wir schon einmal durchgespielt. Wer garantiert mir, dass du Wort hältst? Als Mutter eines unehelichen Kindes bist du Freiwild. Sie werden dir so lange aufsitzen, bis du meine Vaterschaft preisgibst. Dann nehmen die mich gnadenlos aus. Auch mein Ruf als Arzt ist ruiniert.»

Laura drohte, sie werde unter den Zug gehen, hinter einer Kurve nach Trubschachen. An dieser Stelle hätten sich schon mehrere Mädchen das Leben genommen. Das konnte ihr Wendolin ausreden. Wendolin brachte es fertig, sie erneut zu überzeugen, dass es keinen anderen Weg gebe, als die Schwangerschaft abzubrechen.

Am Tag danach standen beide eine Stunde früher auf. Es war

Donnerstag, der 21. Mai 1925. Wie damals, am Mittwoch, den 21. Januar 1925. Genau vier Monate danach. Dieses Mal tat es noch mehr weh, die Blutung dauerte mehrere Tage länger an.

Laura verfiel in ein seelisches Tief. Wendolin sah sich gezwungen, als Überbrückung eine Praxishilfe zu engagieren und eine Frau, die Laura in der Wohnung betreute. Wendolin wollte es unter allen Umständen vermeiden, dass Laura sich doch entschied, unter den Zug zu gehen.

Was Wendolin auch diesmal nicht bemerkte, war, dass Laura alles, was mit der Abtreibung in Zusammenhang stand, in ihr Tagebuch schrieb.

***

Ende Mai 1925 klopfte es um drei Uhr früh an der Haustür von Dr. Roder. Erst als Laura ihn heftig schüttelte, wachte Roder auf. Er ging zum Eingang und öffnete. Landjäger Wäfler stand vor der Tür. Er hielt Roder einen Durchsuchungsbefehl unter die Nase. Ausgestellt war er von Gerichtspräsident Wüterich.

Roder ballte verärgert beide Fäuste. «Das darf doch nicht wahr sein.»

Dann las er: «... Grund der Dursuchung: Verdacht auf Konkubinat ...»

Der Landjäger schob Roder unwirsch zur Seite und ging schnurstracks zum Schlafzimmer und öffnete es.

Laura schrie hysterisch auf. «Was fällt Ihnen ein!»

Wäfler zeigte mit dem Finger auf das Bett. «Da drin haben Sie, Fräulein Borelli, mit Roder geschlafen.»

Wäfler drehte sich um. Hinter ihm stand Roder. «Stimmt doch, Doktor?»

«Was soll denn daran schlecht sein?», fragte Roder mit einem Anflug von Scheinheiligkeit.

«Das wissen Sie nicht? Sie haben damit gegen das Konkubinatsverbot verstossen. Ein Straftatbestand, der mit Busse oder Gefängnis geahndet wird. Ich werde nicht umhinkommen, eine Anzeige zu erstatten.»

Danach verliess Wäfler grusslos die Wohnung.

Bestürzt sahen sich Laura und Wendolin an. Laura war es, die ihre Sprachlosigkeit überwand. «Dahinter steckt die Fankhauserin. Sie hat uns bei Wüterich verpetzt.»

«Das muss so sein. Aber ich verstehe das nicht. Gestern Abend war ich noch mit Wüterich im ‹Hirschen› zusammen. Er hat so getan, als wäre alles in bester Ordnung.»

«Dem Wüterich traute ich schon von Beginn an nicht. Er ist ein verschlagener Hund.»

«Du sagst es.»

Drei Tage später zog der Briefträger an der Glocke. Laura Borelli öffnete die Eingangstür.

«Für den Herrn Doktor habe ich einen eingeschriebenen Brief. Den Empfang muss er mit seiner Unterschrift bestätigen», sagte der Briefträger.

«Darf ich allenfalls auch unterschreiben? Der Herr Doktor ist gerade an einem dringenden Fall.»

«Rufen Sie ihn trotzdem. Andernfalls muss er den Brief auf der Post abholen, und das nimmt ihm wesentlich mehr Zeit weg, als wenn er jetzt schnell herauseilt und den Empfang des Schreibens bestätigt.»

Roder erschien umgehend, nachdem ihn Laura informiert hatte. Er gab dem Briefträger die Unterschrift und brummte: «Was will denn der, ich habe ihn am vergangenen Montag beim Herrenabend im ‹Hirschen› gesehen.»

Der Briefträger drehte sich auf dem Absatz um, nicht ohne vorher den Doktor mit einem hämischen Grinsen anzuglotzen.

Roder riss den Brief auf. Er überflog ihn, blickte Laura mit schräger Miene an und sagte: «Das betrifft auch dich, lies ihn sorgfältig durch, wir werden beim Mittagessen darüber reden.»

Laura ging mit dem Dokument in das Büro und führte es sich zu Gemüte.

Sie errötete vor Wut, als sie die Berufsbezeichnung «Dienstmagd» las. Sie nahm einen Rotstift aus der Tischschublade und strich das Wort durch.

Langnau, Montag, den 1. Juni 1925

Regierungsstatthalteramt Langnau

Geht an
Herrn Dr. Roder Wendolin, Arzt
Fräulein Borelli Laura, Dienstmagd
Kirchgasse
Langnau

VORLADUNG
Zeit: Donnerstag, den 11. Juni 1925, 14.00 Uhr
Ort: Amtshaus Langnau, Zimmer 13, erster Stock.
Mitzubringen sind: Wohnsitzbestätigung
Pass
Dienstbüchlein (nur bei Männern)

Gegenstand des Verhörs:
Zusammenleben der angeschriebenen Personen im Konkubinat.

Der Regierungsstatthalter
sig. Wüterich Friederich, Dr. iur, Fürsprecher

Wendolin und Laura gingen am 11. Juni 1925 zusammen ins Amtshaus. Auf dem Weg dahin bat Wendolin Laura, gar nichts zu sagen.

«Und noch etwas, Laura, wie du weisst, gab es schon in Thun und Oberburg Klagen wegen des Konkubinats. Es ist also nicht das erste Mal, dass wir antraben müssen. Doch die Ermittlungsbehörden müssten beweisen, dass ich mit dir das Bett geteilt habe. Das war aber in Thun nicht möglich. Kein Landjäger ist dort des Nachts zu uns gekommen und hat uns gemeinsam in einem Bett ertappt. In diesem Fall ist es leider anders. Wäfler hat uns eindeutig überführt. Wichtig ist aber, dass du in den kommenden Wochen nicht mehr in meinem Haus übernachtest.»

Roder klopfte Punkt zwei Uhr nachmittags an die Tür, die mit «13» angeschrieben war. Keine Reaktion. Dann setzten sie sich auf die Holzbank neben der Tür. Es dauerte eine Viertelstunde, bis Friederich Wüterich, der Regierungsstatthalter, auftauchte. Schnaufend eilte er auf die beiden zu.

Wüterich streckte Roder die Hand entgegen, nicht aber Laura Borelli. «Grüss dich, Wendolin, es tut mir leid, dass ich dich bemühen musste. Aber es ging nicht anders. Der Landjäger hat aufgrund einer Zeugenaussage eine Anzeige machen müssen. Aber begeben wir uns mal in den Verhörraum. Die Vernehmung wird Christian Lauener in seiner Eigenschaft als stellvertretender Untersuchungsrichter durchführen. Ich werde am Anfang dabei sein und mich dann verziehen. Ich kann es mir nicht leisten, solchen Banalitäten beizuwohnen.»

Laura lehnte sich dabei etwas zurück, denn Wüterichs Atem verströmte Alkoholdampf.

Wüterich schloss die Tür auf. «Macht es euch auf den harten Sesseln bequem», sagte er laut lachend. «Wenn wir Delinquenten verhören, bieten wir ihnen keine Polstersessel an. Aber versteh mich richtig: Ich sehe dich nicht als Delinquent. Einen Moment, ich muss mal ...»

Wieder verfloss eine Viertelstunde, dann betrat Lauener den Raum. «Grüss Gott, Wendolin. Grüss Gott, Fräulein ...»

«... Borelli», half Wendolin Lauener aus.

Lauener schüttelte beiden flüchtig die Hand. Dann setzte er sich ihnen gegenüber, öffnete die schwarze Mappe und streckte Roder ein Schriftstück entgegen. «Das Ehepaar Fankhauser hat Landjäger Wäfler in der letzten Maiwoche besucht und ihm eine Meldung gemacht, die er notiert und mir übergeben hat. Lies das bitte laut vor. Ich habe leider meine Lesebrille vergessen.»

Kurz überflog Wendolin Roder das Dokument.

Landjägerposten Langnau, Mittwoch, 27. Mai 1925
Bericht betreffend mündliche Mitteilung von Johann und Sarah Fankhauser in Langnau an Landjäger Wäfler Armin

an das
Regierungsstatthalteramt SIGNAU
in Langnau

Ich habe die Aussagen von zwei Zeugen, Johann und Sarah Fankhauser, die behaupten, Herr Dr. Wendolin Roder und Fräulein Laura Borelli würden zusammen Tisch und Bett teilen, also im Konkubinat leben. Diese Art des Zusammenlebens ist in der Schweiz strafbar. Als Landjäger muss ich diesen Hinweisen nachgehen.
Das scheint uns umso notwendiger zu sein, als die Nachbarschaft des Arzthauses Anstoss an dem unanständigen Lebenswandel von Dr. Roder und seiner Konkubine nimmt.
Das Ehepaar Fankhauser bittet, umgehend im Hause Roder eine nächtliche Razzia zwecks Feststellung des Tatbestandes durchzuführen. Damit ist der illegale Geschlechtsverkehr zwischen den beiden genannten Personen im Arzthaus gemeint.
Ich bitte Sie, sehr geehrter Herr Regierungsstatthalter und Untersuchungsrichter Wüterich, mich zu beauftragen, eine nächtliche Razzia im Arzthaus durchzuführen.
Wäfler Armin, Landjäger

Lauener stützte seinen Kopf auf beide Hände. «Das ist nun geschehen. Wir mussten das veranlassen. Das schreibt uns das Gesetz vor. Was werde ich tun? Es bleibt mir nichts anderes übrig, als Sie beide zu verurteilen. Zu verurteilen, wie es bei diesem Delikt in unserer Regierung üblich ist. Stehen Sie auf, Herr Dr. Wendolin Roder und Fräulein Laura Borelli. Wegen Übertretung des Konkubinatsverbots verurteilt Sie das Amtsgericht Signau zu acht Tagen Haft, bedingt erlassen bei einer Probezeit von zwei Jahren.»

Roder schmunzelte und fragte: «Was hat das für Folgen?»

«Im Moment keine. Du musst dich, Wendolin, darauf einstellen. Das bedeutet, nicht mehr mit Fräulein Borelli zusammen nächtigen oder dich dabei nicht erwischen lassen.» Lauener streckte den Finger auf. «Übrigens, das Urteil wird im Amtsanzeiger veröffentlicht. Ein gefundenes Fressen für die Langnauer, aber keine Neuigkeit.» Er lachte röhrend.

Die beiden Herren verabschiedeten sich. Laura würdigte Lauener nicht mal mit einem flüchtigen Blick. Dann verliess er den Raum.

***

Auch wenn die Einnahmen der Praxis wuchsen und Wendolin Linda dank des Darlehens von Konrad Zwygart ausbezahlen konnte, blieb ihm immer noch zu wenig für seine Wünsche übrig.

Sein Ford war ziemlich neu, aber mittlerweile gab es schönere, leistungsfähigere Modelle. Danach sehnte er sich. Er sah sich seine Bücher an. Daraus ging hervor, dass er gerade noch ein Guthaben von fünftausend Franken auf dem Bankkonto hatte. Tauschte er den neuen Ford gegen den alten ein, kostete ihn das viertausend Franken. Diese Ausgabe konnte er sich schlicht nicht leisten. Er brauchte mehr finanzielle Mittel. So überlegte er hin und her.

Linda? Sie hatte von ihm fünfzehntausend Franken Abfindung erhalten, dazu musste er ihr monatlich einen ansehnlichen Betrag für ihren Lebensunterhalt und dazu Alimente für Rosemarie überweisen. Zusammen einige hundert Franken. So würde er seinen Lebtag nie auf einen grünen Zweig kommen.

Dann griff er zu Füllfederhalter und Schreibpapier.

Langnau, Montag, 22. Juni 1925

Liebe Linda,
wie kommst du zurecht? Ich hoffe, gut.
Immer mehr fehlst du mir. Die Scheidung wollte ich nie. Dass du sie letztendlich durchgesetzt hast, möchte ich dir nicht zum Vorwurf machen, ich war die letzten Jahre sehr garstig dir gegenüber.

Mich plagen derzeit grosse Sorgen. Einmal finanzieller Art. Aber da glaube ich, bereits das Licht am Ende des Tunnels zu sehen. Während die Praxis in Thun eine Katastrophe war, läuft es in Langnau ausgezeichnet. In ein, zwei Jahren, davon bin ich überzeugt, werde ich saniert sein.
Doch dann kommt mir immer mehr zu Bewusstsein, dass ich noch eine Tochter mit dir zusammen habe.
Ich möchte meine Rosemarie wiedersehen. Darf ich wieder mal bei dir vorbeikommen?
Herzliche Grüsse
Dein Wendolin

Die Antwort von Linda liess nicht lange auf sich warten.

Zürich, Freitag, 26. Juni 1925

Lieber Wendolin,
danke für dein Lebenszeichen. Mir geht so weit gut. Ich bin wieder in mein altes Atelier eingestiegen. Die Frau, die es von mir übernommen hatte, bekam gesundheitliche Probleme. Sie hofft, dass es ihr bald besser gehen wird und dass ich das Geschäft wieder auf Vordermann bringe.
Im Übrigen möchte ich dich daran erinnern, dass du, Rosemarie betreffend, ein Besuchsrecht hast. Zu meinem Erstaunen hast du es bislang nicht wahrgenommen.
Zu deinen finanziellen Engpässen. Ich könnte dir diesbezüglich entgegenkommen. Zahl doch vorläufig die Alimente alle zwei Monate. Dann fehlen jährlich sechs Überweisungen. Das kann ich derzeit verkraften.
Besuch mich doch mal.
Von der letzten Juniwoche an weile ich ferienhalber für zwei Wochen in Weggis. Das liegt von Langnau aus um einiges näher als Zürich.
Liebe Grüsse
Linda

Wendolin schloss am 6. Juli 1925, einem Montag, die Praxis für zwei Tage und reiste nach Weggis. Warum er dorthin fuhr, verriet er Laura nicht. Er traf sich am Nachmittag mit Linda und sah nach einem Unterbruch von gut einem Jahr sein Kind Rosemarie wieder. Es kam zur Versöhnung. Wendolin bat Linda, ihm zu verzeihen. Die Scheidung sei eine Dummheit gewesen. Vielleicht könne man das rückgängig machen. Er müsse sich alles noch einmal überlegen. Wendolin lud Linda und ihre Schwester zum Nachtessen ein. Hulda nahm nach einigem Zögern die Einladung doch noch an. Es wurde sehr spät. Er buchte ein Zimmer im gleichen Hotel. Beim Frühstück begrüsste Linda ihn mit einem strahlenden Lächeln.

«Meintest du es eigentlich ernst, als du so etwas sagtest wie ‹Wollen wir es wieder zusammen versuchen?›», fragte sie ihn.

Wendolin stand auf, umarmte und herzte sie.

Dann kam Hulda mit Rosemarie an den Tisch. Sie begrüsste Wendolin kühl und konnte es nicht lassen, gleich zu sticheln. «Linda ist nicht zu helfen. Sie will dich wieder heiraten.»

Linda musterte Hulda mit einem säuerlichen Lächeln. «Es ist mein Leben, ich liebe Wendolin noch immer. Wenn du das nicht akzeptieren kannst, setze dich bitte an den Nebentisch.» Hulda stapfte mit Rosemarie an der Hand zu einem Tisch an der gegenüberliegenden Seite des Speisesaals.

«Hulda kann man nicht ändern. Im Grunde genommen ist sie eine gutmütige Person, aber sie kann Männer nicht ausstehen.» Nach einigen Belanglosigkeiten kam Wendolin zur Sache. «Ich bin derzeit finanziell ausgebrannt, weiss weder ein noch aus.»

Linda erwiderte: «Im Brief vom 26. Juni habe ich dir ein Angebot gemacht. Nun erweitere ich es. Ein Jahr lang auf die Alimente und deine anderen Zuwendungen verzichten. Ich verdiene mit meinem Geschäft ordentlich und komme auch ohne die monatlich fünfhundert Franken von dir über die Runden. – Einen Moment nur.» Linda eilte quer durch den Saal zum Tisch von Hulda und kam nach einigen Minuten zurück. «Gehen wir ein bisschen spazieren, den Weg am Ufer entlang? Es ist so wunderbares Wetter.»

Sie besprachen einiges. Linda gestand Wendolin ein, er sei bei der Scheidung schlecht weggekommen. Sie habe ihn richtiggehend ausgenommen. «Wenn wir wieder zusammen wären, ist mein Geld auch deines.» Linda sah Wendolin augenzwinkernd an. «Wäre es eine Erleichterung für dich, überwiese ich dir vorerst einmal … fünftausend Franken?»

Wendolin schloss Linda in die Arme und küsste sie stürmisch. «Das würde mich glücklich machen.»

Es war ein wunderbarer Tag für Linda. Sie verbrachte ihn bis zum Abend mit Wendolin. Das Nachtessen nahmen alle vier, Hulda, Rosemarie, Linda und Wendolin, zusammen ein. Hulda war wieder freundlicher, sie schien sich mit der Versöhnung zwischen Linda und Wendolin abgefunden zu haben.

Am nächsten Tag, nach einem üppigen Morgenessen, verabschiedete sich Wendolin von den dreien und fuhr über Luzern, wo er einen längeren Zwischenhalt einlegte, um zu essen und das Bourbaki-Panorama zu besuchen.

Laura verriet er zunächst mit keinem Wort, wo er gewesen war. Sie war ihm immer mehr ergeben und freute sich auf die bevorstehende Heirat, die Wendolin für Freitag, den 27. November 1925 vorsah, wie er ihr nach seiner Rückkehr aus Weggis ankündete.

Er lebte weiter mit Laura zusammen, so als ob nichts Besonderes vorgefallen wäre.

Ende Juli, spätnachmittags, fuhren sie mit dem Ford nach Burgdorf zur neuen Autogarage Gerber. Dort tauschte Wendolin den Ford gegen einen neuen ein. Laura war bass erstaunt und fragte Wendolin noch beim Garagisten: «Können wir uns das denn leisten?»

«Kein Problem, sicher.»

Sie assen in der noblen Gastwirtschaft «Landhaus» in Burgdorf Znacht. Roders nagelneuer Ford wurde von den anderen Gästen bestaunt.

Auf der Heimfahrt sagte Laura: «Ich mach für dich die Buchhaltung und stelle fest, dass wir mehr oder weniger von der

Hand in den Mund leben. Vom Geld, das wir aufgenommen haben, ist noch kein Rappen abbezahlt.»

«Stimmt, Laura. Aber pünktlich haben wir den Zins überwiesen. Und Konrad hat mir mehrmals zu verstehen gegeben, mit der Rückzahlung eile es nicht.»

«Gut, aber die Neuanschaffung des Fords wird wohl ein Loch in unsere Kasse reissen.»

«Nein, die Fords werden immer billiger. Gerber meint, er könne den alten praktisch zum Kaufpreis verkaufen. Er ist weniger elegant als der neue, aber hat mehr Platz, und deshalb ist er sehr begehrt.»

«Ich bin ja gespannt auf die Rechnung von Gerber.»

Wendolin lachte. «Dann wollen wir weitersehen.»

Am kommenden Montag holte Roder fünftausend Franken von der Bank ab. Auf sein neues Konto hatte ihm Linda fünftausend Franken überwiesen, wie sie ihm versprochen hatte.

Laura wusste von diesem Konto nichts.

Am Abend fuhr er nach Burgdorf zu Gerber, übergab ihm viertausendachthundert Franken und bat ihn, ihm für die restlichen zweihundert eine Rechnung zu schicken – direkt an seine Adresse im Arzthaus.

Zwei Tage später kam die Rechnung bei Roder an, Laura nahm die Post entgegen, öffnete noch vor dem Briefträger das Couvert, nahm das Papier heraus, klatschte in die Hände und rief: «Tatsächlich, Wendolin hat nicht geschummelt! Für den wunderschönen neuen Ford musste er nur noch Franken zweihundert bezahlen. Was für ein Teufelskerl ist mein Wendolin.»

***

In der Praxis hatte Wendolin ein Geheimfach.

Darin hatte er auch die Krankenberichte von Linda abgelegt. Während seines Studiums durfte er sie noch nicht behandeln. Ihr Arzt war ein Dr. Alois Guyer aus Zürich. 1919, als Roder das Staatsexamen bestanden hatte, übergab Guyer ihm Lindas Krankenberichte. Und dann realisierte Wendolin, dass Linda ein Suchtproblem hatte. Sie hatte eine Abhängigkeit von einer arsenhaltigen Substanz, der sogenannten Fowlerschen Lösung, entwickelt. Diese galt als Wundermittel gegen Unwohlsein, Infektionen, Fieber und hatte bei einigen Patienten eine eigenartige Nebenwirkung. Die Augen wurden glänzender und schienen zu leuchten, was allerdings von vielen Wissenschaftlern bestritten wurde. Guyer war von der Heilkraft dieses Medikaments überzeugt und hatte keine Bedenken gegen eine Langzeiteinwirkung der Fowlerschen Lösung. Linda sah das auch so.

Auf Drängen von Linda verschrieb Roder ihr das Medikament weiter, fuhr aber die Dosis schrittweise herunter, was dann allerdings Wirkung zeigte. Linda klagte ihm, das Medikament nutze ihr nicht mehr. Sie ging hinter dem Rücken von Wendolin zu Dr. Guyer. Dieser verschrieb ihr das Medikament erneut. Und siehe da, es wirkte wieder.

Roder beugte sich über die Krankenberichte Lindas. Las sie mehrmals durch. Plötzlich huschte ein Lächeln über sein Gesicht. Mit der Faust schlug er auf den Schreibtisch und rief: «Jetzt hab ich es, jetzt hab ich es …» Das so laut, dass Laura, die im Nebenzimmer die Buchhaltung machte, aufschreckte. Sie stand auf, ging zur Tür der Ordination, klopfte an und fragte: «Ist etwas, Wendolin?»

«In der Tat, aber das betrifft dich nicht. Arbeite du weiter an der Buchhaltung.»

8. Die angekündigte Wiederverheiratung

Wendolin Roder reiste am Mittwochnachmittag, den 5. August, mit seinem neuen Ford nach Zürich an die Nelkenstrasse. Linda schien ihn erwartet zu haben. Sie trat vor das Haus und wies ihn auf das markierte Parkfeld vor ihrem Atelier ein. Das gab es 1919, als die Roders nach Oberburg zogen, noch nicht.

Linda begrüsste Wendolin mit einem Wangenkuss. Sie machte auf ihn einen guten Eindruck, war bei der Coiffeuse gewesen, hatte schicke Kleider angezogen, und ihre Gesichtsfarbe wies auf eine gesunde Verfassung hin.

Sie musterte kritisch sein neues Auto. «Nach dieser Motorkutsche müsste es dir finanziell wieder besser gehen», bemerkte sie spitz mit einem Seitenblick auf Wendolin.

«Es war ein guter Kauf. Ich konnte den alten Wagen fast zum Neupreis mit diesem viel leistungsfähigeren austauschen.»

Lindas Miene verriet, dass sie diese Bemerkung als Schutzbehauptung einstufte. Aber taktvoll fragte sie nicht, wie viel der neue Wagen gekostet habe.

Wendolin blieb circa zwei Stunden bei Linda und der kleinen Rosemarie. Linda und Wendolin tranken Tee und assen süsses Gebäck, das sie in der Bäckerei gegenüber gekauft hatte. Rosemarie, die sich zunächst von Wendolin abwandte, bekam einen Schoppen mit Milch und durfte auch ein wenig an den Süssigkeiten knabbern. Kurz bevor sich Wendolin zum Gehen anschickte, hatte er es zustande gebracht, dass ihn die Kleine anlächelte.

Linda entging das nicht. «Wendolin, du solltest deine Vaterschaft ernster nehmen und häufiger bei uns aufkreuzen.»

Wendolin versprach das.

Dass Linda sich so geschmackvoll zurechtgemacht hatte, freute Wendolin. Er glaubte, das Spiel schon gewonnen zu haben.

***

Doch Linda war eine Frau, die es ohne Männer schlecht aushielt. Sie hatte sich nach der Scheidung umgeschaut und war nach einiger Zeit fündig geworden: ein Beamter des Steueramts der Stadt mit einem gebügelten grauen Anzug, grauer Krawatte und einem grauen Hemd. Seine Haare waren grau, ebenso das Gesicht. Er war Witwer und hatte nach dem Tod seiner Frau eine neue Unterkunft gesucht, seine Wohnung war ihm zu gross. Doch er mochte nicht allein leben. Mit einem grossen Zimmer würde er sich begnügen, zudem hoffte er auf eine Art Familienanschluss. Bei Linda Roder hatte er das gefunden.

Linda hatte sich schön gemacht, weil sie nach dem Besuch von Wendolin mit Kurt Krämer ausgehen wollte. Er war ziemlich klein, Linda überragte ihn um eine halbe Kopfeslänge. Er ging auf die fünfzig zu und war damit anderthalb Jahrzehnte älter als Linda. Seine positiven Eigenschaften: bescheiden, nicht trunksüchtig, ein gesichertes Einkommen. Er war irgendwie liebenswürdig, aber ohne jeglichen Charme.

Linda ging mit Kurt ins Kino. Sie hoffte insgeheim im finsteren Saal mit den neuen, dürftig gepolsterten Sesseln, Kurt würde seine linke Hand auf ihren rechten Oberschenkel legen, was allerdings nicht geschah.

Sie genehmigten sich nach der Vorstellung ein Glas Rotwein im nahen Restaurant. Dabei merkte Linda, dass Kurt nichts von Weinen verstand. Ein Mann zum Verlieben war dieser Kurt nicht.

Immerhin spazierten sie Hand in Hand zur Nelkenstrasse. Dort angekommen öffnete Linda eine Flasche Wein, legte Brot und Wurst daneben, streckte Kurt ein Messer hin und bat ihn, das, was dalag, mundgerecht zu schneiden. Das tat Kurt. Man ass und trank, mehrere Gläser. Als Linda ein wenig beschwipst war, erhob sie sich, ging auf die andere Seite des Tisches und umarmte Kurt. Sie zog ihn in ihr Schlafzimmer. Das war diesmal kein Problem, denn Hulda war ausser Haus, sie nahm an einem Kurs in einer christlichen Vereinigung teil.

***

Am 12. August, genau eine Woche später, tauchte Wendolin wieder bei Linda auf. Sie hatte ihm gesagt, an einem Mittwochnachmittag sei sie immer im Atelier. Linda hatte seither zweimal mit Kurt geschlafen.

Diesmal fuhr Wendolin mit Linda und Rosemarie auf den Uetliberg. Linda bat Wendolin, doch mit der Bahn hinaufzufahren. Mit dem Auto sei das gefährlich wegen der schmalen Strasse und der engen Kurven. Wendolin lachte sie aus. Er beherrsche sein Fahrzeug, habe noch nie eine Kurve verfehlt. Linda gab sich geschlagen.

Wendolin hatte den Ausflug gut vorbereitet. Er hatte ein Picknick für alle drei dabei, sogar den Schoppen für Rosemarie hatte er nicht vergessen. Oben angekommen, suchte Wendolin einen Rastplatz unter einem Baum. Es war heiss, und die Sonne brannte. Als sie so dasassen, ganz beschäftigt mit den belegten Brötchen und den mitgebrachten Süssigkeiten, sagte Wendolin: «Linda, wollen wir es nicht nochmals versuchen? Ich weiss, ich habe das schon in Weggis gefragt und du hast so getan, als ob es dir recht wäre. Nun möchte ich sichergehen, ob du das wirklich möchtest.»

Für einen Moment gab sich Linda sprachlos. Dann fand sie Worte. «Meinst du das tatsächlich ernst?»

«Ja.»

«Wie stellst du dir denn das vor, nach allem, was zwischen uns geschehen ist?»

«Ich habe lange darüber nachgedacht. Ganze Nächte habe ich nicht geschlafen.»

«Nun bringst du mich doch noch zum Lachen. Während unseres ganzen Zusammenseins, immerhin waren es mehr als acht Jahre, habe ich keine Nacht erlebt, in der du mehr als eine Stunde wach lagst.»

«Vergiss nicht, Linda, es war eine lange Zeit. Das kann man nicht einfach aus dem Gehirn tilgen. Und wir hatten auch viele schöne Momente.»

«Nochmals versuchen? Das wäre schön, doch mir fehlt der Glaube, dass es diesmal funktioniert.»

«Eine zweite Scheidung wird es nicht mehr geben, das kann ich dir versichern.»

«Wendolin, lass mich darüber nachdenken. Ich brauche mindestens zwei Wochen Zeit, um mich zu entschliessen, wie ich auf dein Angebot reagieren soll.»

«Abgemacht, ich besuche dich am 26. August wieder.»

In der Zwischenzeit teilte Linda noch dreimal das Bett mit Kurt. Jedes Mal wenn sie danach am Morgen aufwachte, hatte sie ein ungutes Gefühl, das sich nicht verbesserte, als Kurt jeweils sagte, wie schön es gewesen sei mit ihr.

An diesem Mittwoch Ende August machte sich Linda besonders schön. Nicht für den Ausgang mit Kurt, sondern für das Picknick auf dem Uetliberg mit Wendolin und der kleinen Rosemarie.

Oben angelangt, nahm sie Wendolin in die Arme. «Ich weiss, dass ich gerade daran bin, die zweite Dummheit in meinem Leben zu begehen. Aber ich kann nicht anders. Ich habe dich immer noch lieb.»

«Ich dich auch», sagte Wendolin mit einem betörenden Blick.

Sie setzten das Vermählungsdatum fest: Montag, den 23. November 1925. Das Fest sollte in Zürich stattfinden, doch nur eine zivile Trauung. Danach würde man nach Langnau, in das Arzthaus fahren, wo Linda als Hausherrin und als Frau Doktor das Zepter in die Hand nehmen würde.

«Jetzt können wir ja auch über deine Finanzen reden», begann Linda das folgende Gespräch. «Ich glaube, ich habe das besser im Griff als du. Du musst mir einfach verraten, bei wem du wie viel Schulden hast. Nicht auf den Franken genau. Einfach so ungefähr.»

«Bei Konrad so um die zwanzigtausend Franken.»

«Konrad wie viel? Warum hat er dir so grosszügig ein Darlehen gegeben?»

«Konrad Zwygart. Warum? Schwierig zu sagen.»

«Du musst es mir sagen. Du musst vor mir alle Karten auf den Tisch legen.»

«Konrad Zwygart ist Direktor der Burgdorfer Landbank.»

«Das allein kann ja nicht der Grund sein, dass er dir ein Darlehen nachgeworfen hat. Da muss noch eine persönliche Verbindung bestehen. Zwischen dir und Zwygart muss es eine weitere Person geben, die mit beiden in einer Beziehung steht.»

Wendolin runzelte die Stirn. Er überlegte einige Momente. «Gut, deine Vermutung hat etwas an sich. Die Person, die du zwischen mir und Zwygart vermutest, existiert tatsächlich.»

Ein überhebliches Grinsen huschte über Lindas Gesicht. «Und sie heisst Laura Borelli.»

Wendolin nickte verlegen und präzisierte: «Er ist der Schwager von Laura.»

«Was hast du nun mit Laura Borelli vor?»

«Ich werde sie entlassen.»

«Entlassen? Du willst damit doch nicht sagen, sie arbeite im Arzthaus?»

«Sie war seit dem Zeitpunkt bei mir, als du mich verlassen hattest.»

Linda rechnete, die Finger zu Hilfe nehmend, nach. «April 1924, und heute haben wir Ende August 1925. Das sind siebzehn Monate, nahezu anderthalb Jahre lebst du mit diesem Weibsstück zusammen. Und was hat sie dir beschert? Eine leere Praxis in Thun und ein Darlehen, das dich von ihr abhängig macht.»

Wendolin war blass geworden. Linda sah ihn herausfordernd an und erwartete seine Stellungnahme.

«Das mit der Praxis in Thun ist nicht Lauras Schuld. Ich habe mich von einem Verbindungsbruder über den Tisch ziehen lassen.»

«Nun ja, diese Helveter. Wäre es nicht an der Zeit, diese Tunichtgute abzuschütteln?»

«Das wäre das Kind mit dem Bad ausschütten. Dank ihnen kamen wir auch zur Praxis in Oberburg und dann zu der in Langnau.»

Linda sah sich um. Ihr Gesichtsausdruck nahm wieder liebenswürdige Züge an. Sie legte ihren Arm über Wendolins Schultern. «Das ist jetzt geschehen. Ich glaube, du hast das

Richtige getan, wieder zu mir zurückzukehren. Ich frage bewusst nicht nach, was du sonst noch mit dieser Borelli getrieben hast. Das steht mir gar nicht zu. Du warst in dieser Zeit von mir getrennt. Und geschieden sind wir ja noch bis Ende November. Doch nun gelten neue Regeln. Dein Bekenntnis, eine zweite Ehe mit mir einzugehen, hat für mich die Bedeutung einer Verlobung. Und Verlobte halten einander die Treue.» Sie sah dabei Wendolin lange ernst an.

«Das verspreche ich dir», sagte Wendolin erleichtert.

«Das wollte ich hören. Nun meine Gegenleistung. Mein Vermögen beträgt derzeit dreissigtausend Franken. Ich überweise dir zwanzigtausend in den nächsten Tagen. Allerdings mit der Auflage, dass du Zwygart ausbezahlst. Und solltest du dann in einen finanziellen Engpass geraten, können wir darüber reden, ob du noch mehr Geld brauchst.»

«Zehntausend Franken sind ein Darlehen von Konrad Zwygart. Diesen Betrag zahle ich zurück. Der Rest ist eine Hypothek mit einem langjährigen Vertrag. Diese kann ich nicht von einem Tag auf den anderen auflösen.»

«Verstehe. Ich gebe dir dennoch zwanzigtausend Franken. Dann stehen dir genügend Moneten zur Verfügung, um unsere neue Wohnung einzurichten, allenfalls noch für weitere Anschaffungen, die uns einen wunderschönen Neubeginn in Langnau ermöglichen können.»

«Danke, Linda, du bist grosszügig.»

Linda lächelte und gab Wendolin einen Kuss.

Wendolin fuhr Linda und Rosemarie an die Nelkenstrasse. Dort herzte er Rosemarie und versprach Linda, in einer Woche wiederzukommen.

Als er wieder in seinen Ford stieg, sagte er flüsternd zu sich: «Das ist ja noch gut gegangen. Aber wie sage ich es Laura?»

Ende August zog Kurt Krämer bei Linda aus.

9. Schwangerschaft – ein abgefangener Brief

Es ging auf den September 1925 zu. Alles lief für Laura wie gewohnt. Mehrmals versuchte sie, Wendolin für das Thema Heirat zu erwärmen. «Bald ist es so weit. Wir sollten uns über die bevorstehende Heirat Gedanken machen.»

Wendolin wies Laura unwirsch zurecht. «Komm nicht schon wieder mit dieser Geschichte, all das hat noch Zeit.»

Mitte September eröffnete Laura Wendolin, sie sei wieder schwanger.

«Ich verstehe das nicht. Kannst du denn nicht aufpassen», rügte sie Wendolin.

«Aufpassen? Das darf doch nicht wahr sein.» Diesmal fasste sich Laura ans Herz und wollte Wendolin davon überzeugen, dass eine Abtreibung wirklich nicht notwendig sei, da man ja Ende November heiraten werde.

«Wir werden am 27. November nicht heiraten.»

«Wie kannst du so etwas sagen? Wir sind verlobt und haben abgemacht, nachdem dein Eheverbot abgelaufen ist, eine Ehe einzugehen.»

«Ich werde dir jetzt etwas sagen, das dich schockieren wird. Du wirst mir eine Szene machen, aber das, was vorgefallen ist, kann ich nicht mehr rückgängig machen.»

«Was ist denn vorgefallen?»

«Du hast dich in den letzten Monaten mehrmals über meine Abwesenheit gewundert. Nachdem du das erste Mal gefragt hattest, damals war ich zwei Tage in Weggis, habe ich dich barsch abgewiesen. Linda machte dort mit Rosemarie und Hulda zusammen Ferien. Das zweite Mal fandest du es nicht nötig, nochmals nachzufragen. Es hätte dir aufgehen sollen, dass da etwas nicht stimmte. Auch die anderen Abwesenheiten waren Besuche, die Linda galten. Wir werden uns nach Ablauf des Heiratsverbots erneut verheiraten.»

Laura wurde weiss wie ein Leintuch. Sie schrie: «Nein, nein, das darf nicht sein! Dazu hast du kein Recht mehr, wir sind verlobt.»

«Was heisst schon verlobt? Rechtlich nicht bindend, eine Abmachung, die man ohne Folgen rückgängig machen kann.»

Laura sagte: «Ich werfe mich vor den Zug.» Sie stand auf und machte sich zum Weggehen bereit.

Wendolin hielt sie mit Gewalt zurück. «Das tust du nicht.»

Sie sah Wendolin trotzig an. «Nein, ich tue es nicht. Ich tue etwas anderes. Ich verlasse dich jetzt und gebäre mein Kind. Es wird Mitte Juni 1926 kommen. Du musst mich ziehen lassen, ich werde für mich und später für das Kind sorgen. Es kostet dich nichts.»

«Du bist halsstarrig. Was du dir da vornimmst, schaffst du nie. Ich mach dir das Kleine weg, anders geht es nicht.»

«Dieses Mal beisst du auf Granit. Ich lasse das nicht zu.»

«Und ob du das zulassen wirst.»

Wendolin holte aus und klatschte Laura rechts und links zwei Ohrfeigen und sagte: «Ich werde dich notfalls in die Ordination schleppen, dich auf den Schragen werfen und dann …»

«Ab sofort rührst du mich nicht mehr an.»

«Laura, nimm doch Vernunft an. Ich brauche das Geld von Linda und werde Mittel und Wege finden, Linda ein zweites Mal zu vertreiben, auf eine Art, dass sie nie mehr zurückkehren kann.»

«Tut mir leid, Wendolin, aber diesmal glaube ich dir nicht mehr. Du hast mich in den letzten Wochen zu oft belogen … Doch was meinst du mit: ‹ein zweites Mal vertreiben, auf eine Art, dass sie nie mehr zurückkehren kann›?»

Wendolin winkte lässig ab. «Aus deinem Mund sprudelt es unaufhörlich, zu häufig, als dass ich deinen Worten irgendeine Bedeutung beimesse.»

***

Mitte September leerte Laura wie üblich den Briefkasten beim Arzthaus. Jedes Couvert, es waren immer deren viele, wendete sie, um auf der Rückseite den Absender abzulesen. Einen las sie mehrmals: «Linda Roder, Nelkenstrasse, Zürich».

Sie konnte der Versuchung nicht widerstehen und riss das Couvert auf. Sie nahm den Brief heraus und las ihn.

Nelkenstrasse, 14. September 1925

Liebster Wendolin,
die Vorfreude auf unsere Hochzeit am 23. November ist nach wie vor sehr gross. Du fehlst mir, Wendolin. Weshalb hast du mich am vergangenen Wochenende nicht besucht? Ich mache dir keine Vorwürfe deswegen. Du hast einen anstrengenden Beruf. Vielleicht warst du auch ein wenig unpässlich. Oder warst du an einem Saufgelage als Altherr an deiner Studentenverbindung? Ich schäme mich jetzt im Nachhinein ein bisschen, dass ich dir Vorwürfe machte, als du bei diesen Anlässen zu ausgiebig gebechert hattest und danach torkelnd nach Hause kamst. Ich werde das künftig nicht mehr tun. Ich bin in den vergangenen Wochen in mich gegangen. Ich reisse mich zusammen und versuche, dich zu verstehen. Du hast ein anderes Temperament als ich. Doch ein wenig besorgt darüber werde ich immer sein. Denk daran, lieber Wendolin, dass du in einer solchen Verfassung nicht mehr Auto fahren solltest. Gestern habe ich in der Zeitung gelesen, dass ein Ford-Fahrer nach einem Fest bei der Abfahrt vom Pfannenstiel eine Kurve verfehlte und in die Tiefe stürzte. Er überlebte es nicht. Seine beiden Mitfahrerinnen liegen nun schwer verletzt im Triemli-Spital. Etwas kribbelt mir noch in den Fingern. Was hat die Borelli gesagt, als du sie aus dem Haus jagtest? Ich hoffe doch, dass du das getan hast.
Gib mir auf diese Frage bald Antwort – schriftlich oder mündlich.
Ich umarme dich – ganz herzliche Grüsse
Deine Linda

10. Der Besuch bei den Zwygarts – Flugzettel

Als Laura den Briefkasten leerte, es war Montag, der 12. Oktober, fiel ihr ein Couvert auf, das von Linda abgeschickt worden war. Diesmal widerstand sie der Versuchung, es zu öffnen. Beim Mittagessen fiel ihr die trübsinnige Laune Wendolins auf.

«Deine geschiedene Frau hat dich wieder mit einem Schreiben beehrt.» Mit diesen Worten nahm Laura das Gespräch auf.

Wendolin lachte bitter. «Wieder? Wann war es das letzte Mal?»

«Wie soll ich das wissen?»

«Du musst dich endlich damit abfinden, dass Linda und ich wieder heiraten werden. Schreiben wir uns gegenseitig Briefe, hat es dich nicht zu kümmern.»

«Unter meinem Herzen wächst immer noch ein Kind von dir. Ich bin fest entschlossen, es zur Welt zu bringen. Zudem trage ich weiterhin den Verlobungsring. Dein Name ist darin eingraviert.»

Wendolin rastete aus. «Ich trage diesen Ring schon lange nicht mehr. Ich bitte dich, ihn auch abzustreifen. Hiermit erkläre ich, unsere Verlobung ist gebrochen.»

Laura schluchzte: «Ich kann mich damit nicht abfinden, du gehörst mir.»

Wendolin schüttelte den Kopf. «Ich erinnere mich noch an unsere erste Zusammenkunft, als du begeistert von freier Liebe sprachst. Und das soll nun keine Gültigkeit mehr haben?»

«Zur freien Liebe gehört auch, dass eine Frau entscheiden darf, ob sie ein Kind austragen will oder nicht. Du willst mich zwingen, es wegzumachen.»

Er winkte genervt ab. «Wie oft muss ich dir das noch erklären? Das geht derzeit nicht. Ich kann das unserem gemeinsamen Kind nicht zumuten.»

«Noch etwas. Wir haben auch ein Gesetz, das untersagt unter Androhung von einer Gefängnisstrafe eine Abtreibung. Doch ich berufe mich nicht auf das Gesetz. Es ist tatsächlich ungerecht. Es sollte nicht etwas verbieten, sondern den Betroffenen erlauben, selbst zu entscheiden, was sie möchten.»

Laura verabschiedete sich kühl von Wendolin. Sie eilte zum Bahnhof, um den Zug nach Burgdorf zu besteigen, wo sie seit wenigen Tagen bei einer Freundin Unterschlupf gefunden hatte.

Jetzt las Wendolin nochmals den Brief von Linda.

Nelkenstrasse, 9. Oktober 1925

Lieber Wendolin,
hast du das schon gewusst? Eine Freundin aus Oberburg, deren verheiratete Tochter in Langnau wohnt, hat mir ein Flugblatt zugeschickt, das offenbar dort zirkuliert.
Wer dieses in Umlauf gebracht hat, weiss ich nicht und will es auch nicht wissen. Ich habe dieses Papier meinem Brief beigelegt. Es zu kommentieren steht mir nicht zu.

Leute von Langnau,
im Haus des Doktors Wendolin Roder hält sich eine zweifelhafte Weibsperson auf. Sie behauptet, die Geliebte des Arztes zu sein. Vor Kurzem ist bekannt geworden, dass sich der Herr Doktor wiederverheiraten will, und zwar mit seiner von ihm geschiedenen Frau. Sie heisst Linda, wohnt in Zürich und trägt nach der Scheidung immer noch den Nachnamen ihres früheren Angetrauten.
Wir glauben zu wissen, dass die Borelli mit Dr. Roder nach wie vor Tisch und Bett teilt. Ganz abgesehen davon ist diese Art von Lebensgemeinschaft, man nennt sie Konkubinat, in unserem Land ausdrücklich untersagt. Bei Zuwiderhandlung gegen dieses gesetzlich festgelegte Verbot drohen Gefängnisstrafen von Wochen bis zu mehreren Monaten. Dazu kommt die öffentliche Meinung. Die Einwohner von Langnau finden die Art, wie Dr. Roder und die Borelli es miteinander treiben, in höchstem Masse an-

stössig. Sie treten damit unsere zutiefst christlichen Moralvorstellungen mit Füssen.
Aufrechte Bürger von Langnau

Zwei Tage später, am 14. Oktober, leerte Wendolin den Briefkasten. Es waren zwei Briefe. Der erste vom Regierungsstatthalteramt, der zweite adressiert an Laura Borelli, Kirchgasse, Langnau.

13. Oktober 1925

Friederich Wüterich,
Regierungsstatthalter und Gerichtspräsident

Werter Wendolin,
in Langnau sind mehrere Flugzettel im Umlauf, die dich interessieren dürften.

Leute von Langnau,
den Lebenswandel von Dr. Wendolin Roder finden wir nicht akzeptabel. Dass er mit einer Konkubine zusammenlebt, ist eines Arztes unwürdig. Wir bitten alle aus unserem Dorf, die Praxis von Dr. Roder nicht mehr aufzusuchen.
Besorgte Bürger von Langnau

Beste Grüsse
Friederich

Den Inhalt des anderen Laufzettels kannte Wendolin bereits. Er lag im Brief mit dem Poststempel vom 9. Oktober 1925. Wendolin Roder öffnete den zweiten Brief.

12. Oktober 1925

Konrad Zwygart
Direktor der Burgdorfer Landbank

Liebe Laura,
manchmal täuscht man sich auch als guter Menschenkenner in Zeitgenossen, auf die man grosse Stücke hielt.
Mit Entsetzen und grosser Enttäuschung habe ich von meiner geliebten Paula erfahren, dass Wendolin Roder das Verlöbnis mit dir aufgelöst hat.
Eine Verlobung ist so etwas wie ein Vertrag. Der Name des Bräutigams ist in einem Goldring eingraviert. Es ist wie ein unterschriebenes Dokument mit Datum. Behalte unbedingt diesen Ring, auch wenn Wendolin ihn zurückverlangen sollte.
Paula und ich fragen uns, ob wir gegen Wendolin Klage einreichen sollen. Denke darüber nach.
Ich hoffe, bald von dir zu hören.
Herzliche Grüsse
Konrad

Es war einem Zufall zu verdanken, dass Laura genau an dem Tag, als dieser Brief in den Postkasten des Arzthauses gelegt wurde, ihrer Schwester in Burgdorf einen Besuch abstattete, da sie am Vormittag einen Zahnarzttermin wahrnehmen musste. Sie war bei ihrer Schwester und ihrem Schwager zum Mittagessen eingeladen.

Konrad erwartete Laura an der Haustür, einem Portal, das den Reichtum der Zwygarts für die Umgebung und die Besucher zur Geltung brachte.

Konrad nahm Laura in die Arme. «Mädchen, Mädchen, was machst du für Sachen? Tut mir so leid für dich. Aber gib nicht auf. Ich bin fast sicher, dieser Wendolin mag dich. Er will seine Ex-Frau doch nur wieder heiraten, weil sie ihn finanziell trockengelegt hat. Doch komm jetzt. Paula hat ein wunderbares Essen zubereitet.» Genüsslich streichelte er dabei mit beiden Händen seinen imposanten Bauch.

Das Essen war üppig. Schade, dass es Laura an Appetit fehlte. Doch sie gab sich alle erdenkliche Mühe, möglichst viel in sich hineinzustopfen. Natürlich konnte sie mit Konrad nicht mithalten. Der schlug so herzhaft zu, dass Paula ihm ein Supplement nachreichen musste, nicht ohne ihn sanft zu ermahnen, nicht wieder in eine Herzkrise hineinzulaufen.

«Jetzt übertreibst du, Paula», bemerkte Laura mit einem Lächeln.

«Weisst du das denn nicht?», sagte Paula zu ihr. «Vor einem Monat musste ich mitten in der Nacht den Arzt rufen. Er brachte Konrad gleich in die Krankenanstalt. Einen Tag danach wurde er mit Verdacht wieder entlassen. Er müsse sich vorsehen, ändere er seine Lebensweise nicht, könnte er beim nächsten Zusammenbruch einem Herzversagen erliegen.»

«Das hast du mir noch nicht verraten.»

«Nein», meldete sich nun Konrad wieder zu Wort, «ich habe ihr verboten, mit anderen Leuten über meinen Gesundheitszustand zu sprechen.»

«Hmmm ... Er will halt den harten Mann spielen. Doch ich möchte nicht, dass er mir plötzlich wegstirbt. Er ist so ein lieber Mensch. Ich wünschte dir, Laura, dass dein Wendolin nur einen kleinen Teil dieser Eigenschaft in sich hätte.»

Laura musste lachen.

Beim Kaffee sprach man über die Sorgen und Nöte von Laura. Sie verheimlichte fast nichts, ausser ihrer Schwangerschaft. Wie weiter, fragten sich alle. Konrad glaubte, einen guten Einfall zu haben. «Wendolin muss in die Pflicht genommen werden. Er hat Schulden bei uns.»

Laura unterbrach ihn. «Vielleicht hat er auch Schulden bei dieser Linda.»

«Sehe ich nicht so», folgerte Konrad. «Dieses Biest hat ihn bis aufs Hemd ausgezogen und verlangt von ihm immerzu weitere Zuwendungen. Ich glaube, dieser Mann ist verzweifelt.»

Laura seufzte. «Wäre es so, könnten wir eine Lösung des Problems finden. Doch ich fürchte, diese liegt bei Wendolin selbst.»

«Mädchen ...» Jedes Mal wenn Konrad «Mädchen» sagte, zuckte Laura zusammen. «Mädchen, da musst du knallhart kalkulieren. Du bist jetzt», Konrad rechnete mit den Fingern nach, «du bist jetzt einunddreissig. Dein Alter hat bald die Schwelle der Heiratstauglichkeit überschritten. Wie alt ist eigentlich Wendolin?»

«Zwei Jahre älter.»

«Und die andere?»

«Vier Jahre älter als ich.»

«Sehr gut. Du stichst sie aus. Ich überlege, was wir für Druckmittel haben ...»

«Druckmittel?»

«So läuft es, mein Kind. Wir müssen Wendolin unter Druck setzen. Wenn du ihm ausreichend Geld zuschanzen kannst, hast du das Spiel gewonnen ... Laura, um Himmels willen, was setzt du jetzt für eine skeptische Miene auf? ... Ich kann dir dazu Hand bieten. Es reut mich nicht. Wir, ich und Paula, möchten, dass du endlich unter die Haube kommst.»

«Das ist nicht mein dringendstes Ziel. Ich muss nicht unbedingt einen Mann haben.»

Konrad schlug mit der Faust auf den Tisch. «Doch, Laura, das musst du. Bis ans Lebensende ein Fräulein bleiben, das darf doch bei einer so schönen und tüchtigen Frau wie dir nicht sein. Ein Fräulein, das zählt in unserer Gesellschaft nichts, gar nichts. Eine alte Jungfer, Laura, das wäre bei dir wie Perlen vor die Säue geworfen. Nimm doch Vernunft an, Mädchen. Wir bieten dir jede erdenkliche Hilfe. Bitte, bitte, nimm sie an.»

Paula verfiel in ein lautes Lachen, bis es in ein Weinen kippte. «Laura eine Jungfer? Konrad, in welcher Welt lebst du eigentlich? Da lebt unsere Laura mehr als ein Jahr mit einem Mann zusammen und soll die ganze Zeit Enthaltsamkeit gepflegt haben. Nicht bei einem Borelli-Mädchen ...»

Laura verzog den Mund zu einem bitteren Lächeln. «Jetzt bist auch du so weit und titulierst mich als Mädchen.»

«Sei nicht so empfindlich, meine Schwester. Alles kommt für dich gar schnell. Ich glaube, ich kann es dir nachempfinden. Mach dir über das Angebot von Konrad Gedanken und besuch uns in zwei Wochen wieder, dann wollen wir weitersehen. Vielleicht redest du auch nochmals mit Wendolin. Könnte sein, dass du ihn umstimmen kannst und er auf die Wiederverheiratung verzichtet.»

Laura bekam feuchte Augen. «Abgemacht, ich besuche euch in zwei Wochen. Aber jetzt sprechen wir von etwas anderem ...»

«Machen wir, aber erst, wenn du mir den Verlobungsvertrag zwecks Aufbewahrung ausgehändigt hast», sagte Konrad.

«Es fällt mir unendlich schwer. Doch vielleicht ist es besser, wenn ich es tue.» Es kostete Laura etliche Mühe, den Ring vom Finger abzustreifen. Doch letztendlich schaffte sie es. Mit den Worten «Danke für alles» reichte sie den Ring Konrad, der ihn wie ein rohes Ei in den Händen hielt.

Am nächsten Morgen war Laura wieder in der Praxis. Wendolin nahm sie bei der Ankunft in die Arme, umfasste ihre linke Hand und fragte: «Wo ist denn dein Verlobungsring geblieben?»

«Ich habe ihn abgenommen. Du hast es mir befohlen.»

«Bringst du ihn morgen nochmals mit, ich tu es ebenfalls. Dann tauschen wir die Ringe vorerst aus. Und wenn sich alles beruhigt hat, können wir ein neues Verlobungsdatum eingravieren.»

«Ein neues Verlobungsdatum? Ach, Wendolin, wie soll ich dir noch glauben? Nein, ich bewahre den Ring auf.»

«Wo ist er denn jetzt? Bei dir zu Hause oder in deinem Kästchen im Wandschrank in der Ordination?»

«Für wie dumm hältst du mich eigentlich? Er liegt im Tresor von Konrad Zwygart. Du wirst plötzlich bleich, Wendolin. Warum wohl?»

«Was hat denn Konrad mit dieser Sache zu tun?»

«Ich denke, sehr viel. Er hat dir zu einer Hypothek verholfen und dir auch aus seiner eigenen Kasse ein Darlehen gewährt.»

«Das Darlehen werde ich zurückzahlen, sobald es mir möglich ist.»

«Betrifft mich nicht, da ist allein Konrad zuständig. Vielleicht meldet er sich in den nächsten Wochen bei dir. Oder besser noch: Nimm du mal mit ihm Kontakt auf.»

«Das werde ich tun, allerdings habe ich derzeit so viel um die Ohren, dass ich ein Gespräch mit ihm gerne aufschieben möchte.»

«Hast du immer noch vor, Linda am 23. November zu heiraten?»

«Ja, es gibt keine andere Möglichkeit.»

«Dann gehe ich. Was soll ich noch hier?» Laura begann heftig zu schluchzen.

«Das schaffst du nicht, Laura. Wir werden, das verspreche ich dir, eine Lösung finden.»

«Das sagst du immer. Doch verrate mir endlich, was das für eine Lösung sein soll.»

«Eine sehr komplexe Geschichte ist das. Ich möchte dich nicht damit belasten. Bis spätestens im Frühjahr 1926 ist alles vorüber, und wir beide können wieder neu beginnen. Du musst mir vertrauen.»

«Ich habe Angst, Wendolin. Angst davor, diese Geschichte könnte traurig enden.»

«Ich möchte nicht darüber reden.»

Laura blieb. Am Abend bestieg sie den Zug nach Burgdorf und machte sich auf die Suche nach einem ganz leeren Abteil. Dort nahm sie aus der Handtasche den Notizblock und einen Bleistift, dessen Spitze abgebrochen war. Sie ging in ein anderes Abteil, das bevölkert war, setzte sich vis-à-vis einem älteren Mann, der offensichtlich an ihr Gefallen fand.

«Nett, dass du dich neben mich setzt. Die Gesellschaft einer hübschen jungen Frau ist mir eine Ehre.»

Das Du störte Laura nicht, denn sie wusste, dass im oberen Emmental fast alle einander so ansprachen. Sie nahm den Bleistift aus der Manteltasche, sah den Mann bittend an. «Hast du ein Messer im Sack? Ich müsste grad etwas notieren, sonst vergesse ich das wieder, und die Bleistiftspitze ist abgebrochen.»

«Natürlich habe ich das. Jeder richtige Mann hat sein Militärmesser im Sack. Gib her, ich spitze ihn.»

Laura schrieb und schrieb. Der Blick des «Reisebegleiters» verriet ein bisschen Enttäuschung. Doch schliesslich entnahm er der Jackentasche eine Brissago, entzündete sie umständlich und sah zufrieden zum Fenster hinaus.

Als der Kondukteur die Station Burgdorf ankündete, war eine ganze Seite vollgekritzelt. Sie sah auf und realisierte erst jetzt, dass der betagte Herr bereits ausgestiegen war. In Oberburg oder gar schon in Hasle?

Sie hastete zu ihrer Freundin. Diese war noch nicht zu Hause. Laura las das Geschriebene, suchte in der Schublade des kleinen Schreibtischs in ihrer vor wenigen Tagen zur Verfügung gestellten Bleibe einen Gummi. Sie fand ihn. Alles, was sie gerade benötigte, war dort. Nach einigen Korrekturen stand der Brief an Linda.

Langnau, Dienstag, 14. Oktober 1925

Werte Frau Roder,
ich bin Laura Borelli und habe nach zwei unsäglich beleidigenden Flugschriften, die in Langnau zirkulieren, das Bedürfnis, Ihnen zu schreiben.
Ob Sie davon wissen, entzieht sich meiner Kenntnis. Ich wurde in diesen Pamphleten als Konkubine von Wendolin Roder verunglimpft. Dass ich mit ihm seit mehr als einem Jahr zusammenlebe, müsste Ihnen auch bekannt sein. Zudem bin ich schwanger von ihm. Dann trage ich einen Verlobungsring mit dem eingravierten Schriftzug: «Wendolin, 12. April 1924». Er ist im Besitze des zweiten, den ich ihm geschenkt habe.
Das wollte ich Ihnen noch mitteilen.
Hochachtungsvoll
Laura Borelli

Laura warf den Brief noch am selben Abend bei der Hauptpost ein.

Am 16. Oktober fand Wendolin Roder im Briefkasten des Arzthauses erneut einen Brief von Linda.

Nelkenstrasse, Donnerstag, 15. Oktober 1925

Geliebter Wendolin,
gestern wurde mir ein Brief von Laura Borelli zugestellt. Er ist meinem beigelegt.
Es liegt mir fern, ihn zu kommentieren. Besorgt bin ich wegen der Schwangerschaft der Borelli. Das hast du mir nicht verraten. Ich kann auch nicht wissen, wie lange sie schon schwanger ist. Ich mache dir deswegen keine Vorwürfe. Wir waren damals, als sie wohl in die Wege geleitet wurde, längst kein Paar mehr und einander noch nicht neu versprochen. Dass du später wieder zu mir zurückgefunden hast, zählt bei mir und nichts anderes.
Als Arzt solltest du keine Probleme haben, den Bastard im Bauch der Borelli nicht weiter gedeihen zu lassen.
Ich wünsche dir Mut und Glück für diese Massnahme.
Herzliche Grüsse
Deine Linda

11. Die Abtreibung – St. Légier

In der Ordination war gerade eine Patientin in Behandlung. Laura assistierte Wendolin. Als er damit fertig war und die Frau das Behandlungszimmer verlassen hatte, platzte Wendolin schier vor Wut. «Was unterstehst du dich, mir solche Prügel zwischen die Beine zu werfen! Du bist drauf und dran, meine Existenz zu zerstören. Ich habe dir schon, seit ich davon wusste, klargemacht, dass kein Weg daran vorbeiführt, den Fötus auszukratzen. Diese Schwangerschaft, auch darum habe ich dich eindringlich gebeten, sollte ein Geheimnis zwischen uns bleiben. Nun hast du es verraten. Warum tust du so was?»

«Weil ich das Kind austragen will.»

«Ich fass es nicht. Und nun glaubst du, wenn es Linda auch weiss, könntest du mich unter Druck setzen? Linda ist mir so ergeben, dass sie mich deswegen niemals in Bedrängnis bringen wird.» Wendolin hielt einen Moment inne, stierte dabei verzweifelt auf den Boden. «Immer noch scheinst du nicht begriffen zu haben, dass die geplante Wiederverheiratung uns beiden zu einem Neuanfang verhelfen wird. Ich habe einen Plan, den ich dir niemals verraten werde.»

«Das hast du mir vor einigen Tagen schon angedeutet. Ich machte nie ein Geheimnis daraus, dass ich mich davor fürchte. Ich darf nicht daran denken, was in diesem Fall noch geschehen könnte.»

Wendolin hob die Hand. «Hör augenblicklich auf, Laura. Damit bringst du nicht nur mich, sondern auch dich in Gefahr.»

Laura schwieg. Sie machte ihre Arbeit in der Praxis weiter.

Am Samstagmittag schloss Wendolin die Praxis und machte sich auf den Weg nach Zürich. Linda empfing ihn frostig.

«Warum bist du so zickig?», fragte Wendolin sie.

«Und du fragst das noch? Es war der Brief, den mir deine Konkubine zuschickte. Etwas lass dir gesagt sein, sobald ich in das Arzthaus von Langnau eingezogen bin, werde ich keine Nebenbuhlerin dulden. Sieh zu, wie du sie loswirst. Ich habe meine Vorleistung erbracht. Du kannst jetzt praktisch über mein ganzes Barvermögen verfügen.»

«Ich weiss das auch zu schätzen. Und das mit der Schwangerschaft werde ich zu unser beider Zufriedenheit lösen, darauf kannst du dich verlassen.»

Linda taute allmählich auf. Man nahm gemeinsam das Abendessen ein, mit der kleinen Rosemarie, aber ohne Hulda, die aus ihrer Abneigung gegenüber Wendolin keinen Hehl machte. Hulda verliess immer das Haus, bevor er auftauchte.

Wendolin besprach mit Linda die Vorbereitungen für die Hochzeit. Man war sich weitgehend einig, dass es – anders als die erste – eine einfache Feier werden sollte. Auf dem Uetliberg. Das Brautpaar würde mit Rosemarie hinauffahren. Die anderen sollten den Zug nehmen.

Linda offerierte Wendolin, die Nacht in ihrem Bett zu verbringen. Darauf freue sie sich unbändig. Wendolin, der sich darauf eingestellt hatte, nahm dieses Angebot an.

Am 26. Oktober nahm Laura frei. Sie besuchte an diesem Tag wie vereinbart die Zwygarts. Beim Mittagessen berichtete sie Paula und Konrad, dass Wendolin an der Heirat mit Linda festhalten werde.

Konrad zeigte sich empört. «Laura, lass mir freie Hand, darauf zu reagieren.» Laura tat das. Dann sprach man nicht mehr darüber. Es war eine schöne Begegnung, und sie richtete Laura wieder auf. Sie fühlte sich bei den Zwygarts geborgen. Beide kümmerten sich rührend um sie.

Zwei Tage später lag auf dem Schreibtisch Wendolins ein eingeschriebener Brief.

Arnold Kernen, Fürsprech und Notar
Pfisterngasse, Burgdorf
Dienstag, 27. Oktober 1925

Sehr geehrter Herr Dr. Roder,
ich amte als bevollmächtigter Fürsprecher für Fräulein Borelli Laura. Sie wohnt derzeit bei Fräulein Santschi Therese, Technikumstrasse, Burgdorf.
Der Grund, weshalb ich an Sie gelange, ist der Verlöbnisbruch, den Sie sich gegenüber Laura Borelli haben zuschulden kommen lassen.
Ich erinnere Sie daran, dass meine Mandantin mehr als ein Jahr unentgeltlich für Sie gearbeitet hat, dass sie nach dem Heiratsversprechen eine Aussteuer angeschafft hat, für die sie nun keine Verwendung mehr findet. Ein Verlust, den man nicht mit Geld wiedergutmachen kann. Sie hat im Frühjahr 1924 ihre Stelle bei der Kohle AG gekündet und seither von ihren Ersparnissen gelebt. Diese sind nun aufgebraucht. Damit sie sich wieder eine Existenz aufbauen kann, benötigt sie die finanziellen Mittel, die ihr durch die unentgeltliche Arbeit bei Ihnen entgangen sind. Nach unseren Berechnungen sind das mindestens zehntausend Franken.
Ich bitte Sie also, diesen Betrag umgehend an meine Kanzlei zuhanden von Fräulein Borelli zu überweisen.
Sollten Sie dieser Aufforderung nicht nachkommen, sähen wir uns gezwungen, Sie wegen Verlöbnisbruchs einzuklagen.
Hochachtend
Kernen Arnold, Fürsprecher

Als Wendolin Roder den Brief gelesen hatte, verstand er die Welt nicht mehr. Als er sich wieder gefasst hatte, stellte er Laura zur Rede.

«Laura, was hast du getan? Der Brief von Fürsprecher Kernen empört mich. Ist jetzt ein Anwalt dein Sprachrohr? Warum hast du dich mit diesem Anliegen nicht persönlich an mich gewandt?»

Laura brach in Tränen aus. «Konrad, mein Schwager, hat dem Anwalt nahegelegt, er solle diese Forderung stellen. Ich hätte es selbst nicht gewagt. Wenn ich bei dir bleiben darf, schuldest du mir keinen Rappen. Vielleicht überlegst du dir noch einmal, ob du Linda wirklich heiraten möchtest.»

Wendolin nahm Laura in die Arme. «Deine Forderung ist berechtigt. Mein finanzieller Engpass besteht immer noch. Ich bin froh, dass ich derzeit nicht einen so grossen Betrag zurückerstatten muss. Nun in Sachen Hochzeitstermin. Daran ist nichts mehr zu ändern. Doch du darfst vorläufig bleiben. Und, das verspreche ich dir, alles kommt wieder gut. Bitte versteh, dass ich dich nicht in meine Pläne einweihen kann. Das wird mein Geheimnis bleiben. Ich werde es keiner Menschenseele verraten.»

«Gib mir diesen Brief, Wendolin.»

Als Laura ihn in Händen hatte, zerriss sie ihn.

***

Der November brach an. Laura arbeitete weiter in der Praxis. Es war der fünfte des Monats, ein düsterer, nebliger, feuchter und kalter Morgen, als eine Patientin im Wartezimmer Laura ansprach. «Darf ich mit Ihnen kurz unter vier Augen reden?»

Da sie ein häufiger Gast in der Praxis war, hatte Laura ein Nachsehen und ging mit ihr in den Abstellraum, wo die beiden sich ungestört unterhalten konnten.

«Im ‹Kästchen› steht seit dem 3. November etwas, das mich richtig umgehauen hat.»

«Kästchen?»

«Das ‹Kästchen› ist am Gemeindehaus angeschlagen. Dort stehen die Anzeigen des Zivilstandsamts. Etwas wird in diesen Tagen sehr beachtet. Eine Heiratsanzeige. Dr. Wendolin Roder und Linda Roder-Schneeberger. Im Dorf geht das Gerücht um, der Doktor werde sich wieder mit seiner geschiedenen Frau vermählen. Uns irritiert das. Wir glaubten, er sei mit Ihnen verlobt.»

Tränen schossen in Lauras Augen. «Gehen Sie bitte wieder in das Wartezimmer zurück, ich kann nicht mehr.»

Mit verweintem Gesicht suchte Laura in der Ordination Wendolin auf, der gerade eine alte Frau untersuchte, und bat ihn, ihr für heute freizugeben. Sie sei einem Zusammenbruch nahe und müsse sich hinlegen.

Wie ein Lauffeuer ging die Kunde dieses Zwischenfalls durch Langnau. Denn die Patientin, die Laura auf die Ankündigung im «Kästchen» hin befragt hatte, war bekannt dafür, dass sie liebend gerne Neuigkeiten verbreitete. Sie hatte den Übernamen «die Dorfzeitung».

Einige Tage beredeten Wendolin und Laura nur das, was die Arztpraxis betraf, miteinander.

***

Am 10. November 1925, einem Dienstag, fand Linda in ihrem Briefkasten ein anonymes Schreiben. Alles war mit Schreibmaschine getippt, die Anschrift auf dem Couvert wie der Text im Brief.

Langnau, 7. November 1925

Sehr geehrte Frau Linda Roder-Schneeberger,
in unserem Dorf wird herumgeboten, Sie würden demnächst nach Langnau kommen, um Ihren geschiedenen Gatten, den Arzt Dr. Wendolin Roder, ein zweites Mal zu heiraten.
Derzeit teilt Dr. Roder mit Laura Borelli Tisch und Bett. Das Fräulein Borelli arbeitet auch in seiner Praxis mit. Es ist eine sehr tüchtige Person und hat die Herzen der Langnauer gewonnen.
Wir wissen, Frau Roder-Schneeberger, dass Sie in Oberburg waren, als Ihr ehemaliger Mann dort praktizierte. Ihnen ging der Ruf einer Hexe nach. Sie wurden dort als hochnäsig und abweisend wahrgenommen. Das Fräulein Laura ist genau das Gegenteil. Freundlich, ja herzlich, einfühlsam und behandelt die Patienten nicht von oben herab.

Sollte das Gerücht zutreffen, dass Sie sich im Arzthaus von Langnau niederzulassen gedenken, kann ich Ihnen nur anraten, sich das nochmals gründlich zu überlegen. Andernfalls werden die Mannen und Frauen Sie in diesem Dorf mit Fäusten empfangen.
Eine besorgte Bürgerin aus Langnau

Linda schloss den Brief in ihren Tresor, in der Absicht, ihn später Wendolin zu zeigen.

***

Frühabends, Mitte November sagte Wendolin zu Laura: «So geht es nicht mehr weiter. Wir müssen ernsthaft miteinander reden.»

Nach anfänglichem Zögern lenkte Laura dazu ein.

Sie dürfe, wenn Linda im Haus eingezogen sei, weiter in der Praxis arbeiten. Sie solle sich nicht grämen, alles komme wieder gut. Es würden nun Wochen anbrechen, die für beide hart seien.

«Ich halte es nicht mehr aus. Rede doch offen mit mir. Was hast du im Sinn?», erwiderte Laura schluchzend.

Wendolin stand auf, bat Laura, es ihm gleichzutun. Er umarmte und herzte sie. «Ich liebe dich, nicht Linda. Aber in den nächsten Wochen führt kein Weg an ihr vorbei. Vertraue mir, wenn dir etwas an mir liegt. Frag bitte nicht weiter, denn das könnte meinen Plan zunichtemachen.»

«Was um Himmels willen ist dein Plan? Ich habe Anrecht, das zu wissen.»

«Anrecht hin oder her. Ich verrate es dir nicht. Niemals, denn damit darfst du nichts zu tun haben. Ich würde dich sonst in Gefahr bringen.»

Laura sagte nichts darauf, überlegte lange.

In der Zwischenzeit schenkte er ihr Wein ein, den er mit einer Portion Kirsch verdünnte.

Laura resignierte und sagte: «Es bleibt mir wohl nichts übrig, als mich zu betrinken.» Man sprach weiter, ass und trank.

Nach einer Stunde war Laura beinahe von Sinnen, sie kippte vom Stuhl zu Boden.

Wendolin schleppte sie in die Ordination im Parterre, zog sie aus, legte sie auf den Schragen, fiel über sie her und kratzte danach ihre Gebärmutter aus.

Er schleppte sie wieder die Treppe hinauf und warf sie wie ein altes Kleidungsstück auf das gemeinsame Bett. «Das hätten wir nun durchgestanden. Schlaf gut, Mädchen. Diesmal hattest du keine Schmerzen. Im Laufe der Nacht werden sie noch kommen. Dann werden wir weitersehen.»

Er ging in die Küche, füllte ein Glas mit Schnaps und legte sich mit den Kleidern neben Laura.

Eine Stunde mochte vergangen sein, dann übergab sich Laura.

Wendolin sprang aus dem Bett. Er liess sie im Erbrochenen liegen und ging auf das Sofa in der Stube, wo er seinen Rausch ausschlafen wollte. Doch im Morgengrauen weckte ihn eine aufgelöste Laura. «Ich war auf dem Abtritt, es schmerzte sehr, als ich Wasser löste. Es kam unheimlich viel Blut. Ich befürchte, ich habe eine Fehlgeburt erlitten.»

Wendolin wurde von einem Lachanfall übermannt. «Etwas Besseres hätte uns nicht passieren können. Wasche dich gründlich, aber nimm bitte kein Bad, das wäre nach einem Abort zu gefährlich. Wirf dein Nachtgewand und das Leintuch in den Wäschekorb. Alles ist verkotzt. Scher dich weg … du verpestest das Wohnzimmer.»

Etwas später besprach er sich mit Laura. «Du brauchst eine Auszeit.»

«Wo willst du mich hinschicken?»

«Schlag etwas vor.»

«Zur Bärenwirtin in Kröschenbrunnen. Sie ist für mich wie eine gute Freundin.»

«Geht nicht. Das ist zu nah bei Langnau. Der Ort muss mindestens hundert Kilometer von hier entfernt sein.»

Laura verzog das Gesicht. «Entscheide du, der Aufenthalt geht ja auf deine Kosten. Ich könnte mir Ferien so weit weg nicht leisten.»

Wendolin dachte eine ganze Weile nach. «Nach Davos, in die Nähe meines Elternhauses, da kenne ich immer noch viele Leute. Zum Glück leben Papa und Mama nicht mehr dort.»

«Hört sich so an, als ob sie nichts von mir wissen möchten.»

Wendolin zuckte mit den Schultern. «Das dürfte sich ändern, wenn unsere Beziehung legalisiert sein wird.»

«Du bist unmöglich, Wendolin. Du kündest die Hochzeit mit einer anderen an und sprichst von Legalisierung unserer Beziehung. Ich möchte nicht nach Davos gehen.»

Wieder versank Wendolin in Gedanken. «Ich hab's. St. Légier. Dort betreibt doch dein Bruder Jean eine Gastwirtschaft. Du hast mir, seit ich dich kenne, immer vorgeschwärmt, wie schön es dort ist.»

«Wenn du meinst, organisiere es. Ich habe nicht die Kraft dazu. Restaurant et Bar Moulin Rouge, Jean et Cécile Borelli-Guex, St. Légier, mehr weiss ich nicht.»

Roder ging zur Post, die hatten das Telefonbuch, das die ganze Romandie abdeckte. Der Posthalter nahm seine grosse Lupe und begann darin zu suchen. «Restaurant et Bar Moulin Rouge … Restaurant et Bar Moulin Rouge … Restaurant et Bar Moulin Rouge …», flüsterte er, die Worte stets wiederholend. «Ich habe eben mein Französisch verlernt, brauche es hier ja nicht. Na endlich, da ist es. Jean et Cécile Borelli-Guex. Das scheint nicht das einzige Wirtshaus zu sein.» Er wählte die Nummer und streckte Roder den Hörer entgegen. Die Madame nahm ab. Es war offensichtlich Cécile. In gutem Französisch begann er mit ihr zu parlieren, das konnte er perfekt, weil er das erste Studienjahr an der Universität Lausanne absolviert hatte.

Madame Borelli-Guex schien sich über den angekündigten Besuch zu freuen. Die Zimmer wären allerdings etwas knapp bei ihnen, eines sei aber jetzt bezugsbereit. Es würde sie freuen, könnte Laura im Haushalt ein wenig mithelfen. Das sei wunderbar, fand Wendolin. Man vereinbarte einen Termin, Samstag, den 21. November. Wann der Zug in St. Légier eintreffe, werde er ihr am kommenden Tag noch telegrafisch mitteilen.

Er eröffnete Laura, dass sie bereits in zwei Tagen ins Welschland reisen könne. Sie seufzte, sie habe derzeit Blutungen.

«Mach dir keine Sorgen, das geschieht oft bei einer frühzeitigen Fehlgeburt. In wenigen Tagen wird es aufhören. Ich decke dich mit Binden und den nötigen Medikamenten ein.»

Wendolin brachte Laura an den Bahnhof Langnau. Um zehn nach zwölf mittags fuhr der Schnellzug nach Bern ab. Der Abschied war lieblos. Er brachte Laura zwanzig Minuten früher auf das Perron 3, wo der Zug von Luzern herkommend einfahren sollte. Er küsste Laura flüchtig auf die Stirne und sagte: «Ich muss wieder weg. Mach's gut, Mädchen.» Und er drehte sich hastig auf dem Absatz weg. Es wehte ein bissig kalter Westwind durch den Bahnhof. Laura zitterte vor der Kälte, obwohl sie einen warmen Mantel angezogen hatte.

Die Fahrt an den Genfersee, die ihr wie eine Ewigkeit vorkam, war eine Qual. Laura hatte schier unerträgliche Schmerzen im Unterleib. Um ihre Blutung zu stillen, musste sie des Öfteren in den verschmutzten Klos der Bahnwagen die Binden wechseln. Es war wie eine Erlösung, als vier Stunden später ihr Bruder, noch immer blendend aussehend, sie nicht mehr mit dem Pferdewagen wie vor einem Jahr, sondern mit seinem Ford am Bahnhof St. Légier abholte. Es gefalle ihm im Welschland, und seine Cécile sei eine Perle. Noch warte er auf Nachwuchs. Der habe sich zum Glück vor einer Woche angekündigt. Ob es, wie bei seinen Eltern, gerade zu zehn Kindern reiche, möchte er bezweifeln.

***

Laura war ausgezogen, und Wendolin stand plötzlich ohne Haushaltshilfe da. Er musste sich ja noch um die Praxis kümmern. Das mit der Praxis liess sich überbrücken. Er engagierte Frauen aus der Nachbarschaft, die sich bereit erklärten auszuhelfen. Für sie waren einige Franken Nebenverdienst Gold wert. Das Aushelfen beschränkte sich vor allem auf Putzarbeiten und

Patienten aus dem Wartezimmer in die Ordination rufen oder allenfalls nach einem Eingriff bis zu ihrer Wohnung begleiten.

Doch zu Hause brauchte er eine Hilfe, die ihm rund um die Uhr zur Verfügung stand. Das erwies sich als kleineres Problem. Er ging in den «Hirschen» und erkundigte sich bei der Frau des Wirtes, ob sie ihm jemand beschaffen könne. Und das konnte sie blitzschnell.

Nachdem Wendolin Roder Laura zum Bahnhof Langnau gebracht hatte, holte er seine neue Haushaltshilfe, Hanna Althaus, von einem Bauernhof an den Hängen des Napfs auf Gemeindegebiet von Trubschachen ab.

Am Abend bestand sie bereits ihre erste Bewährungsprobe. Sie bereitete für Wendolin ein währschaftes Nachtessen zu. Zuvor hatte sie das, was sie dazu brauchte, eingekauft.

12. Die Wiederverheiratung – der Sensenmann

Der 23. November 1925 war ein nasskalter, trüber Tag. Linda erwartete Wendolin. Sie sass im Wohnzimmer, Rosemarie auf dem Schoss, und sah zum Fenster hinaus. Vom Kirchturm in Fluntern – der war anderthalb Kilometer entfernt – hörte sie die Stundenglocke. Sie schlug gerade neun Uhr. Dann trat Hulda ein.

«Jetzt heirate ich Wendolin zum zweiten Mal. Er müsste schon seit einer halben Stunde hier sein», sagte Linda mit leicht zitternder Stimme. Sie war aufgeregt, und fast schien es, sie wäre sich nicht sicher, ob ihr Bräutigam wirklich auftauchen würde. «Hulda, du solltest dich zurechtmachen. Bald beginnt unser Fest.»

«Ach was. Das ist nicht mein Fest. Du bist gerade im Begriff, eine riesige Dummheit zu begehen. Du bist meine ältere Schwester, aber benimmst dich noch wie eine Halbwüchsige. Wie kannst du dich nur erneut diesem Gigolo an die Brust werfen!»

«Gigolo? Weisst du, von wem du dieses französische Wort hast? Von mir. Ich benutzte es oft, als ich vom Waadtland zurückkehrte. Damals war ich ein bisschen älter als sechzehn.»

«Und ob ich mich daran erinnere. Damals schon hattest du nur Männer im Kopf. Kauftest heimlich kitschige Heftliromane am Kiosk gegenüber. Es war ja erstaunlich, wie du damals herumgehurt hast.»

«Du bist nur neidisch. Du hättest das wohl auch gerne getan. Aber dich hatte kein Mann angeschaut.»

«Jetzt reicht's mir.» Tränen schossen Hulda in die Augen. Sie verliess den Raum und schlug hinter sich die Tür heftig zu.

Rosemarie begann zu weinen.

«Flenne nicht, mein Schätzchen. Heute ist ein Freudentag. Bald kommt Papa.» Linda strich ihrer Kleinen liebevoll übers Haar. «Bald sind wir wieder eine Familie. Sei nicht so zappelig.

Oder willst du, dass ich dich vom Schoss nehme und wieder ins Laufgitter stelle. Ich möchte zum Fenster hinausgucken, den Moment nicht verpassen, wenn Papa in die Nelkenstrasse einbiegt.»

Dann kam Wendolins Ford angetuckert. Linda klatschte in die Hände. Besser spät als nie. Unser Plan wird funktionieren. Linda rannte mit Rosemarie zur Haustür. Überschwänglich begrüsste Linda Wendolin und hielt ihm Rosemarie entgegen. Er umfasste sie mit beiden Händen, etwa so, wie man ein Postpaket entgegennimmt, und reichte sie gleich wieder Linda. «Tut mir leid, dass es so spät geworden ist. Aber bei der Einfahrt in die Stadt versperrte mir eine Kutsche den Weg. Diese Kutscher glauben immer noch, die Strasse gehöre ihnen allein.»

Linda schilderte Wendolin, wie der Anlass seinen Verlauf nehmen sollte. Wendolin machte sie darauf aufmerksam, dass er ja alles organisiert habe. Im Gegensatz zur ersten Hochzeit waren nur wenige Gäste eingeladen. Wieder fehlten die Eltern Roder, und Linda hatte keine mehr. Von ihr waren nur Schwester Hulda und Bruder Karl eingeladen. Dann das Brautführerpaar: ein Verbindungsbruder im Vollwichs und seine Verlobte. Der kam gerade angehastet.

Schliesslich erschien Karl, bereits schwankend, mit einer eindrücklichen Alkoholfahne. Er trug einen schicken schwarzen Anzug, der ihm nicht besonders gut stand. Er hatte ihn in aller Eile gekauft, direkt von der Stange, wie er Wendolin verriet.

Hulda hatte sich überhaupt keine Mühe gegeben, sich angemessen einzukleiden. Sie trug ihre Alltagskleider. Linda fühlte sich bemüssigt, sich dafür zu entschuldigen, was Hulda mit einer wegwerfenden Handbewegung von sich wies.

Wendolin gab dann das Programm der Hochzeitszeremonie bekannt. Zuerst wäre vorgesehen gewesen, die Trauung in Langnau zu zelebrieren. Doch das habe sich zerschlagen. Der Zivilstandsbeamte dort habe darauf bestanden, dass der zivilen Heirat eine kirchliche folgen müsse. Auf ein solches Theater habe er verzichten wollen.

Karl klopfte ihm kollegial auf die Schultern. «Wie recht du hast. Nur ein Narr glaubt, dass ein Pfaffe eine Ehe für ewig besiegeln kann.»

Da mischte sich Hulda ein. «Halt doch endlich deinen dummen Mund, du machst die Sache noch schlimmer.»

«Noch schlimmer?», fiel ihr Linda ins Wort. «Was soll denn das heissen?»

Hulda gab keine Antwort darauf.

Linda war sprachlos und begann zu schluchzen. All das brachte Karl in Rage. Er setzte zu einer wütenden Wortmeldung an. «Diese Hulda ist eine frustrierte Kuh!»

Wendolin blieb eigenartig ruhig. Es machte den Anschein, als hätte er den Auftritt von Hulda erwartet. Er sagte schliesslich, er verstehe ja die Bedenken gegen diese Heirat. Aber letztendlich sei es eine Sache zwischen ihm und Linda. Sie hätten sich zwar oft gezankt, aber liebten einander immer noch. Er sei überzeugt, eine zweite Scheidung werde es nicht geben.

Es dauerte nur ein, zwei Sekunden, als ein hinterlistiges Grinsen über Wendolins Mundpartie huschte. Bemerkt hatten es Hulda und Karl, wohl auch Linda. Hätte sich Karl nicht dazu geäussert, wäre es unbeachtet geblieben. «Hei, Kumpel, es scheint dir dabei nicht besonders ernst zu sein. Du warst, bist und bleibst ein Seitenspringer.»

Linda sagte aufgebracht: «Jetzt reicht's aber, Karl. Es genügt schon, dass du besoffen hier aufkreuzt, dich dann noch so respektlos aufzuführen ist nicht mehr nötig.»

Karl wollte etwas darauf erwidern, Wendolin legte ihm beschwichtigend die Hand auf die Schulter.

Eine Viertelstunde später wurde in einem Amtsgebäude der Stadt im Quartier Fluntern durch einen Standesbeamten die Ehe vollzogen. Ein feierlicher Moment sei das, sagte der ganz in Schwarz gekleidete, schon in die Jahre gekommene weisshaarige Mann. Offenbar ging ihm die Zeremonie nahe, denn während seiner Ausführungen musste er mehrmals sein künstliches Gebiss zurechtrücken.

Nach zwanzig Minuten war die Zeremonie zu Ende. Dann

ging man wieder in die Nelkenstrasse, um die kleine Rosemarie abzuholen.

Wendolin ergriff das Wort und legte dar, wie es weiterzugehen hatte. «Wir begeben uns auf den Uetliberg. Ich fahre mit Linda und Rosemarie über die Gratstrasse bis zum Hotel Uto Staffel. Und ihr, armselige Festgänger, begebt euch zu Fuss zum Bahnhof und besteigt die Bahn auf den Uetliberg. Hier sind die Fahrkarten.» Wendolin griff in seinen Hosensack und gab jedem ein Retourbillet Zürich–Uetliberg Kulm; insgesamt vier kleine Kärtchen.

Karl lallte: «Darf ich im Ford mitfahren? Ich bin derzeit etwas unsicher zu Fuss.»

«Nein», sagte Wendolin bestimmt. «Sonst kotzt du mir den Wagen voll.»

Nun lachten alle ausser Karl.

Nach anderthalb Stunden war die ganze Festgesellschaft im Entrée des Hotels Uto Staffel. Der Gerant empfing die kleine Schar am Eingang des grossen Speisesaals und wies ihnen den Tisch zu. Da es Montag und neblig war, es zudem nieselte, waren wenig andere Gäste dort. Die sechs Erwachsenen und das Kleinkind Rosemarie wirkten verloren im riesigen Raum. Zudem war es kalt, denn die grossen Räume wurden erst richtig warm, wenn sie ergiebig bevölkert waren. Auf dem Tisch lag ein Telegramm. Es stammte von Regierungsstatthalter Wüterich.

Hulda nahm es, las es leise und lachte. Dann rezitierte sie es mit lauter Stimme:

> *Das Regierungsstatthalteramt freut sich über die Heirat von Dr. Wendolin Roder mit Linda Roder-Schneeberger. Wir gratulieren herzlich und wünschen dem Ehepaar ein langes Zusammenleben. Mit Genugtuung nehmen wir zur Kenntnis, dass Dr. Roder nun zu dieser sittlich einwandfreien Art von Partnerschaft zurückgefunden hat.*

Karl wollte wissen, was der Regierungsstatthalter mit «sittlich einwandfreier Art» meine.

«Du bist und bleibst ein Dummkopf», schimpfte Hulda.
Karl verschluckte sich am Wein.

Wendolin antwortete bitter schmunzelnd: «Ich fasse es als Kriegserklärung des Regierungsstatthalters auf.»

«Konkreter, Wendolin, bitte», brachte sich Linda ein.

«Ich hatte am Stammtisch unseres letzten Herrenabends ein paar Bemerkungen gemacht, die Wüterich ärgerten.»

«Was erwartest du für Konsequenzen?»

Wendolin überlegte. «Wüterich führt etwas im Schilde. Das heute war nur der Anfang. Ich gehe einmal davon aus, dass er mich aus Langnau hinausekeln möchte … Ich lasse mich überraschen.»

«Lassen wir uns das Essen und Trinken nicht vermiesen», rief Karl, schon wieder ein bisschen lallend. Ein untrügliches Zeichen, dass er sich nach einem Suff sehnte.

Der Kellner brachte die Menükarte. Wendolin griff nach ihr und las sie vor und kommentierte: «Als Entrée Kohlrouladen mit Kartoffel-Käse-Füllung und puffige Teigbällchen, darin Nidel; dazu Austern Rockefeller, der letzte Schrei aus Amerika. Zum Einstieg in das richtige Essen eine Fischsuppe mit Pastinaken und Selleriewurzel oder käsige Mehlsuppe. Die Hauptmahlzeit: Kartoffelstock mit italienischen Fleischbällchen. Wer mehr Fleisch möchte, erhält noch einen Rehrücken oder eine Lammkeule dazu. Fehlen darf etwas nicht: Waldorfsalat, nicht bloss ein Grünzeug in Essig und Öl getränkt, oder als Alternative Caesar Salad mit gerusstem Schweinefleisch, als Zugabe gefüllter Stangensellerie mit Oliven. Natürlich wird dazu auch getrunken. Unsere Hausweine gehören zu den begehrtesten in ganz Zürich. Zum Dessert haben wir eine grosse Auswahl: Kuchen aus Schokoladenwaffeln und Schlagrahm, Erdbeer-Eiskuchen, Vollkornbrötchen mit Honig. Zum Abschluss des Festessens ein Gaumenschmaus besonderer Art: Gelatine garniert mit frischen Trauben, mit Mandarinen und zerstückelter Ananas.»

Spontan erfolgte ein Zwischenruf von Karl. «Gelatine, ekelhaft, Ananas, Büchsennahrung.»

Kellner trugen die Speisen auf. Die Gäste machten sich, lautstark mit Löffel, Gabel, Messer hantierend, gierig über sie her.

Linda erkundigte sich bei Wendolin, wie viel all das kosten würde. All die exquisiten Speisen, die teuren Weine, der Sekt.

Wendolin reagierte gereizt. «Ein Hochzeitsessen bezahlen wir nur noch dieses Mal.»

Linda keifte weiter. «Und siehst du, wie Karl zuschlägt. Der frisst wie eine Wildsau, die Visage fast im Teller, den linken Ellbogen auf den Tisch gestützt, schaufelt er mit der Rechten das Fleisch und den Kartoffelstock in sich hinein. Er schreit nach dem Kellner, streckt den Finger ins leere Glas, und schon ist es wieder voll. Er kippt eines nach dem anderen hinter die Binde. Dabei ist der Wein sündhaft teuer. Kaum ist der Kellner weggetreten, brüllt er Supplement. Verzehrt schmatzend und rülpsend die dritte Lammkeule. Mir verschlägt es den Appetit.»

Wendolin entgegnete: «Red doch nicht so, Linda. Karl ist aus dem gleichen Holz geschnitzt wie du.»

«Und aus welchem bist du geschnitzt? Ein Spross reicher Eltern, die nach dem Krieg beinahe ans Existenzminimum heruntergekommen sind. Und denk daran, ohne mich wärest du nie Arzt geworden. Aber lassen wir heute das Streiten. Ich bin trotz allem glücklich, dass du wieder zu mir zurückgefunden hast.»

Wendolin gab Linda einen Kuss auf den Mund. Dann sagte er: «Es wird Zeit, dass wir uns auf den Weg nach Langnau machen.» Er stand auf und verkündete: «Liebe Familienangehörige, liebes Brautführerpaar, Linda, Rosemarie und ich müssen uns jetzt verziehen. Wir möchten nicht allzu spät und hundemüde in Langnau eintreffen. Die Hochzeitsnacht wartet noch auf uns.»

Lang anhaltender Applaus, dem sich auch die anderen Gäste im Raum anschlossen.

Die Fahrt den Uetliberg hinunter war halsbrecherisch, denn dichter Nebel war aufgezogen. Wendolin sah kaum zwanzig Meter nach vorn, dennoch meisterte er auch die engsten Kurven. Die Fahrt durch die Stadt Zürich blieb ihm erspart, über die

Gratstrasse erreichte er Langnau am Albis um halb drei Uhr. Dann ging's flott voran.

Um vier Uhr passierten sie die Hohle Gasse.

«Hier hat Tell Gessler mit der Armbrust umgelegt», bemerkte Linda.

«Was für ein Ammenmärchen. Wilhelm Tell ist eine dänische Märchenfigur aus dem beginnenden 13. Jahrhundert.»

«Aber wir haben in der Schule gelernt, dass Tell ein Schweizer Freiheitsheld ist.»

«So steht es immer noch in den Schulbüchern. Das hält der Wahrheit nicht stand. Es ist eindeutig eine Geschichtsklitterung.»

«Die überlieferte Entstehungsgeschichte der Schweiz ist also eine Lüge?»

«Eine brandschwarze, ja.»

«Seit wann weisst du denn, wie es wirklich war?»

«Seit meiner Zeit in Frauenfeld. Der Konviktleiter, Dr. Affolter, hat uns das verraten. Trotzdem mache es Sinn, wenn die Unwahrheit in den Büchern stehe. Das sei wegen dem Volk. Das Volk sei dumm und müsse die Tell-Sage als wirklich geschehen verinnerlichen. Affolter ist ein Patriot gewesen – er lebt nicht mehr.»

«War das der, mit dessen Frau du in jugendlichen Jahren nach Paris abgehauen bist?»

«Warum fragst du, das weisst du doch.»

Linda sagte nichts darauf.

Um Viertel vor fünf fuhren sie über die Seebrücke von Luzern, von dort aus war der Blick frei auf die Kapellbrücke. Beim Bahnhof suchte er nach dem Wegweiser, der die Strasse anzeigte, die nach Bern führte. Zuerst rechts abbiegen, dann mal nach links und wieder nach rechts. Sie fuhren ein längeres Stück Richtung Norden der Reuss entlang, bis sie an die Kleine Emme kamen, an der sie nun Richtung Bern fuhren.

«Dann sind wir jetzt also im Emmental?», fragte Linda, als sie den Namen des Flusses an einer Brücke lesen konnte.

«Eigentlich wäre dieser Name logisch. Diesem Tal gibt man nicht den Namen der Emme. Das hier ist nur die Kleine Emme.

Klein, weil sie mit fünfunddreissig Kilometern weniger als halb so lang ist wie die Grosse Emme. Alles ist kleiner im Luzernischen als im Berngebiet. Kleiner sind die Bauernhöfe, die Vermögen, die Häuser, der politische und wirtschaftliche Einfluss, aber nicht die Fabriken. Wirf einen Blick nach rechts.»

Linda sah über den Fluss. «Dort sind ja rauchende Kamine.»

Wendolin lachte. «Das sind Fabrikschlote. Hier ist eines der grössten Industriegebiete der Schweiz angesiedelt. In Emmenbrücke, dem grossen Ortsteil von Emmen, gibt es zwei riesige Unternehmen. Die ‹Viscosuisse›, sie stellt Viscose her, exportiert Textilien in alle Welt, und die ‹von Moos AG›, ein gigantisches Stahlwerk.»

«Wirklich? Ich glaubte, solche Anlagen gebe es nur in Zürich und Winterthur und nicht in der rückständigen katholischen Innerschweiz.»

«Das macht Sinn. Gerade nach dem Generalstreik, der 1918, nach Ende des Ersten Weltkriegs, unser Land heimsuchte, nahmen die ‹von Moos Stahl› und auch die ‹Viscosuisse› einen bemerkenswerten Aufschwung. Die Arbeiter in Luzern und Umgebung sind nicht aufmüpfig, sie sind katholisch und konservativ, alten Traditionen verpflichtet.»

«Katholisch und konservativ? Ist deine ehemalige Konkubine nicht auch katholisch?»

«Lass das bitte, Linda. Nimm nie mehr das Wort ‹Konkubine› in den Mund. Auch du warst mal meine Konkubine, vergiss das nicht. Stimmt, Laura stammt aus einer konservativen Familie, aber sie hat sich weitgehend von ihr gelöst.»

«Warum redest du immer noch gut von ihr?»

«Tue ich das? Nein, wirklich nicht. Ich korrigiere in diesem Fall nur deine voreingenommene Haltung ihr gegenüber.»

«Ich traue diesem Flittchen nicht. Immer muss ich an den anonymen Brief denken, der am 10. November in meinen Briefkasten geflattert ist. Er trägt die Handschrift von Laura.»

«Ist er von Hand geschrieben?»

«Natürlich nicht, mit Schreibmaschine, ich habe das mit der Handschrift im übertragenen Sinne gemeint.»

«Was deutet denn darauf hin, dass ihn Laura verfasst hat?»

«Es wird Bezug auf sie genommen. ‹Das Fräulein Laura ist genau das Gegenteil. Freundlich, ja herzlich, einfühlsam und behandelt die Patienten nicht von oben herab. Sollte das Gerücht zutreffen, dass Sie sich im Arzthaus von Langnau niederzulassen gedenken, kann ich Ihnen nur anraten, sich das nochmals gründlich zu überlegen. Andernfalls werden die Mannen und Frauen Sie in unserem Dorf mit Fäusten empfangen.›»

Wendolin räumte ein, dass er nicht ausschliesse, Laura habe diese Zeilen geschrieben. Aber das könnte ebenso gut jemand anderes gewesen sein. «Dass die Menschen von Langnau dich mit Fäusten bearbeiten würden, ist ein Unsinn. Deswegen musst du dir keine Sorgen machen.»

Um von diesem leidigen Thema abzulenken, wandte sich Linda der kleinen Rosemarie zu.

Inzwischen war es dunkel geworden, es begann leicht zu regnen, und der Nebel wurde wieder dichter. An der Kirche von Wolhusen schlug die Turmuhr ein Viertel vor sechs. Wendolin bremste vor einem Verkehrsschild ab, das er zunächst nur dürftig entziffern konnte. Erst als das Scheinwerferlicht darauffiel, konnte er sehen, dass es nach rechts zeigte. Auf ihm stand «Huttwil, Langenthal» und auf dem nach links zeigenden «Entlebuch-Bern». «Wir biegen jetzt nach links ab, überqueren den Fluss und kommen ins Entlebuch, das ziemlich enge Tal der Kleinen Emme. An das Entlebuch musst du dich gewöhnen. Von Langnau aus werden wir oft über Escholzmatt, ein Dorf und zugleich ein Pass, ins Luzernische fahren. Nach Schüpfheim, dem Hauptort des Amts Entlebuch, mit guten Einkaufsmöglichkeiten. Beliebt ist der Kalte Markt im November. Dort gibt es immer wieder Sachen, die man in Langnau nicht kaufen kann.»

Die Fahrt das Entlebuch hinauf war zermürbend. Wendolin drohte mehrmals einzunicken. Längere gerade Strecken wechselten mit engen Kurven ab. Er wies Linda an, ihn vor heiklen Stellen zu schubsen. Als sie das Dorf Escholzmatt passierten, sagte Wendolin, nun kämen sie bald in den Kanton Bern. Eigenartig sei das schon. Das erste Berner Dorf sei Kröschenbrunnen, gefolgt von Dürrenbach auf dem Kantonsgebiet von Luzern. Erst danach überquere man endgültig die Berner Grenze.

In Kröschenbrunnen drohten Wendolin endgültig die Augen zuzufallen.

«Halt hier an», verkündete Linda im Befehlston, als sie das Wirtshausschild des «Bären» in Kröschenbrunnen erblickte. «Trink dort einen starken Kaffee.»

Wendolin zögerte zum Erstaunen Lindas.

«Stopp, Wendolin, stopp! Jetzt geht's nicht mehr.»

Wendolin hielt an. «In zehn Minuten wären wir zu Hause», gab er zu bedenken.

«Oder im Strassengraben oder im Bach.»

Wendolin zeigte auf das fliessende Gewässer rechts. «Das ist kein Bach, sondern ein Fluss, die Ilfis.»

Es war ein altes imposantes Gebäude, der «Bären». Die Roders stiegen die Treppe zum Eingang hoch. Eine typische Berner Herberge, die Behaglichkeit und Wohlstand ausstrahlte. Der Eingang war bei den alten Berner Wirtschaften nie ebenerdig. Man kam nur hinein, wenn man unten an der Treppe an einem Scharreisen den Strassendreck an Schuhen oder Stiefeln abstreifte.

Wendolin und Linda, Rosemarie an der Hand, betraten die gepflegte Gaststube. Da es ziemlich dunkel war, die Petrollampen flackerten bereits, erkannte die Wirtin die hereinkommenden Gäste nicht gleich. «Grüss euch, Doktor, grüss dich, Fräulein Laura. Oh wie schön, ist das dein Kleines?»

Barsch korrigierte Linda die Frau, die in ihrem Alter war. «Das Kleine ist das des Herrn Doktor und meines. Ich bin übrigens die Frau Dr. Roder.»

Die Wirtin, Marie-Therese Zwald, warf einen überraschten Blick auf Wendolin Roder, der schmunzelnd nickte und Linda vorstellte. «Heute haben wir uns nach der Scheidung vor einem Jahr wiederverheiratet.»

Marie-Therese Zwald hatte sich wieder gefasst. «Es tut mir sehr leid, Frau Doktor, dass ich Sie so unbotmässig empfangen habe. Ich offeriere Ihnen beiden einen kleinen Imbiss und etwas zu trinken. Auf was hätten Sie Lust?»

Wendolin kam Linda mit der Antwort zuvor. Er bemerkte an ihrem Gesichtsausdruck den Zorn noch rechtzeitig. «Gerne nehmen wir dein Angebot an. Sehr grosszügig von dir. Ein Eingeklemmtes mit Schinken und Ei und einen heissen Kaffee könnte ich gut vertragen. Und», Wendolin drehte sich zu Linda um, «du magst wohl einen Tee.» Das kam so bestimmt, dass es Linda unterliess, noch etwas zu sagen.

«Und die Kleine?», fragte die Wirtin.

Wieder antwortete Wendolin: «Eine der guten Pralinen, die du mir das letzte Mal zum Kaffee offeriert hast.»

Sie lachte und sagte: «Sehr gerne, aber eine ohne Kirsch drin.»

Linda nippte immer wieder mal am Tee. Das Eingeklemmte wollte sie stehen lassen, doch blitzschnell steckte Wendolin es in seine Rocktasche. Linda war ausgetrickst.

Wendolin nahm sich Zeit, ass dann auch noch das zweite Schinken-Ei-Brot und trank eine weitere Tasse Kaffee.

Rosemarie quietschte vor Lust, als sie die Praline ass, und sagte danach: «Meh, meh, meh.»

Frau Zwald gab ihr, zum Missvergnügen von Linda, noch zwei weitere.

Eine gute halbe Stunde später brach man nach Langnau auf. Als sie dort beim Arzthaus vorfuhren, war es halb neun abends.

Linda liess sich von Wendolin durch das Haus führen. Das Schlafzimmer des Ehepaars war hergerichtet, das Bett gemacht. Plötzlich hörte man die Hausglocke. Wendolin sagte: «Das muss Klara sein.»

«Eine weitere Geliebte?», erkundigte sich Linda.

Wendolin schüttelte entrüstet den Kopf. «Jetzt befällt dich wieder deine Paranoia, wie in den letzten Wochen, bevor du in Oberburg ausgezogen bist.»

Linda legte Wendolin beide Hände auf die Schultern. «Das

war nicht so gemeint, aber irgendwie bin ich in dieser Sache ein gebranntes Kind, und gebrannte Kinder scheuen bereits die Glut.»

«Gut, Linda, vergessen wir es. Klara ist unser zukünftiges Hausmädchen. Sie hat mir versprochen, wenn der Ford vor dem Hause stehen würde, käme sie ins Arzthaus. Und wir haben noch eine weitere Haushaltshilfe. Ein tüchtiges Mädchen namens Hanna. Ich stelle sie dir übermorgen vor. Sie ist derzeit gerade bei ihren Eltern in Trubschachen.»

Wendolin rannte die Treppe hinunter, um Klara in Empfang zu nehmen. Linda fragte das sehr jung wirkende Fräulein beim Vorstellen nach ihrem Alter.

«Warum wollen Sie das denn wissen?», fragte Klara keck, was Wendolin doch ein wenig überraschte.

«Bist du eine freche Göre», sagte Linda aufgebracht. «Von meinen Angestellten möchte ich wissen, wie alt sie sind. Ich werde niemanden anstellen, der das sechzehnte Altersjahr noch nicht überschritten hat.»

«Klara, verrat der Frau Doktor, wie alt du bist», sagte Wendolin.

Klara grinste über das ganze Gesicht. «Ich werde nächstes Jahr sechzehn.»

Linda wollte etwas dazu sagen, doch Wendolin kam ihr zuvor. «Linda, wir sind hier nicht in Zürich. Im Emmental darf man Hausangestellte haben, die fünfzehn geworden sind. Somit dürfen wir Klara bei uns arbeiten lassen.»

«Habe ich nicht gewusst. Gut, ich lasse dich bei uns Arbeiten verrichten. Wo wohnst du denn?»

Klara deutete mit einer Kopfbewegung an, wo sie in der Nachbarschaft wohnte.

«Nicht weit von hier. In wenigen Minuten ist sie zu Hause bei ihren Eltern. Diese sind einverstanden, dass sie bei uns aushilft. Ein Mädchen müsse mit fünfzehn etwas verdienen, damit es mit zwanzig das Geld für die Aussteuer zusammenhabe.»

Das vorwitzige Mädchen sah Linda provozierend an. «Ich

möchte als junge Frau unter die Haube kommen, nicht als alte Schachtel von einem möglicherweise noch älteren Mann ausgehalten werden.»

Wendolin drehte sich weg, er hatte alle Mühe, nicht in ein schallendes Gelächter auszubrechen.

«Ich werde dir Anstand beibringen, du Rotznase. Wahrscheinlich hat dich niemand erzogen. Das muss sich ändern. In einem Arzthaus sind gute Manieren unerlässlich.»

«Klara wird das bald lernen. Machen wir heute den Anfang. Bring Rosemarie ins Bett. Erzähl ihr eine Gutenachtgeschichte, dann wickle sie und sing ihr ein Schlaflied. Alles, was du dazu benötigst, findest du im Kinderzimmer.»

«Mach ich, Herr Doktor. Sie können sich auf mich verlassen. Kleinkinder wickeln kann ich aus dem Effeff, schliesslich habe ich zwölf Geschwister, die alle jünger sind als ich.»

«Was arbeitet dein Vater?», wollte Linda wissen.

«Der ist Karrer beim Rindlisbacher, einem Grossbauern. Manchmal ist Vati sternhagelvoll und kann nicht arbeiten, dann prügelt ihn Mutti mit dem Teppichklopfer durch.»

«Ich glaube, du schlägst deiner Mutter nach», sagte Wendolin sich vor Lachen schüttelnd.

Linda sah Wendolin fragend an. «Was hast du denn heute Abend vor?»

«Wir gehen in den ‹Hirschen› und gönnen uns ein Nachtessen.»

Linda sah ihn besorgt an. «Können wir uns das nach dem teuren Vermählungsmahl noch leisten?»

«Wir können das. Heute ist unser Glückstag.»

Linda gab sich geschlagen. Die junge Klara kümmerte sich um Rosemarie. Linda liess die Tür zum Kinderzimmer einen Spalt weit offen und hörte vom Korridor, wie sich dort die Dinge entwickelten. Die Kleine kicherte fortwährend.

«Hörst du das, Linda? Eine schlechte Wahl habe ich nicht getroffen», bemerkte Wendolin.

«Warten wir ab. Gut, gehen wir in den ‹Hirschen›.»

Nach einer Stunde kehrten Linda und Wendolin zurück. Das

Kind schlief fest, Klara hatte den Radioapparat angestellt und hörte Volksmusik.

«Gut hast du das gemacht, Klara», sagte Wendolin. Er gab ihr einen Zweifränkler in die Hand.

Linda sah es und machte ein Gesicht, als hätte sie geschiedene Milch verschluckt.

Als Klara das Haus verlassen hatte, schlug Linda richtig Krach. «Bist du verrückt? Zwei Franken für eine Stunde, das ist doch Verschwendung.»

«Das muss nicht immer sein. Aber heute ist ein besonderer Tag, und Klara hat es ausgezeichnet gemacht. Wir können uns auf sie verlassen.»

«Meinetwegen, lassen wir es für diesen Abend. Ich habe noch ein Anliegen. Erinnerst du dich an Dr. Guyer?»

«An diesen Quacksalber? Und wie ich mich an ihn erinnere.»

«Er ist kein Quacksalber, sondern ein Arzt wie du.»

«Ist das der mit der Fowlerschen Lösung?»

«Ja genau, darum geht es.»

«Hast du wieder mit diesem Zeug begonnen?»

«Das ist kein Zeug, sondern ein gutes Medikament. Man kann es in vielen Apotheken kaufen, in Zürich jedenfalls. Es bekommt mir gut.»

«Wenn du unbedingt willst, kann ich es beschaffen. Aber sei vorsichtig, das Zeugs ist giftig.»

«Die meisten Medikamente seien giftig, hast du schon immer in Oberburg gesagt. Es komme auf die Menge an. Nehme man wenig davon, könne es Heilung bewirken.»

«Das stimmt schon. Doch ich bin mir nicht sicher, ob du das Präparat im Griff hast.»

«Mit deiner Hilfe dürfte das kein Problem sein.»

«Nun, so schnell werde ich das Präparat nicht bekommen. Unser Apotheker ist gerade an einer Grippe erkrankt. Ich werde ihn morgen Nachmittag besuchen.»

Die Sprechstunde am Vormittag des 24. November verlief ohne Störungen. Wendolin blieben dringende Krankenbesuche an diesem Morgen erspart. Sein erster Krankenbesuch war beim Apotheker. Er sprach das Begehren seiner Frau Linda an. Derzeit habe er die Substanz nicht vorrätig, sagte ihm der Apotheker. Aber die Chemikalien dazu könne er ihm, Roder, zur Verfügung stellen. Dieses Medikament sei einfach herzurichten. Sein Fieber sei stark zurückgegangen – die Wohnung war direkt über der Apotheke –, er werde bald ins Labor hinabsteigen und alles, was für die Zubereitung der Fowlerschen Lösung notwendig sei, zusammensuchen. Sein Laufbursche werde ihm bis am frühen Abend die Sachen bringen, samt Anleitung.

Am Abend stellte Roder in der praxiseigenen Apotheke die Fowlersche Lösung her. Zwei Flaschen zu fünfhundert Milliliter. Auf der Etikette der einen Flasche malte er einen rot ausgefüllten Kreis. Diese schloss er in seinen Tresor ein.

Anschliessend setzte er die «Fowler»-Kur für Linda an. Er verabreichte Linda zehn Tropfen aus einem Fläschchen, in dem sich zwanzig Milliliter befanden. Das Fläschchen beliess er auf Lindas Nachttisch, wies sie an, alle zwei Stunden diese Menge in eine Tasse mit Pfefferminz- oder Schwarztee zu geben.

Am 25. November erwachte Linda etwa um halb sieben. Lärm in der Küche im Parterre hatte sie aufgeschreckt.

«Was ist denn dort unten los?», fragte sie den neben ihr dösenden Wendolin.

«Das ist Hanna. Sie ist wieder zurück und bereitet das Frühstück zu.»

«Das hört sich gut an. Aber können wir uns eigentlich so viele Bedienstete leisten?»

«Wir können das. Fünfzig Franken mehr im Monat belasten unser Haushaltsbudget nur unwesentlich.»

Linda war neugierig. Sie stand augenblicklich auf, machte die Morgentoilette, kleidete sich an und ging in die Küche hinunter. Dort beobachtete sie zunächst Hanna Althaus beim Hantieren. Schliesslich stellte sie sich als die Frau Doktor vor. «So redet man mich an», schärfte sie Hanna ein.

Beim Frühstück, am 26. November, sagte Linda zu Wendolin, dass das Mittel bereits gewirkt habe. Doch sie glaube, Dr. Guyer habe ihr seinerzeit eine höhere Dosis gegeben.

Woher sie denn wisse, dass Guyers Dosis höher gewesen sei, fragte Wendolin Linda, um dann nachzuschicken: «Du gibst ja selbst die Anzahl Tropfen in den Tee, also kennst du die Dosis von jetzt und wohl auch jene von Guyer.»

Sie habe nach dem Genuss von Guyers Präparat leuchtende Augen bekommen, von seinem, Roders, aber nicht.

«Dann versuch es einmal mit fünfzehn Tropfen», schlug ihr Wendolin vor.

Am folgenden Tag ersetzte Wendolin das Tropffläschchen mit einem neuen. Darin war nun die Fowlersche Lösung aus dem Tresor. Bereits am Mittag wurde Linda von einer Unpässlichkeit befallen. Wendolin empfahl ihr, sich auszuruhen. Zudem solle sie bis sechzehn Uhr keine Fowlerschen Tropfen mehr nehmen, danach mit acht beginnen. Linda befolgte das, und die Beschwerden hörten bis zum frühen Abend auf.

***

Das Haus der Waadtländer Borellis kam Laura nicht mehr ganz so gross vor, wie sie es in Erinnerung hatte, als sie vor mehr als einem Jahr dort war. Cécile hiess sie herzlich willkommen und führte sie durchs Haus. Die Zimmer kamen ihr noch kleiner vor, als sie sie in Erinnerung hatte. Das ihr zugewiesene musste sie mit einem siebenjährigen Jungen teilen. Er war ein entfernter Verwandter, der für einige Monate bei Jean und Cécile Unterschlupf fand, weil seine Eltern einer Einladung nach Amerika folgten. Leider hatte der Bub ein Problem. Er war Bettnässer, entsprechend stank es im Zimmer. Da der Junge in der Nacht oft von Alpträumen geplagt wurde, schrie und im Zimmer herumgeisterte, fand Laura auch des Nachts kaum Ruhe. Dabei hätte sie einer solchen dringend bedurft. Denn ihre Blutung hörte nicht auf, im Gegenteil, sie wurde stärker. Tagsüber stand sie immer auf den Beinen. Sie kochte, putzte und half in der Gaststube der Wirtschaft aus. Doch die Schmerzen liessen nicht nach, auch nicht die Blutung, beides wurde zunehmend schlimmer.

Am Mittwoch brach sie nach dem Mittagessen zusammen. Nun begriff Cécile, dass es so nicht mehr weiterging. Sie riet ihr, ihrem Bräutigam – Laura hatte ihre Schwägerin nur über ihre Verlobung mit Wendolin Roder informiert – zu schreiben, dass sie am kommenden Freitag wieder heimfahren müsse. Oder ob Laura es vorziehen würde, fragte Cécile, gleich zu einem Arzt zu gehen, in Vevey sei das kein Problem.

Laura schrieb, als sie sich halbwegs erholt hatte, den Brief, gab ihn dem Jungen, bat ihn, diesen in den Postbriefkasten beim Bahnhof einzuwerfen, was er vorgab, zu tun. Darin kündete Laura ihre Ankunft um frühabends fünf Uhr im Bahnhof Langnau an. Das war der 27. November 1925, ein Freitag.

Die Reise war eine Tortur. Sie musste mehrmals auf die verschmutzte, abscheulich stinkende Toilette im Bahnwagen gehen, um die Binden zu wechseln. Es nachtete ein, als der Zug in Langnau ankam. Beim Aussteigen fegte ein heftiger Schneesturm über das Bahnhofsgelände. Sie hielt Ausschau nach Wendolin, doch der stand nicht auf dem Perron. Hatte ihn der Brief nicht rechtzeitig erreicht? Dort beschrieb sie ihren Zustand, aus dem eindeutig hervorging, dass es ihr unmöglich war, aus eigener Kraft das Arzthaus zu erreichen.

Sie wartete zehn Minuten, in der Hoffnung, Wendolin würde doch noch eintreffen. Was sollte sie nun tun? Sie wusste nicht weiter, denn der Koffer, den sie mitschleppte, war unsäglich schwer. Dann fiel ihr das Kabäuschen auf. Es brannte darin Licht. Der Stationsvorstand sass faul auf einem Sessel und blätterte mit breit ausgestreckten Beinen im «Emmentaler Blatt». Laura klopfte an das grosse Fenster. Er schien sie nicht zu hören. Sie klopfte heftiger. Dann bemerkte der Mann mit dem roten Hut sie doch noch und kam ins Freie.

«Guten Abend … ach, das ist ja das Fräulein beim Doktor. Wo drückt Sie der Schuh?»

Laura erzählte dem Bahnhofsvorstand, warum sie auf dem kalten, windigen Perron wartete.

«Der Doktor ist möglicherweise bei einem Krankenbesuch im Schnee stecken geblieben. Mit diesen modernen Motorkarossen geschieht das eben. Früher, als man noch mit dem Pferdewagen herumkutschierte, ging es bei solchem Sauwetter rascher vorwärts. Begeben Sie sich doch in den geheizten Wartesaal. Sollte er in der nächsten halben Stunde nicht hier eintreffen, werde ich ihn anrufen.»

Laura bat ihn, das gleich zu tun. Sie gab ihm die Nummer, er verschwand im Kabäuschen und kam nach einigen Minuten wieder heraus. «Tut mir leid, es nimmt niemand ab.» Er musterte Laura bedauernd. «So können wir Sie hier nicht stehen lassen.»

«Danke für das Verständnis. Sagen Sie dem Doktor, sollte er doch noch kommen, ich würde im Restaurant gegenüber auf ihn warten. Wenn mir bis dorthin jemand den schweren Koffer tragen könnte.»

Der Vorstand winkte dem Rangierarbeiter, der auf einem Nebengeleise zwei Güterwagen aneinandergekoppelt hatte. «Komm rasch, Seppi. Trag diesem Mädchen den Koffer ins ‹Bahnhöfli›.»

Der schlaksige Seppi, mehr noch ein Junge als ein Mann, trug Lauras Koffer durch die Bahnhofhalle dem Ausgang zu. Auf dem Vorplatz sah sie sich um. Kein Ford weit und breit. Laura lief hinter Sepp her, der ohne links und rechts zu schauen, die Strasse überquerte, an deren gegenüberliegender Seite sich die Wirtschaft befand. Er stellte den Koffer vor die Eingangstür und sah Laura an. Sie ging davon aus, dass er noch einige Worte mit ihr wechseln wollte, und fragte deshalb: «Wie lange schneit es schon?»

«Kurz nach Mittag hat es begonnen und bis jetzt nie aufgehört. Bald liegt schon ein halber Meter auf der Strasse. Da kommt sicher kein Auto mehr durch.»

Seppi machte keine Anstalten, zu gehen. Da begriff Laura, was er wollte. Sie zog ihr Portemonnaie aus der Handtasche, wühlte darin und reichte ihm einen Fränkler, zu viel für diese kleine Dienstleistung. Aber sie war froh, dass er ihr den Koffer geschleppt hatte.

Laura klopfte an die Küchentür. Sie hatte kein Bedürfnis, in die Gaststube zu treten. Eine Frau mit weisser Schürze tat auf. Es war die Wirtin persönlich. «Was für eine Überraschung. Das ist ja das Fräulein beim Doktor.» Sie konnte sich an Laura erinnern. Sie hatte mit Wendolin schon oft dort gespeist.

«Darf ich den Koffer hier stehen lassen?», fragte sie. «Der Doktor wird ihn heute Abend oder spätestens morgen holen. Ich glaube, er ist irgendwo im Schnee stecken geblieben.»

Die Wirtin lachte auf. «Wer bleibt denn heute nicht im Schnee stecken? Das kann sich noch lange hinziehen, bis er Sie abholt. Warte in der Gaststube auf ihn.»

Laura schüttelte den Kopf. «Ich gehe lieber zu Fuss nach Hause.»

«Ich würde dir gerne etwas anbieten. Etwas Warmes könntest du gut vertragen, du machst einen durchfrorenen Eindruck.»

«Das ist sehr liebenswürdig von dir. Aber jetzt geht's gerade nicht. Ich möchte mich nur schnell zurückziehen.»

«Tue das.»

Sie mochte nicht mehr weitersprechen. Sie dachte es nur, während sie zur Toilette ging. Wendolin muss mir helfen. Wenn er nur da wäre. Er hatte einen dringenden Fall, eine schwierige Geburt, einen Patienten, der im Sterben liegt. Deshalb konnte er mich nicht abholen.

Aber vielleicht liege ich ja auch im Sterben. Die Blutung hört nicht auf. Sie wird immer stärker. Ich glaube, ich verblute. Wird er weinen, wenn das geschieht? Ich möchte nicht auf der Toilette mein Leben aushauchen. Lieber noch auf dem Weg nach Hause erfrieren. Ich nehme alle meine Kräfte zusammen und versuche es.

Laura schleppte sich über die ansteigende Marktgasse. Immer wieder ging sie in die Knie. «Warum kommt mir niemand zu Hilfe?», fragte sie sich mit matter Stimme.

Keine Menschenseele war auf der Strasse. Es war finster, die eisigen Schneeflocken stachen ihr wie feine Nadeln ins Gesicht. Sie begann wieder zu sprechen, obwohl sie wusste, dass ihr niemand zuhörte. «Wendolin ist nicht auf den Bahnhof gekommen.

Er ist mir böse, weil ich zu früh aus St. Légier zurückkam. Eine Woche länger hätte ich bleiben sollen. Wenn Wendolin etwas anordnet, muss man es befolgen. Ungehorsam duldet er nicht.»

Warum durfte ich nicht zur Bärenwirtin nach Kröschenbrunnen zur Kur gehen? Er hätte mich dort behandeln können. Ich wäre ein paar Tage später wieder gesund geworden. Dann hätte ich zu meinem Bruder nach St. Légier fahren können.

Jetzt sind es noch zweihundert Meter. Ich glaube, ich schaffe es. Laura, nur nicht aufgeben. Nur nicht aufgeben, das hat der Vater oft zu mir gesagt, als wir zusammen in die Berge gingen und noch die letzten zweihundert Meter zum Gipfel fehlten. Der Vater hat mir Härte gezeigt. Er ist auch hart gegen sich selbst. Wendolin ist hart gegenüber andern, aber gegen sich? Das braucht er nicht, er hilft vielen Menschen, er heilt sie.

Noch hundert Meter, mir wird schwindlig. Ich fürchte, ich verliere das Bewusstsein. Sie hörte Schritte hinter sich. Das ist der Sensenmann. Komme ich in den Himmel oder ins Fegefeuer? Und sie sagte nur noch: «Sie sind nicht der Sensenmann, sondern jemand, der mir zu Hilfe eilt.»

Der Mann sah Laura ins Gesicht. «Das ist ja das Fräulein beim Doktor. Ich helfe Ihnen auf und bringe Sie in die Praxis. Sie sind weiss wie ein Leintuch. Bald geht es Ihnen besser. Haken Sie sich bei mir ein.»

Der Mann zog heftig an der Glocke neben der Tür des Arzthauses. Wendolin Roder öffnete und erschrak. «Du, Laura? Wir haben doch abgemacht, dass du bis auf Weiteres in St. Légier bleiben solltest.»

«Bis auf Weiteres? Noch eine Woche war geplant. Ich liess vorgestern einen Brief an dich aufgeben. Den hättest du heute Morgen mit der Post erhalten sollen. Ich schrieb darin, dass mich heftige Unterleibsschmerzen quälen und ich immer noch stark blute. Ich fühle mich sehr schwach. Ich sah keine andere Möglichkeit, als zurückzukommen und mich von dir behandeln zu lassen. Ich konnte nicht in St. Légier zum Arzt gehen, auch nicht in Vevey. Wie hätte ich das bezahlen sollen?»

Wendolin biss sich auf die Lippen und überlegte eine Weile.

«Ich werde dich jetzt gleich untersuchen und allenfalls behandeln. Diese Nacht darfst du in unserem Haus schlafen. In der Mansarde im Dachgeschoss.»

«Warum dort? Dieser Raum ist eine bessere Besenkammer, ist nicht geheizt. Ich muss über eine Aussentreppe ins Erdgeschoss hinabsteigen, um auf die Toilette zu gehen und mich zu waschen.»

«Das ist so. Es besteht mit Absicht keine Verbindung zur Wohnung. Die Wohnungstür ist in der Nacht ohnehin abgeschlossen.»

Tränen schossen Laura in die Augen.

«Hör auf zu jammern. Sei froh, dass du für diese Nacht überhaupt ein Dach über dem Kopf hast, und noch ein stabiles, eines, das nicht rinnt. Komm jetzt, gehen wir in die Ordination.»

Laura schauderte. «Was bist du für ein Mensch, Wendolin?»

Die Untersuchung dauerte fast eine Stunde. Wendolin sagte bis zum Ende der Behandlung kein Wort, dann kühl: «Die Blutung hat aufgehört.»

Er öffnete die Tür zur Apotheke, ging dort hinein. Laura hörte, dass Schubladen geöffnet wurden. Er kam zurück mit einem Glas Wasser und einer Tablette, reichte ihr beides und sagte: «Schluck das, es wirkt gegen die Schmerzen und die Entzündung.»

Wendolin ging zum Telefon und drückte daneben einen Knopf.

Kurz danach hörte man rasche, leichte Schritte auf der Treppe. Sekunden später öffnete sich die Tür. Herein kam ein halbwüchsiges Mädchen, dessen Gesicht Laura kannte.

«Was für eine Überraschung, da ist ja das Fräulein beim Doktor», rief Klara.

Wendolin Roder unterbrach den Redefluss des jugendlichen Fräuleins kurz angebunden. «Klara, diese Dame heisst für dich von nun an Fräulein Borelli.»

«Verstehe, nun ist Ihre ehemalige Alte wieder im Haus.»

«Klara, bitte, benimm dich. Das heisst Frau Dr. Roder. Solche ungehobelten Bemerkungen mag ich nicht mehr hören.»

Roder wandte sich Laura zu. «Klara wird die Mansarde für dich herrichten. Das Bett machen.»

Dann gab er Klara Anweisungen. «Stelle eine Karaffe mit frischem Wasser auf den Tisch, denk an das Trinkglas, die Bettwäsche, die Unterwäsche für morgen, den Waschkrug und den Nachttopf. Alles klar?»

«Ja.»

«Hast du noch eine Frage, Laura?», erkundigte sich Roder.

«Hat es genügend Wolldecken im Bett?»

«Klara, lege vier Wolldecken ins Bett», befahl Roder und sagte dann: «Ich verziehe mich jetzt. Laura soll sich morgen um halb sieben im Wartezimmer einfinden. Ich werde sie als Erste behandeln. Gute Nacht.»

«Nacht, Herr Doktor», gab Klara zurück.

Laura schwieg.

13. Lindas letzte Tage

Pünktlich um halb sieben am kommenden Morgen sass Laura Borelli im Wartezimmer. Eine Minute danach rief Wendolin sie zu sich in die Ordination. Er erkundigte sich sehr freundlich nach ihrem Befinden. Die Schmerzen waren wie durch ein Wunder vergangen.

«Danke, Wendolin, du bist ein guter Arzt», hauchte Laura. «Aber was geschieht jetzt mit mir? Ich besitze keine Rappen mehr, alles habe ich dir gegeben. Doch ich muss leben, ich möchte nicht auf der Strasse landen. Dafür bin ich mir zu schade. Schickst du mich von hier weg, musst du mich zuerst ausbezahlen. Nicht die zehntausend Franken, die du mir schuldest gleich auf die Hand. Aber um mir eine neue Existenz aufzubauen, benötige ich zweitausend Franken. Dann würden wir weitersehen.»

Wendolins Miene verdüsterte sich. «Linda wird mir eine Szene machen. Das heisst, sie hat es gestern Abend schon, als sie von Klara erfuhr, dass du gestern überraschend hier aufgekreuzt bist.»

«Dass du zum Wort ‹aufgekreuzt› greifst, finde ich respektlos.»

Wendolin winkte verärgert ab. «Du erpresst mich.»

«Es bleibt dir keine andere Wahl, entweder zahlst du oder ich bleibe.»

Wendolin setzte eine traurige Miene auf. «Ich habe auch Schulden bei Linda, weit grössere als bei dir.»

«Dann soll sie mir das Geld vorschiessen.»

«Sie hat mir ihre Barschaft gegeben.»

«Das überrascht mich nicht. Nun sitzt du in der Klemme. Für mich ist jetzt klar, ich bleibe. Lohn verlange ich vorerst keinen. Ich werde dir als Praxishilfe zur Hand gehen.»

Wendolin sah zum Fenster hinaus. Er schien sich fieberhaft Gedanken zu machen. Laura sah, wie er hin und her tänzelte. Das tat er immer, wenn er weder ein noch aus wusste.

Es mochten Minuten vergangen sein, als er sich umdrehte und Laura ansah, mit einem Blick, den sie nicht einordnen konnte.

«Mir scheint, du bist mit deinem Latein am Ende», sagte sie. «Ich biete dir Hand zu einer Lösung. Mit der Bedingung, dass du dich letztendlich für mich entscheidest. Ich liebe dich trotz aller Demütigungen, die du mir in den vergangenen Tagen zugemutet hast.»

Mit beinahe weinerlicher Stimme sagte er: «Ich finde mich damit ab, dass du bleibst. Vermeide wenn möglich jeden Kontakt mit Linda. Sag ihr bitte nichts vom Abort.»

«Wenn es denn ein Abort war. Ich wusste eigentlich schon damals, dass es eine Abtreibung war. Du hast mich betrunken gemacht, bist danach über mich hergefallen und hast mir den Fötus herausgekratzt. Dreimal hast du mir das bis jetzt angetan. Ich fürchte, zu einem vierten Mal wird es nicht mehr kommen. Du hast mich dabei so verletzt, physisch und psychisch, dass ich wohl keine Kinder mehr kriegen kann.»

«Verrat das bitte niemandem, Laura. Damit würdest du nicht nur mich, sondern auch dich ins Gefängnis bringen.»

Als Laura unten an der Treppe einige Momente innehielt, sie war immer noch erschöpft, stand unvermittelt Linda vor ihr. «Gehen Sie bitte, ich dulde Sie nicht in meinem Haus. Sie sind eine Hure. Treiben Sie es auf der Gasse in Bern oder Burgdorf. Dort können Sie sich an verheiratete Männer heranmachen.»

«Ich werde bleiben, ich lasse mich von Ihnen auch nicht als Hure beschimpfen. Wendolin weiss auch, warum er mich im Haus dulden muss.»

Linda holte zu einem Schlag aus, dem aber Laura im letzten Moment auswich.

Laura sagte: «Wir sind beide Opfer von Wendolin. Eigentlich müssten wir zusammenhalten.»

«Ich werde darüber nachdenken, Laura.» Ihr Gesicht wurde plötzlich eigenartig freundlich.

Kurz vor Mittag klopfte Klara an die Tür der Mansarde und öffnete diese gleich. «Die Frau Doktor lässt ausrichten, dass Sie mit uns zusammen das Mittagessen einnehmen dürfen.»

«Wer kocht?»

«Hanna, ich gehe ihr zur Hand.»

«Wer ist Hanna?»

«Ach, die kennen Sie nicht? Das ist die Haushaltshilfe, sie ist seit», Klara dachte nach, «seit dem 21. November bei Dr. Roder angestellt. Das hat sie mir jedenfalls verraten.»

«Ich verstehe», sagte Laura.

Klara sah Laura verständnislos an.

Hanna hatte das Essen zubereitet. Es war einfach und gehaltvoll. Rösti mit Ei, Speck und gekochtem Kohl. Man sprach über belanglose Dinge. Es waren liebenswürdige Gespräche. Bevor Hanna das Dessert auftrug, sah Linda Klara streng an und sagte: «Ich habe dir beim Essen zugesehen. Du bist eine Zumutung für uns alle. Es sieht ganz so aus, als ob bei euch zu Hause der Küchentisch im Saustall steht. Ich werde versuchen, dir Manieren beizubringen. Schaffe ich das nicht bis vor Weihnachten, werde ich dich an die frische Luft setzen.»

Klara lachte verlegen und schickte sich an, etwas zu sagen.

Linda schnitt ihr das Wort ab. «Schweig, Klara. Deine Ausdrucksweise ist frech, unanständig und ungebildet.»

Klara streckte Linda blitzschnell die Zunge heraus. Wendolin sah Linda an. Linda reagierte nicht auf die Provokation von Klara.

Am Montag darauf rief Wendolin Roder zwischen zwei Krankenbesuchen Laura, Linda, Klara und Hanna zu sich ins Büro. «Wir gehen jetzt alle zusammen in die Apotheke.»

Wendolin öffnete den Giftschrank, in dem auch die Fowlersche Lösung aufbewahrt war. Er nahm die Flasche heraus, hielt sie in die Höhe. «Heute Morgen war die Flasche noch weitgehend voll. Jetzt ist sie halb leer. Ein Viertelliter dieser Lösung hat sich in Luft aufgelöst. Wer von euch hat diese Flasche in Händen gehalten, die Hälfte davon ausgeleert oder in einen anderen Behälter umgeschüttet?»

Ratlosigkeit auf allen Gesichtern.

«Diejenige, die das getan hat, sollte sich bewusst sein, dass diese Menge mehrfach ausreichen würde, einen Menschen zu töten. Alle von euch wissen, dass der Schlüssel für den Giftschrank sich in meiner Schreibtischschublade befindet.»

«Auch Klara und Hanna?», fragte Linda.

«Hanna hilft nur in Ausnahmefällen in der Praxis aus. Doch zwischendurch kann ich auf ihre Mithilfe nicht verzichten. Klara ebenfalls. Vor ein paar Tagen habe ich sie angewiesen, diesen Schrank zu reinigen, sagte ihr danach, sie solle den Schlüssel wieder dort versorgen, wo er hingehöre … Ich wäre sehr erleichtert, wenn die Person, die diese Lösung verschüttet hat, sich bei mir melden würde. Das braucht nicht jetzt zu sein. Vielleicht ist es in harmloser Absicht geschehen. Mit Fowlerscher Lösung kann man auch Mäuse töten.»

Klara errötete kurz, dann lächelte sie. «Das war ich. Tut mir leid. Wir haben zu Hause so viele Mäuse und Ratten. Ich schüttete die Fowlersche Lösung in ein Schälchen und stellte es in den Keller. Ich bin sicher, die Viecher haben davon gesoffen und krepieren nun daran.»

«Woher weisst du denn, dass man mit Fowlerscher Lösung auch Mäuse töten kann?», fragte Wendolin Roder.

«Mäusegift tötet auch Menschen.»

«Mach das nie wieder, Klara, du bringst uns damit alle in Gefahr», stellte Linda klar.

«Ich bin trotz allem erleichtert», bekannte Wendolin Roder. «Hätte ich nicht herausgekriegt, wer von euch hinter dieser Sache steckte, wären mir schlaflose Nächte sicher gewesen.»

Am späten Nachmittag öffnete Wendolin Roder den Tresor, um ein weiteres Tropffläschchen mit Fowlerscher Lösung aufzufüllen. Dabei fiel ihm auf, dass in der Zwischenzeit jemand den Tresor geöffnet haben musste. Die Flasche mit der Fowlerschen Lösung stand anders, als er sie beim letzten Gebrauch hingestellt hatte. Roder platzierte Flaschen immer so, dass die Etiketten nach vorn zeigten, bei dieser zeigte sie nach hinten. «Wer könnte das gewesen sein? Klara? Linda? Laura? Hanna?», flüsterte er zu sich selbst. Roder versorgte den Schlüssel nicht mehr im Tresor, sondern klebte ihn mit Leukoplast zwischen

Buchdeckel und letzter Seite der Agenda 1924, die griffbereit im Büchergestell war. Er konnte davon ausgehen, dass niemand anders sie öffnete als er.

Beim Nachtessen fiel Wendolin auf, dass Linda keinen Appetit hatte. Er sprach sie daraufhin an. Sie zuckte die Achseln und sagte beiläufig, am nächsten Tag werde es ihr bestimmt wieder besser gehen.

Die Mahlzeit hatte heute ausnahmsweise Laura zubereitet. Klara war ihr dabei zur Seite gestanden. Dabei redeten die beiden über die Gerüchte, die sich nach der Ankunft von Linda über ganz Langnau ausbreiteten. Laura wollte festgestellt haben, dass die Leute im Dorf Linda mit Misstrauen begegneten. Klara enthüllte Laura, dass dies nicht bei allen in Langnau der Fall sei. Es gebe auch Personen, die sich den Mund darüber zerreissen würden, dass der Herr Doktor bis vor wenigen Tagen mit einem Fräulein eheähnlich zusammenlebte.

«Damit bin wohl ich gemeint», folgerte Laura.

Das sei eben so im oberen Emmental. Die Institution Ehe sei heilig, aber sie wisse doch genau, dass viele Ehemänner herumhurten und in der besseren Gesellschaft auch Ehefrauen.

Laura sagte nichts darauf.

Ein leicht maliziöses Grinsen überflog Klaras Gesicht. «Als Mädchen aus der Unterschicht ist damit auch Geld zu machen, vorausgesetzt, man sieht hübsch aus und ist gut gebaut.»

Laura musterte Klara von oben bis unten. «Was sich bei dir schon jetzt abzeichnet. Nimm dich in Acht, Mädchen.»

«Hören Sie bitte auf, so zu reden. Ich lasse mir bei meinem Tun von niemandem dreinreden.»

Von da an beobachtete nicht nur Linda, sondern auch Laura Klara, vornehmlich dann, wenn sie mit oder über Wendolin Roder sprach.

Mit Linda ging es auf und ab. Wendolin Roder begann, das Tropffläschchen, das immer noch auf dem Nachttisch von Linda stand, alle paar Stunden zu wiegen, wobei er darauf achtete, dass Linda es nicht merkte. Dabei fiel ihm auf, dass sie jeweils

Portionen von zwanzig Tropfen oder mehr Fowlersche Lösung einnahm. Als Mediziner wusste er, dass die heilende Wirkung von Medikamenten abnahm, wenn sie übermässig angewandt wurden, dass aber das Risiko unerwünschter Reaktionen im Körper grösser wurde, diese allerdings oft verspätet eintraten. Da Linda eine mehrjährige Erfahrung als Praxishilfe hatte, musste ihr das ebenfalls klar sein.

Am Mittwochabend, den 2. Dezember chauffierte Wendolin Linda, Rosemarie und Laura nach Kröschenbrunnen. Sie fuhren beim Gasthof Bären vor und genehmigten sich dort ein Nachtessen. Laura und Wendolin hatten richtigen Hunger, während Linda um jeden Bissen ringen musste. Die Kleine naschte quietschend von allem, was sie in ihre Finger bekam.

Die Wirtin Marie-Therese Zwald kümmerte sich um Linda. «Ist Ihnen nicht gut, Frau Doktor? Sie sind so bleich. Darf ich Ihnen einen Tee bringen? Schwarztee hilft oft, wenn man Magen- oder Bauchschmerzen hat, auch Pfefferminz- oder Kamillentee. Der letztere schmeckt zwar nicht besonders gut, aber seine Wirkung ist sehr gut.»

«Sehr nett von Ihnen. Für mich ist es nicht aussergewöhnlich, dass ich plötzlich von einem Unwohlsein befallen werde. Sicher spielen mir auch die Strapazen der vergangenen Tage einen Streich. Es wird schon wieder. Doch einen Schwarztee könnte ich schon vertragen.»

Drei Tage später bereitete Hanna mit Klara und Laura das Mittagessen zu. Es war besonders reichlich, da es Linda wieder bedeutend besser ging. Es gab Kartoffelstock mit Bratwürsten, dazu Rosenkohl. Zum Dessert wurde Meringue mit geschwungener Nidle aufgetischt.

Wieder berichtete Klara, was sie die letzten Tage in Langnau aufgeschnappt hatte. Im Mittelpunkt stand wie beim letzten Mal das, was mit den Menschen im Arzthaus geschehen war. Zu reden gegeben habe vor allem das Abendessen vom 2. Dezember im «Bären» von Kröschenbrunnen.

So nebenbei erkundigte sich Laura bei Klara, ob der Herr Doktor sie schon mal untersucht habe. Freimütig gab sie Antwort. «Natürlich hat er das. Er machte sich an meiner Möse zu schaffen.»

«Red nicht so unanständig», sagte Hanna.

«Warum hat er denn deine Vagina untersucht?», fragte Laura.

«Hm ... hm ... sie war ziemlich geschwollen und tat weh.»

«Hast du eine Ahnung, warum deine Vagina geschwollen war?»

Klara lachte schallend. «Habe ich, aber das geht Sie nichts an ...»

Lauras Gesichtsausdruck verriet Besorgnis. «Wechseln wir das Thema, das passt nun wirklich nicht zu dem feinen Essen.»

Als die Arbeit in der Küche fertig war, begab sich Klara in ihr kleines Zimmer. Die Roders hatten es ihr eingerichtet, da sie in letzter Zeit mehrmals über Nacht bei ihnen geblieben war. Wegen Rosemarie, die häufig in der Nacht aufwachte und zu weinen begann.

Diesmal machte sich Klara für das Mittagessen schön. Sie kämmte sich, parfümierte sich am Hals und unter den Armen. Sie zog einen Pullover mit einem grossen Ausschnitt an. Der Pullover war so eng, dass sich darunter ihre Brustwarzen abzeichneten, was Wendolins Blick anzog.

In den kommenden Tagen ging es richtig aufwärts mit Linda. Sie strahlte eine eigenartige Zufriedenheit aus. Wendolin führte seine Kontrollen über ihren Medikamentenverbrauch. Sie steigerte die Anzahl Tropfen immer mehr. Wendolin notierte alles in sein Journal, einmal setzte er eine Bemerkung dazu.

Wenn sie das will, kann ich sie nicht davon abhalten. Irgendwann wird die Grenze erreicht sein, und sie kollabiert. Das wird ihr zwar nicht unmittelbar das Leben kosten, aber sie gesundheitlich vorübergehend beeinträchtigen. Die Folgen eines Suchtverhaltens, das dann nur noch in einer Irrenanstalt behandelt werden kann.

Am Mittwoch, den 16. Dezember, war Linda sehr euphorisch, schlug Laura nach dem Mittagessen vor, zusammen im Dorf einkaufen zu gehen. Die beiden machten einen Bummel durchs Dorf. Wendolins Kontrollwägung verriet, dass sie nun bei einem Konsum von sechzig Tropfen angelangt war. Im Turnus von zwei Stunden anderthalb Milliliter.

Nach der Rückkehr vom Lädele kam der Zusammenbruch. Wendolin nahm das Tropffläschchen auf dem Nachttisch von Linda weg. Sie protestierte mit einigen Schimpfworten dagegen, aber war zu schwach, um aufzustehen, um sich die Fowlersche Lösung in der Apotheke selbst zu besorgen. Um neunzehn Uhr brachte ihr Hanna einen Teller Mehlsuppe, ein Stück Brot und eine Tasse heissen Tee ans Bett. Danach fiel Linda in einen tiefen Schlaf, der bis am nächsten Morgen um sechs Uhr anhielt. Sie erwachte mit starken Bauchschmerzen und musste auf die Toilette gehen. Das wiederholte sich im Viertelstundentakt. Sie litt an heftigem Durchfall. Wendolin kochte ihr Schwarztee und befahl Klara, die im Zimmer neben Rosemarie schlief, sich auch um Linda zu kümmern, denn er musste die Patienten, die ab sieben ins Wartezimmer kamen, behandeln. «Gib ihr Zwieback und Tee, das in Abständen von einer halben Stunde.»

Bis circa zwölf Uhr hatte sich Lindas Zustand so weit gebessert, dass sie mit Wendolin, Laura und Klara zusammen das Mittagessen einnehmen konnte. Es gab Kutteln, Salzkartoffeln und grünen Salat. Hanna hatte Klara wegen der Kutteln zum Metzger geschickt.

Im Laufe des Nachmittags verschlechterte sich der Gesundheitszustand von Linda erneut. Wendolin zeigte sich besorgt. Er sagte zu Laura, allein komme er mit Linda nicht mehr zurecht, er müsse von der Krankenanstalt, die circa zweihundert Meter vom Arzthaus entfernt war, Hilfe holen. Wendolin ging zum Wandtelefon im Eingangskorridor und wählte die Nummer von Dr. Anton Fonio, der sich bereit erklärte, ans Krankenbett von Linda zu kommen. Wendolin Roder bat seinen Kollegen zunächst in die Ordination, wo er ihn in die Suchtproblematik seiner Frau einweihte.

Fonio untersuchte Linda und kam zum Schluss, eine Behandlung in der Krankenanstalt sehe er zunächst nicht. Allerdings sei es in diesem Fall problematisch, die Fowlersche Lösung ganz abzusetzen. Es sei ratsam, langsam damit zurückzufahren. Fonio hatte zwar von der Fowlerschen Lösung als Wundermittel gehört, hatte sie selbst aber nie angewendet, da sie wegen des giftigen Arseniks umstritten sei, sagte er. Er wisse allerdings von einem Kollegen, der sie einem syphilitischen Patienten verschrieben habe. Nach dessen Angaben habe das Medikament gewirkt, der Erkrankte sei nun wieder einigermassen gesund.

Die Nacht brachte kaum Erholung. Wendolin gab Linda eine Morphinspritze gegen die Schmerzen, die sich auf den ganzen Unterleib ausgedehnt hatten.

Am Morgen war Linda nicht mehr in der Lage, allein aufzustehen. Laura musste ihr dabei helfen und sie auf die Toilette begleiten. Sie litt immer noch an starkem Durchfall. Um nicht ganz auszutrocknen, trank sie fortwährend Schwarztee. Um die Mittagszeit spritzte ihr Wendolin erneut Morphin gegen die schier unerträglichen Schmerzen, weswegen Linda des Öfteren aufschrie.

Nach dem Nachtessen rief er wiederum Dr. Fonio in der Krankenanstalt an. Dieser sei heute Abend an einer Veranstaltung, hiess es. Nur in dringenden Fällen bestände die Möglichkeit, ihn dort zu benachrichtigen, sagte die Oberschwester. Es sei dringend, betonte Roder.

Zwischen acht und halb neun Uhr war Fonio bei den Roders. Er untersuchte Linda und stellte fest, dass sie offenbar ernsthaft erkrankt war, sah sich aber ausserstande, herauszufinden, um was es sich handeln könnte. Fonio rief vom Arzthaus noch seinen Kollegen, Dr. Tanner, an. Dieser war in wenigen Minuten an Lindas Krankenbett.

Man beratschlagte, ob es sinnvoll wäre, die Erkrankte ins Krankenhaus zu bringen, verwarf aber diesen Gedanken, da eine so Schwerkranke wohl nicht transportfähig wäre. Fonio und Tanner verabschiedeten sich darauf.

Von Stunde zu Stunde ging es Linda schlechter. Um elf Uhr abends, am Freitag, den 18. Dezember 1925 hörte Linda Roders Herz auf zu schlagen.

Roder rief kurz danach Dr. Fonio an, teilte ihm mit, Linda sei eben gestorben. Fonio erklärte sich bereit, gleich zum Arzthaus zu kommen. Er erkundigte sich, was seit seiner Untersuchung mit Linda geschehen sei. Roder beschrieb es ihm in wenigen Worten.

«Ich nehme das einmal zur Kenntnis. Als Amtsarzt bin ich allerdings verpflichtet, diesen Vorfall beim Landjägerposten zu melden», sagte Fonio.

Wendolin füllte den Totenschein aus, das durfte er auch als Ehemann, nahm er jedenfalls an. Dann griff er zum Telefon, hoffte dabei, dass Hulda Schneeberger den Apparat, den Linda für ihr Geschäft brauchte, noch nicht stillgelegt hatte. Sie hatte nicht. Er unterrichtete sie vom Ableben Lindas, es war zwischen dreiundzwanzig Uhr fünfzehn und dreiundzwanzig Uhr dreissig.

14. Nach dem Tod Lindas

Am frühen Samstagvormittag, den 19. Dezember 1925, hängte Roder ein Schild: «WEGEN TODESFALL GESCHLOSSEN», an die Eingangstür der Praxis. Um halb zehn Uhr holte er Hulda und Karl Schneeberger vom Bahnhof ab. Sie kamen mit dem ersten Zug von Zürich her. Er fuhr sie zum Arzthaus, wo beide im Sterbezimmer, in dem ihre Schwester Linda aufgebahrt war, einen Augenschein nahmen. Hulda bekam einen Weinkrampf. Karl sah ratlos umher und bemerkte: «Ich verstehe das alles nicht.»

Als sich Hulda erholt hatte, sagte sie: «Ich möchte auf der Polizeistation eine Aussage machen. Wendolin, bring uns bitte dorthin.»

Roder zögerte zunächst, willigte dann aber ein.

Auf dem Posten herrschte bereits ein hektischer Betrieb. Wäfler tigerte nervös umher und brüllte Befehle. Als er Roder erblickte, schritt er hastig auf ihn zu. «Gut, dass Sie endlich kommen. Wir haben Sie schon lange erwartet. Was ist mit den beiden Leuten?» Er zeigte auf Hulda und Karl.

«Das sind die beiden Geschwister der verstorbenen Linda, die eine Aussage machen möchten.»

Wäfler sah beide unschlüssig an. Nach einer Weile sagte er: «Gut, ich werde Sie vernehmen. Kommen Sie mit mir in mein Büro.» Er warf Roder einen überheblichen Blick zu. «Der Doktor soll draussen warten.»

Nach einer Viertelstunde kam Wäfler mit Hulda und Karl zurück. «Herr Doktor, Fräulein Schneeberger und ihr Bruder werden morgen Sonntag um neun dem Regierungsstatthalter vorgeführt. Alles ist schon geregelt. Herr Dr. Wüterich wünscht, dass beide das Arzthaus nicht mehr betreten. Wir haben für Herrn und Fräulein Schneeberger bis Montag, den 21. Dezember ein Zimmer im ‹Hirschen› gebucht. Fräulein Schneeberger wünscht, dass Sie ihren Bruder und sie am Nachmittag nach Bern fahren, wo sie Trauerkleidung kaufen wollen.»

***

Auch im Amtshaus von Langnau schlug der Tod von Linda Roder hohe Wellen. Um halb neun bekam Regierungsstatthalter und Gerichtspräsident Wüterich Besuch des Gefreiten Adolf Jenni vom Polizeiposten. Er überreichte Wüterich ein Schreiben des Landjägers Armin Wäfler.

In diesem Rapport stand, dass Linda Roder in der Nacht vom 18. auf den 19. Dezember verstorben sei. Darin war eine Zusammenfassung von Gerüchten, die Wüterich bereits kannte.

«Das ist eine ernste Sache. Gefreiter, holen Sie mir unverzüglich den Landjäger Wäfler, er soll mir Red und Antwort stehen.»

Kurz danach klopfte es an der Tür des Statthalters – vom Polizeiposten bis zu ihm war es ein Katzensprung. «Herein!», rief er.

Landjäger Wäfler riss die Tür auf und schlug die Hacken zusammen. «Herr Regierungsstatthalter, zu Ihren Diensten.»

«Landjäger, nehmen Sie Platz am Besuchertisch. Wenn ich diese Dokumente», Wüterich zeigte auf den imposanten Stoss auf seinem Schreibtisch, «unterzeichnet habe, setze ich mich zu Ihnen.»

Nach zehn Minuten – Wäfler wurde langsam ungeduldig und klopfte mit den Schuhsohlen nervös auf den Fussboden – bequemte sich Wüterich, sich ihm gegenüberzusetzen. «Schiessen Sie los, Wäfler.» Wüterich hatte das Papier, das ihm kurz zuvor der Gefreite Jenni überreicht hatte, in Händen.

«Wann wurden Sie das erste Mal über das Ableben von Frau Dr. Linda Roder informiert?»

«Gestern Abend rief mich Dr. Fonio von der Bezirkskrankenanstalt an.»

«Wann?»

«Das weiss ich nicht mehr genau –»

Wüterich unterbrach Wäfler. «Es ist Ihre verdammte Pflicht, bei eingegangenen Telefonanrufen zu notieren, wann sie stattgefunden haben.»

«Zwischen elf und halb zwölf Uhr abends.»

Wüterich ergänzte das handschriftlich auf dem Papier. «Haben sich weitere Personen in dieser Sache gemeldet?»

Wäfler dachte nach. «Mehrere. Frau Fankhauser, heute Morgen um halb sieben.»

Wüterich grinste. «Sarah Fankhauser. Weitere?»

«Klara Bähler, etwa um acht Uhr.»

«Hmmm ... das halbwüchsige Flittchen. Warum weiss die denn das?»

«Sie arbeitet bei Herrn Dr. Roder.»

Wüterich rollte die Augen. «Wie kommt der dazu?»

«Vor etwa einem halben Jahr, ich erinnere mich noch gut, hat man diese Klara auf dem Strassenstrich in Burgdorf aufgegriffen und ins Hirschenstöckli überstellt. Sie wurde dort eine Woche lang festgehalten, mehr lag wegen ihrer Minderjährigkeit nicht drin. Ich habe dieses Subjekt danach zu Dr. Roder geschickt, zwecks Feststellung von allfälligen Geschlechtskrankheiten. Er hatte nichts dergleichen gefunden.»

Wüterich stand auf, ging zu seinem Schreibtisch, zog die Schublade heraus und suchte darin etwas. «Da ist es ja.» Er nahm das Papier und begab sich zurück an den Besuchertisch. Er las, was daraufstand.

Strafregister von
B ä h l e r Klara,
geboren: 26. Januar 1910, in Langnau, von Wattenwil.
30. Januar 1925. Festnahme in Langenthal wegen Strassenprostitution
15. März 1925. Festnahme im «Bären» Huttwil wegen vorgängigem Geschlechtsverkehr mit dem fünfunddreissigjährigen Bruno F. aus Huttwil
12. Juni 1925. Festnahme in Burgdorf wegen Strassenprostitution

25. August 1925. Festnahme in Langenthal wegen Strassenprostitution
17. September 1925. Festnahme in Burgdorf wegen Strassenprostitution

Weil die Delinquentin noch nicht volljährig und auch erwerbslos war, wurde ihr eine Geldstrafe erlassen. Nach jeder Verhaftung wurde sie in dem Bezirksgefängnis, das dem Tatort zugeteilt ist, jeweils fünf Tage festgehalten. Bei weiteren Sittlichkeitsvergehen ist eine Verwahrung zu prüfen.

Wüterich warf einen fragenden Blick zum Landjäger. «Sind Sie über die Verfehlungen der Bähler orientiert?»

«So detailliert habe ich das nicht gewusst. Doch in Langnau munkelte man schon lange, die Bähler sei eine Hure. Man sollte sie unverzüglich einsperren.»

«Wäfler, machen Sie sich doch nicht lächerlich. Es sollte Ihnen bekannt sein, dass in Langnau mehrere Huren tätig sind. Wir kennen sie alle, wir wissen auch, wer ihre Freier sind. Wir müssen einfach auf der Hut sein, dass die Weiber, sollten sie sich mit einer Geschlechtskrankheit angesteckt haben, unverzüglich aus dem Verkehr gezogen werden. Und übrigens, wer entscheidet eigentlich darüber, ob die Bähler eingesperrt werden soll oder nicht?»

Der Landjäger stierte verlegen zu Boden und sagte dann demütig: «Sie, Herr Regierungsstatthalter und Gerichtspräsident.»

«Merken Sie sich das … und jetzt treiben Sie mir die Bähler auf. Ich werde Sie mal ausfragen.»

In der Zwischenzeit rief Wüterich Dr. Fonio an, um sich bei ihm über die Umstände von Linda Roders Tod zu erkundigen.

Der Gerichtsschreiber, lic. iur. Hebeisen, stenografierte das Gespräch, das Wüterich führte. Das konnte er, weil der Telefonapparat mit einer zweiten Hörmuschel versehen war.

Wüterich: *Guten Tag, Anton, hier Friederich. Ich rufe dich wegen dem Tod der Roderin an.*
Fonio: *Guten Morgen, Friederich. Ich wollte dich schon in der Nacht anrufen, konnte dich aber nicht erreichen.*
W: *Landjäger Wäfler war eben bei mir, er hat mich über deinen Anruf von gestern informiert, dass du ihn vom Ableben Linda Roders in Kenntnis gesetzt habest.*
F: *So ist es. Ich wollte die Details für dich aufsparen. Gestern Freitag, 18. Dezember, frühabends wollte mich Wendolin Roder am Telefon sprechen. Leider war ich bei einem Vortrag im «Löwen». Die Oberschwester schickte mir jemand dorthin und liess mir mitteilen, Linda Roder sei immer noch ernsthaft erkrankt. Bereits am Donnerstagabend war ich bei Roders, weil es der Frau Roder nicht gut ging. Roder fragte sich, ob sie nicht in der Krankenanstalt behandelt werden müsste. Ich begab mich gleich ans Krankenbett der Frau Roder, untersuchte sie oberflächlich, kam aber nach Rückfragen an Wendolin zum Schluss, eine Behandlung zu Hause wäre einem Aufenthalt bei uns vorzuziehen. Und gestern Abend wäre sie nicht mehr transportfähig gewesen, ihr Gesundheitszustand hatte sich nochmals verschlechtert.*
W: *Dann segnete sie das Zeitliche.*
F: *Im Nachhinein ist man klüger. Doch ich gehe davon aus, sie wäre auch im Krankenhaus gestorben.*
W: *Was denkst du, an was ist sie gestorben?*
F: *Darmverschluss oder Vergiftung. Es braucht eine Obduktion, um das herauszufinden.*
W: *Danke, Anton. Ich werde mich mit dem Untersuchungsrichter kurzschliessen. Kein Problem, der bin ich ja. Danach werde ich mich entscheiden, was zu tun ist. Nach meinem Wissensstand kann eine Obduktion nur in der Gerichtsmedizin des Universitätsspitals vorgenommen werden.*
F: *Das trifft so zu. Ich denke, dass ich und allenfalls auch du dabei sein sollten, wenn denn obduziert wird.*
W: *Danke, Anton. Du wirst noch von mir hören.*

Wüterich ging ins Büro von Christian Lauener, dem Staatsanwalt. Er informierte Lauener kurz über das, was er vom Tod Linda Roders wusste. Wüterich fragte Lauener, ob er bei einer allfälligen Obduktion dabei sein könnte. Lauener sagte zu.

«Danke, Christian, dann lassen wir obduzieren», sagte Wüterich.

«Das würde aber bedeuten, dass wir die Leiche sicherstellen müssen. Wollen wir nicht gerade eine Hausdurchsuchung anordnen?», fragte Lauener.

Wüterich dachte nach. «Das könnte Probleme geben. Falls die Roder nicht aufgrund einer Fremdeinwirkung verschieden ist, könnte Wendolin gegen uns klagen. Eine Hausdurchsuchung ist eine gravierende Massnahme, sie setzt einen erwiesenen Verdacht voraus. Ich werde in Kürze eine weitere Person vernehmen. Dann werden wir weitersehen.»

Als Wüterich wieder in seinem Büro war, betrat die Sekretärin das luxuriöse Zimmer. «Herr Regierungsstatthalter, mir fällt auf, dass Ihre Postablage übervoll ist. Heute ist ein Brief drin, auf dessen Couvert der Vermerk ‹dringend› steht. Er liegt zuoberst auf dem Stoss.»

Wüterich stand auf und schlurfte zum Möbel, auf dem sich seine unerledigte Post stapelte. Ungeduldig riss er den Brief auf, nach der Lektüre war seine missmutige Miene verschwunden.

Er wählte die Nummer von Lauener. «Christian, ich habe über die Sache mit der Roderin gründlich nachgedacht. Ich bin nun auch deiner Meinung, wir müssen mit scharfem Geschütz auffahren, die Hausdurchsuchung aber noch aufschieben. Die Leiche muss jedoch beschlagnahmt werden. Avisiere den Landjägerposten. Wäfler muss den Transport bis zum Bahnhof begleiten. Teile dem Fuhrhalter Hofmann mit, er solle morgen Sonntag, um zwei Uhr mittags beim Arzthaus vorfahren. Die Leiche wird verpackt in einen grossen Jutesack und in den Postwaggon abgelegt. Der Waggon wird am nächsten Güterzug nach Bern angehängt. Der Gefreite Jenni bewacht die Tote bis zum Güterbahnhof Bern.»

«Wann soll die Obduktion stattfinden?»

«Am Montagnachmittag. Ich werde mich mit Professor Otto Haller, dem Direktor der Gerichtsmedizin, in Verbindung setzen. Er ist ein Duzfreund von mir. Er hat noch nie einen Termin, den ich festgesetzt habe, hinterfragt. Also, Christian, mach dich bereit für den 21. Dezember. Im Sezierraum wird nachmittags um dreizehn Uhr mit Arbeiten begonnen.»

«Alles klar. Darf ich noch den Grund deines Gesinnungswandels erfragen?»

«Diese Frage entlockt mir ein Lächeln. Sprich nicht von einem Gesinnungswandel, ich hatte mich bei dir im Büro noch nicht entschieden, jetzt habe ich das aber. Das hat schon einen Grund. Einen, der auch dich betrifft. Eben habe ich einen interessanten Brief geöffnet. Er stammt vom Präsidenten unserer Grossratsfraktion. Er hat mir darin mitgeteilt, Oberrichter Ochsenbein werde auf Herbst 1926 demissionieren. Die Fraktion sähe mich unter einigen anderen an seiner Stelle. Hast du verstanden, Christian? Ich habe grosse Aussichten, Oberrichter zu werden. Kommt es dazu, folgst du mir im Amt als Regierungsstatthalter und Gerichtspräsident. Dazu brauche ich aber einen Mordprozess. Der fehlt mir bis jetzt in meiner Karriere.»

Lauener stiess einen Pfiff aus. «Ich lege mich ins Zeug und rücke diesem Wendolin Roder auf die Pelle. Damit steht ein Schwurgerichtsprozess an. Wir beide können uns dabei in Szene setzen. Wunderbar. Wir müssen diese Gelegenheit am Schopf packen.»

Es war halb elf vormittags, als der Landjäger mit Klara Bähler ins Büro von Wüterich trat. «Wäfler, nun übertreiben Sie. Warum verpassen Sie diesem Mädchen Handschellen?»

«Entschuldigung … Entschuldigung, Herr Doktor, äh, Herr Regierungsstatthalter. Aber das Früchtchen hier widersetzte sich der Verhaftung.»

«Wäfler, Sie sind ein Einfaltspinsel. Gegen Klara Bähler liegt kein Haftbefehl vor, ich habe Sie nur angewiesen, das Mädchen zu mir zu bringen. Abtreten, Landjäger!»

Wäfler schlug die Hacken zusammen, so kräftig, dass ein Donnergrollen das Amtshaus erschütterte.

Wüterich musterte mit auffallend mildem Gesichtsausdruck die verschüchterte Klara Bähler. «Diesmal wirst du nicht als Delinquentin, sondern als Zeugin vorgeladen. Das sind die Regeln, die Zeugen zu beachten haben.»

Wüterich suchte nach einem Papier auf seiner chaotisch überdeckten Tischplatte. Nach zwei, drei Minuten fand er, was er gesucht hatte. Er reichte ihr ein gedrucktes A4-Blatt.

«So, Mädchen, lies das … kannst du überhaupt lesen?»

«Kann ich, ich war in der Schule immer die Beste im Lesen.»

«Dann lies es vor!»

«Als Zeuge bin ich verpflichtet: die Wahrheit zu sagen; was ich beobachtet, gehört oder gerochen habe, dem Verhörenden mitzuteilen; die Vorkommnisse nicht zu kommentieren. Bei Missachtung dieser Verpflichtungen droht mir eine Geldstrafe oder in schweren Fällen Gefängnis bis zu fünf Jahren.»

«Hast du das verstanden, Fräulein Bähler?»

«Ja.»

Wüterich sah Klara Bähler mit zusammengekniffenen Augen an. «Was heisst für dich, ‹die Vorkommnisse nicht zu kommentieren›?»

Sie lachte. «Wollen Sie mich testen? Ich komme mir vor wie in der Schule. Ich bin gewohnt, dass man mich für dumm hält. Kinder aus randständigen Verhältnissen dürfen nicht intelligent sein. Nun zu Ihrer Frage: Ich soll nicht sagen, was ich von den Vorkommnissen halte. Ein Vorkommnis ist zum Beispiel der Tod der Frau Dr. Roder oder was ihren Tod verursacht hat. Wer der Mörder oder die Mörderin ist. Darüber ist es mir nicht gestattet, ein Urteil abzugeben.»

Wüterich kollerten beinahe die Augen aus den Höhlen. Eine Weile war er sprachlos.

«Wo warst du gestern, am Todestag der Frau Dr. Roder?»

«Ich schlief in der Nacht vom Freitag auf den Samstag im Arzthaus.»

«Wo im Haus?»

«Im winzigen Raum neben dem Kinderzimmer. Dieser Verschlag hat die Grösse einer Besenkammer. Sobald die Kleine zu heulen beginnt, gehe ich zu ihr, spreche mit ihr, nehme sie in die Arme. Oft ist sie durchnässt; wenn es so ist, wickle ich sie. Dann lächelt sie mich an, lässt ihr Köpfchen auf das Kissen sinken und schläft wieder ein.»

«Kam mitunter die Mutter zu ihr?»

«Nie, wenn ich dort war.»

«Wie ging es vor, während und nach dem Frühstück heute im Arzthaus zu und her?»

«Zunächst kümmerte ich mich um die kleine Rosemarie, danach bereitete ich mit Laura zusammen das Frühstück zu.»

«Über was sprachst du mit Fräulein Borelli?»

«Über die letzten Tage der Frau Dr. Roder.»

«Was sagte die Borelli dazu?»

«Sie machte den Eindruck, dass ihr die Krankheit der Frau Doktor nicht besonders nahegegangen war. ‹Ich glaube, die Dame simulierte›, sagte die Borelli. Im Übrigen –»

Wüterich unterbrach Klara Bähler. «Warte einen Moment. Ich benötige einen Protokollführer.» Wüterich drückte auf einen Knopf, eine Minute später tauchte der Gerichtsschreiber Hebeisen mit Notizblock und Bleistift auf.

Wüterich stellte die Fragen nochmals, damit sie Hebeisen stenografieren konnte.

«… ‹Ich glaube, die Dame simulierte. Wendolin› – sie sprach mir gegenüber immer von Wendolin, nie von Dr. Roder – ‹hat mir berichtet, Linda habe immer Wehwehchen vorgetäuscht, wenn ihr etwas über die Leber gekrochen sei.› Ich warf die Frage auf, ob sie nicht doch vergiftet worden sei. Sie reagierte empört darauf. ‹Unglaublich, was für eine Unterstellung. Wen beschuldigst du, das getan zu haben?›»

«Was haben Sie darauf geantwortet?»

«‹Den Doktor oder Sie.› Dann rutschte ihr die Hand aus. Sie klebte mir eine schallende Ohrfeige. Ich hörte dennoch nicht auf zu reden. Die Frau Doktor sei süchtig nach der Fowlerschen Lösung gewesen …»

«Von wem hast du diesen Namen. Wie kommst du dazu, zu behaupten, dass die Frau Doktor dieses Medikament einnahm?»

«Darüber hat man häufig beim Essen gesprochen. Sie selbst hat den Namen Fowlersche Lösung genannt. Sie brauche sie. Es sei ein Wundermittel, helfe ihr über körperliche Beschwerden hinweg.»

«Weisst du, wie viel die Frau Doktor von dieser Lösung eingenommen hat?»

«Genau kann ich das nicht sagen. Einige Male habe ich beobachtet, wie sie aus einem Fläschchen Fowlersche Lösung in den Tee tropfte. Die Tropfen habe ich nicht gezählt.»

«Wie gross war das Fläschchen?»

Klara Bähler spreizte Daumen und Zeigefinger. «Etwa so gross. Wie ein Fläschchen mit Augentropfen.»

«Wo nahm sie den Tee ein?»

«Ich habe ihr den Tee auf einem Tablett ans Bett gebracht. Das Fläschchen stand auf ihrem Nachttisch.»

«Weisst du, wo das Fläschchen abgefüllt wurde?»

«In der Apotheke der Praxis. Es gab zwei Vorratsflaschen. Die eine im Giftschrank – er war so angeschrieben –, die andere im Tresor. Die im Tresor hatte einen aufgeklebten roten Punkt auf der Etikette.»

«Wie gross waren diese Flaschen?»

«Ich schätze, circa einen halben Liter.»

Hebeisen stöhnte. «Darf ich um eine kurze Pause bitten. Meine rechte Hand verkrampft sich.»

Wüterich drückte auf einen Knopf. Wenige Augenblicke später blickte die Sekretärin durch den Spalt der leicht geöffneten Tür. «Was soll's sein, Herr Regierungsstatthalter?»

«Anna, bring uns einen Tee und für das Mädchen zusätzlich noch einen Nussgipfel.»

In fünf Minuten waren der Tee und der Nussgipfel, in einen Papiersack eingepackt, auf dem Besuchertisch. Als der Tee getrunken war und Klara den Nussgipfel verzehrt hatte, setzte Wüterich die Vernehmung fort.

«Klara, hattest du Zugang zum Giftschrank?»

«Teilweise schon, dann nämlich, wenn ich ihn putzen musste.»
«War der Schrank normalerweise verschlossen?»
«Ja.»
«Hattest du Zugang zum Schlüssel?»
«Der Schlüssel lag in der Schreibtischschublade des Pults, an dem der Doktor oft schrieb. Häufig steckte der Schlüssel in der Schublade.»
«Hattest du diese Schublade in Abwesenheit des Doktors geöffnet?»
«Nein. Warum hätte ich das tun sollen?»
Wüterich winkte kurz ab. «Jetzt hast du eine der Regeln, die ich dir anfangs der Vernehmung bekannt gegeben habe, verletzt.» Wüterich lachte und sagte dann noch: «Nicht schlimm, überall sonst hast du dich daran gehalten. Seit wann arbeitest du beim Herrn Doktor?»
«Kurz nachdem ich aufgrund eines Beschlusses von Ihnen zum Herrn Doktor in Behandlung gehen musste.»
«Danke, Klara, du hast dich gut geschlagen. Nur noch eine Bitte. Ich wäre froh, wenn du mit niemandem über diese Vernehmung sprechen würdest. Auch nicht mit deiner Mutter oder deinen Geschwistern. Du bist jetzt entlassen. Je nachdem werden wir dich nochmals aufbieten. Als Zeugin.»
Klara verliess Wüterichs Büro.
Wüterich neigte sich zu Hebeisen. «Was hältst du von den Aussagen dieses Mädchens?»
«Nichts, ich habe sie nur protokolliert und hatte keine Gelegenheit, darüber nachzudenken.»
«Ich kann mich nicht erinnern, je eine so präzise Zeugenaussage entgegengenommen zu haben. Schade, dass dieses Mädchen in derart verkommenen Verhältnissen lebt. Trotz dieser Tortur musst du noch einige Zeit an der Sache dranbleiben. Tippe mir das Protokoll dieses Verhörs mit vier Durchschlägen. Einen Durchschlag bringst du Lauener, und bitte ihn, alles genau durchzulesen. Ist er damit zu Ende, soll er bei mir vorbeikommen.»
Hebeisen blickte auf die Uhr. «Es ist jetzt ein Viertel nach

elf. Das Protokoll ist nicht vor halb eins getippt. Um eins ist Lauener wieder in seinem Büro. Ich erwarte ihn um halb zwei hier.»

Um halb zwei am Nachmittag sass Lauener an Wüterichs Besuchertisch. «Was hältst du von Klara Bählers Aussagen?»

«Ich habe meinen Augen nicht getraut, als ich das las. Sehr glaubwürdig, muss ich sagen. Trotzdem dürfte die Verteidigung Bählers Aussagen in Zweifel ziehen. Sie wird die Geschworenen glauben machen, eine Zeugin, die auf den Strassenstrich geht, sei nicht glaubwürdig.»

«Vergiss nicht, du bist der anklagende Staatsanwalt. Wer der Richter sein wird, weiss ich noch nicht. Ein Mitglied des Obergerichts. Es bleibt ihm nichts anderes übrig, als sich an die von mir zusammengestellten Akten zu halten. Es dürfte dir als Ankläger leichtfallen, die Geschworenen zu überzeugen. Doch nun haben wir eine einwandfreie Vorarbeit zu leisten.» Wüterich streckte den rechten Daumen in die Luft. «Erstens: Es gilt herauszufinden, von wo Roder die Fowlersche Lösung bezogen hat. Wir sollten uns beim Apotheker erkundigen. Dort hat er sie wohl gekauft. Zweitens ...», Wüterich nahm den Zeigefinger zu Hilfe, «wir müssen herausfinden, wie viel davon noch im Arzthaus ist.»

Laueners Mundwinkel zeigten nach unten. «Und wenn die Obduktion etwas ganz anderes ergibt als eine Vergiftung? Dann wäre dieses ganze Getue umsonst gewesen.»

«Da pflichte ich dir bei. Dieses Risiko nehmen wir auf uns. Wenn wir nämlich zuwarten, bis der Befund der Obduktion vorliegt, und er belegt eine Vergiftung, hätte Roder alle Spuren verwischt, und wir müssten uns auf einen Indizienprozess mit ungewissem Ausgang gefasst machen. Glaub mir, Christian, es gibt keinen anderen Weg.»

Lauener nickte kaum wahrnehmbar.

***

Am Sonntag, eine Stunde nach Predigtende, telefonierte Wendolin Roder mit dem Pfarrer, der bereits Bescheid wusste. Der Tod der Frau Doktor sei in aller Munde, das sei ihm nach dem Gottesdienst klar geworden. «Den Gottesdienst, den du, Wendolin, sehr selten besuchst.»

«Mach es nicht so spannend, Jakob. Was reden denn die Leute?»

Oppliger schwieg einige Augenblicke lang. «Ich muss mir überlegen, wie ich dir das erzählen soll.» Es verging eine Weile. «Es ist so, einige gehen davon aus, beim Tod deiner Linda sei nicht alles mit rechten Dingen zugegangen. Vereinzelt ist das Wort ‹Mord› gefallen.»

«Das darf doch nicht wahr sein. Hoffentlich gibst du nichts auf das Geschwätz deiner Predigtgänger.»

«Ich höre allen Menschen meiner Gemeinde zu und bilde mir ein Urteil über das, was sie mir preisgeben.» Abermals machte Oppliger eine Pause. «Ich muss dir, Wendolin, leider mitteilen, dass nicht alles, was ich zu Ohren bekam, sich unwahrscheinlich anhörte. Dein Lebenswandel hat in unserer Gemeinde viel Unmut hervorgerufen. Unverheiratet zusammenleben stösst vielen in unserer Gegend sauer auf. Und Oberburg ist nicht weit von Langnau entfernt. Man weiss auch von deiner Scheidung dort vor einem Jahr. Man weiss, dass du über längere Zeit neben deiner Frau eine Geliebte hattest. Nicht nur in Oberburg, sondern auch in Burgdorf pfiffen es die Spatzen von den Dächern. So etwas gehört sich im christlichen Emmental nicht, ganz sicher nicht von einem Landarzt.»

Roders Stimme wurde schärfer. «Jakob, wie kann man aus solchen Gerüchten einen Mord herbeireden? Das musst du mir noch erklären.»

«Dafür bin ich nicht zuständig. Das ist Sache der Justiz und der Polizei.»

«Nun nimmst du den Mund wirklich voll. Wenn es nicht so eine ernste Angelegenheit wäre, würde ich jetzt den Hörer aufhängen. Leider geht das nicht. Ich muss mit dir zusammen den Zeitpunkt der Beerdigung besprechen.»

Wieder vergingen viele Sekunden, bis der Pfarrer sich zu einer Antwort durchringen konnte. «Das Datum der Beerdigung festlegen kann ich bei Todesfällen, deren Ursache noch nicht feststeht, leider nicht. Es gibt Bestimmungen, an die ich mich zu halten habe.»

Nun hängte Wendolin grusslos auf.

Hanna war schon gestern Morgen früh nach Trubschachen aufgebrochen, wo sie zwei Tage auf dem Hof half. Das Mittagessen fand verspätet statt. Laura wartete mit der Zubereitung, bis Klara kam. Das war nicht wie abgesprochen um elf der Fall, sondern kurz vor zwölf. Laura machte Klara deswegen Vorwürfe. Klara entschuldigte sich halbherzig. Sie habe vergessen, auf die Uhr zu schauen. Um eins war die Mahlzeit fertig. Polenta mit Kaninchen, dazu Nüsslisalat. Wendolin ass mit grossem Appetit. Zu Laura sagte er, bald sei alles durchgestanden. Daran könne auch der Pfarrer, der sich von absurden Gerüchten habe verwirren lassen, nichts ändern.

Laura sah Wendolin erstaunt an. «Seid ihr über das Datum der Beerdigung nicht einig geworden?»

«Noch schlimmer. Er wollte kein Datum festlegen, bis Klarheit bestünde, an was Linda gestorben sei.»

«An was Linda von uns gegangen ist, braucht dieser Pfaffe gar nicht zu wissen. Das ist allein Sache der Justiz und der Polizei.»

«Ich hoffe schwer, dass die nicht auch noch dumm tun. Ich könnte mir das, ehrlich gesagt, nicht vorstellen.»

Als Klara das Dessert serviert hatte, gebrannte Crème, hörte man draussen Stimmen. Wendolin trat ans Fenster. Er sah, wie sich vor dem Arzthaus mehrere Leute versammelten. Der Landjäger mit seinen zwei Gefreiten, der Fuhrhalter Hofmann mit Ross und Wagen, Dr. Fonio, Friederich Wüterich und Christian Lauener.

«Um Himmels willen, was ist denn da los», rief er noch, dann läutete die Glocke Sturm.

Wendolin rannte die Treppe hinunter zum Ausgang, riss die

Tür auf, wollte vor Empörung ausrufen, aber brachte kein Wort heraus. Ihm gegenüber stand Friederich Wüterich.

«Tut mir leid, Wendolin, diesmal komme ich nicht als Freund und Kollege, sondern als Untersuchungsrichter, dem die unangenehme Pflicht obliegt, den Todesfall deiner Frau Linda aufzuklären.» Wüterich hielt Roder den Befehl, die Leiche seiner Frau Linda zu beschlagnahmen, unter die Nase.

Wendolin Roder wurde weiss. «Was soll denn das heissen? Beschuldigt man mich, meine geliebte Gattin Linda umgebracht zu haben?»

«Deine ‹geliebte› Gattin? Wendolin, jetzt machst du dich lächerlich. Es geht darum, festzustellen, ob Frau Dr. Roder durch Fremdeinwirkung oder eines natürlichen Todes gestorben ist. Sollte das Letztere der Fall sein, wird die Leiche wieder freigegeben, und du wirst wegen der erlittenen Umtriebe entschädigt.»

Als Erstes wurden die sterblichen Überreste von Linda in eine Plache eingewickelt und diese verschnürt. Dann trugen die beiden Gefreiten sie hinunter und legten sie auf Hofmanns Ladewagen. Einer der Gefreiten nahm auf dem Bock neben Hofmann Platz, dann ging's im Trab Richtung Bahnhof.

Wüterich sagte zum am ganzen Körper zitternden Roder: «Nun schauen wir uns im Haus ein bisschen um. Das dürfte etwa zwei Stunden in Anspruch nehmen. Du, Wendolin, bist angehalten, uns dabei an die Hand zu gehen», fuhr Wüterich fort und ergänzte: «Begleiten wird uns dabei Herr Dr. Fonio.»

«Ist das jetzt eine Hausdurchsuchung?», erkundigte sich Wendolin Roder.

«Eigentlich nicht, wir beschlagnahmen nur gewisse Gegenstände, was das auch heissen mag.»

Roder ging zu Fonio und streckte ihm die Hand hin. Fonio nahm sie nicht an.

«Als Erstes nehmen wir einen Augenschein in der Apotheke», erklärte Wüterich. Fonio zeigte auf einen Glaskasten. «Da sind die Gifte drin.»

«Öffne ihn!», sagte Wüterich im Befehlston zu Roder. Roder

langte in den Hosensack, zog den Schlüsselbund daraus und schloss den Giftschrank auf.

Fonio trat hinzu. Es waren fünf Regale, darauf Flaschen verschiedener Grössen, alle versehen mit einer Etikette und einem Totenkopfkleber. Nachdem Fonios Blick alle Regale gestreift hatte, griff er nach einer Halbliterflasche. «Da ist die Fowlersche Lösung. Wie ich feststelle, ist sie bis auf ein Drittel leer.»

«Diese Flasche wird nicht sichergestellt, noch nicht, aber wir – also der Gefreite – notiert, wo sie ist. Sie muss dort belassen werden», befahl Wüterich.

Der noch verbliebene Gefreite eilte herbei.

«Jetzt der Tresor, wo ist der?», fragte Wüterich.

Wendolin Roder sah Friederich Wüterich verblüfft an. «Was soll denn dort beschlagnahmbar sein? Der Tresor ist in meinem Büro.»

«Gehen wir rasch dorthin.»

Roder öffnete den Tresor. Dort waren nur Papier und Briefcouverts. Wüterich zog ein Carnet aus seiner Jackentasche und notierte darin einige Worte.

«Gut. Schliesse den Tresor wieder ab. Jetzt führ uns in die Ordination.»

Fonio, Wüterich und Lauener sahen sich dort eine Weile um. «Nichts Interessantes», sagte Fonio.

«Dann begeben wir uns noch mal ins Büro.»

Wüterich bat Roder, die Schreibtischschublade herauszuziehen. Roder tat dies zögerlich.

«Ein Chaos!», bemerkte Wüterich, einen höhnischen Blick auf Roder werfend. Er setzte sich an Roders Schreibtisch, leerte die Schublade auf den Schreibtisch aus und begann, im Haufen Papier herumzuwühlen. Das dauerte eine gute halbe Stunde. Er sortierte einen daumendicken Stoss heraus, den er in einer Kartontasche versorgte.

Erst um halb vier nachmittags verkündete Wüterich, die Hausbesichtigung neige sich dem Ende entgegen. Die Gegenstände, die zur Konfiszierung bezeichnet wurden, waren deren wenige. Einige Kleidungsstücke und Briefe von Laura Borelli und Linda Roder, die Kanne, in der Tee an Linda Roder eingeschenkt wurde, die Dose mit dem Teekraut, die letzte Tasse – sie war noch nicht abgewaschen –, aus der Linda getrunken hatte, dazu kamen die Dokumente aus Wendolin Roders Schreibtischschublade.

Wüterich, der wieder an Roders Schreibtisch sass, stützte seinen Kopf auf beide Hände und brummte vor sich hin: «Haben wir noch etwas übersehen? ... Landjäger, haben Sie alle Zimmer durchsucht? Die Mansarden und Kammern im Dachstock?»

Wäfler wandte sich an den Gefreiten. «Denk scharf nach! Hast du den Dachstock gründlich durchsucht?»

«Hat verdammt viele Nischen dort. Eine mit mehreren Besen und Bürsten. Wer soll denn dort etwas verstecken?»

«Los, stellen Sie diese Bude auf den Kopf», befahl Wüterich. «In der Zwischenzeit braut uns das Fräulein beim Doktor einen Tee.»

Laura Borelli war während der ganzen Durchsuchung an der Seite von Roder.

Nach zehn Minuten donnerten Schritte die Treppe herunter. Der Gefreite stürzte mit drei Wachstuchheften unter dem Arm in Roders Büro.

«Hab ich's mir doch gedacht. Unterlagen in einem geheimen Versteck!», rief Wüterich triumphierend.

Der Polizist legte die Hefte neben Wüterich, der darin blätterte. Dann hob Wüterich eines in die Höhe und fixierte Roder.

«Wendolin, hast du gewusst, dass Linda Tagebücher führte?»

Roder zuckte mit den Achseln.

«Das könnten Dokumente von unschätzbarem Wert sein», bemerkte Wüterich. «Die Hausbesichtigung ist beendet. Wendolin, du darfst vorläufig das Gemeindegebiet von Langnau nicht verlassen.»

Roder protestierte dagegen. «Ich habe Patienten in Dörfern und Weilern, die nicht zu Langnau gehören. In Trub, Trubschachen, Lauperswil, Signau, sogar in Schangnau.»

«Gut, dorthin darfst du fahren. Doch wir versiegeln nun

deine Praxis – bis auf Weiteres. Sollten wir morgen feststellen, dass du sie betreten hast, wirst du unverzüglich verhaftet.»

«Wie soll ich denn Krankenbesuche machen, wenn ich nicht in die Ordination und in die Apotheke noch in mein Büro darf?»

«An deiner Stelle würde ich die Praxis sowieso schliessen, bis die Ermittlungen abgeschlossen sind. Meinetwegen morgen darfst du die Praxis noch öffnen und Krankenbesuche machen.»

Als Wüterich, Lauener, Fonio, Wäfler und der Gefreite das Arzthaus verlassen hatten, begann Roder, der auf einer Treppenstufe am Eingang zu seiner Praxis sass, zu schluchzen. «Ich weiss nicht, was das soll. Die Mehrbesseren im Amt Signau haben sich gegen mich verschworen. Die wollen mich kaputtmachen.»

Laura legte liebevoll die Arme um ihn und sagte: «Halt durch. Nun gehörst du mir. Komm, ich möchte dich spüren, am ganzen Körper.» Sie zog Roder sanft am Arm und führte ihn ins Schlafzimmer, in dem bis vor Kurzem noch die tote Linda gelegen hatte.

***

Zurück im Amtshaus sichtete Wüterich zusammen mit Lauener die Dokumente, die bei der Hausbesichtigung konfisziert wurden. Immerhin ging es um einen möglichen Mord, ein nicht alltägliches Ereignis im Amtsbezirk Signau. Auf grosses Interesse stiessen die Tagebücher von Linda. Schon eine oberflächliche Lektüre verschaffte den beiden einen, wenn auch einseitigen, Einblick in die Beziehung von Wendolin und Linda Roder.

Linda schilderte darin die Zwistigkeiten zwischen ihr und Wendolin, die, schenkte man ihr Glauben, mitunter in Gewalttätigkeiten ausarteten. Wendolin habe häufig dreingeschlagen. Er sei am späten Abend oft betrunken gewesen. Er habe sie all die Jahre nach Strich und Faden betrogen. Linda beschrieb darin, sie habe ihn an den wenigen Tagen nach ihrer Wiederverheiratung bei Intimitäten mit Laura Borelli auf frischer Tat ertappt. Nach diesen schriftlichen Zeugnissen hätte man bereits ein Motiv für einen allfälligen Mord in Händen, sollte Linda durch Fremdeinwirkung ihr Leben gelassen haben.

«Jetzt gilt es noch, den Obduktionsbefund abzuwarten», folgerte Wüterich.

«Eine Vergiftung? Ist die in jedem Fall eindeutig nachweisbar?», fragte Lauener.

Wüterich nickte nachdenklich. «Du hast recht. Das könnte zu einer Knacknuss werden. Warten wir ab.»

15. Obduktion – Hausdurchsuchung

Die Obduktion begann am Montagnachmittag im Beisein von Lauener und Dr. Fonio. Durchgeführt wurde sie von Professor Haller, dem Leiter der Gerichtsmedizin. Zwischendurch holte ein Assistent Gewebeproben von Niere und Leber sowie Proben vom Magen- und Darminhalt, die sofort im Labor analysiert wurden. Fonio empfahl, alle Proben erst mal auf Arsen zu untersuchen. Diese Analyse sei erprobt und führe rasch zu Ergebnissen.

Als die Obduktion um drei Uhr zu Ende war, bekamen Lauener und Fonio ein Angebot von Haller, in dessen Büro den Befund abzuwarten.

Um vier Uhr kam ein Laborant mit einem schriftlichen Bericht und übergab diesen Haller. Nach der Lektüre sah der Professor Lauener mit ernster Miene an. «Der Tod von Linda Roder ist eindeutig auf Arsenik zurückzuführen. Aufgrund der untersuchten Proben hat das Opfer etwa die zehnfache letale Dosis eingenommen.»

Haller zeigte auf den Telefonapparat und fragte Lauener, ob er diesen Befund gleich dem Regierungsstatthalter Wüterich mitteilen wolle. «Oder vielleicht ist es besser, wenn ich es tue», beschied ihm Haller.

«Ja gerne, Herr Professor.»

Um sechs Uhr betrat Lauener das Büro von Wüterich und legte ihm den Obduktionsbericht vor.

Nachdem dieser ihn überflogen hatte, klopfte er auf den Tisch. «Christian, wir haben unseren Mordfall. Haller hat es mir schon gesagt. Die Täterschaft?»

«Verdächtigt werden beide, die Borelli und Roder.»

«Die Borelli hat Linda Roder mehrmals Tee verabreicht. Die Fowlersche Lösung könnte dem Tee beigemischt worden sein», spekulierte Wüterich. «Oder wie siehst du das, Christian?»

«Sie kommt als Täterin als Erste in Betracht. Roder könnte sie dazu angestiftet haben. Wie wir gestern schon festgestellt haben, hatte er ein Motiv. Mehrere sogar. Er wollte an das Geld seiner Gattin, der er auch nach der zweiten Heirat überdrüssig war. Ebenso hatte die Borelli ein Motiv. Sie wollte ihre Konkurrenz beseitigen.»

«Ich werde für beide einen Haftbefehl ausstellen. Am Dienstagmorgen wird der erste vollzogen, am Nachmittag der zweite. Christian, du weisst, was zu tun ist. Organisiere das!»

***

Laura Borelli wurde am Dienstag, 22. Dezember, neun Uhr durch Landjäger Wäfler in das Bezirksgefängnis von Langnau eingeliefert. Der Chef der Gefangenenwärter, Landjäger-Wachtmeister Melchior Hadorn, nahm sie dort in Empfang und sperrte sie in eine der beiden für weibliche Personen vorgesehenen Zellen ein.

Gemäss dem Befehl des Regierungsstatthalters von Signau, Dr. iur. Wüterich, wurde Dr. med. Wendolin Roder am 22. Dezember um ein Uhr von Landjäger Wäfler in seinem Domizil verhaftet und in das Bezirksgefängnis verbracht. Ein Doppel des Verhaftungsbefehls wurde Herrn Roder bei der Festnahme übergeben.

Am Mittwoch, 23. Dezember, kurz nach elf Uhr vormittags trafen sich Lauener und Hebeisen im Büro Wüterichs. Hebeisen strahlte übers ganze Gesicht.

«Hast du das grosse Los gezogen?», fragte ihn Lauener.

«Ja, habe ich. Heute Morgen erhielt ich eine Einschreibsendung vom Polizei- und Militärdepartement. Ich wurde vom Regierungsrat zum Amtsverweser befördert.»

Die Miene von Wüterich verfinsterte sich. «Wäre es nach mir gegangen, hättest du diesen Posten nicht bekommen. Aber eben: Der Amtsverweser, mein Stellvertreter, wird von Bern eingesetzt. Warum die Wahl auf dich gefallen ist, hat einen nachvollziehbaren Grund. Meine Partei, die Bauern-, Gewerbe- und Bürgerpartei, die BGB, ist seit 1918, seit Ende des Weltkriegs, die stärkste im Kanton. Doch zu einer bürgerlichen Mehrheit brauchen wir immer noch die Freisinnigen, die seit 1848 die Politik beherrschen. Derzeit haben die Freisinnigen im Kanton immer noch viel zu sagen. Zum Glück wird der Regierungsstatthalter direkt vom Volk gewählt. Deshalb bin ich an diesem Posten und nicht ... Ihr beide wisst ja, wen ich meine.»

Wüterich, der an seinem Schreibtisch sass, faltete die Hände. Das tat er immer, wenn er glaubte, etwas Wichtiges verkündet zu haben oder noch zu verkünden. «Im Mordfall Linda Roder steht viel Arbeit an. Für uns alle drei. Wenn der Prozess darüber beginnt, müssen wir gut vorbereitet sein. Es wird ein Schwurgerichtsprozess sein. Wir dürfen uns nicht mit Hinweisen begnügen, sondern müssen Beweise vorlegen können.»

Hebeisen hob die rechte Hand. «Beweise darf man nicht erzwingen. Wenn sie vorliegen, ist es gut, wenn nicht, genügen allenfalls Indizien für eine Verurteilung. Ob das reicht, bestimmen dann die Geschworenen.»

«Danke, Adrian, für diese altkluge Bemerkung. Doch zweifle ich keinen Moment daran, dass wir Beweise finden werden. Heute habe ich als Erstes Professor Otto Haller angerufen. Ich erkundigte mich bei ihm, ob eine Möglichkeit bestünde, die aufgenommene Menge Gift im Körper des Opfers zu bestimmen. Das sei hinreichend genau durchführbar, erklärte er. Man habe Proben der Niere und der Leber, auch den ganzen Darm-, Magen- und Blaseninhalt auf Arsen untersucht. Er habe die Zahlen vor sich. Mindestens ein halbes Gramm Arsen in Form von Arsenik, chemisch Diarsentrioxid. Die Einnahme von sechzig bis hundertsiebzig Milligramm Arsenik ist für einen Menschen tödlich. Was müssen wir nun als Nächstes tun?» Wüterich sah Lauener, dann Hebeisen an.

«Das liegt doch auf der Hand. Wie müssen herausfinden, welche Menge Arsen sich noch in der Apotheke der Praxis befindet. Wie viel Roder eingekauft hatte. Die Differenz müsste die Anzahl Gramm sein, die in den sterblichen Überresten gefunden wurde», antwortete Hebeisen.

«Superschlau von dir, Adrian. Nun erfahrt ihr, was ich in der Zwischenzeit herausgefunden habe. Ich ging zum Apotheker. Der behauptete, er habe Roder etwa ein halbes Gramm Arsenik geliefert. Gefunden haben wir in Roders Apotheke noch circa ein Gramm in der Fowlerschen Lösung. Im Körper der Frau Dr. Linda Roder war circa ein halbes Gramm. Wenn wir davon ausgehen, dass Frau Dr. Roder noch einiges konsumiert hatte, bevor sie die letale Dosis verabreicht bekam, ist offensichtlich, dass Roder sich noch von anderen Quellen Arsenik oder arsenhaltige Präparate beschafft hatte. Roder soll, wie der Apotheker mir verriet, die Fowlersche Lösung nach einem Rezept, das er ihm zur Verfügung stellte, selbst angefertigt haben. Wie Klara Bähler aussagte, weiss sie von zwei vollen Flaschen zu einem halben Liter in der Praxis. Eine sei mit einem roten Punkt bezeichnet gewesen. Uns fiel eine halb volle, in der sich noch zweihundertfünfzig Milliliter befanden, in die Hände. Wären die andere Lösungen gleich konzentriert ‹gewesen›, hätte eine volle Flasche eins Komma sechs Gramm Arsenik enthalten. Offensichtlich sagte Klara Bähler die Wahrheit, als sie von zwei Flaschen sprach. Die mit dem roten Punkt, die sie gesehen haben will, war nicht mehr im Tresor, der sich nicht in der Apotheke, sondern in Roders Büro befindet. Ich werde deswegen Roder ausquetschen.»

«Dann bringen uns diese Zahlenspielereien nicht weiter. Was sich nun aber abzeichnet: Im Arzthaus lagerte ausreichend Arsenik, um mehrere dutzend Menschen ins Jenseits zu befördern. Nun scheint Roder schlechte Karten zu haben», folgerte Lauener.

Hebeisen hob den Zeigefinger. «Ausser er kann uns erklären, wo das fehlende Arsen geblieben ist. Auch wenn er das nicht vermag, können wir ihm immer noch nicht den Mord anhängen. Es könnte Laura Borelli gewesen sein, die Frau Dr. Roder kurz nacheinander portionsweise einen Viertelliter Fowlersche Lösung in den Tee gemischt hatte. Es könnte auch Klara gewesen sein, sie hat der Frau Doktor ebenfalls Tee ans Bett gebracht. Dann bleibt noch die Möglichkeit, dass die Frau Doktor in suizidaler Absicht zwei Deziliter oder mehr Lösung selbst eingenommen hat.»

Wüterich schüttelte heftig den Kopf. «Beides, die Selbstmordthese und die Beschuldigung Klaras, ist sehr weit hergeholt.»

Hebeisen verwahrte sich gegen diese Unterstellung. «Auch einen Freitod des Opfers müssen wir ins Auge fassen. Wenn wir alle diese Einwände auf den Tisch legen, steuern wir schnurstracks auf einen Indizienprozess zu. Roder ist nicht auf den Kopf gefallen. Hat er es getan, wird er Mittel und Wege finden, die Verteidigung gegen die Anklage auszuspielen. Es kann keine Rede davon sein, dass uns die Beweise einfach so in den Schoss fallen.»

«Hebeisen, vermassle uns nicht diesen Mordprozess», wandte Wüterich ein. «Auch für dich könnte bei einer erfolgreichen Anklage etwas abfallen. Werde ich Oberrichter, übernimmt Lauener meinen Posten und du seinen. Staatsanwalt ist der attraktivere Arbeitsplatz als der eines Amtsverwesers und Gerichtsschreibers, besonders für einen wie dich, einen mit Ambitionen.»

Hebeisen tat sich schwer, Wüterich zu widersprechen. Einige Augenblicke schwieg er, obwohl ihn Wüterich beharrlich fixierte. Dann aber legte er los. «Manchmal hinterfrage ich unser Rechtssystem. Was einem nützt, ist recht? Oder: Was einen schützt, ist recht? Was gilt nun? In den Vorlesungen, die ich an der Juristischen Fakultät der Uni Bern besucht habe, wurde jedenfalls die erste Variante nie in Betracht gezogen. Das, obwohl unsere Strukturen einem genau das nahelegen würden. Die Gewaltenteilung ist ein Grundprinzip der Demokratie. Die Gewalten Exekutive, Legislative und Judikative kontrollieren sich gegenseitig. Können sie das nicht, ist einem Machtmissbrauch Tür und Tor geöffnet. Im Kanton Bern ist es möglich, dass ein Regierungsstatthalter gleichzeitig Gerichtspräsident sein kann. Der Regierungsstatthalter ist der höchste Vertreter der Exekutive im Amtsbezirk, der Gerichtspräsident der höchste der Judikative.»

Wüterich schlug mit beiden Fäusten mehrmals auf den Tisch. «Nicht zu fassen, Hebeisen. Unsere Verfassung erlaubt diese Ämterkumulation.» Er öffnete eine Schublade seines grossen Schreibtischs. Hob ein gedrucktes Heft in die Höhe. «Verdammt noch mal, weisst du denn das nicht? Ich lese es dir vor:

Durch Verfassungsgesetz vom 4. Dezember 1921 erhielt der Artikel 45 folgende Fassung:
«Artikel 45. Für jeden Amtsbezirk wird ordentlicherweise ein Regierungsstatthalter eingesetzt.
Der Grosse Rat kann durch Dekret für einzelne Amtsbezirke die Amtsverrichtungen des Regierungsstatthalters dem Gerichtspräsidenten übertragen.»
«Artikel 46. Der Regierungsstatthalter wird von den stimmberechtigten Bürgern des Amtsbezirkes gewählt.»
«Artikel 47. Er besorgt unter der Leitung des Regierungsrates die Geschäfte der Vollziehung und Verwaltung sowie die Polizei in seinem Amtsbezirk.»

«Wissen tue ich das schon. Das bedeutet jedoch, dass die Verfassung des Kantons Bern die Gewaltentrennung eindeutig verletzt», gab Hebeisen zu bedenken.

«Dann sammle doch Unterschriften für eine Initiative betreffend Änderung unserer Staatsverfassung.» Wieder hob Wüterich das Büchlein mit dem Verfassungstext in die Höhe und las daraus:

«Artikel 93. Die Verfassung kann ganz oder teilweise revidiert werden.»
«Artikel 94. Der Antrag auf Revision der Verfassung in ihrer Gesamtheit kann gestellt werden:
1. von dem Grossen Rat
2. von fünfzehntausend stimmberechtigten Bürgern.»

«Artikel 95. Sobald ein solcher Antrag gestellt wird, soll der Grosse Rat dem Volke die Frage zum Entscheide vorlegen:
1. ob eine Revision der Verfassung stattfinden solle, und wenn ja,
2. ob die Revision durch den Grossen Rat oder durch einen Verfassungsrat vorzunehmen sei ...»

Hebeisen liess nicht locker. «Ich werde mir überlegen, ob ich einem Mitglied des Grossen Rates – ich kenne mehrere – einen Vorstoss zu einer Verfassungsänderung schmackhaft machen kann.»

Wüterich lachte höhnisch. «Damit beisst du auf Granit.»

Hebeisen sah auf die Uhr. «Ich habe noch einen Termin wahrzunehmen und entschuldige mich für den weiteren Verlauf dieser Besprechung», wobei er die Silben des letzten Worts absichtlich in die Länge zog.

Als Hebeisen den Raum verlassen hatte, konnte sich Wüterich nicht mehr zurückhalten. «Diese grauenhafte Nervensäge. Nennt sich Rechtsgelehrter, dabei fehlt ihm das Verständnis für die Juristerei völlig. Ein Jurist muss die Gesetze, die Verfassung kennen, auslegen und anwenden können. Ob die Gesetze moralischen, rechtsstaatlichen Grundsätzen oder Glaubensbekenntnissen oder Ideologien Rechnung tragen, ist nicht seine Sache, sondern derer, die sie schaffen, der Parlamentarier, der Politiker, der Grossräte. Sie vertreten den Volkswillen, sie werden auch von den Männern unseres Kantons gewählt.»

«Doch um diesen Hebeisen kommst du nicht herum. Er gehört den Freisinnigen an, und die sind bürgerlich so wie wir von der BGB, wenn auch einige ziemlich linker sind, es sind unsere Partner, sie stehen uns näher als die Sozialdemokraten.»

Am nächsten Morgen früh hatte der nun als Untersuchungsrichter amtende Wüterich eine erste Zeugin vernommen. Nun konnte er Lauener das Protokoll der Vernehmung vorlegen, das Anna, die Gerichtssekretärin, inzwischen aufgrund seiner

Notizen fehlerfrei und sprachlich abgerundet ins Reine getippt hatte.

Amtshaus Langnau, den 24. Dezember 1925
morgens, halb sieben
Es wird vorgeführt:

ALTHAUS HANNA,

des Johanns und der Lina Binz, von Rüderswil, geboren 8. Februar 1907, Dienstmädchen bei Dr. Roder, Arzt in Langnau.
Die Worte der Zeugin A. H.
Ich bin seit dem 21. November 1925 in Stelle bei Dr. Roder, und zwar als Aushilfe respektiv als Stütze der Hausfrau. Seitdem ich im Hause Dr. Roder war, musste ich meist alles kochen.
Samstag, den 12. Dezember 1925, ass Frau Roder selig zum Nachtessen ein Schweinsohr. Sie klagte am Sonntagmorgen und dann am Sonntagnachmittag über Unwohlsein und Kopfweh. Ich ass in der Küche und habe nichts davon erhalten. Das Schweinefleisch hatte ich im gekochten Zustand bei der Metzgerei Muri nahe beim Bahnhof gekauft. Nicht nur Frau Dr. Roder, sondern auch ihr Mann, Laura, Klara und das Kind Rosemarie assen von diesem Gnagi, ohne danach über Kopfweh oder Übelkeit zu klagen.
Kurz vor Mitternacht soll Dr. Roder vom Bahnhofsbuffet ein gekochtes Hähnchen gebracht haben. Herr und Frau Dr. Roder sowie Fräulein Borelli sollen es verzehrt haben, ohne nachher von Unwohlsein befallen worden zu sein. Als dieses Hähnchen geholt und verzehrt wurde, war ich im Bett.
Am Sonntagmorgen war Frau Dr. Roder aufgestanden, sie hatte jedoch tagsüber mehrmals gejammert, es sei ihr übel. Von Bauch- oder Magenweh sagte sie nichts, allerdings klagte sie über Kopfschmerzen.

Am Montagmittag kam Dr. Roder später als gewöhnlich von der Praxis zurück. Er hatte wegen eines Unfalls auf der Strasse nach Trubschachen die Sprechstunde für längere Zeit aussetzen müssen.
Wegen dieser Unpünktlichkeit machte die Frau Doktor ihrem Mann Vorwürfe, auf diese hat er dann etwas barsch reagiert.
Am Montagnachmittag, den 14. Dezember, um circa vier Uhr, ging Frau Dr. Roder ins Bett. Die Kopfschmerzen wären stärker geworden, dazugekommen seien nun auch Bauch- und Magenschmerzen. Von da an blieb sie die ganze Woche im Bett, mit Ausnahme mittwochs oder donnerstagnachmittags, wo sie mit Fräulein Borelli einen kurzen Spaziergang machte. Ich habe ihr mehrmals heissen Schwarztee, bisweilen auch Minzentee, die ich zubereitete, ans Bett gebracht. Am frühen Abend war es jeweils Dr. Roder, der ihr eine Tasse Kaffee servierte. Gegessen hatte sie nichts.
Am Freitagnachmittag, als ich ihr Tee brachte, sagte sie, sie sehe nichts mehr. Da sie die Augen offen hatte, konnte ich mir ihre plötzliche Blindheit nicht erklären.
Seit dem Tode der Frau Dr. Roder fiel mir an Fräulein Borelli ein eigenartiges Benehmen auf. Sie liess mich nicht aus den Augen, ich musste sie immer begleiten, wenn sie in den Keller oder zur Heizung hinunterging oder wenn sie für einen Einkauf im Dorf das Haus verliess.
Am Samstag, den 19. Dezember, nachmittags, fuhr Dr. Roder mit Fräulein Schneeberger, der Schwester seiner Frau, und deren Bruder nach Bern. Er kam erst am späten Abend zurück.
Während der Abwesenheit von Dr. Roder durchsuchte Fräulein Borelli das Buffet im Esszimmer. Sie fand darin eine Menge Briefe, die sie las, danach mit den Couverts in den Papierkorb warf, diesen zur Zentralheizung hinunterbrachte und den Inhalt dort ins Feuer warf. Ich musste auch mit ihr gehen. Laura Borelli hat mir dazu bemerkt, es seien «dumme Sachen» drin.

Die Borelli hat schon immer schlecht über die Frau Doktor geredet. So sagte sie, dass Dr. Roder diese Frau nur wieder geheiratet habe, weil er wegen der hohen Abfindung und der Alimente, die er nach der Scheidung an sie zahlen musste, in finanzielle Schieflage geraten sei. Die Frau Doktor sei eine boshafte Person, viel hässlicher als sie, Laura, habe ergraute Haare und ein künstliches Gebiss.
Die Borelli versuchte, mir glauben zu machen, Dr. Roder habe seine frühere Frau auch wegen des Kindes wieder geheiratet. Sie habe von Zürich aus jeden Sonntag telefoniert, das Kind sei krank, damit er nach Zürich kommen müsse. Doch er hat es eindeutig wegen des Geldes gemacht, das Kind interessierte ihn kaum.
Ich bin in Wynigen aufgewachsen, nach meinem Schulaustritt ging ich ein Jahr nach Yverdon und nahm dort eine Stelle in einer Pension an. Nach meinem Welschland-Aufenthalt kehrte ich zu meinen Eltern zurück. Vom November 1923 bis April 1924 erlernte ich im Hotel Bahnhof in Trubschachen das Kochen. Seither lebte ich daheim, bis ich im November dieses Jahres die Stelle bei Herrn und Frau Dr. Roder antrat.
Diese Aussagen werden bestätigt durch
den Untersuchungsrichter:
Dr. iur. Friederich Wüterich

Wüterich bemerkte zu Lauener, die Aussage der Zeugin Althaus, die er ja vernommen habe, rechtfertige im Nachhinein seine angeordnete Verhaftung des Wendolin Roder und seiner Mätresse Borelli.

Nach der Zehn-Uhr-Pause schlurfte Wüterich zur Postablage. Dort lag ein Bericht von Landjäger Wäfler über eine Zeugenaussage von einem Hiltbrunner Ernst, Sohn der Wirtin des Bahnhofbuffets in Langnau. Hiltbrunner habe Ende Oktober oder Anfang November Wäfler Folgendes aus eigenem Antrieb anvertraut. Es ging um ein vertrauliches Gespräch zwischen Hiltbrunner und Dr. Roder. Fräulein Borelli hätte ihm,

Roder, erklärt, wenn er seine gewesene Frau wieder heirate, so erschiesse sie dieselbe samt ihrem Kind.

«Das zeigt doch den Charakter der Borelli auf, deshalb fühle ich mich verpflichtet, Herr Regierungsstatthalter, Ihnen diese Aussage zu melden», hielt darin Wäfler fest.

Wüterich beauftragte Lauener, im Hause Dr. Roder eine Hausdurchsuchung zu veranlassen. Dabei sei nach Giftstoffen, Briefen, weiteren Tagebüchern von Frau Dr. Roder und verdächtigen Dokumenten zu fahnden.

Die Durchsuchung sei am 24. Dezember spätnachmittags durch Landjäger Wäfler zu vollziehen.

16. Erste Verhöre

Der Untersuchungsgefangene Wendolin Roder wurde am Nachmittag des 24. Dezember von der Zelle Nummer 1 ins Verhörzimmer des Gefängnisses überstellt, wo ihn der als Untersuchungsrichter amtende Friederich Wüterich zur Vernehmung erwartete, daneben sass der Gerichtsschreiber Hebeisen.

«Untersuchungshäftling Roder, Sie werden des Mordes an Ihrer Gattin angeklagt. Fürsprecher Hebeisen wird Sie die Personalien abfragen. Falsche Angaben werden mit verschärfter Haft sanktioniert.»

Hebeisen fragte nach Namen, Geburtsdatum, Wohnort, Heimatort, nächsten Angehörigen, die bei Ableben oder gesundheitlichen Problemen informiert werden sollten, nach Beruf, Zivilstand und allfälligen ansteckenden Krankheiten.

Hebeisen tippte die Antworten mit einer Schreibmaschine, was sich anhörte wie eine grosskalibrige Schnellfeuerwaffe.

Wüterich begann mit dem Verhör.

«Untersuchungshäftling Roder, wir gehen davon aus, dass Sie Ihre Frau umgebracht haben. Was möchten Sie dazu sagen?»

«Ich habe meine Frau nicht umgebracht.»

«Wir glauben, Beweise zu haben, dass Sie, Roder, im Einvernehmen mit Fräulein Laura Borelli diese Tat geplant und ausgeführt haben.»

«Diese Beweise möchte ich zuerst sehen, bevor ich mit Ihnen weiter diskutiere.»

«Bitte respektieren Sie die Würde des Richters, der Sie verhört.»

«Du bringst mich zum Lachen, Friederich.»

Wüterich errötete, Hebeisen lachte still in sich hinein. Es verging eine Weile, bis Wüterich die Sprache wiederfand. «Eine solche Unverschämtheit hat in diesem Raum wohl noch nie ein Untersuchungsrichter über sich ergehen lassen müssen. Diese

Frechheit trägt Ihnen vier Tage verschärfte Haft ein. Ich fordere Sie, Gefangener Roder, auf, mit uns zu kooperieren –»

Roder fiel Wüterich ins Wort. «Erst wenn bei den Verhören mein Advokat anwesend ist.»

«Ein Advokat ist bei der Voruntersuchung nicht vorgesehen.»

«Das ist für mich ein Grund, Ihre Fragen nicht zu beantworten.»

«Wie Sie wollen.» Wüterich drückte auf einen Knopf. Es folgten einige Minuten Stille. Dann betraten zwei Männer in einer Uniform ohne Abzeichen den Raum. Offensichtlich Gefangenenwärter. Sie legten Roder in Hand- und Fussfesseln. Danach führten sie ihn in eine Zelle ab.

«Willkommen in der Hölle», sagte der ältere der beiden. «Zieh dich aus.»

«Warum denn, es ist ja noch kaum Abend?»

«Du bekommst jetzt Gefängnisbekleidung.» Der andere warf ihm einen Jutesack zu und sagte: «Da drin sind deine neuen Klamotten. Sehen wie ein Pyjama aus, du weisst ja.»

Roder tat wie ihm geheissen. Als er in die bereits abgetragenen Schuhe schlüpfte, fragte er: «Warum haben die keine Bändel?»

Beide Aufseher lachten. «Daran merkt man, dass du das erste Mal hier bist. Schuhbändel sind in Zellen verboten. Man könnte sich daran aufknüpfen. Gerade bei Lebenslänglichen wäre es nicht gut, wenn sie sich so vor ihrer Strafe drückten», klärte der Ältere Roder auf. «Auch deine Uhr musst du abgeben. Bei verschärften Haftbedingungen darf der Gefangene nicht wissen, was für Zeit es ist … Um sechs Uhr bringen wir das Nachtessen. Bei dir zwei Stück Brot, ein Krug voll Wasser und etwas Sauerkraut. Das steht immer auf der Menükarte bei scharfem Arrest.»

«Nun kommt die dritte Nacht, die ich in diesem Gefängnis verbringe. Im Bett lag vorgestern ein Pyjama, und die Zivikleider durfte ich anbehalten. Und plötzlich soll das geändert werden.»

Die beiden Wärter sahen sich fragend an. Schliesslich rang

sich der Ältere zu einer Erklärung durch. «Was weiss ich? Wir befolgen Befehle, ohne sie zu hinterfragen. Ich gehe davon aus, dass du offiziell erst nach dem ersten Verhör Untersuchungshäftling bist. Nun kommst du sogar in die Hölle.»

Der Jüngere musterte Roder grinsend. «Das haben wir noch nie erlebt, dass es ein U-Häftling bereits am dritten Tag zustande bringt, in die Hölle einquartiert zu werden.»

Roder gab ein verhaltenes, bitteres Lachen von sich. «Nun weiss ich, was bei Ihnen ‹Hölle› bedeutet.» Er hielt einige Momente inne, um dann beide nacheinander anzusehen und zu fragen: «Ist es in diesen Gefilden die Regel, dass Häftlinge geduzt werden?»

«Eher ja», sagte der Ältere. «Wir sind im Emmental, das ist hier üblich. Es kann sein, dass wir mal eine Ausnahme machen, bei Deutschen oder anderem Gesindel etwa.» Dann schüttelte er ungläubig den Kopf. «Wenn du darauf bestehst, werden wir dich siezen, aber ich würde das an deiner Stelle nicht tun. Knastbrüder, die wir siezen, mögen wir überhaupt nicht und verhalten uns dementsprechend.»

«Dann duzen Sie mich. Ich heisse Wendolin.»

«Wendolin? Noch nie gehört. Komischer Name. Aber dafür kannst du ja nichts, deine Alten haben dich so getauft. Das waren sicher vornehme Leute. Sonst wärest du nicht Arzt geworden», meinte der Jüngere und schnäuzte sich in die Hände, streifte sie danach an den Hosen ab.

Roder gab sich Mühe, sein Gesicht nicht allzu sehr zu verziehen.

Der Ältere warf dem Jüngeren einen schmunzelnden Blick zu, dann sah er Roder freundlich an. «Mach dir nichts aus den Manieren meines Kollegen. Seine Eltern sind sehr einfache Menschen. Du darfst uns auch duzen. Du bist, nein, warst etwas Besseres und bis vor Kurzem weit über uns gestanden. Aber Fallen geht immer schneller als Emporkommen. Nach einigen Wochen, wenn du deinen Dünkel abgelegt hast, werden wir uns gut verstehen. Dann begegnen wir uns sozusagen auf Augenhöhe. Wir sind keine Unmenschen.»

Roder lächelte. Es war das erste Mal seit seiner Verhaftung. «Wie heisst ihr denn, ihr zwei?»

«Ich bin der Gusti, und der Alte heisst Gody», sagte der Jüngere.

Roder streckte zuerst dem Älteren, dann dem Jüngeren die Hand entgegen. Beide nahmen sie an.

«Schon mal ein guter Anfang», sagte Gody. «Solltest du frühzeitig hier rauskommen, wenn du Glück hast, gar unbescholten, vergiss uns bitte nicht.»

«Wenn ihr mich anständig behandelt, was ich nun zu hoffen wage, werde ich immer euer Freund bleiben.»

Gody schlug Roder mit beiden Händen kräftig auf die Schultern. «Da kannst du Gift drauf nehmen. Wir sind einfache Zeitgenossen, werden von denen da oben» – er zeigte mit dem Finger zur Decke – «immer wieder getreten. Was du noch nicht weisst: Der Regierungsstatthalter, Gerichtspräsident und Untersuchungsrichter – er versieht alle drei Ämter – ist ein übler Kerl, ein Säufer, verdrischt seine Frau und tat es bei seinen Jungen und Mädchen, als sie Kinder waren. Man weiss das in ganz Langnau und weit darüber hinaus. Aber solche Leute können sich alles leisten. Sie bringen kleine Gauner, aber noch mehr Unschuldige hinter Schloss und Riegel, erwarten von uns, dass wir diese quälen. Dich scheint er besonders aufs Korn genommen zu haben. Kaum verwunderlich, ist es doch ausserordentlich, wenn einer wie du hier landet …»

Gusti unterbrach Gody, flüsterte ihm etwas ins Ohr. Dieser begann zu lachen und sah Roder verschmitzt an. «Ach ja, der Gusti ist noch nicht lange hier. Er hat seinen Schiss vor diesen Halunken noch nicht ablegen können. Hat mich gerade daran erinnert, dass es untersagt ist, mit den Gefangenen private Dinge zu erörtern. Stimmt schon. Wir dürfen grüssen, Anordnungen, sprich: Befehle weiterleiten, mit dem Gummiknüppel dreinschlagen, sonst nichts. Wer sich von uns daran hält, geht früher oder später kaputt. Ich halte mich schon seit Jahrzehnten nicht mehr daran.»

Fast verlegen sah Gody zu Boden. «Kumpel, komm.» Er

nahm Roder am Arm und führte ihn eine Treppe hinunter. Ein moderiger Geruch schlug ihnen entgegen. Gody zog einen schweren Schlüssel aus dem Hosensack, ging auf eine gepanzerte Tür zu und öffnete sie. Darin sah es furchterregend aus. Es war eine in den Felsen gehauene Höhle mit nassen Wänden, mit einer Grundfläche von drei auf drei Meter. Eine Glühbirne baumelte an der Decke, tauchte den Raum in schummriges Licht. In der Mitte ein Holztisch, darauf lag eine zerfledderte Bibel, ein Hocker, eine Pritsche mit Stroh. An der der Tür gegenüberliegenden Wand ein Lavabo aus Blech, daneben ein Plumpsklo, dessen ammoniakalischer Gestank einem in Nase und Augen brannte. «Nun müssen wir dich in dieser kalten, übel riechenden und finsteren Zelle einsperren und allein lassen. Der erste Tag ist der härteste, wenn man noch nie da war. Im Alten Bern, als die gnädigen Herren das Zepter schwangen, war das hier eine Folterkammer. Betrete ich dieses Loch, ist mir, als stäche mir noch der Geruch des vergossenen Bluts der Malträtierten in die Nase, als hörte ich noch ihre Schreie.» Gody warf Roder einen bedauernden Blick zu, dann schlug er die schwere Tür zu und drehte den Schlüssel am grossen, alten Schloss. Es quietschte und knarrte.

Roder schluchzte. Dann spürte er die Kälte. Er begann zu zittern. «Diese feuchte, faulige Luft, wie soll ich das durchstehen?», schrie er verzweifelt in die Höhle.

Kurz später öffnete sich die Zellentür. Im Rahmen stand Gody mit zwei Wolldecken. «Wickle sie um deinen Körper, sonst erfrierst du mir noch. Eigentlich dürfte ich das gar nicht. Das Frieren gehört nach Wüterich zur Strafe. Wüterich, dieser gottverdammte Sadist. Zum Glück kommt der Mistkerl nie hier hinunter … Ich muss wieder.»

Die Tür fiel knallend ins Schloss. Roder war wieder allein, mutterseelenallein. Er schlang die Wolldecken um sich und legte sich auf die Pritsche, starrte an die Decke. Durch ein kleines Loch oben an der Decke drang spärlich Tageslicht in den Haftraum.

Bis es sechs Uhr war, dauerte es eine Ewigkeit. Es klopfte.

Eine kleine quadratische Öffnung in der grossen Tür, etwa fünfzig mal fünfzig Zentimeter gross, ging auf. Roder sah das Gesicht einer verhärmten alten Frau.

«Ich schiebe dir durchs Guckloch das Nachtessen», stöhnte sie genervt. Die Tasse, eine blecherne, war leer.

«Was gibt es denn zu trinken?», erkundigte sich Roder.

«Wasser aus dem Hahn beim Lavabo», krächzte sie kurz angebunden und schlug die kleine Öffnung zu.

Roder war perplex. Auf dem Metallteller waren eine Suppenkelle voll Sauerkraut und zwei Stück Ruchbrot. Er brummte: «Brot und Wasser, wie es im Büchlein steht.»

Kaum fünf Minuten waren verstrichen, als sich das Guckloch abermals öffnete. Roder sah das schmunzelnde Gesicht von Gody. Er streckte die Hand durch, öffnete sie. Darin war ein Cervelat.

«Liebenswürdig», bedankte sich Roder und nahm die Wurst.

Behutsam ass er die nun etwas aufgewertete Mahlzeit. Dass Sauerkraut darunter war, beruhigte Roder. Als Arzt war ihm die Bedeutung dieses Lebensmittels als Vitamin-C-Lieferant bewusst, für diese Jahreszeit besonders wertvoll. Allerdings war die Menge an Kalorien nicht ausreichend. Müsste er unter diesen Umständen mehrere Wochen in dieser Höhle ausharren, würde er abmagern. In seinem Fall könnte das zu gesundheitlichen Schwierigkeiten führen, denn Roder hatte kein Gramm Fett zu viel.

Der Teller war noch nicht leer, da erschien das Gesicht der Alten wieder, und sie forderte das Tablett zurück.

«Tut mir leid, ich bin noch nicht fertig.»

«Reiche es mir trotzdem.»

«Nein.»

«Habe ich richtig gehört? Gib das Tablett unverzüglich zurück.»

«Erst wenn ich fertig gegessen habe.»

«Ich werde das bei den Oberen melden.»

«Tun Sie, was Sie nicht lassen können.»

Die Frau schlug wütend das Guckloch zu. Wenige Minuten

später wurde die Tür geöffnet. Davor stand ein Landjäger. Er herrschte Roder an: «Wir sind hier nicht in einem Hotel. Nimm deine Mahlzeit gefälligst zügig ein. Übrigens: Du hast allen Bediensteten ohne Widerrede zu gehorchen.»

«Landjäger, auch ein Häftling hat Rechte, besonders wenn er noch nicht verurteilt ist.»

«Was meint er eigentlich, wer er ist, der Roder? Ein Gefangener. Den Herr Doktor kann er sich abschminken. Gefangene tragen keine Titel.»

«Seit ich hier bin, habe ich nicht darauf bestanden, mit meinem Titel angeredet zu werden. Aber ich bestehe darauf, anständig behandelt zu werden.»

Der Landjäger hob den Drohfinger. «Nimm dich in Acht, Bürschchen. Für Renitente haben wir kein Verständnis. Wir kennen eine ganze Menge von Methoden, dich zur Vernunft zu bringen.»

Mit den Worten «Da nehmen Sie es» hielt Roder dem Polizisten das Tablett hin.

«Auch das noch? Du hast keine Ahnung, wie es hier läuft. Hast du schon einen Polizeimann gesehen, der einem Knastbruder das Fressbrett wegträgt? Bei uns herrscht das Prinzip der Arbeitsteilung.» Der Polizist machte auf dem Absatz kehrt und ging.

Das Gesicht der Alten erschien erneut im Guckloch. Sie warf Roder abschätzige und schadenfreudige Blicke zu. «Der Herr Doktor ist von nun an nur eine Nummer wie alle anderen hier.» Sie streckte beide Arme aus. «Gib her.»

Roder legte sich abermals auf die Pritsche und sann mit halb geschlossenen Augen nach. Etwas fehlte ihm. Eine Zeitung, Bücher. Das einzig Lesbare war eine zerfledderte Bibel. Er nahm sie zur Hand, blätterte darin und stellte fest, dass viele Seiten fehlten. Doch das war nicht das Problem. Die Schrift war für das schwache Licht zu klein. Er legte die Bibel wieder weg.

Hätte er nur einen Bleistift und einen Papierblock. Er könnte Notizen machen, Texte schreiben. Vielleicht wäre Gody in der

Lage, ihm diesbezüglich auszuhelfen. Er nahm sich vor, ihn beim nächsten Besuch danach zu fragen.

Roder stellte sich auf die Nacht ein. Sie würde hier unten schlimmer sein als die ersten beiden. Er musste sich etwas einfallen lassen, um nicht wahnsinnig zu werden. Dafür sah er nur eine Möglichkeit. Seine Gedanken im Gehirn «aufschreiben». Auf diese Weise hatten Schriftsteller, von denen immer wieder welche in Gefangenschaft gerieten, ganze Bücher verfasst, hatte er jedenfalls irgendwo gelesen. Es funktionierte. Er ersann sich einen Dialog mit dem Untersuchungsrichter. Es ging darum, sich auf eine Strategie festzulegen. Der Vorwurf, er habe seiner Frau das giftige Arsenik verabreicht, war reine Spekulation, ein Beweis existierte nicht mal in Ansätzen. Vielmehr galt es zu fragen: «Wie um alles in der Welt kommen Sie auf die Idee, ich hätte meine Frau ermordet? Können Sie das begründen?» Der Angeklagte brauchte seine Unschuld nicht zu beweisen. Anders die Ermittlungsbehörden. Allerdings, dessen war sich Roder wohl bewusst, war der Untersuchungsrichter oder der Richter frei, wie er das Verhör führt, welche Fragen er stellt. Dennoch sah Roder durchaus die Möglichkeit, in seine Antworten Fragen einzuflechten, die der Verhörende allerdings nicht zu beantworten brauchte. Doch alles wurde protokolliert. Vorgesehen war, dass der Angeklagte dieses Protokoll unterschrieb. Gezwungen, dies zu tun, durfte er indes nicht werden. Es hing also vieles davon ab, wie geschickt Roder argumentierte, das war ihm klar. Dass die Ermittler unfair vorgingen, musste Roder mit einkalkulieren. Doch er hatte das Recht, dagegen Einspruch zu erheben. Dabei ging es nicht bloss um den Urteilsspruch nach dem Prozess, sondern mindestens so sehr darum, dass er kassiert werden konnte. Je mehr Widersprüche sich das Gericht leistete, desto mehr stiegen die Chancen einer Berufung.

All das legte sich Roder in dieser Nacht zurecht. Als er am Morgen um halb sechs geweckt wurde, war er zuversichtlich. Er hatte noch eine Viertelstunde Zeit, sich zu rasieren und zu waschen. Mit kaltem Wasser, dessen Temperatur zu dieser Jahreszeit so um die fünf Grad betrug.

Beim Rasieren verletzte er sich an mehreren Stellen. Der Spiegel beim Lavabo war matt, das Licht schlecht und die Klinge sehr scharf.

Es war wieder die Alte, die ihm das Zmorge brachte. Kaum hatte sie das Guckloch geöffnet, brach sie in ein keuchendes Gelächter aus. «Ihr Gesicht, um Himmels willen, wie sieht das aus? Wie nach einer Messerstecherei.»

«Holen Sie mir bitte Sparablanc, damit ich meine Blutungen stoppen kann.»

«Sicher nicht. Das gehört nicht zu meinen Aufgaben. Nehmen Sie mir das Tablett ab. Und fressen Sie diesmal etwas schneller. Ich mag nicht mehr ein drittes Mal kommen.»

An diesem Morgen erhielt Roder kalten Kaffee, kalte, gar nicht frische Milch in einer kleinen Kanne und zwei Stück Brot.

Als die Schritte der Alten verklungen waren, hörte Roder andere, schwere. Waren es die von Gody? Das Guckloch öffnete sich, und Godys grinsendes Gesicht erschien. Er streckte die Hand aus, darauf lag ein eingeklemmtes Schinkenbrot.

Roder dachte nach – über Gody. Wie war es möglich, dass diese gute Seele einen solchen Job ausübte? Nicht alle Gefangenen waren Verbrecher, aber wohl die meisten hatten irgendetwas angestellt, ein Delikt begangen.

Mit Hilfe seines neuen Freundes Gody überstand Roder die verschärfte Haft. Erst danach vernahm ihn Wüterich. Es war Samstag, der 26. Dezember.

«Roder, Sie sehen bleich aus. Nicht verwunderlich, nach zweieinhalb Tagen in diesem Loch. Immerhin, fürs Erste haben Sie es geschafft. Nicht selbstverständlich. Ich entlasse Sie frühzeitig aus der verschärften Haft. Einige drehen danach durch. Dann kommen sie in die Knastabteilung der Irrenanstalt Münsingen, was natürlich die Untersuchungshaft verlängert. Wäre keine Katastrophe gewesen. Wir haben Zeit, viel Zeit, Roder, so lange, bis Sie grau werden.»

«Jetzt nehmen Sie Ihren Mund doch ein wenig voll, Herr Gerichtspräsident und Untersuchungsrichter.»

Wüterich schwieg einige Augenblicke, dann sagte er in barschem Befehlston: «Stehen Sie auf, Roder. Kommen Sie auf meine Seite des Tischs.»

Roder tat wie ihm geheissen.

Nun erhob sich Wüterich, presste Roder seinen Zeigefinger auf den Brustkasten. «Sie sind ein halsstarriger Zeitgenosse. Mir scheint, Sie haben immer noch nichts gelernt. Wollen Sie mit uns zusammenarbeiten, oder möchten Sie weitere Tage, zwei Wochen vielleicht, in die Hölle?»

«Ich möchte einen Fürsprecher.»

«Einen Rechtsverdreher?»

«Wie Sie den bezeichnen, ist Ihre Sache. Sie sind ja selbst einer. Doch eines nehmen Sie bitte zur Kenntnis, Sie kriegen aus mir kein Wort heraus, bevor ich nicht einen Fürsprecher zur Seite habe.»

«Wie wollen Sie den bezahlen?»

«Das lassen Sie meine Sorge sein.»

Wüterich setzte ein hämisches Lachen auf. «Wir könnten Ihnen dabei behilflich sein. Der Staat stellt allen, die es wünschen, einen Pflichtverteidiger zur Seite. Normalerweise nicht von Anfang an, nicht während der Untersuchungshaft. Aber bei Ihnen könnten wir eine Ausnahme machen.» Wüterich machte eine Geste, die so zu deuten war, als würde er Roder umarmen. «Wir sind sehr grosszügig. Nehmen Sie das dankbar zur Kenntnis, Herr Doktor.»

Roder wog behutsam den Kopf hin und her. «Den Pflichtverteidiger wählt das Gericht aus, nicht der Angeklagte.»

«Jeder Verteidiger hat die Interessen der Beschuldigten zu vertreten.»

«Aber nicht jeder ist dazu in der Lage. Ganz bestimmt nicht in meinem Fall. Nein, Herr Richter, ich lehne dieses Angebot ab. Meine finanziellen Ressourcen reichen sehr wohl aus, um für einen Anwalt aus dem eigenen Sack aufzukommen.»

Wüterich stierte Roder einige Momente an. Sein Blick wurde immer böser. «Wie Sie wollen. Die ersten Vernehmungen finden stets ohne Advokat statt. Und nochmals: Ein Advokat ist nach bernischem Recht erst nach Ende der Voruntersuchung notwendig. Ich bin nicht bereit, von dieser Praxis abzuweichen.»

Roder überlegte, dann sagte er: «Ich werde mich darauf einstellen.»

Wüterichs Miene verdüsterte sich noch mehr. «Meinetwegen. Man kann auch reden und dabei nichts sagen. Diese Tricks sind mir bestens vertraut. Sie ändern aber nichts, ausser dass sie die Untersuchungshaft in die Länge ziehen. Am Urteil wird es nichts ändern. Ich sage Ihnen voraus, Sie werden den Gerichtssaal als Zuchthäusler verlassen. Lebenslänglich oder zumindest zwanzig Jahre. Das Urteil fälle nicht ich, nicht der Richter, sondern die Geschworenen.»

«Aber der Untersuchungsrichter schlägt es vor, der Richter kann es geringfügig abändern und den Geschworenen vorlegen.»

Wüterich setzte seine süffisante Miene auf. «Tja, so ist es. Der Richter werde nicht ich, sondern ein Oberrichter sein, aber er wird sich auf meine Akten stützen, die ich und meine Mitarbeiter mit riesigem Aufwand angelegt haben. Damit müssen Sie sich abfinden. Das ist schon lange so und wird künftig so bleiben.» Er machte eine Pause, sah Roder gönnerhaft an. «Arbeiten Sie mit uns zusammen. Wie ich die Sache beurteile, müssen Sie mit mindestens fünfzehn Jahren Zuchthaus rechnen. Bei guter Führung wären Sie in zehn Jahren wieder auf freiem Fuss. Unter Auflagen entlassen, sagt man. Nach Ablauf der ausgesprochenen Strafe», Wüterich rechnete nach, «das wäre 1940, könnten Sie wieder als Arzt tätig sein.»

«Auch wenn im Urteil ein lebenslanges Berufsverbot ausgesprochen würde?»

Wüterich lachte laut. «Das liegt an uns. Ein Berufsverbot auf Zeit ist ebenfalls möglich.»

«Wie stellen Sie sich denn das vor? Um wieder praktizieren zu können, müsste ich mich beständig weiterbilden.»

«Auch diesbezüglich könnten wir Hand bieten. Der Direktor des Thorbergs würde sich die Finger lecken, einen Häftling wie Sie zu beherbergen. Dort könnten Sie in der Tat als Arzt wirken. Man würde sich auch um Ihre Weiterbildung kümmern.» Wieder hielt Wüterich einige Momente inne. «Alles, was Sie tun müssen, ist zugeben, dass Sie Ihre Frau umgebracht haben.»

«Ich habe es nicht getan.»

«‹Habe *es nicht* getan›? Nicht die Frage, die wir uns stellen. Kommen wir zum Schluss, sage ich, Sie haben es getan, dann haben Sie es getan. Und es sieht ganz danach aus, dass wir zu diesem Schluss kommen. Stellen Sie sich bitte darauf ein.»

Roder erblasste. «Verzeihen Sie, Herr Richter. Mich erfasst ein unbändiger Zorn. Ich kann Ihnen jetzt schon sagen, auf einen Kuhhandel mit Ihnen lasse ich mich nicht ein.»

«Wie Sie wollen, Roder. Ich baue Ihnen eine goldene Brücke. Acht Jahre im Knast mit Vorzugsbehandlung. Dann drei, vier Jahre Bewährung. Ein grosszügiger Kredit für die neue Praxis in einem anderen Kanton, wo Sie niemand kennt. Auch das liesse sich machen. Sie müssen nur gestehen und bereuen. Allemal besser als zwanzig Jahre im Knast.»

Wüterich schlug mit den Knöcheln auf die Tischplatte. «Überlegen Sie es sich noch einmal. Eine Woche Zeit gebe ich Ihnen dafür. Dann lasse ich Sie nochmals bei mir antraben. Das Angebot steht bis zu diesem Termin.» Der Untersuchungsrichter sah zum Wärter hinüber, der stehend bei der Tür wartete. «Abführen», sagte er barsch.

Da es Mittagszeit war, führte ein Wärter Roder in den Essraum. Es sassen vier Häftlinge an einem Holztisch. Roder setzte sich auf den einzigen noch freien Stuhl. Er setzte sich neben einen, ohne ihn genau anzusehen.

«Sie kenne ich doch, das ist ja der Herr Doktor …», sagte dieser.

Die anderen sahen wie gebannt zu Roder. Der betrachtete seinen Nachbarn und bemerkte dann: «Ich Sie auch. Hans Zweiacker. Ich habe vermutet, dass Sie hier sind. Ihnen hat man übel mitgespielt.»

Hans Zweiacker, ein Patient von Roder, wohnte in Langnau. Roder wusste, dass er aus Not einen Diebstahl begangen hatte und dabei erwischt worden war. Zu Hause musste er für sieben hungrige Mäuler aufkommen. Seine Frau war einige Wochen zuvor an Krebs gestorben. Roder hatte noch ihren Totenschein ausgestellt. Zweiacker, der als Handlanger bei einem Baumeister arbeitete, wusste nicht, wo ein und aus. So stahl er einem begüterten Bauern drei Kaninchen und schlachtete sie, um ein Geburtstagsessen für die siebenjährigen Zwillinge zuzubereiten. Dazu kam es nicht. Man machte kurzen Prozess mit ihm. Er kam in Untersuchungshaft. Eine Nachbarin bekam Erbarmen, nahm die Kinder zu sich. Jetzt war Zweiacker bereits einen Monat in Haft, der Prozess stand noch bevor.

«Hans heisse ich», sagte Zweiacker. «Die Gefangenen hier duzen einander. Ich weiss aber nicht, ob wir das bei einem Doktor auch dürfen?»

«Ja, das dürft ihr. Wendolin ist mein Name.»

Roder stand auf, um einem nach dem anderen seiner Mithäftlinge die Hand zu drücken. Doch da kam der Wärter angesprungen. «Untersuchungshäftling, gehen Sie unverzüglich an Ihren Platz zurück. Es ist untersagt, während des Essens herumzulungern.»

Roder leistete dem Befehl kopfschüttelnd Folge. Einer am Tisch sagte: «Es sind alle gleich hier, alles Sadisten.»

«Da habe ich andere Erfahrungen gemacht. Es gibt auch menschliche Wärter», hielt Roder entgegen.

Der Mann in der hellblauen Uniform, der kurz zuvor Roder unterbrochen hatte, rannte zu ihm. Er hielt ihm den Schlagstock unters Kinn, sah ihn finster an. «Wer war das?»

Roder reagierte nicht.

«Ich rede mit Ihnen, Roder, wer war der menschliche Wärter?»

«Ich habe den Namen vergessen.»

Am Tisch brach ein Gelächter aus. Der Wärter, er war kaum über zwanzig, geriet in Rage. Er zwickte Roder links und rechts mit dem Stock aus Hartgummi über die Ohren.

«Aaah, aaah», stöhnte Roder.

Die Häftlinge standen auf und gingen auf den Wärter zu.

Dieser flüchtete aus dem Raum. Augenblicke danach stürmten zwei Landjäger mit gezogenen Handfeuerwaffen durch die Tür. Hinter ihnen der Oberwärter, Landjäger-Wachtmeister Melchior Hadorn, der genüsslich jedem Häftling Handschellen verpasste. Sie wurden in ihre Zellen gezerrt, ohne überhaupt mit dem Essen begonnen zu haben.

***

Amtshaus Langnau, den 28. Dezember 1925

Auf mündliche Vorladung erscheint:
F o n i o Anton, Christian, des Jakob Emil, von Sils und Samedan, geb. 1881, Dr. med. Arzt in der Bezirkskrankenanstalt Langnau
***FA** steht als Zeuge Untersuchungsrichter **(UR)** Wüterich Red und Antwort:*

***UR:** Seit wann wussten Sie, dass Frau Dr. Roder krank war?*
***FA:** Von der Krankheit Frau Roders habe ich am Donnerstag, den 17. Dezember, erfahren. Dr. Roder rief mich spätnachmittags an, mit der Bitte, doch ins Arzthaus zu kommen, um seine Frau zu untersuchen. Er glaubte, sie sei ernsthaft erkrankt. Da sie über Unterleibsschmerzen und Übelkeit klagte, untersuchte ich sie oberflächlich und stellte verschiedene Fragen. Ich kam zum Schluss, dass keine lebensbedrohliche Erkrankung vorliege. Von einer Überführung in die Krankenanstalt, was Roder vorschlug, riet ich ab.*
***UR:** Wann erfolgte der nächste Hilferuf von Dr. Roder?*
***FA:** Am Freitag, 18. Dezember, abends circa um acht Uhr. Ich war damals im «Löwen» an einem Vortrag über Schulzahnkliniken im Kanton Bern. Es wurde mir gemeldet, ich sollte Herrn Dr. Roder umgehend anläuten. Als ich dies tat, sagte er mir in erschrockenem Ton, seiner Frau gehe es sehr schlecht, ich solle sofort in die Wohnung kommen. Circa halb neun Uhr war ich im Arzthaus.*
Dr. Roder führte mich ins Krankenzimmer im ersten Stock,

wo seine Frau ruhig im Bett lag. Der Puls am Handgelenk war unfühlbar. Die Hände fühlten sich kalt an. Ich hörte das Herz ab und fand statt zweier Herztöne je nur einen, und zwar sehr leise. Ich erkundigte mich danach bei Dr. Roder nach der Krankengeschichte. Er sagte mir, dass seine Frau am Abend des 12. Dezember ein Schweinsohr gegessen habe, das offenbar verdorben gewesen sei. Seither habe sie an Darmstörungen, Diarrhö gelitten.

UR: Seither habe sie an Darmstörungen, Diarrhö gelitten? Hat Roder das so gesagt?

FA: Ja.

UR: Ich habe das nur gefragt, weil zwei Hausangestellte von Roder behauptet hatten, seiner Frau sei es zwischen dem 12. und 16. Dezember gut gegangen. Aber das will nichts heissen. Sich widersprechende Zeugenaussagen gehören zum täglichen Brot eines Untersuchungsrichters. Ich werde dem auf jeden Fall nachgehen. Und wie ging's weiter?

FA: Ich untersuchte den Bauch, speziell auch dahingehend, ob eventuell eine Blinddarminfektion vorhanden sei, perkutierte und tastete ab …

UR: Perkutieren bedeutet klopfen, oder?

FA: Ja, lateinisch percutere, deutsch klopfen. Ich fand aber alles normale Verhältnisse, nur vielleicht etwas aufgetriebene Därme, aber überall war die Bauchwand gut eindrückbar, weich und nirgends druckempfindlich. Ich untersuchte weiter die Beine der Frau. Krampfadern waren mir keine aufgefallen.

UR: Alles normale Verhältnisse?

FA: Da bin ich wohl falsch verstanden worden. Unter ‹normalen Verhältnissen› verstehe ich hier lediglich die Bauchwand, die Druckempfindlichkeit, den Zustand der Beine. Das ist keine abschliessende Aussage über den allgemeinen Gesundheitszustand. Und was nun folgt, ist besorgniserregend. Dagegen fühlten sich beide Füsse ausnehmend kalt an. Ich untersuchte weiter die Augen. Die Pupillen waren ausserordentlich klein, wie kleine schwarze Punkte, sie reagierten nicht auf Licht. Erst von diesem Moment an vermutete ich, es könnte sich um eine

Vergiftung handeln. Das ist lebensbedrohlich. Ich fragte Frau Dr. Roder, ob sie sehe. Sie sehe gar nichts, antwortete sie mir. Nachholen möchte ich, dass Frau Dr. Roder meinen Gruss beim Eintreten erwidert hatte.
Handelt es sich um eine eventuelle Urämie – Harnvergiftung? Wäre es nicht angezeigt, die Augen zu spiegeln, fragte ich mich. Ich wollte von Roder wissen, ob seine Frau in den letzten Tagen Fieber gehabt oder erbrochen habe. Er verneinte. Ob der Durchfall stark war. Er bejahte. Ich bat Roder, der Frau die Unterwäsche abzustreifen. Sie war innen hellrötlich, also bluthaltig beschmutzt. Nach der Farbe konnten diese Flecken aber nicht von der Periode herrühren. Ich fragte Roder weiter, ob er was vom Stuhlgang aufbewahrt habe. Er zog unter dem Bett den Nachttopf, halb voll flüssigen Stuhls, hervor. Darin waren braune Fetzen und braunrötliches Wasser, also entsprechend der Beschmutzung des Nachthemds und der Unterhosen. Darin waren auch kleine weisse Partikel, die ich nicht weiter beachtete. Ich fragte Roder, ob er den Urin untersucht habe. Seine Frau habe in den letzten Tagen überhaupt kein Wasser gelöst, das heisse wohl, es sei wahrscheinlich mit dem Stuhl abgegangen. Um den Urin untersuchen zu können, liess ich durch Dr. Roder selbst seiner Frau das Wasser ziehen, es war aber ganz erfolglos.

Nun mischte sich der Protokollführer Hebeisen ein. Er bat um eine Pause von zehn Minuten.

Wüterich dehnte die Pause auf eine halbe Stunde aus. Anna tischte dampfend heissen Kaffee und Nussgipfel auf.

***UR:** Wo sind wir verblieben?*
***Protokollführer:** Beim Wasserziehen.*
***FA:** Ich wünschte dann von Roder drei Ampullen, eine mit Coffein, eine mit Digifolin, ein Herz-, Lungen- und Kreislaufmedikament, und eine mit Kampfer. Worauf er in die Apotheke hinabstieg, um mir diese zu bringen. Währenddessen fragte ich Frau Roder, ob sie vielleicht von einem Medikament etwas zu viel oder ob sie auch etwas anderes genommen habe. Diese Fra-*

gen wurden von ihr verneint, und zwar bei vollem Bewusstsein. Doch dann fügte sie noch bei, circa um ein Uhr mittags seien die Dienstmagd Hanna und die Borelli zu ihr ins Zimmer gekommen und hätten sich nach ihrem Befinden erkundigt. Sie habe über Kopfweh geklagt. Die Borelli habe ihr angeboten, Tee mit einer Kopfwehtablette zu bringen. Gebracht habe ihr den Tee Hanna, der wegen der Tablette ziemlich trüb war und entsetzlich schmeckte. Eine halbe Stunde später seien die beiden Weibspersonen nochmals ins Zimmer gekommen. ‹Hat's gewirkt?› Soll die Borelli gefragt haben. Sie, Frau Roder, habe geantwortet: ‹Ein bisschen.› Wieder sei die Hanna mit dem trüben Tee gekommen. Das noch zweimal bis etwa halb drei Uhr, dann wären die Kopfschmerzen zurückgegangen, aber sie habe plötzlich das Augenlicht verloren.
Dann kam Roder zurück. Ich machte die Einspritzungen mit den drei Medikamenten. Der Gedanke, einen weiteren Arzt beizuziehen, kam mir, da ich mir in der Diagnose nicht sicher war. Am geeignetsten dafür schien mir Dr. Tanner, mein junger Kollege in der Krankenanstalt. Ich telefonierte ihm.
UR: Und Tanner war zu dieser späten Stunde noch erreichbar?
FA: Tanner traf nach einigen Minuten ein. Ich schilderte ihm, was ich in der kurzen Zeit meines Aufenthalts im Haus Roder erfahren hatte. Ich sagte zu Tanner, dass es sich nach meinem Dafürhalten um eine Vergiftung handeln müsse. Er sah sich den Stuhl im Nachttopf genauer an, ebenfalls fielen ihm die weissen Körperchen auf. Er meinte, dies könnten Medikamente in Form von teilweise aufgelösten kleinen Tabletten sein. Ich fischte mit einem Schieber etwa ein Dutzend dieser weissen Krümchen heraus und legte sie in eine Streichholzschachtel, die ich von Roder erhielt. Tanner prüfte dann noch die Reflexe. An den Beinen waren sie ganz erloschen.
UR: Und Roder? Der stand einfach dabei und sagte nichts?
FA: In Gegenwart von Roder berieten wir über diesen Fall. Was könnte sie noch für Medikamente genommen haben? Diese Frage stellte ich Roder. Ihm käme dazu nichts in den Sinn, sagte er schulterzuckend. Anschliessend erkundigte sich Tanner, ob

sich in der Apotheke der Praxis eine Tablettenpresse befinde. Roder verneinte, doch seine Frau sagte leise, aber doch deutlich vernehmbar, ja, es habe eine. Mir fiel dabei auf, dass sich Roders Gesicht etwas verzerrte. Wir haben über den Fall weiter beraten, im Beisein von Roder und seiner Frau. Tanner meinte, hätte sie eine Überdosis Schmerz- oder Schlafmittel bekommen, wäre sie jetzt wohl bewusstlos. Er fragte die Patientin, ob sie uns höre. Sie verstehe alles, sie erkenne mich und ihren Gatten an der Stimme. Doch sehen könne sie nichts mehr. Seit wann sie sich so schwer krank fühle, fragte ich. Seit drei Uhr nachmittags, sie habe drei Glockenschläge vom Kirchturm her gehört. Dann sei ihr plötzlich übel geworden, sie habe kalt geschwitzt, seitdem gehe es ihr immer schlechter, auch wenn in der Zwischenzeit das Kopfweh verschwunden gewesen sei. Ich wollte sie noch etwas fragen, doch sie hauchte: «Ich mag nicht mehr antworten.»
UR: Wie reagierte Roder darauf?
FA: Roder machte den Vorschlag, ein Gegenmittel zu geben. Tierkohle wäre wohl am besten. Nütze es nichts, schade es wenigstens nicht, bemerkte ich. Ich erklärte dann, ich würde jetzt ins Krankenhaus zurückkehren, um den Stuhl und die weissen Substanzproben nach den uns zur Verfügung stehenden Möglichkeiten zu untersuchen.
UR: Wie haben Sie sich verabschiedet?
FA: Ich gab Frau Dr. Roder die Hand. Ihre wirkte leblos und war sehr kalt. Roder winkte ich flüchtig zu.
UR: Und Tanner?
FA: Er begleitete mich zum Ausgang. Zeigte dann auf die Magd Hanna Althaus. Vielleicht weiss sie noch etwas. Dann ging er Richtung Krankenanstalt und sagte: «Bis später.» Im Fortgehen fragte ich die Magd noch, wann und wo sie das Schweinsohr geholt habe. Bei Muri, antwortete sie mir. In diesem Moment kam Fräulein Borelli aus dem Nebenzimmer – sie hatte uns offenbar von dort aus belauscht –, mischte sich gleich ins Gespräch ein. Sie erklärte, dass dieses Schweinsohr verdorben gewesen sei. Ich sagte ihr jedoch, dass ich das nicht glaubte. In der gegenwärtigen kalten Jahreszeit sei Fleisch lange haltbar. Fräulein Borelli

hielt dem entgegen, Frau Roder habe aber, wenn sie sich recht erinnere, am Samstag, 12. Dezember am Mittag das Schweinsohr und am Abend noch ein Hähnlein gegessen und da sei wohl etwas von dessen Galle ins Fleisch gelangt, davon müsse sicher die Diarrhö herrühren. Ich bezweifelte auch das, machte ihr klar, dass ein so lang anhaltender Durchfall kaum durch etwas Galle verursacht werde. Dann ging sie grusslos weg.
UR: Was ergab die Analyse der weissen Partikel im Kot?
FA: Die Partikel und der Stuhl wurden noch nicht untersucht, da wir sie dem Kantonschemiker in Bern hätten zustellen müssen. Am Mittwoch, den 23. Dezember, fand ja die amtliche Sektion unter Anwesenheit von mir und dem stellvertretenden Untersuchungsrichter Lauener statt. Da wurden bereits Proben aus dem Darminhalt und dem Urin entnommen und auf Arsen untersucht.

Bevor das Dokument unterzeichnet werden konnte, musste es von der Sekretärin Anna abgetippt werden. Amtsverweser und Protokollführer Hebeisen diktierte ihr das Protokoll.

Als Fonio seine Unterschrift gegeben hatte, wollte er sich verabschieden. Doch Hebeisen bat ihn, zu warten. Er habe einige Fragen, was Wüterich sauer aufstiess. «Adrian, deine Intervention verunsichert mich. Du bist nicht Untersuchungsrichter, auch nicht sein Stellvertreter.»

«Aber ich bin stellvertretender Regierungsstatthalter, dazu noch Jurist mit einem Fürsprecherpatent.»

Murrend gab Wüterich nach. «Also schiess los.»

«Herr Dr. Fonio, glauben Sie, eine Untersuchung der weissen Partikel würde nichts zur Aufklärung des Todesfalls von Linda Roder beitragen?»

«Das habe ich nicht gesagt. Wir glauben nun die Ursache des Todes von Frau Dr. Roder zu kennen. Eine Arsenvergiftung. Wer diese Chemikalie verabreicht hat, muss die Justiz abklären.»

«So weit wären wir uns einig. Aber steht fest, dass das Gift in Form von Fowlerscher Lösung verabreicht worden ist?»

Fonio runzelte die Stirn. «Einen Moment, ich muss nachdenken …» Die Blicke von Friederich Wüterich durchbohrten ihn. «… Arsenik, Diarsentrioxid, ist eine weisse, feste Substanz. Sie ist mässig in Wasser löslich, circa vierzig Gramm in einem Liter Wasser. Zweihundert Milligramm sind für einen grossen, starken Mann tödlich. Für die Frau Doktor würden wohl hundert Milligramm, ein Zehntelgramm, gereicht haben. Das wären zweieinhalb Milliliter. Die Fowlersche Lösung ist leicht weniger konzentriert als eine gesättigte Arseniklösung, doch drei Milliliter würde sie kaum überleben.»

«Man könnte, da Arsenik fest ist, diese Substanz auch in Tablettenform verabreichen, oder?»

«Ja.»

«Wie viele Tabletten bräuchte es dann, um eine Frau wie Linda Roder ins Jenseits zu befördern?»

«Reines Arsenik lässt sich schlecht pressen. Man muss zur Hälfte oder besser mehr eine andere, ungiftige, Substanz zusetzen. Eine Tablette, circa ein Gramm, würde so ein Viertelgramm Arsenik enthalten, was dem stärksten Mann das Leben kosten würde.»

«Danke, nun ist mir klar, weshalb Dr. Tanner nach einer Tablettenpresse gefragt hat.»

Jetzt war es Hebeisen, der Wüterich fixierte. Dieser reagierte unwirsch. «Ob das Gift in gelöster oder Tablettenform verabreicht worden ist, spielt doch keine Rolle.»

Hebeisen verwarf die Hände. «Natürlich spielt das eine Rolle. Eine Arseniktablette ist leicht zu handhaben. Man kann sozusagen eine Tablette unbemerkt einem Getränk beimischen. Das ist unauffälliger, als fünfzig Tropfen abzuzählen. Die weisse Substanz im Stuhl könnte von nicht vollständig gelösten Arsentabletten herrühren. Verfügt man über das notwendige Instrumentarium, eine Tablettenpresse also, dürfte es ein Leichtes sein, solche Tabletten herzustellen.»

«Wenn Sie den aus meiner Sicht unnötigen Aufwand nicht scheuen, diese weissen Partikel dem Kantonschemiker zukommen zu lassen, dann tun Sie es halt», fuhr Wüterich Hebeisen forsch an.

Anschliessend an die Zeugeneinvernahme von Fonio ersuchte Untersuchungsrichter Wüterich den Einwohnergemeinderat von Langnau schriftlich um einen Leumundsbericht betreffend Dr. Wendolin Roder und Laura Borelli. Als Grund gab er an, die beiden seien des Mordes angeschuldigt.

Am Abend lag in Wüterichs Postablage das Protokoll der Hausdurchsuchung der Wohnung und der Praxis bei Wendolin Roder. Es war handgeschrieben, von einem Gefreiten des Landjägerpostens Langnau.

Wüterich überflog das Schriftstück, übergab es Anna, mit dem Auftrag, es gelegentlich abzutippen mit einem Durchschlag für Lauener und Hebeisen.

***

Roder hatte sich auf das nächste Verhör eingestellt, das in der ersten Januarwoche stattfinden sollte. Doch bereits am Dienstag, den 29. Dezember, wurde er wieder zum Verhör geführt.

Wüterich begrüsste ihn freundlich. «Ich habe mir die Sache überlegt. Sie bekommen nächste Woche einen Advokaten nach Ihrer Wahl. Er darf dem nächsten Verhör beiwohnen, ausnahmsweise. Es geht darum, dass er feststellen kann, dass die Untersuchung den gesetzlichen Vorgaben entspricht. Wen möchten Sie?»

«Hannes Zaugg.»

«Zaugg? Ich bin nicht überrascht. Den Mann kennen wir. Wir haben die Sache im Griff, Roder, auch der beste Strafverteidiger kann Ihnen nicht den Hals aus der Schlinge ziehen. Das wird aber nicht so ablaufen, wie Sie sich das vorstellen. Zaugg kann einmal mithören, aber nicht zu den Fragen oder Antworten Stellung nehmen.»

«Mithören ist schon sehr viel.»

«Gut, in dieser Sache wären wir uns einig. Damit wir weiterkommen, würde ich heute gerne mit der ersten Vernehmung beginnen. Ich verspreche Ihnen, ausnahmsweise das Protokoll davon Zaugg weiterzureichen, falls er bereit ist, die Verteidigung in Ihrem Fall zu übernehmen.»

Roder überlegte einige Augenblicke, dann stimmte er zu.

Vernehmender: Dr. iur. Friederich Wüterich in der Funktion als Untersuchungsrichter **(UR)**
Der zu Vernehmende: Roder Wendolin **(RW)**

UR: *Aus Gerüchten haben wir entnommen, dass Sie Ihre frühere Frau nur wegen des Kindes wieder geheiratet haben. Ihre Meinung dazu?*
RW: *Ich habe meine frühere Frau nicht nur wegen des Kindes wieder geheiratet, sondern auch der Frau selbst wegen. Ich habe durch die Wiederverheiratung auch die elterliche Gewalt meines Kindes wiedererlangt, was mir sehr viel bedeutet. Meine Frau hat in ihren letzten Tagen immer wieder gesagt, sie sei jetzt sehr glücklich, und hat sogar ihrer Schwester in diesem Sinne geschrieben.*
UR: *Die Schwester Ihrer Frau, Fräulein Hulda Schneeberger, hat nach eigenen Angaben die ganze Korrespondenz betreffend Linda Roder den Ermittlungsbehörden zur Verfügung gestellt. Von einem solchen Brief ist uns nichts bekannt. – Wann kam Fräulein Laura Borelli aus St. Légier zurück? Beschreiben Sie diese Rückkehr.*
RW: *An das Datum kann ich mich gut erinnern: den 27. November 1925. An die Zeit nicht mehr genau. Es muss schon spät am Abend gewesen sein. Ich glaube, ich war bereits im Bett, als sie mich herausläutete.*
UR: *In welcher gesundheitlichen Verfassung war Fräulein Borelli, als sie bei Ihnen ankam?*
RW: *Sie klagte über Bauchschmerzen. Ich habe ihr deswegen Schmerzmittel gegeben.*
UR: *Nur Schmerzmittel? Haben Sie denn Fräulein Borelli nicht in der Ordination untersucht?*
RW: *Wenn Sie das jetzt sagen, fällt mir ein, dass ich sie kurz auf den Schragen legte, ihre Bauchhöhle abtastete und auch die Scheide ansah, sie klagte über Blut im Urin.*

UR: Was haben Sie Fräulein Borelli gesagt, als sie bei Ihnen überraschend auftauchte?
RW: Überraschend war es in der Tat. Sie hatte ihren Besuch nicht zuvor angekündigt. Das heisst, der Brief, den sie mir angeblich geschrieben hatte, war offenbar nicht abgeschickt worden. Ich eröffnete ihr, dass ich mich mit Linda wieder verheiratet hatte, worauf sie sich in Tränen auflöste und sehr erschüttert war. Ich habe danach meine Frau über diesen Vorfall informiert. Linda erklärte mir, Fräulein Borelli dürfe über die Nacht im Arzthaus bleiben. In der Mansarde oben …
UR: … die ungeheizt war?
RW: Ja. Meine Frau schlug vor, man sollte am kommenden Tag die Sache mit dem Fräulein Borelli besprechen. Doch am Morgen danach lag Fräulein Borelli im Bett und weinte. Seither lebte sie bis zu ihrer Verhaftung am 22. Dezember 1925 bei uns.
UR: Welche Giftstoffe befanden sich in Ihrer Apotheke?
RW: Giftig sind eigentlich die meisten Substanzen. Es kommt auf die Menge an. Bereits in geringen Mengen sind die folgenden Präparate giftig:
1. Solutio Fowleri (Fowlersche Lösung). Ein Medikament mit eher geringer Arsenikkonzentration. Diese Lösung wird zum Beispiel bei Veitstanz auch an Kinder abgegeben.
2. Pantopon, ein opiumähnliches Präparat
3. Opiumtinktur
All diese Präparate stehen im Wandkasten des Sprechzimmers, und zwar nicht unter Verschluss. Meine Frau und Fräulein Borelli, Klara Bähler und Hanna Althaus hätten dazu Zutritt gehabt. Während der Krankheit meiner Frau gab ich ihr Opiumtinktur gegen die Schmerzen im Magendarmkanal.
UR: Uns interessiert Ihre Handhabung der Fowlerschen Lösung. Welche Mengen hatten Sie in Ihrer Apotheke vorrätig? Hätten sie ausgereicht, um einen Menschen tödlich zu vergiften?
RW: Über die Menge habe ich nicht Buch geführt. Fast jede Substanz in meiner Apotheke könnte zum Tod eines Patienten führen. Zum Beispiel reiner Alkohol. Nimmt man davon einen Deziliter ein, ist das tödlich.

UR: Warum waren Sie dafür, Ihre Frau kremieren zu lassen?
RW: Dass ich eine Kremation meiner verstorbenen Frau wollte, stimmt so nicht. Es waren die Verwandten meiner Frau, die Linda kremieren lassen wollten, besonders mein Schwager Karl.
UR: Staatsanwalt Lauener hat in meinem Auftrag Hulda und Karl Schneeberger vernommen. Sie hatten behauptet, gegen eine Kremation zu sein.
RW: (zuckt mit den Schultern) Kann sein, dass sie nach meiner Verhaftung ihre Meinung geändert haben.
UR: Es gibt verschiedene Zeugenaussagen über Drohungen von Fräulein Borelli gegen Ihre Frau und Ihr Kind Rosemarie. Was sagen Sie dazu?
RW: Das trifft zu. Aber noch bevor wir wieder verheiratet waren. Ich glaube, dass die Drohung Ende Oktober ausgesprochen wurde. Sie sagte damals in der Aufregung, sie werde Linda und Rosemarie etwas antun, sollte ich an der Trauung festhalten. Nachdem meine Frau eingewilligt hatte, dass Laura vorläufig bei uns bleiben dürfe, haben sich beide miteinander versöhnt. Meine Frau war der Meinung, dass Fräulein Borelli auf absehbare Zeit unser Haus verlassen müsse. Demgegenüber fürchteten wir den Skandal, den Fräulein Borelli lostreten könnte, würden wir sie gleich auf die Strasse jagen. Sie habe sonst niemanden, der sie aufnehmen würde, jammerte sie. In Burgdorf haben ihr die Eltern das Haus verboten. Aus «taktischen» Gründen habe ich Fräulein Borelli für acht Tage in die Ferien geschickt, um Linda ungestört wieder heiraten zu können.
UR: Wann hatten Sie das letzte Mal Geschlechtsverkehr mit der Borelli?
RW: Das dürfte Anfang November gewesen sein.

Wüterich ging zügig in sein Büro zurück, rief Lauener an und bat ihn, bei ihm vorbeizukommen. Lauener las das Dokument. «Interessant», kommentierte er. «Was kommt jetzt als Nächstes?»

«Die Aussagen, vor allem jene, die die Borelli betreffen, müssen überprüft werden.»

«Du kannst ja die Borelli gleich vernehmen, danach weisst du, was sie dazu meint.»

«Wäre das Naheliegendste. Allenfalls gibt es noch eine andere Möglichkeit, beide Aussagen, die von Roder und die der Borelli, miteinander abzugleichen. Die Borelli ist, auch nachdem sie eine vorübergehende Bleibe bei den Roders gefunden hatte, mehrmals nach Burgdorf gereist. Sie hat dort eine Freundin, bei der sie zwischenzeitlich Unterschlupf fand, wenn für sie ein Aufenthalt im Arzthaus nicht zumutbar war. Ausserdem zweifle ich am Hausverbot der Familie Aldo Borelli. Ich werde bei Untersuchungsrichter Grädel, meinem Kollegen in Burgdorf, vorstellig werden und um eine Hausdurchsuchung bei der oben erwähnten Freundin und den Borellis bitten.»

17. Laborbericht – Johannes Stauffer

Am 31. Dezember erhielt Fürsprecher Hannes Zaugg in einer Einschreibsendung das Vernehmungsprotokoll.

Am 4. Januar 1926 um vier Uhr nachmittags fand Wüterich folgenden Brief in seiner Postablage. Er war von einem berittenen Boten von Burgdorf nach Langnau gebracht worden.

Schloss Burgdorf, den 4. Januar 1926
Untersuchungsrichteramt Burgdorf

an Herrn Untersuchungsrichter Wüterich

Sehr geehrter Herr Kollege,
in Sachen Borelli Laura
haben wir heute die verlangten Durchsuchungen durchgeführt. Erstens bei den Eltern der Angeschuldigten. Wir haben ihr Zimmer genau durchforscht, jedoch nicht das Geringste gefunden. Alle anwesenden Familienangehörigen Laura Borellis sagten, dass Laura schon seit bald zwei Jahren alles zu Roder genommen habe, noch als er in Oberburg war.
Da die Eltern Borelli und die sich dort aufhaltenden Geschwister der Angeschuldigten auf mich einen guten Eindruck machten, mir ihre Beteuerungen, es befinde sich von Fräulein Borelli nichts mehr im Hause, glaubwürdig erschienen, erachtete ich eine Durchsuchung der viele Zimmer aufweisenden, sauberen Wohnung als nutzlos. Ich nehme deshalb an, in Ihren Intentionen gehandelt zu haben, wenn ich auf eine Razzia des ganzen Gebäudes verzichtete.
Zweitens in der Wohnung der Freundin S. T. von Fräulein Borelli. Diese Wohnung war im Gegensatz zu der der Eltern Borelli unordentlich.

Hier fanden wir ein Heft der Angeklagten mit handschriftlichen Eintragungen. Nach meinem Dafürhalten könnte es sich dabei um ein Tagebuch handeln. Weitere der Borelli gehörende Gegenstände konnten wir nicht ausfindig machen.
Mit Hochachtung
sig. Grädel, Untersuchungsrichter

Beiliegend: das Heft mit Tagebucheintragungen

Wüterich nahm sich im Schulheft die Texte von Fräulein Borelli vor. Er konnte nicht aufhören, bis er alle gelesen hatte. Mit Rotstift rahmte er die aus seiner Sicht interessanten Stellen ein.

15. Juni 1923
Nachdem ich Wendolin das erste Mal in seiner Praxis in Oberburg besuchte, kommt es bereits zu Intimitäten in meiner Wohnung. Es ist erst unsere zweite Begegnung. Was für ein Glücksgefühl. Ich mache jetzt mit meinem Freund Lukas, mit dem ich seit drei Jahren verkehre, Schluss.

12. April 1924
Wendolin und ich verloben uns heimlich. Nun gehört er endgültig mir.

April 1924
Juhe! Linda zieht aus! Und bald ziehe ich ein.

Anfang Januar 1925
Wir verlassen Thun. Wir verlassen die leere Praxis. Wir bauen uns in Langnau eine neue Existenz auf. Wir ziehen vorübergehend in eine Wohnung bei der Familie Fankhauser ein. Diese vorübergehende Wohnung wird unserem Stand nicht gerecht. Doch die Arztwohnung im oberen Stock muss noch renoviert werden.
Langnau ist kleiner als Thun, das hat Vorteile, das hat aber auch Nachteile. Das Letztere könnte uns viel Kummer

bescheren. Langnau ist ein evangelikales Nest. Es besteht das Risiko, dass wir wegen Verstosses gegen das Konkubinatsverbot zur Verantwortung gezogen werden.

17. Januar 1925
Nun steht es fest. Ich bin schwanger und sehr glücklich. Meine Hoffnung ist gross, dass Wendolin sich damit abfindet. Und wenn nicht? Auch das wird uns beide nicht auseinanderbringen. Ich werde es ihm morgen beim Frühstück eröffnen.

21. Januar 1925
Entweder das Kind oder er. Mag sein, er kann gar nicht anders. Ich beginne ihn zu verstehen. Ich will ihn nicht verlieren. Linda, diese widerliche Person, hat ihm das eingebrockt. Das Heiratsverbot war ihre Idee, und ihr Anwalt setzte es beim Prozess durch.
Es war ein trüber, nebliger, kalter Morgen. Wir standen um sechs auf. Er bereitete das Frühstück zu, was sonst fast nie geschah. Hatte er ein schlechtes Gewissen? Er war sehr lieb zu mir, umsorgte mich. Schenkte mir Kaffee ein, strich mir ein Brot mit Butter und Konfitüre. Bevor wir in die Praxis gingen, legte er mir einen Schal um den Hals, half mir in den Mantel.
Wir spazierten eng umschlungen zum Arzthaus. Als wir dort eintrafen, sah er auf die Uhr. «Jetzt ist es ein Viertel vor sieben. Wir gehen nun in die Ordination … Zieh dich bitte aus.»
«Es tut nicht weh», beteuerte er, als er mit dem Auskratzen begann. Doch es tat furchtbar weh. Auf seiner Stirn bildeten sich Schweissperlen. So hatte ich ihn noch nie gesehen. Natürlich war ich mehrmals bei einem solchen Eingriff zugegen. Die Frauen stöhnten vor Schmerz.
«So … so … die ganze Sache ist vollbracht.» Er sah auf die Uhr. «Hat nicht mal zehn Minuten gedauert.»
Mir kam es wie eine Ewigkeit vor.

Er legte eine Wolldecke über mich. Hielt mir die Hand. Zwischendurch sah er auf die Uhr. «Halb acht ist vorüber. In einer Viertelstunde kommen die ersten Patienten.» Er half mir beim Anziehen. Allein hätte ich es nicht geschafft. Begleitete mich in sein Arbeitszimmer, legte mich dort liebevoll auf die Couch. «Bis zum Mittag wirst du hierbleiben.» Er ging in die Ordination und kam zurück mit einer Spritze. «Das ist gegen die Schmerzen.»
Zwischendurch kam er kurz zu mir, strich mir über die Stirn und übers Haar und wollte mich mit den Worten «Das wirst du durchstehen, Mädchen!» aufmuntern.
Ein Schub von Erbitterung über die kalte Demütigung durchfuhr mich. Ich hatte nicht die Kraft, aufzubegehren.

22. Januar 1925
Es ist weg. Ich habe mein Kind verloren. Es tat weh. Und Wendolin? Es macht ihm nichts aus. Warum lasse ich mir das bieten? Warum bin ich nicht einfach geflüchtet?
Er verbietet mir ausdrücklich, irgendjemandem, auch nicht meinen Eltern oder Geschwistern, ein Sterbenswort über die Abtreibung zu sagen. «Tätest du das, würden wir beide im Gefängnis landen», drohte er.
Ich fühle mich nach dem Eingriff miserabel. Ich habe Blutungen und Schmerzen. Das gehe vorbei, ich solle die ganze Sache vergessen, sagt er. Doch irgendwie festhalten, wenn ich schon mit keinem Menschen darüber reden darf, möchte ich es doch. Das Tagebuch bleibt mein Geheimnis. Auch Wendolin darf es nicht sehen. Wenn ich etwas darin notiert habe, will ich es vergessen. Ich hoffe, es gelingt mir.

18. Mai 1925
Nun bin ich sicher, wieder schwanger zu sein. Ich werde mich schweren Herzens durchringen, es Wendolin zu gestehen.
Da wir vorhaben, uns im November zu vermählen, sehe

ich gute Chancen, ihn davon zu überzeugen, das Kind zu behalten.

21. Mai 1925
Die zweite Abtreibung. Es tat mehr weh als beim ersten Mal.

14. September 1925
Nun bin ich wieder schwanger. Und diesmal habe ich Angst davor. Wendolin ist seit einigen Wochen nicht mehr derselbe, er ist so kühl und lieblos. Ich werde mit ihm reden.

15. September 1925
Heute Morgen eröffnete ich Wendolin, dass ich wieder schwanger bin. Er machte mir Vorwürfe. Und dann das Unfassbare, aber ich hatte es geahnt. Wir würden nicht heiraten am 27. November 1925. Er werde am 23. November Linda erneut heiraten. Ich war am Ende.
Was wird mit meinem werdenden Kind, dem dritten, geschehen? Würde er es nochmals abtreiben? Vor einigen Wochen sprach ich mit Fräulein Zumbrunn, der Hebamme aus Trubschachen. Ich brachte das Gespräch auf Abtreibung, ohne zu erwähnen, dass an mir das jemals gemacht wurde, und sagte natürlich, dass ich so etwas nie zulassen würde. Einmal könne das mal unumgänglich sein, meinte die Hebamme. Beim zweiten Mal sei es gar nicht gut. Nach der dritten Abtreibung sei eine erneute Schwangerschaft möglich, aber wenig wahrscheinlich.
Ich machte Wendolin klar, dass er mir dieses Kind niemals mehr wegnehmen dürfe. Solle er doch die andere ehelichen, aber das Kind wolle ich austragen.
Dann kamen seine Schauermärchen über uneheliche Kinder. Ich liess mich nicht beeindrucken. Er machte keinen Vorschlag mehr, mir den Fötus herauszukratzen, was mich doch etwas verwunderte.

18. November 1925
Es war ein trauriger Tag. Gestern Abend hat mich Wendolin mit Wein richtiggehend abgefüllt. Ich war am Ende und habe es mir bieten lassen. In der Nacht auf heute hatte ich eine Fehlgeburt. Ich war so betrunken, dass ich es gar nicht als das wahrnahm. Erst heute Morgen wurde mir bewusst, was geschehen war. Warum hat Wendolin das getan? War es sein Plan, das Kind mit übermässig viel Wein und Schnaps abzutreiben? Oder hat er mich einfach bewusstlos gemacht, um …
Ich werde es nie erfahren. Der Mann ist ein Teufel, und ich bin ihm verfallen.

Das war der letzte Eintrag im Tagebuch.

Wüterich fand heraus, dass Laura am 19. November nach Burgdorf zu ihrer Freundin fuhr. Offenbar hatte sie dabei ihr Tagebuch mitgenommen, um es dort aufzubewahren.

***

Es war Montag, der 4. Januar, als Hebeisen das Protokoll der Hausdurchsuchung bei Roder in seiner Postablage fand. Er las es sorgfältig durch und machte mit Rotstift Randnotizen.

Warum wurde kein Arsenik in Pulverform gefunden? Wie viel davon hat der Apotheker tatsächlich an Roder geliefert? Ich habe mich danach erkundigt, und er antwortete mir, er könne sich nicht mehr daran erinnern.
Was wir glauben zu wissen: Roder hat mindestens einen, womöglich sogar zwei Liter Fowlersche Lösung selbst hergestellt. Gefunden worden ist noch etwa ein Viertelliter. Wüterich als UR sollte bei einschlägigen Firmen in der Schweiz nachfragen und mit dem Apotheker reden.

Kurz danach lag die Notiz Hebeisens auf Wüterichs Schreibtisch. An die verschiedenen kantonalen Polizeidirektionen versandte Wüterich danach ein Schreiben und forderte Auskünfte ein, was für arsenhaltige Medikamente Roder seit Anfang 1925 wann, in welcher Form (Lösung, Pulver, Pillen, Tabletten), in welchen Quantitäten und in welcher Verpackung bezogen hatte.

Die Antwort traf am 8. Januar von der Apotheke Dellsperger aus Bern ein: «950 ml Solutio Fowleri und 500 g Salvarsan in Ampullen».

Die Rechnung für die Lieferung war auf den 18. Oktober 1925 datiert.

Wüterich liess sie bei Hebeisen und Lauener zirkulieren, versehen mit folgender Randbemerkung:

> *Da Salvarsan an der Luft sehr rasch zu sehr giftigen Verbindungen oxidiert, muss es in luftdicht verschlossenen Glasampullen vertrieben werden. Salvarsan wird gegen Infektionskrankheiten, vorwiegend gegen Syphilis, eingesetzt.*
> *Hätte Roder Salvarsan der Luft ausgesetzt, wäre daraus innert Kürze eine sehr giftige Verbindung entstanden.*
> *Sowohl die von Dellsperger an Roder gelieferte Fowlersche Lösung wie das Salvarsan würden ausreichen, um die Einwohnerschaft des ganzen Amtsbezirks Signau ins Jenseits zu befördern.*
> *Dass bei der Hausdurchsuchung nicht die erwartete Menge Fowlersche Lösung und vom Salvarsan überhaupt nichts gefunden wurde, lässt vermuten, dass unmittelbar nach dem Tod von Frau Dr. Roder diese Substanzen «entsorgt» wurden.*
> *Nach meinem Dafürhalten kommen dafür nur die beiden Angeschuldigten in Betracht.*
> *Mit Interesse erwarte ich Rückmeldungen von weiteren Firmen.*

***

Am Dienstag, den 5. Januar 1926, einem eisigen und nebelverhangenen Tag, wurde Laura Borelli um sieben Uhr am Morgen durch Wüterich verhört. Ein Gefangenenwärter brachte sie in sein Büro.

«Sie haben, Fräulein Borelli, mit Herrn Roder im Konkubinat gelebt. Ist Ihnen bewusst, dass das eine Straftat ist und mit Gefängnis geahndet werden kann? Sie wurden bereits einmal, und zwar von mir, deswegen zur Rechenschaft gezogen.» Wüterich sah Laura Borelli herausfordernd an.

Sie nickte müde.

«Im Wiederholungsfall ist eine harte Bestrafung, Gefängnis unbedingt, zwingend. Falls Sie, was ich als wenig wahrscheinlich erachte, die Mordanklage unbeschadet überstehen, kommen Sie auf jeden Fall wegen der Missachtung des Konkubinatsverbots ins Hirschenstöckli. Zwei, drei Monate, was dann mit der Untersuchungshaft abgegolten wäre. Das heisst, sollten Sie im Mordprozess freigesprochen werden, hätten Sie keinen Anspruch auf eine Entschädigung.»

Wüterich zog ein Klemmbrett aus seiner Mappe. Er überflog das oberste Blatt. «Wann waren Sie das letzte Mal schwanger?»

«Herr Gerichtspräsident, ich habe noch nie ein Kind bekommen und bin derzeit nicht schwanger.»

Wüterich schluckte leer, als ob er diese Antwort nicht erwartet hätte. «Ihnen dürfte klar sein, dass Fehlgeburten gemeldet werden müssen –»

«Wirklich?» Laura Borelli fiel Wüterich ins Wort, was ihn verunsicherte.

«Fräulein, vergessen Sie nicht, Sie sind in Untersuchungshaft. Und nun massen Sie sich an, mich zu unterbrechen und mir unbotmässig eine Frage zu stellen. Ich möchte Ihnen zu bedenken geben, dass erzwungene Schwangerschaftsabbrüche mit Gefängnis bestraft werden. Leben Sie mit einem Mann zusammen und haben Geschlechtsverkehr mit ihm, entstehen in der Mehrzahl der Fälle Kinder. Aber lassen wir zunächst dieses Thema.»

«Ich möchte doch noch etwas zur Schwangerschaft sagen.

Gegenwärtig bin ich nicht schwanger, dagegen war ich dies vor einiger Zeit. Von etwa Mitte August an, genau weiss ich das aber nicht, bis circa am 27. November 1925. Wenn ich mich richtig erinnere, fuhr ich am 21. November nach St. Légier zu meinem Bruder und seiner Frau. In ihrem Haus verweilte ich etwa eine Woche. Am letzten Tag vor der Abreise stürzte ich eine Treppe hinunter. Das löste dann eine Fehlgeburt aus.»

«Sie lügen, Fräulein Borelli. Ich habe Hinweise, dass dies so nicht stimmt. Und wenn's so gewesen wäre, hätten Sie das eigentlich den Behörden in St. Légier melden müssen. In diesem Falle wären wir nicht zuständig.»

«Was sind das für Hinweise?»

«Diese Frage, Fräulein Borelli, ist nicht erlaubt.»

Wüterich blätterte weiter am Klemmbrett. «Hatten Sie Männerbekanntschaften, bevor Sie Wendolin Roder kennenlernten?»

«Ja. Drei Jahre hatte ich einen Freund, dem ich den Laufpass gab, als die Liebschaft mit Dr. Roder begann.»

«Danke, Fräulein Borelli, das genügt für heute.»

Wüterich liess Lauener zu sich kommen und unterrichtete ihn über den Verlauf des Verhörs. Zuvor gab Wüterich Lauener das Tagebuch der Borelli zum Lesen.

«Du hast noch immer ein goldenes Händchen, was die Methoden und Tricks der Strafuntersuchung anbelangt. Wenn die Geschworenen das alles zu lesen kriegen, haben wir sie bereits von Beginn an in der Tasche. Und nun kannst du Roder durch die Mangel drehen», sagte Lauener.

«Das werde ich in den nächsten Tagen tun. Dann wird aber Zaugg dabei sein. Er dürfte bald desillusioniert sein. Ich freue mich schon.»

***

Am 7. Januar erhielt Wüterich das Ergebnis der Analyse vom Kantonschemiker bezüglich der weissen Partikel im Stuhl Linda

Roders. Sie stammten aus Tabletten mit einem Anteil von zwanzig Prozent Arsenik.

Er zitierte danach Lauener und Hebeisen in sein Büro und zeigte den beiden das Untersuchungsergebnis.

«Dumm nur, dass wir in Roders Apotheke keine Tablettenpresse gefunden haben. Er könnte die Tabletten aus dem Chemikalienhandel bezogen haben oder sie von einem Pharmazie- oder Chemiestudenten herstellen haben lassen.»

Hebeisen sagte: «Wenn es die Tabletten waren, die zum Tod der Roderin führten, muss sie diese am frühen Freitagnachmittag, den 18. Dezember 1925 eingenommen haben. Ich frage mich, wer sie ihr verabreicht haben könnte.»

Wüterich lachte. «Das ist dasselbe, wie wenn ich fragen würde: Wer hat der Frau Doktor mehrere Milliliter Fowlersche Lösung in den Tee geschüttet?»

«Nur hat die Frau Doktor schon mehr als eine Woche Beschwerden gehabt. Jemand muss ihr also schon vorher Arsenik, aber nicht eine tödliche Dosis, gegeben haben», folgerte Lauener.

«Richtig», sagte Wüterich. «Diese könnte in der Flasche mit dem roten Punkt, die im Tresor eingeschlossen war, gewesen sein. Doch diese Flasche ist spurlos verschwunden.»

«Das kann ich alles gut nachvollziehen», sagte Hebeisen. «Ich schliesse auch nicht aus, dass alles ein teuflischer Plan Roders war. Aber das müssen wir ihm noch beweisen. Das mit den Tabletten hat die Angelegenheit nicht einfacher gemacht. Für die Verabreichung der Tabletten kämen drei Personen in Frage: die Borelli, die Althaus, allenfalls die Bähler oder die Frau Doktor selbst. Aber von wem hatten sie diese Tabletten? Wussten sie überhaupt, dass sie Arsenik enthielten? Fragen über Fragen. Dasselbe gilt für die Fowlersche Lösung. Ich beneide dich nicht, Christian.»

«Dann gibt es halt einen Indizienprozess. Auch ein solcher ist zu gewinnen. Urteilen tun die Geschworenen. Wenn ich ihnen Roders Lebenswandel vor Augen führe, dann dürften sie leicht davon zu überzeugen sein, dass Roder und die Borelli die Tat begangen haben ... Als kleine Kostprobe das folgende Papier ...» Wüterich zog eine Schublade seines Schreibtischs auf und entnahm ihr die

Aktennotiz
Die Persönlichkeiten von Dr. Roder und Fräulein Borelli waren dem Unterzeichneten schon seit längerer Zeit bekannt. Einerseits aus dem Konkubinatsverfahren, das gegen sie durchgeführt wurde, und ferner aus verschiedenen Zivilprozessen, an denen Dr. Roder als Partei beteiligt war.
Am 11. Juni 1925 wurden Dr. Roder und Fräulein Borelli wegen Konkubinat für schuldig erklärt und zu je acht Tagen Gefängnis verurteilt, bedingt erlassen bei einer Probezeit von zwei Jahren.
Laut Auszug aus dem Urteil der I. Strafkammer des Kantons Bern vom 23. Dezember 1925 wurde dieses Urteil grundsätzlich bestätigt, immerhin mit der Abänderung, dass die Gefängnisstrafe auf vier Tage herabgesetzt wurde. Die Angeschuldigten wurden auch zu den erst- und oberinstanzlichen Kosten verurteilt.
Amtshaus Langnau, den 29. Dezember 1925
Der Untersuchungsrichter
Dr. iur. F. Wüterich

Hebeisen atmete tief durch.

***

Am 8. Januar war es so weit. Bereits um halb acht am Vormittag klopfte Hannes Zaugg an die Bürotür von Friederich Wüterich. Er bedankte sich, dass er dem Verhör beiwohnen dürfe.

«Wir sind ja keine Unmenschen und sind uns bewusst, dass, solange kein Urteil gesprochen ist, die Unschuldsvermutung gilt», reagierte Wüterich mit ausdrucksvollen Handbewegungen.

Fünf Minuten später hörte man schwere Schritte vor Wüterichs Arbeitszimmer. Ein Gefangenenwärter brachte Roder zum Verhör.

UR: Ist die Borelli schwanger?
RW: Nein, wenn sie von mir Tropfen gegen zu starke Menstruation verlangte, das geschah wenige Tage vor unserer Verhaftung, kann sie jetzt nicht schwanger sein.
UR: War die Borelli schwanger?
RW: Das kann ich nicht sagen. Sie hat zwar immer gedroht oder behauptet, schwanger zu sein.
UR: Seit wann hat sie behauptet, schwanger zu sein?
RW: Seit dem Zeitpunkt, als sie merkte, dass ich sie nicht heiraten wollte, circa Ende Juli oder Anfang August.
UR: Ist Ihnen nichts von einer Frühgeburt der Borelli bekannt?
RW: Die Borelli hat angegeben, Ende November die Kellertreppe heruntergefallen zu sein und seitdem ziemlich viel Blut im Wasser zu haben. Ich gab ihr dann ein blutstillendes Mittel. Blut im Urin könnte von einer Fehlgeburt herrühren.
UR: Ach, Herr Roder, die Geschichte mit dem Treppensturz. Wie können Sie wissen, dass die Borelli mir diese auch aufgetischt hat? Haben Sie und die Borelli dies vereinbart?
RW: Dazu möchte ich nichts sagen.
UR: Danke, Herr Roder, das Verhör ist beendet.

Zaugg machte eine grimmige Miene. Das Gesicht von Wüterich strahlte dagegen Zufriedenheit aus. «Auch Ihnen vielen Dank, Herr Zaugg. Eine lange Reise, Sie sind ja von Burgdorf gekommen. Viel Zeit für eine fünfminütige Veranstaltung.»

«Darf ich mich mit meinem Mandanten unterhalten? Unter vier Augen?»

«Unterhalten meinetwegen, aber nicht unter vier Augen.»

«Dann verschiebe ich das Gespräch mit Herrn Dr. Roder auf das nächste Verhör.»

«Auch gut. Ich gehe davon aus, es ist Ihnen bewusst, dass ich, der Untersuchungsrichter, Ort und Zeit davon festlege.»

Kurz danach liess Wüterich Laura Borelli in sein Büro kommen. Das Protokoll, das Hebeisen wie üblich schrieb, wurde danach Lauener vorgelegt und mit ihm besprochen.

Aus der Haft wird vorgeführt: Borelli Laura ***(BL)***
UR: *Haben Sie Drohungen gegenüber Frau Dr. Roder und ihrem Kind ausgesprochen?*
BL: *Ich bestreite, Drohungen ausgesprochen zu haben. Ich habe nie gesagt, ich würde Frau Dr. Roder umbringen oder ihrem Kind etwas antun.*
UR: *Hatte Ihnen Frau Dr. Roder etwas über Selbstmordgedanken erzählt?*
BL: *Sie hat mir gegenüber mehrmals gedroht, sie würde sich umbringen, wenn ihr Mann es noch weiter mit mir triebe.*
UR: *Stimmt es, dass Ihnen Dr. Roder schon im Sommer 1925 eröffnet hat, er trage sich mit dem Gedanken, seine frühere Frau wieder zu heiraten?*
BL: *Nein, er hat gesagt, er werde die Heirat mit mir aufschieben.*
UR: *Wann hat er Ihnen mitgeteilt, er werde die frühere Frau wieder heiraten?*
BL: *Er hat mir nie direkt gesagt, er wolle Linda wieder heiraten. Doch an seinem Verhalten habe ich etwas in dieser Richtung geahnt.*
UR: *Haben Sie auch Medikamente gerüstet, die Arsenik enthielten?*
BL: *Nein, nie.*
UR: *Wussten Sie, wie konzentriert die Arseniklösungen waren, die sich in den Flaschen mit der Etikette «Fowlersche Lösung» befanden?*
(Borelli sieht suchend im Raum umher und antwortet erst nach einer Weile.)
BL: *Ich wusste gar nicht, dass Fowlersche Lösung Arsenik enthält. Und von einer zweiten Flasche ist mir nichts bekannt.*
UR: *Haben Sie der Frau Doktor Fowlersche Lösung verabreicht? Und wenn ja, wann?*

BL: Ja, meist zusammen mit Hanna Althaus. In Linda Roders letzten Lebenstagen, als sie bettlägerig war.
UR: Wie viel?
BL: Das gaben wir immer nach Anweisung von Dr. Roder. Vormittags und nachmittags, im Turnus von anderthalb Stunden. Jeweils zehn Tropfen. Doch die Frau Doktor sagte, es gehe ihr besser, wenn sie das Doppelte oder sogar das Dreifache erhalte. Das haben wir ihr dann gegeben.
UR: Informierten Sie Dr. Roder über die höhere Dosis?
BL: Ich habe es ihm gesagt. Er hat darauf geantwortet, das bräuchte ich gar nicht zu wissen.
UR: Waren Sie, bevor Sie im Spätsommer 1925 schwanger wurden, früher auch schon mal in Erwartung?
BL: Ja, ich war in der ersten Hälfte des Jahres 1925 auch schon schwanger, und zwar von Dr. Roder. Das aber nur während circa fünf Wochen.
UR: Wann und wie hat diese Schwangerschaft geendet?
BL: Circa um den 20. Januar 1925 stellte ich fest, dass ich nicht mehr schwanger war. Ich hatte ungefähr neun Wochen keine Periode mehr. Mir war am Morgen immer schlecht, und ich musste mich übergeben. Dr. Roder gab mir Kapseln gegen die Übelkeit.
UR: Erinnern Sie sich an den Namen der Kapseln?
BL: Keine Ahnung.
UR: Interessant. Sie hatten also keine Fehlgeburt?
BL: Von einer Fehlgeburt habe ich nichts gemerkt.
UR: War das Ihre erste Schwangerschaft?
BL: Da kann ich mich nicht erinnern.
UR: Aus welcher Zeit stammten die Briefe der Frau Doktor, die Sie verbrannt haben?
(Borelli wartet eine Weile, bis sie antwortet.)
BL: Ich habe keine Briefe der Frau Doktor vernichtet, sondern Briefe, die Dr. Roder seiner Frau geschrieben hatte. Briefe seit Sommer 1925, nicht mehr als drei oder vier.
UR: Habe ich richtig gehört? Sie haben also doch Briefe der Frau Doktor verbrannt? Hat Ihnen Dr. Roder die Erlaubnis

dazu gegeben? Nach dem Tod seiner Frau gingen diese ja in seinen Besitz über.
BL: Genau, so ist es. Es stünden dumme Sachen drin, ich solle diese Briefe ins Feuer werfen.
UR: Was stand in diesen Briefen?
BL: Ich habe sie nicht gelesen.
UR: Haben Sie Ihrem Schwager, Konrad Zwygart, den Tod der Frau Dr. Roder mitgeteilt?
(Borelli schaut etwas hilflos in die Runde.)
BL: Ja, und zwar als Antwort auf einen Brief des Herrn Zwygart, der am 19. Dezember eintraf. Der Brief kam an, als ich nicht im Arzthaus war. Dr. Roder hat ihn geöffnet und ihn mir dann am Samstagabend übergeben. Es ging um das Darlehen, das er, Konrad, Dr. Roder gegeben hatte und nun zurückverlangte. Im Antwortschreiben erwähnte ich auch das Ableben der Frau Linda Roder. Als Todesursache nannte ich akute Nierenentzündung, so wie es mir Dr. Roder gesagt hatte.

Die Besprechung Wüterichs mit Lauener und Hebeisen verlief alles andere als harmonisch. Der Letztere fand die Verhörmethoden Wüterichs unfair. Es gehe um den Todesfall, nicht um die Schwangerschaften von Fräulein Borelli. Sie sei angeschuldigt wegen Mordes.

Lauener stellte sich auf die Seite von Wüterich. Mit seinen Fragen habe der Untersuchungsrichter die Glaubwürdigkeit der Angeschuldigten hinterfragt und darauf eine klare Antwort bekommen.

Das Verhalten der Borelli sei nachvollziehbar. Was hätte sie anderes tun sollen? Gäbe sie den Abort von sich aus zu, hätte sie sich freiwillig ans Messer geliefert. «Sie wusste nicht, dass du ihr Tagebuch ausfindig gemacht hast.»

Wüterich klopfte sich an die Stirn. «Dieses Weibsstück wird nichts, auch gar nichts, zugeben, solange wir es ihr nicht beweisen können. Ohne Beweise und ohne Geständnis laufen wir in einen Indizienprozess. Bei einem Indizienprozess urteilen die Geschworenen aufgrund der Glaubwürdigkeit der Angeklagten.»

Wüterich liess keine Zweifel daran, dass er gedachte, nach dieser Art die Ermittlungen voranzutreiben. «Da ist der Brief, den ich an die Bezirksanwaltschaft Zürich Stadt geschrieben habe.»

Untersuchungsrichteramt Signau
Amtshaus Langnau, den 5. Januar 1926

An die Bezirksanwaltschaft

ZÜRICH STADT

Wir führen hier eine Untersuchung wegen eines Giftmordes gegen Dr. Wendolin Roder durch.
Das Opfer, ledig Linda Schneeberger, ist, soweit wir informiert sind, in Zürich aufgewachsen und hat, abgesehen von kurzen Unterbrüchen, bis zu ihrem Wegzug 1918 nach Oberburg/BE immer in der Stadt Zürich an der Nelkenstrasse gewohnt. Sie war seit 1917 mit Wendolin Roder verheiratet. Die beiden Geschwister der Verstorbenen, Karl und Hulda, waren am 19. und 20. Dezember 1925 in Langnau, wo sie sich beim Untersuchungsrichteramt meldeten und eine Reihe von wichtigen Erklärungen abgaben. Um uns ein richtiges Bild von diesen Zeugenaussagen machen zu können, sollten wir über Vorleben, Charakter, insbesondere Wahrheitsliebe der Geschwister der Verstorbenen, ihrer selbst und auch ihres Ehemannes Wendolin Roder, der von 1915 bis 1918 in Zürich lebte, möglichst genau informiert sein. Wir bitten Sie daher, durch Polizeiorgane unauffällig bei Hausgenossen, Bekannten und Vorgesetzten Erkundigungen über die Geschwister Schneeberger und allenfalls auch über Herrn Roder einzuziehen. Insbesondere sind wir interessiert an den finanziellen Verhältnissen und gegebenenfalls begangenen Gesetzesverstössen von Herrn und Frau Roder-Schneeberger (Strafregister- und Betreibungsauszüge).

Das Antwortschreiben auf diese Anfrage traf am 14. Januar 1926 beim Untersuchungsrichter Wüterich ein. Absender war nicht die Bezirksanwaltschaft, sondern das Polizeikommando der Stadt Zürich. Die Erhebung hatte ein Wachtmeister der Fahndungsabteilung der Kriminalpolizei durchgeführt. Wüterich liess Lauener und Hebeisen in sein Büro kommen.

Roder wurde in Berlin geboren. Als er noch ein Kleinkind war, zogen seine Eltern nach Davos, wo sie eine Klinik für Lungenkranke eröffneten. Dass Roders Eltern ursprünglich aus Deutschland kamen, war Wüterich nicht bekannt gewesen, auch nicht, dass der junge Roder erst am 1. August 1917, also im Alter von fünfundzwanzig Jahren, eingebürgert wurde. Lauener und Hebeisen, mit denen er das Schreiben aus Zürich durchging, hatten das auch nicht gewusst. Da in Roders Pass das bernjurassische Bonfol als Heimatort stand, nahm er an, seine Eltern stammten von dort. Sie hatten sich, wie Wüterich rasch herausfand, 1915 in Bonfol einbürgern lassen. Warum ausgerechnet im Berner Jura, rätselte er mit Lauener und Hebeisen.

«Roder war wohl schon immer ein notorischer Lügner. Als ich ihn fragte, warum er nicht militärdienstpflichtig sei, gab er an, in jungen Jahren an Tuberkulose erkrankt zu sein. Offenbar wollte er nicht als Papierli-Schweizer gelten», bemerkte Lauener.

Der Bericht des Detektiv-Wachtmeisters aus Zürich enthielt eine detaillierte Aufzeichnung der Lebensdaten von Linda Roder und ihren beiden Geschwistern.

Alle drei waren weder straffällig noch betrieben worden.

«Ist das nicht doch ein bisschen Schönfärberei, nach meinen Informationen von Laura Borelli lebten Linda Schneeberger und Wendolin Roder während zweier Jahre im Konkubinat.»

Eine Wortmeldung, die Hebeisen zu einer spitzen Bemerkung veranlasste. «Könnte sein, dass die Zürcher Polizei Wichtigeres zu tun hat, als unverheirateten Liebespärchen nachzustellen.»

Die Folge war ein böser Wortwechsel zwischen Hebeisen

und Wüterich, dessen viertelstündiger Verlauf mit dem erfolgreichen Schlichtungsversuch Laueners endete.

Wüterich hatte noch weitere Stellen mit Rotstift markiert.

S. Maria, Hausfrau und Ehefrau des S. Heinrich, seit 1910 Eigentümer des Hauses Nelkenstrasse 9, Zürich 6 und jetzt noch dort wohnhaft, welche die Geschwister Schneeberger ihrem Charakter nach sehr gut kannte und kennt, ebenfalls den Wendolin Roder, erklärte mir auf Befragen, die drei Geschwister seien als durchaus seriöse Zeugen zu betrachten. Es sei über keines von ihnen je etwas Nachteiliges bekannt geworden. Alle hätten einen guten Charakter, und deren Wahrheitsliebe sowie Zuverlässigkeit seien keineswegs zu bezweifeln.

Hervorzuheben sei der starke Charakter der jüngeren Schwester der Linda selig, Hulda. Als Roder bei der Familie Schneeberger einzog und das «Konkubinat» mit Linda wollte, habe Hulda eingegriffen. Sie zwang ihn, ausserhalb der Wohnung, in einem Haus gegenüber, bis zur geplanten Heirat mit Linda ein Zimmer zu mieten. Allerdings sei diesem Vorhaben kaum Erfolg beschieden gewesen. Roder hielt sich oft die ganze Nacht bei seiner Braut an der Nelkenstrasse 9 auf, die ihn, meist notdürftig bekleidet, hereingelassen habe. Ausser dem Verhalten während des Brautstands könne der verstorbenen Frau Roder aber gar nichts nachgesagt werden. Beziehungen zu anderen Männern habe sie keine gehabt. Sie habe den ganzen Tag fleissig gearbeitet und damit ihren Mann ausgehalten, der als Student nichts eingebracht, sondern nur Kosten verursacht habe. Wendolin Roder sei ein quartierbekannter Schürzenjäger gewesen, er habe sich schon von Beginn des Zusammenlebens mit Linda an alle möglichen Weiber herangemacht. Er sei überhaupt, und mit seiner Frau im Besonderen, als brutaler Mensch aufgefallen. Er habe sie oft körperlich misshandelt …

Im mehrere Seiten umfassenden Bericht des Wachtmeisters standen weitere Geschichten über Roders anstössiges Verhalten. Eine andere Nachbarin etwa nannte ihn einen «schlechten Menschen» mit einem «niederträchtigen, rücksichtslosen Charakter, der über Leichen» gehe.

Doch auch das Dokument aus Zürich, fand Hebeisen, enthalte keinen einzigen Beweis, dass Roder einen Mord begangen habe, was Wüterich erneut auf die Palme brachte.

Hebeisen warf Wüterich vor, er halte beharrlich an seiner seit Beginn der Ermittlungen im Fall Linda Roder praktizierten Methode fest, alle nur erdenklichen Standpunkte über Wendolin Roder und sein Umfeld einzuholen. Das betreffe auch das Opfer Linda mit ihren Verwandten und Bekannten. Dazu kämen Meinung und Moralvorstellungen der Öffentlichkeit des Emmentals, beide tief verwurzelt in der jahrhundertealten evangelikalen Tradition.

«Leider hast du die für Kriminalfälle üblichen Verfahren sträflich vernachlässigt und tust das immer noch. Eine saubere, sorgfältige Spurensicherung fehlt immer noch vollständig. Wir wissen nur, dass Linda Roder an einer Überdosis Arsenik verstorben ist. Doch wir wissen bald einen Monat danach noch nicht, wer der Täter oder die Täterin ist.»

Wüterich widersprach heftig. Von Anfang an habe sich abgezeichnet, dass die beiden Beschuldigten bestreiten würden, Linda Roder umgebracht zu haben. Dass Spuren verwischt worden seien, bestreite er nicht. Doch es wäre unmöglich gewesen, Wendolin Roder und Laura Borelli bereits nach der Tat, am frühen Morgen des 19. Dezember festzunehmen und anschliessend eine Hausdurchsuchung anzuordnen. Dann sah Wüterich Hebeisen scharf an. «Wer ausser den beiden hätte ein Motiv gehabt, Linda Roder umzubringen?»

Lauener und Hebeisen verliessen Wüterichs Büro.

***

Am Freitag, den 15. Januar um fünf vor acht klopfte es am Büro von Wüterich. Er rief: «Herein!»

Wüterich erschrak schon ein bisschen. Vor ihm stand ein Mann mit schweren Nagelschuhen, einer wilden Haartracht, einem struppigen Bart und von beeindruckender Körpergrösse, er mass an die zwei Meter. Seiner kräftigen Statur entsprechend musste er über hundert Kilo wiegen.

«Ein urchiger Emmentaler, wie es im Büchlein steht», bemerkte Wüterich, als er sich nach der unerwarteten Überraschung wieder gefangen hatte. «Was haben Sie denn auf dem Herzen?»

«Vielleicht sollten wir von Beginn an Klarheit schaffen. Ich gehe davon aus, dass Sie mich demnächst ohnehin aufgeboten hätten. Es handelt sich hier nicht um eine Vernehmung. Ich komme aus freien Stücken zu Ihnen. Fragen sind mir willkommen, halte ich es für nötig, gehe ich darauf ein, aber einfach so Red und Antwort stehen, das liegt nicht drin.»

Im Hintergrund kicherte deutlich vernehmbar Hebeisen, der von Wüterich als Protokollführer dazugeholt worden war.

Wüterich war baff und sagte dann: «Was bilden Sie sich eigentlich ein? Ist Ihnen nicht klar, dass ich Sie gleich festnehmen könnte.»

«Tun Sie es doch. Ob Sie das lange durchhalten können, bezweifle ich allerdings.»

«Wie heissen Sie denn?»

«Johannes Stauffer.»

Wüterich sah hilfesuchend zu Hebeisen. Dieser schrieb etwas auf einen Zettel und reichte ihn Wüterich. «Pass auf, der Mann spricht den Dialekt der Bernburger wie Erich von Steiger.»

Nach einer Minute des Bedenkens forderte Wüterich Stauffer kleinlaut auf, nun zu erzählen, was er über den Fall Roder wisse.

«Ich lernte Wendolin Roder in Bern im Wintersemester 1915/16 kennen, und zwar auf der Universität. Wir besuchten die gleichen Kollegien der Naturwissenschaftlichen Fakultät, Chemie, Physik, Botanik und Zoologie. Wie alle Medizinstudenten besuchte Wendolin Roder auch Lehrveranstaltungen der Naturwissenschaften.»

Wüterich unterbrach Stauffer. «Was sind Sie eigentlich, Bauer oder Akademiker?»

«Beides. Mein Erstberuf ist promovierter Chemiker, Dr. phil. nat., im Zweitberuf bestelle ich ein Bergbauerngut in der Talschaft Dürrgraben. Als Nebenbeschäftigung pflege ich zu schwingen. Ich bin Kranzschwinger. Ich hätte genügend Kraft, Sie mit einer Hand in die Luft zu heben und durch die Fensterscheiben in den Vorhof des Amtshauses zu werfen. Ich will hoffen, dass es nicht dazu kommt.»

Hebeisen konnte sich kaum mehr auf seinem Sessel halten. Er musste sich zusammenreissen, um nicht laut herauszuprusten.

«Persönlich habe ich mit Roder mehrmals gesprochen», fuhr Stauffer weiter, «aber es ist mir davon nicht mehr allzu viel in Erinnerung geblieben. Nur einmal, das weiss ich noch genau, kam er zu mir auf mein Zimmer, ich wohnte bei meinen Eltern in der Thormannstrasse. Er besuchte mich, weil er wegen Krankheit mehrere Vorlesungen verpasst hatte. Er sah sich einen ganzen Samstagnachmittag meine Notizen darüber an. Meine Eltern waren immer sehr darauf bedacht, unseren Gästen einen angenehmen Aufenthalt zu bieten. Roder wurde auch zum Zvieri eingeladen. Anlässlich dieses erzählte er Folgendes: Er sei in Davos als deutscher Staatsbürger aufgewachsen. Im Sommer 1914 habe er kurz vor Ausbruch des Ersten Weltkriegs ein Aufgebot erhalten, sich in einer Militärschule bei Freiburg im Breisgau zu stellen. Sein Vater, ein ehemaliger Reserveoffizier, habe ihn darum gebeten. Als dann Ende Juli der Krieg tatsächlich ausgebrochen sei und Roder an die Front abkommandiert worden wäre, sei er desertiert, zunächst zu Fuss über die Rheinbrücke ins Elsass, das damals noch Teil des deutschen Reichs war. Von dort habe er sich bis in die Nähe von Basel durchgeschlagen, ein risikobehaftetes Unterfangen, da gegen ihn ein Haftbefehl der deutschen Reichswehr ausgestellt worden sei. Das Passieren der Schweizer Grenze sei kein Problem gewesen, da er am Zoll eine Wohnsitzbestätigung aus der Schweiz vorweisen konnte. Roder hat mir diese Flucht in allen Einzelheiten geschildert. Mir machte das gewaltig Eindruck. Dass es sich bei Roder um einen ganz schlauen, raffinierten und intelligenten Menschen handeln musste, war mir seitdem klar.»

Stauffer wurde von Wüterich unterbrochen. «Sie würden also Roder einen Mord zutrauen?»

«Je nach den Umständen würde ich den meisten Menschen einen Mord zutrauen. Das bedeutet noch lange nicht, dass Roder seine Gattin umgebracht hat. Später sah ich Roder in Zürich», fuhr Stauffer weiter. «Es wird im Wintersemester 1916 an der Universität, wo ich von Bern hinübergewechselt habe, gewesen sein. Ich hatte mein Zimmer am Zürichberg. Wendolin Roder anerbot mir mehrmals, ihn auf seinem Zimmer, an der Nelkenstrasse, nicht weit von meinem, zu besuchen. Ich ging des Öfteren hin. Dabei fiel mir auf, dass Roder mit den Gastgeberinnen, zwei Fräuleins namens Schneeberger, auf sehr vertrautem Fusse stand. Die eine, namens Linda, war auffallend hübsch, die andere, Hulda, eher weniger.»

«Ist das alles?», fragte Wüterich nach.

«Ja.»

«Danke, Herr Dr. Stauffer. Bevor Sie gehen, melden Sie sich im Sekretariat, dort erhalten Sie das Zeugengeld, eingeschlossen die Reisespesen. Insgesamt drei Franken.»

Wüterich sah zu Hebeisen hinüber. «Was bringt uns die Aussage von Stauffer?»

«Sie belastet Roder in keiner Weise.»

«Das sehe ich auch so. Ich glaube, Stauffer will Roder irgendwie helfen. Ich habe sogar den Verdacht, dass Stauffer sich bei mir lediglich gemeldet hat, um mich kennenzulernen. Ich traue ihm nicht über den Weg.» Wüterich sah auf die Uhr. «In zehn Minuten beginnt eine Gerichtsverhandlung. Eine stinklangweilige Sache. Zwei Bauern aus Trubschachen sind sich wegen eines Grenzverlaufs in die Haare geraten. Es geht um eine karge

Weidefläche, ein Rechteck von zwanzig mal zehn Metern, zwei Aren.»

Wüterich begab sich nach der Gerichtsverhandlung, die mehr als eine Stunde dauerte, in sein Büro. Auf seinem überdimensionierten Schreibtisch lagen die Akten des Tötungsdelikts «Linda Roder-Schneeberger». Drei Bundesordner. Er blätterte darin, ohne zu wissen, wo er anfangen sollte. Er entschied sich für ein Polizeiprotokoll nach dem Todesfall. «Wäfler und Jenni», brummte Wüterich gereizt. «Eine Zumutung. So ein Mist, ich muss die Protokolle nochmals zurechtbiegen.» Er drehte an der Wählscheibe des Tischtelefons. Als er die Frauenstimme hörte, es war seine Sekretärin, schnauzte er sie an: «Anna, verdammt noch mal, warum dauert das immer so lange, bis du abhebst? Komm mit der Schreibmaschine zu mir, ich diktiere dir etwas.»

Eine Minute später klopfte es an Wüterichs Tür. Wüterich gab Anna einen Klaps auf den Hintern. Sie verzog entrüstet das Gesicht, wollte widersprechen, doch die Worte blieben ihr im Halse stecken.

«Herr Regierungsstatthalter, zu Ihren Diensten.»

«In dieser Sache bin ich zwar nur Untersuchungsrichter. Weisst du, was mich an dir verwundert?»

«Nein, Herr Untersuchungsrichter.»

«Dass du noch keinen Mann gefunden hast, der jede Nacht über dich herfällt. Wie kann ein Weib wie du auf so etwas verzichten?»

Anna Rothenbühler wurde puterrot. Sie sagte nichts darauf.

Das Diktat dauerte etwa zehn Minuten.

Wüterich überflog den Text.

Landjägerposten Langnau, Dienstag, 22. Dezember 1925.
Rapport von Korporal Jenni Adolf, Landjäger Wäfler Armin.
Gegenstand: Verhaftung von Roder Wendolin, Arzt, Langnau.

Nachmittags circa ein Uhr. Wäfler und Jenni betreten durch das Gittertor den Garten des Arzthauses. Gleichzeitig öffnet Roder die Haustür.
Wäfler ruft: «Halt, stehen bleiben!»
Roder: «Ich lasse mir auf meinem eigenen Grund und Boden nicht befehlen, wann ich zu gehen oder zu stehen habe, auch nicht von einem Landjäger.» Roder schreitet über den Kiesweg Richtung Gartenausgang.
«Halt, stehen bleiben, sonst schiesse ich.»
«Blöder Kerl, was fällt dir eigentlich ein?»
Jenni gibt einen Schuss in die Luft ab. Roder bleibt stehen und kann mit Handschellen neutralisiert und abgeführt werden.
Er sagte dann: «Jetzt komme ich noch ins Zuchthaus.»
Nach zehnminütigem Fussmarsch ist er hinter Schloss und Riegel im «Hirschenstöckli».
Auf dem Weg ins Gefängnis hat Roder die beiden Polizisten mit Schimpfworten eingedeckt.

«Anna, hol mir Wäfler oder Jenni, am besten beide. Sie sollten auf dem Posten sein.» Nach wenigen Minuten kam Anna mit Jenni zurück. Wäfler sei im «Bären» in Kröschenbrunnen.

Jenni wurde von Wüterich gebeten, sich ans Besuchertischchen zu setzen. «Korporal, unterschreiben Sie und tun Sie das auch gerade für Wäfler. Dessen Unterschrift nachzumachen sollte keine Kunst sein.»

Jenni hielt einen Moment inne. «Ich muss es zuerst lesen.»

«Müssen Sie nicht, aber Sie daran hindern möchte ich auch nicht. Tun Sie halt, was Sie nicht lassen können.»

Nach der Lektüre hob Jenni unsicher den Kopf. «Hm ... so hat sich die Verhaftung nicht zugetragen. Einen Schuss habe ich jedenfalls nicht abgegeben, und Wäfler hat die Verhaftung geleitet. Roder war nicht gerade freundlich gewesen, aber beleidigt hat er Wäfler nicht.»

«Jenni, nerven Sie mich nicht. Ob Sie bei der Verhaftung einen Schuss abgegeben haben, entscheide ich. Jedenfalls kann ich den Geschworenen die Festnahme Roders und auch Laura Borellis, wie sie Wäfler in seinem Bericht geschildert hat, nicht zumuten. Die Geschichte mit dem Velo ist jenseits von Gut und Böse. Damit macht sich die Langnauer Polizei in der ganzen Schweiz lächerlich. Wenn ich sage, Roder habe Sie und Wäfler beleidigt, stimmt es so. Also unterschreiben Sie, aber gleich.»

«Meinetwegen. Aber Wäflers Unterschrift fälsche ich nicht.»

«Hosenscheisser! Dann lassen Sie es. Nun muss ich noch den anderen Trottel herholen lassen.»

Einen Tag später suchte Wüterich das Büro von Lauener auf. «Ich überreiche dir eine Abschrift des Protokolls von Wäfler und Jenni. Bitte lies es und sage, ob es in Ordnung ist.»

Lauener vertiefte sich in das Schriftstück. Es war rasch gelesen. Dann sah er Wüterich mit einem durchtriebenen Blick an. «Sag mir nicht, die beiden Hohlköpfe hätten das geschrieben? Das hast du wohl der Anna diktiert. Danke für das Protokoll. Ist so weit in Ordnung. Was findest du am bemerkenswertesten darin?»

Wüterich überlegte einige Augenblicke. «Den Satz ‹Jetzt komme ich noch ins Zuchthaus›. Genau. Denk daran, der gehört in die Anklageschrift. Und er stimmt übrigens so. Das habe ich nicht wie anderes zurechtbiegen müssen. Wäfler wird das auch reinen Gewissens bezeugen können, sollte er im Prozess danach gefragt werden.»

«Klar, hört sich fast an wie ein Schuldgeständnis.»

***

Am Dienstag, den 2. Februar 1926, um sieben Uhr dreissig, verhörte Friederich Wüterich die Angeschuldigte Laura Borelli.

UR: Haben Sie in Trubschachen anlässlich Ihres Besuches bei der Hebamme Zumbrunn nicht auch darauf hingewiesen, Sie hätten der Frau Dr. Roder nie Medikamente gegeben?

BL: Ich kann mich nicht mehr daran erinnern.
UR: Haben Sie dem Fräulein Zumbrunn nicht auch noch erzählt, wie Sie der Frau Doktor am Nachmittag des 18. Dezember Tee gebracht haben und diese hätte geklagt, dieser Tee schmecke schlecht? Sie hätten dann so getan, als ob Sie davon einen Schluck nehmen würden. ‹Ich finde nichts Besonderes daran›, sollen Sie geantwortet haben. Nach Aussagen von Hanna Althaus, die auch zugegen war, hätten Sie überhaupt nichts vom Tee gekostet. Stimmt das so?
BL: Ich habe einen Schluck von diesem Tee getrunken und ihn normal gefunden.
UR: Warum bezahlten Sie Ihre letztjährigen Steuern nicht?
BL: Diese Steuern sollen seither von meinem Schwager, Konrad Zwygart, beglichen worden sein.
UR: Ist Ihnen bekannt, dass mindestens achtzig Prozent der tödlichen Arsenvergiftungen heute noch von den Ärzten verkannt werden sollen?
BL: Ich habe mich nie für so etwas interessiert.
UR: Warum haben Sie beide, Dr. Roder und Sie, immer hartnäckig das genossene Schweinsohr als Ursache der Krankheit von Frau Dr. Roder bezeichnet, obwohl mittlerweile klar ist, dass dieses Fleisch nicht verdorben war?
BL: Das glaubte ich einfach, weil es Dr. Roder so dargestellt hatte.
UR: Auf wessen Antrieb sind Dr. Roder und die Geschwister Schneeberger am Samstag, den 19. Dezember, nach Bern gefahren?
BL: Dr. Roder sagte mir, die Geschwister Schneeberger wünschten, in Bern schwarze Kleider für die Beerdigung ihrer Schwester Linda zu kaufen.
UR: Die Geschwister Schneeberger haben das bestritten. Schwarze Kleider könne man auch in Langnau kaufen. Was sagen Sie dazu?
BL: Dazu kann ich mich nicht äussern. Das ist eine Angelegenheit zwischen den Geschwistern Schneeberger und Dr. Roder.

Anschliessend um vierzehn Uhr verhörte Friederich Wüterich den Angeschuldigten Wendolin Roder **(WR)**, um auch diese Ermittlungen abzuschliessen.

UR: Telefonierten Sie nicht kurz vor der Wiederverheiratung mit Linda Roder, sie könne vorläufig nicht zu Ihnen nach Langnau kommen, weil die Borelli vermutlich schwanger sei und diese Sache zuerst erledigt werden müsse.
WR: Ich wusste nicht mit Sicherheit, ob die Borelli schwanger war. Sie behauptete das, ich glaubte ihr aber nicht und wünschte deshalb abzuwarten, bis sie die Periode hätte bekommen sollen. Vor diesem Zeitpunkt schickte ich sie ins Welschland. Inzwischen hatte ich mich mit meiner früheren Frau darin verständigt, dass wir das Kind der Borelli, sollte sie wirklich schwanger sein, aufnehmen würden.
UR: Besprachen Sie das auch mit der Borelli?
WR: Wie sollte ich? Sie hätte das weit von sich gewiesen.
UR: Danke für diese klare Antwort. Ich bin gespannt, wie sie auf die Geschworenen wirken wird. Machten Sie Linda Roder nicht kurz vor der Heirat den Vorschlag, sie und die Borelli könnten ja im Arzthaus zusammenwohnen?
WR: Eine Zeit lang wälzte ich diesen Gedanken, dann raffte ich mich auf, ihr dieses Angebot zu machen.
UR: Sie haben Karl und Hulda Schneeberger angeboten, sie nach Bern zu fahren, damit sie dort schwarze Kleider für die Beerdigung ihrer Schwester Linda kaufen könnten. Diese gäbe es weder in Langnau noch in Burgdorf. Das stimmt aber nicht. An beiden Orten kann man sich problemlos solche beschaffen. Was sagen Sie dazu?
WR: Ich bin ungern nach Bern gefahren und glaube immer noch nicht, dass ich den Anstoss zu dieser Reise gegeben habe. Es kann auch Karl Schneeberger gewesen sein, denn ich weiss noch, dass er sagte, in Langnau könne man für Linda keinen Kranz kaufen.

***

Am Abend des 5. Februar 1926 kam es in Langnau zu einer spontanen Demonstration vor dem Gefängnis. Es waren etwa dreissig Menschen, Frauen und Männer, die laut riefen: «Freiheit für Wendolin Roder und Laura Borelli.»

Als Wüterich davon Wind bekam, rief er aufgebracht Hebeisen an, der ihn an diesem Tag als Regierungsstatthalter vertrat. «Verjag den Pöbel vor dem Gefängnis!»

Er sehe im Moment keinen Anlass, das zu tun. Bislang seien noch keine Klagen über Lärmbelästigungen und Sachbeschädigungen bei ihm eingetroffen.

Wüterich habe ob dieser Antwort getobt, sagte Hebeisen am folgenden Tag an der Herrenrunde im «Hirschen». «Was hätten die drei Leute von der Polizeistation denn gegen mehrere dutzende empörte Bürger ausrichten können», rechtfertigte er sich. «Den Befehl, auf Männer und Frauen mit Schlagstöcken dreinzuschlagen, nur weil sie friedlich, gesittet protestierten, hätte ich niemals verantworten können.»

Nach dem Wochenende trafen sich Hebeisen, Lauener und Wüterich im Besprechungszimmer des Regierungsstatthalteramtes. Wüterich rastete schon zu Beginn der Sitzung aus, deckte Hebeisen mit Schmähungen ein. Dieser nahm die Ergüsse des Gerichtspräsidenten mit Gelassenheit entgegen. «Ich bin nach wie vor überzeugt, verantwortungsvoll gehandelt zu haben.»

Lauener, dem offensichtlich bei dieser Sache unwohl war, machte einen Vorschlag. «Bringen wir Roder doch ins Gefängnis von Burgdorf. Das ist grösser und geschützter als das unsere.»

Hebeisen fand diesen Vorschlag gut. Wüterich liess sich zähneknirschend davon überzeugen und willigte schliesslich ein, Roder ins Schloss Burgdorf zu überstellen. Konnte es aber nicht lassen, Lauener noch eins auszuwischen. «Du bist ja selbst blöd, nun musst du nach Burgdorf reisen, um Roder zu verhören, denn nun kommst du als Ankläger zum Zug.»

Diese Bemerkung brachte Hebeisen zum Lachen. «Das macht er doch gerne. Fährt zweite statt dritte Klasse mit dem Zug und raucht dabei eine teure Zigarre.»

«Den Transport Roders nach Burgdorf übernehmen selbstverständlich wir», sagte Wüterich fordernd.

«Deine aufgesetzte Miene macht mir Sorgen. Was hast du eigentlich vor?», gab Hebeisen zu bedenken.

«Warum sich darüber Sorgen machen, das geht doch mit der Bahn, ein Auto steht uns nicht zur Verfügung. Im ganzen Kanton gibt es kaum ein Dutzend Polizeifahrzeuge. Jenni und Wäfler werden sich darum kümmern», wollte Wüterich die sich anbahnende Diskussion abwimmeln. «Der Transport von Gefangenen ist Sache der Polizei, nicht des Regierungsstatthalters.»

18. Die Flucht

Wäfler in Uniform und neben ihm einherschreitend Roder, mit einem Strick um die Brust, am Sattel befestigt, waren am nächsten Montag auf der Hauptstrasse von Langnau nach Burgdorf unterwegs. Das erregte Aufsehen. In Zollbrück, dem ersten Dorf nach Langnau, begann es zu schneien. Bereits am Ortseingang öffneten sich die Fenster an der Strasse. Bei der Wirtschaft Rössli stieg Wäfler vom Sattel. Er knotete das Ross an einen eisernen Ring in der Hauswand. Am nächsten Ring zurrte er Roder fest.

«Es dauert jetzt einen Moment. Ich brauche einen Glühwein bei diesem Sauwetter. Und du, Roder, leistet dem Pferd Gesellschaft.»

Roder unterbrach Wäfler. «Das hat gerade noch gefehlt. Ich lasse mich von Ihnen nicht wie ein Tier an eine Mauer fesseln.»

«Mit Knastbrüdern machen wir das immer so.»

«Das ist eine Demütigung, die gesetzlich nicht erlaubt ist.»

Wäfler zog den Hartgummistab aus der Seitentasche der Hose und versetzte Roder einen Schlag auf die Brust. Dieser zuckte zusammen und schrie auf.

In diesem Moment blieb ein Mann auf der gegenüberliegenden Strassenseite stehen. Er rief: «Ein mieser Feigling bist du, auf eine wehrlose, gefesselte Person einzuschlagen.»

«Schweig augenblicklich, sonst verhafte ich dich.»

Der Mann überquerte die Strasse und näherte sich Wäfler auf wenige Meter. «Du? Willst du mich verhaften? Nur zu. Stauffer Johannes ist mein Name.»

«Stauffer? Um Himmels willen, dieses stinkreiche Grossmaul!» Wäflers Augen hielten nach einem Fluchtweg Ausschau. Die kürzeste Distanz, sich in Sicherheit zu bringen, waren die zehn Schritte zum Eingang der Wirtschaft. Wäfler setzte zu einem Sprint an, erreichte nach wenigen Sekunden die Tür, riss sie auf und entzog sich so den Blicken Stauffers.

Stauffer ging zu Roder, band ihn los und sagte: «Wendolin? Dich kenn ich doch.»

«Johannes? Ich dich auch. Was soll ich nun tun?»

«Komm mit mir, wir wandern zur ‹Waldruhe›, meinem Heimetli. Ich weiss, wann und warum du unmittelbar vor Weihnachten 1925 verhaftet worden bist.» Dann sah er Roder besorgt an. «Du siehst lädiert aus. Man hat dir übel mitgespielt. Du hast wohl mehrere Wochen kaum etwas gegessen. Eineinhalb Stunden musst du die Zähne zusammenbeissen. So lange ist der Weg bis zu mir nach Hause.»

«Ich hoffe, du bist dir bewusst, was es heisst, wegen Mordes angeklagt zu werden.»

«Ein Mord? War es wirklich einer? Und wenn? Hast du ihn begangen?»

«Nein, ich habe ihn nicht begangen. Trotzdem wird man mich suchen, sozusagen gegen mich eine Hetzjagd veranstalten.»

«Darauf kannst du zählen. Doch zunächst gilt es, dich wieder so herzurichten, dass du die Strapazen der Untersuchungshaft überstehen wirst. Oder allenfalls flüchtest du Richtung Westen, an den Atlantik nach Le Havre, und heuerst dort als Matrose für die Überfahrt nach Amerika an. Alle Möglichkeiten stehen dir offen, ich bin wohl der Einzige in dieser Gegend, der dir helfen kann.»

«Warum hat es dich dorthin verschlagen, wo sich Füchse und Hasen Gute Nacht sagen? Wie ich vernommen habe, warst du in der Basler Chemie tätig.»

«Das werde ich dir auf dem Weg zu mir nach Hause erzählen. Aber jetzt müssen wir los. In etwa einer halben Stunde hat der Landjäger Wäfler sich mit scharfen Wassern vollgetankt. Folge mir. Die ‹Waldruhe› liegt oberhalb des Dürrgrabens, von hier aus ein Fussmarsch von gut neunzig Minuten, in deiner körperlichen Verfassung dürfte es länger dauern. Geht hinauf und hinab. Wir überqueren mehrere Tobel. Hoffentlich hältst du das durch.»

Es ging nach Norden. Die ersten hundert Meter waren flach, dann führte der Weg über ein offenes Feld. Anschliessend bogen sie in einen ziemlich steilen Pfad ein, und Stauffer sagte: «Jetzt sind wir ausser Sichtweite des Gasthauses und können miteinander reden. Wendolin, wir sind wohl beide gleich alt?»

«Ich schätze, ich übertreffe dich um zwei Jahre. Einige schwerwiegende Ereignisse haben mich zurückgeworfen. Ich begann mein Studium, als ich zweiundzwanzigjährig war. 1919 machte ich das Staatsexamen als Arzt in Zürich und war in diesem Beruf bis zum schicksalhaften 22. Dezember 1925 tätig.»

«Ich schloss meine Studien auch in dem Jahr ab. Zürich gefiel mir aber nicht, ich ging an die Universität Bern zurück.»

«Warum hast du dem Landjäger eigentlich deinen Namen genannt? War das geschickt?»

«Eigentlich nicht. Aber bei meiner Statur hätte Wäfler bald herausgefunden, wer ich bin. Ich darf davon ausgehen, dass noch heute Abend oder spätestens morgen früh ein Landjäger bei mir aufkreuzt. Nicht der von Langnau, sondern der von Trachselwald, auf dessen Gemeindegebiet der Dürrgraben liegt.»

«Dann holen sie mich ...»

Stauffer lachte. «Doch sie werden dich nicht finden. Keiner kommt unbemerkt zu meinem Haus.»

«Vielleicht werde ich mich in den nächsten Tagen sowieso den Ermittlungsbehörden stellen.»

«Da würde ich noch zuwarten. Jedenfalls bis du dich von den Strapazen deines Knastaufenthalts erholt hast. Du benötigst einige Tage währschaftes Essen, damit du wieder zu Kräften kommst.»

«Wenn dir die Leute hier im oberen Emmental zuhören, kommen sie in kürzester Zeit zur Erkenntnis, dass du kein einfacher Bauer bist.»

«Könnte man sagen. Aber das Bauerntum ist verankert in meiner Erbsubstanz. Dem Grossvater väterlicherseits gehörte ein Hof im Seeland. Ein wesentlich grösserer und einträglicherer als mein Heimetli in der zerklüfteten Landschaft zwischen Trachselwald und Langnau. Ich verbrachte einen guten Teil meiner Kindheit auf dem Betrieb meiner Grosseltern.»

«Nun schlägst du dich als Bergbauer durch, nicht gerade eine einträgliche Tätigkeit?»

«Ich sehe mich nicht als Opfer. Ich kann mir das leisten. Meine Eltern sind wohlhabend. Sie haben mir ein Vermögen hinterlassen. Abgesehen davon macht mir die neue Arbeit Spass. Ich mag Tiere, ich mag die Natur, ich mag es, mit den Händen zu arbeiten.»

«Und dein Vater? Wie ich mich erinnere, war er Physiker. Lebt er noch? Ich war ja, als ich in Bern studierte, mehrmals bei euch zu Hause.»

«Beide Eltern leben noch, in dem Haus, wo ich aufgewachsen bin. Der jüngste Bruder meines Vaters – es waren sieben Geschwister, fünf davon gibt es noch – hatte den grossen Hof von meinem Grossvater übernommen. Dessen Sohn, mein Cousin, bewirtschaftet ihn nun. Wir treffen uns fast jeden Monat.»

Stauffer sah sich um, schaute zurück. «Die Luft ist noch rein ... Zum Hof meines Grossvaters gehörte auch die ‹Waldruhe›, so etwas wie eine Alp. Die im Dürrgraben wissen also sehr wohl, von wo ich herkomme.»

«Deine Tätigkeit als Chemiker dauerte demnach nicht sehr lange.»

«Das war so nicht geplant. Ich arbeitete in Basel bei Hoffmann-La Roche in der Pharma-Abteilung und bekam Probleme mit meinen Vorgesetzten. Es ging um ein Medikament in der Versuchsphase, das ich als gefährlich einstufte. Ich schlug vor, es aus dem Entwicklungsprogramm zu nehmen, was aber vom Leiter der Forschungsabteilung, einem ausserordentlichen Universitätsprofessor, abgelehnt wurde. Es kam zum Streit, mir wurde nahegelegt zu kündigen, so verliess ich die gut bezahlte Stelle.»

Immer wieder drehte sich Stauffer um, erspähte die Landschaft, die die beiden eben zurückgelegt hatten. Plötzlich rief er Roder zu: «Geh in Deckung hinter diese Scheune. Da unten, in einer Distanz von circa zwei Kilometern sehe ich drei Reiter.» Er sah durch den Feldstecher, den er umgehängt hatte. «Ich glaub's nicht. Die haben es auf uns abgesehen. Der Letzte hat die

Uniform eines Landjägers. Das muss Wäfler sein. Zum Glück haben sie keine Hunde dabei.»

Johannes Stauffer zeigte auf ein nahes Wäldchen, das einen Hügel bedeckte. «In einem Abstand von hundert Metern befindet sich ein Graben, der sich von der Anhöhe hinunterzieht. Eilen wir dorthin und erklimmen darin die Anhöhe. Von unten kann man uns nicht sehen.»

Ihre Spuren waren trotz der Schneedecke nicht auszumachen. Auf dem Weg, über den sie gingen, waren viele Fussspuren. Durch den Graben floss ein Bächlein. Sie zogen die Schuhe aus und wateten durch das kalte Wasser, ein Stück weit jedenfalls. Nach den ersten Bäumen zogen sie ihre Schuhe wieder an. Eine Viertelstunde später waren sie oben angelangt. Durch die Bäume beobachteten sie das Strässchen. Da kamen sie in leichtem Galopp, die drei Verfolger auf den Pferden. Vor der Brücke über den Graben machten sie halt. Einer stieg ab und vergewisserte sich, dass sich darunter niemand versteckte.

Stauffer sagte zu Roder: «Für wie blöd halten die uns? Wir warten jetzt eine Viertelstunde ab, steigen auf der Gegenseite des Hügels hinab, Richtung Westen. Die Verfolger scheinen sich auszukennen. Einer oder beide von ihnen wissen, wer ich bin und wo ich wohne. Sie haben vom ‹Rössli› in Zollbrück den kürzesten Weg zur ‹Waldruhe› eingeschlagen, was uns zwingt, eine andere Route zu wählen. Das wird anderthalb Stunden länger dauern. Es schneit und schneit. Bald liegt ein halber Meter davon über der Landschaft. Schaffst du das noch?»

«Ich denke schon, ja.»

Um ein Uhr am Nachmittag erreichten sie die Streusiedlung Dürrgraben. Die Landschaft war inzwischen tief verschneit. Sie standen vor einem steilen Hang. Stauffer zeigte darauf. «Siehst du die zwei Häuser dort oben? Im Gebäude links wohne ich, etwa hundert Meter rechts sind die Scheune und der Ziegenstall. Für Kühe sind die Wiesen zu karg. Ich mag Geissen. Noch zehn Minuten, dann beginnt der Aufstieg zu meinem Zuhause. Ein Problem werden wir haben. Deine Fussabdrücke. Wir müssen uns etwas einfallen lassen, sie unkenntlich zu machen.»

Plötzlich blieb er verdutzt stehen. «Siehst du dort unten, das tote Ross», sagte er zu Wendolin. Er wies auf einen tiefen Graben, durch den ein Bach floss. Der Schnee drum herum war rot gefärbt. Das Tier musste stark geblutet haben.

Stauffer sprach erneut laut: «Halt, neben dem Pferd liegt der Helm des Landjägers.»

Sie gingen weiter. Nach weiteren fünfzig Metern erreichten sie den Weg, der zu Stauffers Heimetli führte. Den Hang hinauf und herab sah man Hufspuren. «Wäfler und seine beiden Begleiter haben uns also schon einen Besuch abgestattet. Aber sie scheinen unverrichteter Dinge wieder abgezogen zu sein. Vielleicht hat sie Bäri, mein Berner Sennenhund, aufgescheucht, und sie jagten in wildem Galopp den Hang hinunter. Dass dabei Wäfler im Graben landete, dürfte eine Genugtuung für dich sein. Er hat sicher einige Dellen abgekommen. Bin gespannt, was jetzt kommt.»

Die Hufspuren gingen geradeaus nach Norden, Richtung Trachselwald.

Stauffer betrachtete gedankenversunken den Berg, der von der Sonne beschienen wurde. «Der Schnee schmilzt hier zwar rasch. Doch Fussspuren halten sich lange.» Er schmunzelte und wies auf einen Schopf mit einem windschiefen Dach. «Der gehört zu meiner Liegenschaft.» Stauffer zog einen Schlüssel aus dem Hosensack und öffnete das Tor. Darin waren eine Schubkarre, mehrere Sensen, Heugabeln, Stiefel und Schuhe. Er griff nach einem Paar hoher Nagelschuhe. Nummer 47. «Schnüre sie ganz auf und versuche, verkehrt hineinzuschlüpfen.»

Roder sah Stauffer verdutzt an. Dann gellte er vor Lachen. «Ich hab's begriffen. Schreite ich den Hang hinauf, sollte es aussehen, ich würde in die Gegenrichtung gehen.»

Circa hundert Meter unterhalb des Hauses kam ihnen Bäri entgegen. Er begrüsste sie beide mit wedelndem Schwanz und beschnupperte Roder. Damit hatte der Hund den Gast akzeptiert.

«Bäri, du hinkst ja und blutest am Bein. Lass mich sehen, was los ist ...» Stauffer griff ans linke Hinterbein. «Diese Schweine, die haben auf dich geschossen. Wendolin, sieh dir das mal an.» Stauffer strich die Haare beiseite.

«Tierarzt bin ich ja nicht. Aber die Verletzung sieht harmlos aus. Die Kugel hat das Bein unten nur gestreift. Wir müssen die Wunde desinfizieren. Hast du Spiritus?»

«Nein, aber hochkonzentrierten Schnaps.»

Fünf Minuten später kamen die beiden beim kleinen Haus an, stiegen eine kleine Treppe hoch, Stauffer öffnete die unverschlossene Eingangstür, und sie standen in der Küche. Es war ziemlich kalt in diesem finsteren Raum. Stauffer stellte die Petroleumlampe unter der Holzbank auf den Küchentisch, öffnete die Schublade, griff nach der Schachtel mit Phosphorhölzern, entzündete eines davon durch Streichen an der Hose, schob das Verschlussglas der Laterne zur Seite, berührte den Docht mit dem brennenden Holz, und es wurde Licht.

«Ganz hell wird es nicht», sagte Stauffer. «Aber man kann damit leben. Doch jetzt sollten wir Bäri verarzten.»

Der Hund jaulte auf, als Roder mit Alkohol beträufelte Watte auf die Wunde drückte. Stauffer umfasste den Hals des Tieres, sodass Roder nicht befürchten musste, gebissen zu werden. «Es sieht fast so aus, als ob Bäri begriffen hat, dass die Behandlung nur zu seinem Wohl ist», rechtfertigte sich Roder, was Stauffer zum Lachen brachte. «Glaubst du wirklich? Ich nicht. Bäri ist einfach ein gutes Tier, er hat Vertrauen zu mir und jetzt auch zu dir. Manchmal schneide ich ihm die Haare, manchmal die Nägel an seinen Pfoten. Beides mag er nicht. Er hält einfach hin. Ich denke nicht, dass er sich dabei etwas überlegt. Er hat verstanden, dass er gehorchen muss. Tut er das, streichle ich ihn, und das mag er.»

Stauffer nahm Roder am Arm, führte ihn in ein winziges, niederes Zimmer mit einem Bett, einem kleinen Tisch, darunter ein Hocker und eine Petrollampe, daneben Streichhölzer. «Das ist dein Schlafzimmer. Im Bett liegen ein grosser Sack mit Stroh und vier Wolldecken aus Beständen der Schweizer Armee. Ich habe sie nach einem WK einmal mitlaufen lassen.»

«Was tust du denn in der Armee?»

«Derzeit nichts mehr. Ich war mal Oberleutnant. Aber als ich mich weigerte, im Generalstreik 1918 auf Kundgebungsteilnehmer zu schiessen, wurde ich nicht wie erwartet wegen Befehlsverweigerung zur Rechenschaft gezogen, sondern aus der Armee entlassen. Grund: psychische Probleme. Und du? Bist wohl Hauptmann.»

«Nein, ich wurde eingebürgert, als ich fünfundzwanzig Jahre alt war. So kam ich um den Militärdienst. Mein Vater war Deutscher, und er ist seit 1915 Schweizer, meine Mutter ist in Bonfol, im Berner Jura, geboren worden. Ich war 1918 zu alt, um in eine Rekrutenschule einzutreten. Ich durfte also kein Wehrmann sein.»

«Kein Wehrmann mehr sein? Dass ich nicht lache. Doch genug geredet, leg dich jetzt schlafen. Du siehst hundemüde aus. In drei Stunden wecke ich dich, und wir essen ein gutes Znacht. Es sei denn, der Landjäger und seine zwei anderen Halunken tauchen wieder auf und durchsuchen das Haus.»

«Was dann, wenn sie doch kommen?»

«Keine Sorge, ich werde dich an einem Ort verstecken, wo dich niemand finden kann. Sollten die Nichtsnutze tatsächlich auftauchen, wird das Bäri rechtzeitig ankündigen, damit ich dich zur Fluchtburg bringen kann.»

Roder legte sich hin und schlief augenblicklich ein.

Es war schon tiefe Nacht, als ihn Stauffer weckte. «Znacht ist bereit.»

Roder roch es schon vom Zimmer aus, Braten … Und der Hunger kam jetzt. Über Wochen hatte er kaum mehr Nahrhaftes und Schmackhaftes gegessen.

Als sich Roder an den Küchentisch setzte, wurden seine Augen feucht: Kartoffelstock, Braten und Sauerkraut, zwei Krüge, einer mit duftendem Kaffee, der andere mit heisser Milch. «Ein Festessen, herzlichen Dank, auch und ganz besonders für den Sauerkabis. Du weisst offenbar, was gesund ist.»

«Das Lamm habe ich selbst geschlachtet, die Kartoffeln selbst angebaut, die Milch stammt von meinen drei Geissen. In den

Höhen um den Oberlauf der Emme haben die Ziegen und der Kohl vielen armen Bauersfamilien, Knechten und Mägden seit Jahrhunderten über schwere Zeiten geholfen. In dieser Gegend verhungerten, im Gegensatz zu anderen unwegsamen Gebieten in der Schweiz, die Menschen nicht.»

Nach dem Essen servierte Stauffer noch einen Kirsch mit Kaffee. «Wein habe ich keinen, den Schnaps brenne ich selbst, aus den Kirschen, Äpfeln und Birnen, die Ernte im vergangenen Jahr war so reichlich, dass ein Teil meines Früchtevorrats der Fäulnis zum Opfer fiel. Auch den verwertete ich, wie fast alles hier.»

Roder fühlte sich viel besser. Er spiele mit dem Gedanken, ganz abzuhauen, nach Amerika vielleicht, legte er Stauffer dar. Aber wie gross wäre dabei das Risiko, doch noch gefasst zu werden? Man würde in diesem Fall seine Flucht als Schuldgeständnis einstufen. Und er habe noch seine kleine Tochter Rosemarie.

Johannes runzelte die Stirn, überlegte lange, bevor er darauf antwortete: «Zunächst empfehle ich dir, einige Tage bei mir zu bleiben. Du musst zu Kräften kommen. Dann bist du wieder handlungsfähig. Das ist leider die Methode unserer Untersuchungsbehörden. Sie wollen die Angeklagten fertigmachen. Sie haben die Erfahrung gemacht, dass Untersuchungshäftlinge, sind sie einmal gebrochen, sozusagen alles gestehen, was man ihnen unterschiebt. Sie geben Delikte zu, die sie nie begangen haben.»

Roder nickte. «Das hat Wüterich ja bereits mehrmals mit mir versucht.»

«Nun zu deinen Fluchtgedanken. Ich kann dir nicht garantieren, dass ein Prozess gegen dich mit einem Freispruch endet. Eher unwahrscheinlich, dass dies vor dem hiesigen Schwurgericht so ist. Du wirst wohl in die Berufung gehen müssen. All das dürfte Jahre dauern. Rosemarie wird heranwachsen. Man wird sie von dir fernhalten, sie womöglich verdingen. Sollte das Urteil kassiert werden, wird sie dich kaum mehr kennen. Gelingt es dir, in die USA zu flüchten, wird es ebenfalls Jahre dauern, bis du sie zu dir nehmen kannst. Zurück bleibt in Gefangenschaft

Laura Borelli, die du liebst. Sie hätte kaum Chancen, erfolgreich für ihre Freiheit zu kämpfen. Du wirst verstehen, ich kann dir keinen Ratschlag geben. Es ist eine Entscheidung, die du allein treffen musst.»

Roder schob sein Kinn nach vorn. «Meine Tochter wird bestimmt nicht verdingt, auch wenn ich lebenslänglich im Thorberg versorgt würde. Dass das nicht geschieht, dafür werden meine Eltern sorgen.»

«Das wäre in der ganzen Sache etwas Positives, könnte dafür sprechen, dich jetzt doch ins Ausland abzusetzen.»

«Meine Chancen?»

«Vielleicht gar nicht schlecht. Es gibt mehrere offene Stellen an unserer Grenze, wo du hindurchschlüpfen könntest. Den an Italien oder Frankreich angrenzenden Alpenkamm würde ich wählen. Doch zuerst musst du bis dorthin gelangen. Ab morgen wirst du landesweit zur Verhaftung ausgeschrieben sein. Dein Konterfei wird an allen Bahnhöfen hängen. Du müsstest dir zumindest einen Bart wachsen lassen, die Haare färben. Welche Farbe? Nicht schwarz. Du hast rötliche und eine entsprechende Haut, sie wird sofort rot, wenn sie Sonnenlicht ausgesetzt ist. Ich würde blond wählen.»

«Bis mir ein Bart gewachsen ist, würde das etwa einen Monat dauern. Solange müsste ich dir auf der Pelle hocken.»

«Das wäre für mich kein Problem. Doch wenn du einen Monat bei mir geblieben bist, sehe ich eine freiwillige Rückkehr ins Gefängnis kaum mehr. Du wärest in der Öffentlichkeit vorverurteilt worden. Das hätte Folgen für den Prozessausgang. Die Geschworenen wären dir nicht gewogen. In diesem Fall bliebe dir nichts anderes übrig, als zu flüchten. Mit dem Nachteil, du wärest in allen Polizeistationen der Nachbarländer zur Verhaftung ausgeschrieben. Sie hätten deine Fingerabdrücke. Kämest du durch unglückliche Umstände in Polizeigewahrsam, würdest du in die Schweiz ausgeliefert.»

«Was rätst du mir?»

«Rate ich dir, dich zu stellen, und die Justiz spricht dich schuldig, wirst du mich verfluchen. Beschliesst du, dich einem

Prozess zu entziehen, und deine Flucht misslingt, hast du keine Gnade zu erwarten. Denk darüber nach. Nach einigen Tagen musst du dich entscheiden.»

Roder war endlich wieder einmal satt. Er schlief gut zehn Stunden.

Stauffer weckte ihn um acht Uhr. «Zmorge ist bereit für dich.»

Kaffeegeruch strömte in Roders Schlafraum, und das weckte seine Lebensgeister. Am Küchentisch griff Roder herzhaft zu.

«Lässt du dir den Bart wachsen?», fragte Stauffer.

«Damit werde ich beginnen, auch wenn ich mich noch nicht entschieden habe, ob ich mich den Behörden stellen werde.»

«Heute Vormittag gehe ich nach Trachselwald. Luftlinie von hier weniger als zwei Kilometer. Ein Fussmarsch von knapp einer halben Stunde.»

«Was tust du dort?»

«Ich kehre in der ‹Tanne› ein. Dort nehme ich mir das ‹Emmentaler Blatt› vor. Vielleicht steht schon etwas über dein Reissausnehmen vor dem ‹Rössli› in Zollbrück drin.»

«Würde mich auch interessieren.»

«Sollte etwas drinstehen, kaufe ich mir die Zeitung am Kiosk beim Bahnhof Sumiswald.»

Die Sorgenfalten auf der Stirn von Stauffer wurden tiefer. «Gehe ich weg, bedeutet das immer ein Risiko für dich. Du könntest Besuch vom Landjäger und seinen Lakaien bekommen.»

Stauffer bemerkte Roders erschrockenes Gesicht. «Mach dir keine Sorgen. Die werden dich nicht finden, verhalte du dich so, wie ich es dir jetzt empfehle. Ich weiss einen Ort, der ist unauffindbar für diese Eindringlinge. Von der Küche aus führt ein Stollen etwa dreissig Meter in den Berg, eine natürliche Höhle, die immer schon da war, seit dieses Gebäude steht. Das sind nun gut dreihundert Jahre her. Sie wurde als Lagerraum und Abstellkammer benutzt, aber offensichtlich auch als Ort, um sich in Sicherheit zu bringen. Während des Bauernkriegs, der unsere Gegend 1653 verwüstete, zum Beispiel. Der Eigentümer und Bewohner des Hauses, das schon damals ‹Waldruhe› genannt wurde, war einer der Aufrührer des Volksaufstandes. Er trug übrigens auch den Namen Stauffer und war damit aristokratischen Geschlechts, was die Mächtigen in Bern besonders erzürnte. Die Häscher des Berner Stadtstaates, gegen den sich die Rebellion richtete, konnten ihn nicht ausfindig machen, weil sie den geheimen Eingang nicht entdeckten. Ich zeige dir jetzt, wo sich dieses Schlupfloch befindet.» Er schob einen Schrank beiseite. «Sieh genau hin. Was fällt dir auf?»

«Nichts.»

Stauffer fuhr mit den Fingerspitzen über eine quadratisch verlaufende Rille von einem Meter Seitenlänge. Er steckte den Daumen in eine kleine Einbuchtung und zog daran. Ein Türchen öffnete sich knarrend. «Das ist der Eingang.» Stauffer holte aus der Küchenschublade eine Taschenlampe und zündete in die Höhle. «Schlüpf mal hinein, ich folge dir.» Eine starke Schnur war an drei Nägeln rückseitig des Schrankes festgemacht. Stauffer zog von innen den Schrank vor die kleine Tür, sodass er die Wand berührte. Er schob das Türchen zu. «Wer vor dem Schrank steht, käme nie auf den Gedanken, dass sich hinter ihm ein Fluchtweg befindet.»

Die beiden robbten ungefähr zehn Meter ins Innere des Ganges. Dann wurde er breiter und höher. Sie standen in einem kleinen Raum mit einem Tisch, darauf eine Petroleumlampe, zwei Taburetten, einer Kiste mit Lebensmitteln für einige Tage, zwei grossen Strohsäcken zum Sichhinlegen und fünf Militärwolldecken.

«Am hinteren Ende ist eine Öffnung zu einem unterirdischen Bach mit frischem Wasser. Du könntest dich in der Höhle eine Woche lang verstecken. Ich denke aber nicht, dass das nötig sein wird. Doch du musst damit rechnen, dass sie während meiner Abwesenheit hier eindringen. Bäri würde ihre Ankunft rechtzeitig ankündigen. Ruf ihn in diesem Fall mit einer Pfeife, deren Ton so hoch ist, dass ihn Erwachsene nicht hören. Er kommt augenblicklich, schieb die Haustür einen Spalt weit auf. Und sperr Bäri in das Zimmer ein, in dem du übernachtet hast.»

Roder schüttelte ungläubig den Kopf. «Warum denn?»

«Bäri wird toben, sollten sie das Haus betreten. Er würde die Eindringlinge angreifen, und diese würden ihn erschiessen. Sie wären aber zu feig, das Zimmer, in dem sich das gefangene Tier aufhält, aufzubrechen.»

Stauffer verabschiedete sich von Roder. «Pass auf. In zwei bis spätestens in vier Stunden sollte ich zurück sein.»

«Solltest du zurück sein?»

«Ich kann leider nicht ausschliessen, dass man mich in Trachselwald festnimmt, mich stundenlang verhört, doch einsperren können sie mich nicht. Das bedeutet aber, dass ich im schlimmsten Fall erst zurückkomme, wenn es einnachtet. Und noch etwas: Sollten sie das Haus durchsuchen, warte im Minimum drei Stunden, nachdem sie wieder gegangen sind.»

Eine gute Stunde später knurrte Bäri. Er war in der Küche. Roder spähte durchs Fenster und sah unten am Hang einen Landjäger mit zwei anderen Männern in Zivilkleidern und hoch zu Ross. Sie stiegen ab, wohl weil sie fürchteten, der Hund könnte die Tiere verscheuchen. Roder schloss Bäri in den «Schlafraum» ein. Er liess sich das ohne Weiteres gefallen. Dann verkroch sich Roder in den Stollen hinter dem Schrank. Alles klappte. Bäri begann, immer lauter zu bellen.

Nach etwa zehn Minuten hörte Roder ein lautes Klopfen an der Haustür. Dann eine laute Stimme, die brüllte: «Polizei, bitte sofort öffnen, sonst drücken wir die Tür ein.» Offenbar merkte der Vordermann, dass sie unverschlossen war. Roder hörte nur schwere Schritte in der Küche. Und der Hund bellte wie wahnsinnig. Nach einer Viertelstunde hörte er ein Fluchen und ein heftiges Zuschlagen der Tür. Roder sah auf die Uhr. Es war halb elf. Er musste sich also bis halb zwei in der feuchten, kalten Höhle gedulden.

Es war kurz nach ein Uhr, als Roder erlöst wurde. «Die Halunken sind tatsächlich gekommen und haben eine riesige Sauerei hinterlassen. Wendolin, ich hole dich hier raus.»

Stauffer schilderte Roder, was ihm in Trachselwald widerfahren war. Er brachte auch das «Emmentaler Blatt» mit, das er beim Tannenwirt für den doppelten Preis gekauft hatte.

«Ich lese dir einmal vor, was da drinsteht. ‹Gattinnen-Mörder von Langnau geflüchtet, Landjäger bei seiner Verfolgung schwer verletzt›.»

«Auf welcher Seite steht das?»

Stauffer hielt Roder das Titelblatt unter die Nase. «Die ganze Seite ist deiner Flucht gewidmet. Man kennt dich von nun an im ganzen Emmental.»

Nachdem Roder den Artikel gelesen hatte, sagte er: «Ich gehe davon aus, dass die Häscher noch mal bei der ‹Waldruhe› vorbeikommen, auch weil sie dich suchen.»

Stauffer prustete los. «Als ich den Artikel gelesen hatte, nahm ich den Weg zum Schloss hinaus unter die Füsse. Das Schloss Trachselwald ist ja Sitz des dortigen Regierungsstatthalters, zudem befinden sich dort auch ein Polizeiposten und ein Gefängnis, das Büro des Untersuchungsrichters und des Gerichtspräsidenten dieses Bezirks. Auf dem Posten sahen sie mich mit offenem Mund an. Ein Landjäger trat zu mir und sagte verlegen: ‹Wir wissen von der Sache, aber ein Haftbefehl gegen Sie wurde nicht ausgestellt. Man hat uns gestern Abend nur gebeten, Sie aufzusuchen und Ihnen einige Fragen zu stellen. Ein Landjäger wollte Sie heute Morgen mit zwei Gefangenwärtern besuchen und Ihnen Fragen stellen. Dann haben sie im Haus noch nach Roder gesucht. Der war aber nicht dort. Gut für Sie.› Ich gab mich damit nicht zufrieden und fragte nach, ob man eine Hausdurchsuchung bei mir gemacht habe, was er verneinte.»

«Und was für Fragen hat der Landjäger dir gestellt?»

«Er hat gefragt, ob ich wisse, wo sich Roder aufhalte, was ich verneinte, und er meinte, dann sei für mich die Sache erledigt. Das heisst natürlich nicht, dass du nicht weiterhin vorsichtig sein solltest.»

Stauffer sah Roder mitfühlend an. «Man wird dir auch anlasten, dass Wäflers Verletzungen durch deine Flucht verursacht wurden, was auf jeden Fall eine Zusatzstrafe nach sich ziehen wird. Solltest du vom Mord freigesprochen werden, musst du allein wegen deiner Flucht mit einer mehrwöchigen Haftstrafe rechnen.»

Auf Roders Miene zog sich ein gequältes Lächeln. «Sollte ich tatsächlich nicht wegen Mordes verurteilt werden, auch nicht wegen Totschlags, würde ich diese paar Wochen zusätzlichen Knast gerne auf mich nehmen. Das Flüchten aus der Untersuchungshaft ist so oder so eine Straftat.»

«Jetzt musst du dir in Ruhe überlegen, ob du dich der Haft endgültig entziehen oder dich den Behörden stellen willst. Aber pass auf, wenn du dich entschliesst, wieder in den Knast zurückzukehren, wird dir Richter Wüterich abermals den Speck durch den Mund ziehen, dir eine Strafmilderung und weniger harte Vollzugsbedingungen in Aussicht stellen, solltest du dich im Gegenzug bereit erklären zu gestehen. Anklage statt auf Mord auf fahrlässige Tötung und Aufhebung des Berufsverbots bei Haftentlassung. Hast du in einem schwachen Moment gestanden, gibt es kein Zurück mehr. Einen Rekurs gegen das Urteil kannst du dir dann ans Bein streichen.»

«Lass mir ein paar Tage Zeit ...»

«Noch so gerne, deine Gesellschaft weiss ich zu schätzen. Ich habe dir ja auch von meinem Privatleben fast nichts berichtet.»

«Hast du Leichen im Keller?»

«Wenn du das meinst, liegst du falsch. Ich hatte eine Frau, sie hiess Erna. Wir waren einander sehr zugetan. Sie arbeitete als Apothekerin im gleichen Betrieb wie ich. Sie war eine der ersten Frauen, die Pharmazie studiert hatten. Dann kam mein Rauschmiss bei der Hoffmann-La Roche. Wer dort aus einer verantwortungsvollen Tätigkeit entlassen wird, bekommt in keiner Fabrik der Basler Chemie mehr eine Stelle. Wir mussten weg von Basel. Allenfalls nach einer ganz anderen Beschäftigung Ausschau halten. Erna war es, die dabei als Erste an die ‹Waldruhe› dachte. Das kleine Anwesen, seit Jahrhunderten in unserem Familienbesitz, wurde um 1850 das erste Mal verpachtet; danach immer wieder bis vor zehn Jahren. Der Zufall wollte es, dass die Pachtfamilie in die Jahre gekommen war und sie uns baten, nach einer Nachfolge zu suchen. So zogen wir zusammen auf das Heimetli ‹Waldruhe›. Es war eine wunderbare Zeit. Erna wurde schwanger. Dann der Schicksalsschlag.»

Stauffer blickte in Gedanken versunken durch das kleine Fenster in die Ferne, bevor er fortfuhr: «Es war Mitte Januar. Bei Erna setzten die Wehen ein. Ich eilte durch den tiefen Schnee nach Trachselwald und suchte nach einer Hebamme. Fand sie auch. Zwei Stunden später waren wir auf der ‹Waldruhe›. Erna hatte ungeheure Schmerzen. Einen Arzt holen? Dafür war es jetzt zu spät. Erna gebar. Das Kind, es war ein Mädchen, atmete nie. Ich hielt mein erstes Kind in den Armen, es war tot. Doch wenigstens waren bei Erna die Schmerzen vorüber. Sie weinte, ich versuchte sie zu trösten. Die Hebamme ging. Erna fiel in tiefen Schlaf. Es kam die Nacht. Erna erwachte zwischendurch, aber schlief sofort wieder ein. Am nächsten Morgen hatte sie wieder Appetit. Sie griff zu, ass mehrere Honigbutterbrote, trank drei Tassen Kaffee. Die Sonne schien durch die Fenster. Nun stand mir der schwere Gang zum Zivilstandsamt nach Trachselwald bevor. Ich musste den Tod unseres Kindes melden, so schreibt es das Gesetz vor.»

«Wie war das Wetter?», fragte Wendolin.

«Auch das Wetter schien sich dem Elend anzupassen. Es herrschte zunächst dichter Nebel, bis ein heftiger Sturm diesen zerriss. Eisige Schneeflocken schossen wie spitze Pfeile in mein Gesicht. Als ich von Trachselwald zurückkam, traf ich Erna weinend an, sie war sehr traurig. So ging es einige Tage, auf und ab. Doch plötzlich klagte Erna über starke Schmerzen im Unterleib. Am Abend hatte sie Fieber, das während der Nacht rasant anstieg und am Morgen auf über vierzig Grad war.»

Roder sah Stauffer lange an. «Ich verstehe. Und du hattest einen Verdacht?»

«Ja. Das Kindbettfieber. Ich schoss auf, stürzte mich in die Kleider, schnallte die Skier an und raste durch den Tiefschnee nach Trachselwald. Um sieben in der Früh betätigte ich die Glocke des Arzthauses. Ich schilderte dem Doktor den Zustand meiner Frau. Seine Worte sollten mir in Erinnerung bleiben: ‹Junger Mann, ich komme, sobald es mir möglich ist. Um halb acht habe ich das Wartezimmer voll. Die ersten Patienten muss ich behandeln, dann schirre ich meine zwei Rosse vor den grossen Schlitten und komme zu Ihnen hoch. Ich schätze, um zehn

Uhr kann ich mich um Ihre Frau kümmern.› Es war gegen halb elf, als er eintraf.»

«Was war dieser Arzt für einer?», erkundigte sich Wendolin.

«Der Arzt in Trachselwald war ein alter Mann. Er lebt jetzt nicht mehr. Die meisten Menschen in der Gemeinde hielten grosse Stücke auf ihn. Er hatte seine Prinzipien. Natürlich wusste er von mir und den Stauffers. Dass ich ein Abkömmling der gnädigen Herren in Bern war, machte ihm keinen Eindruck. Das gab er mir unumwunden zu verstehen. Ihm war wichtig, niemanden in seinem Wirkungskreis zu bevorzugen. Einige Menschen in seinem Wartezimmer mussten raschmöglichst verarztet werden. Sie waren mit Pferdeschlitten von Angehörigen oder Nachbarn zugefahren worden. Einer hatte sich mit dem Beil ins Knie geschnitten. Ein anderer war vom Heustock auf den harten Tennenboden gefallen und konnte sich nicht mehr bewegen. Es gab weitere ähnliche Fälle.»

«Und dann kam er schliesslich?»

«Um halb elf. Bevor er in Ernas Zimmer eintrat, fragte er, weshalb ich wisse, dass Erna an Kindbettfieber erkrankt sei. Ich erklärte ihm, dass Erna es mir gesagt habe, weil sie Apothekerin sei. Er brummte etwas wie ‹So kommt es, wenn Gelehrte zu Bauern werden›. Der Doktor konnte Erna nicht mehr helfen. In der darauffolgenden Nacht starb sie. Ich bin noch immer nicht darüber hinweg.»

***

Zwei Wochen waren vergangen, Roder hatte sich einen Bart wachsen lassen. Er war bereits mehr als einen halben Zentimeter lang. Stauffer musterte Roder. «Gar nicht schlecht. Du siehst jetzt ganz anders aus. Schneiden wir doch noch deine Haare ganz kurz, das ist besser als färben. Dann erkennt man dich nicht mehr. Ein Problem sehe ich mit deiner Brille. Die solltest du bei der Flucht nicht tragen.»

«Das wird schwierig. Ich bin kurzsichtig. Kann die Schrift über dem Perron nicht lesen. Erkenne die Leute nicht.»

«Wichtiger ist, dass die Leute dich nicht erkennen. Doch gut, dann brauchst du ein anderes Brillengestell. Das sollte zu machen sein. Ich fahre morgen nach Burgdorf zu einem Optiker. Hast du ein Brillenrezept?»

«Wie sollte ich das haben? Aber nimm doch meine Brille und lass eine andere anfertigen mit einem Nickelgestell.»

«Ich brauche noch ein Foto von dir.»

«Ich habe keins.»

«Ich mach dir eins. Ein Fotoapparat und ein Labor zum Entwickeln stehen mir zur Verfügung.» Stauffer lichtete Roder ab. Mit Bart, aber ohne Brille.

Am kommenden Morgen machte sich Stauffer nach Bern auf. Dort könne er alles besorgen, was Roder für seine Flucht nach Amerika noch benötige.

Am Abend kam Stauffer zurück. Mit einer Arme-Leute-Brille, einem gefälschten Pass, einem Bahnbillet dritter Klasse bis Chamonix und einer bereits bezahlten Hotelreservation für zehn Tage. Der Pass war auf den Namen Alexander Walder ausgestellt. Geboren am 15. Mai 1892. Dr. phil. nat., Chemiker.

Roder legte den Finger auf die Berufsbezeichnung und rümpfte die Nase.

«Ich konnte dich nicht als Handwerker ausgeben. Dazu hast du zu gepflegte Hände. Auch nicht als Kaufmann. Von diesem Metier hast du schliesslich keine Ahnung. Als Mediziner kennst du dich in den Naturwissenschaften aus. Stellt dir jemand Fragen über chemische Stoffe, kannst du fachkompetent Auskunft geben.»

«Vielen Dank. Aber zehn Tage in Chamonix?»

«In zehn Tagen, sofern du unbehelligt bis dorthin gelangst, werde ich dir nachreisen, um deine Weiterreise nach New York zu planen und zu finanzieren …»

«Finanzieren? Das scheint mir zu viel des Guten. Ich kann mich doch als Matrose für die Überquerung des Atlantiks anheuern lassen.»

«Falls dir die Flucht in die Neue Welt gelingt, kannst du in den USA eine Arztpraxis eröffnen. Die werden dich dort mit

Handkuss aufnehmen. In den ländlichen Gebieten des Westens hat es viel zu wenig Ärzte.»

«Nun ja, immerhin kalkulierst du ein, dass sie mich vor Erreichen von Chamonix wieder fassen und einsperren ...»

«Muss ich wohl oder übel. Das Geld an die Justiz zu verlieren würde mich ausgesprochen reuen.»

«Und wenn ich gefasst werde? Was machen sie dann in Trachselwald mit dir?»

«Ich werde alles daransetzen, dass sie mir nichts beweisen können. Du musst mir versprechen, in diesem Fall zu schweigen.»

«Wenn sie eine Hausdurchsuchung machen und Fingerabdrücke von mir finden?»

Stauffer wog den Kopf hin und her. «Daran habe ich schon gedacht. Erstens, ich glaube nicht an eine Hausdurchsuchung. Der Aufwand wäre der Justiz im Vergleich zum Ertrag zu gross. Zweitens, ich werde die Türklinken, die Stühle, das Klo mit einem feuchten Lappen abwischen. Den Strohsack, auf dem du jeweils genächtigt hast, werde ich verbrennen. Morgen verlässt du die ‹Waldruhe› um halb sechs. Spätestens um sieben bist du beim Bahnhof Wasen.»

«Wasen? Warum nicht Sumiswald?»

«In Wasen steigen morgens viele Leute aus, um in den Fabriken des Dorfes zu arbeiten. Das Bahnhofareal ist ziemlich klein. Es herrscht also um diese Zeit ein Gedränge, du würdest so weniger auffallen. Du solltest eher kurz vor Abfahrt dort eintreffen.»

Roder konnte das nachvollziehen.

Um sieben Uhr, zu früh, stand Roder im Warteraum der Station Wasen der Ramsei-Sumiswald-Huttwil-Bahn. Es waren lediglich drei Leute dort, zwei Marktfrauen mit grünen Kopftüchern und ein circa dreissigjähriger Mann, kräftig, gross gewachsen, in Strassenkleidung. Dieser Mann machte Roder nervös; er musterte ihn kritisch. Als der Zug Wasen verliess, sass der Mann im gleichen Abteil und starrte zwischendurch immer wieder Roder an. In Burgdorf stieg Roder in den Zug nach Bern um. Auch in diesem traf Roder wieder den ungebetenen Reisegefährten an. Der gleiche Zug hatte als Endstation Brig. Der Mann blieb in Bern sitzen, auch in Thun stieg er nicht aus, wie in Spiez, Frutigen, Kandersteg, Goppenstein. Dann kam Brig. Roder hatte dort fast eine Stunde Aufenthalt, bis der Schnellzug Richtung Sitten, Martigny das Wallis hinunterfuhr.

Roder war gespannt, ob er den eigentümlichen Passagier endlich loswürde. Es schien tatsächlich so, dass dessen Destination Brig war. Im Bahnwagen, in dem Roder reiste, war der andere Herr aus Wasen jedenfalls nicht. Auch beim Umsteigen in Martigny sah er ihn nicht mehr und war beruhigt.

Er freute sich auf die Fahrt Martigny–Chamonix mit der schmalspurigen Zahnradbahn. Beim noch in der Schweiz liegenden Grenzbahnhof Le Châtelard-Frontière würde er in den französischen Teil der Bahn umsteigen müssen. Das machte ihm etwas Angst. Dort wurde man kontrolliert, vor allem von den Grenzbeamten aus Frankreich. Auch eine Kontrolle durch die Schweizer Grenzwache war möglich. Sie hatten eine Liste der in der Schweiz zur Verhaftung ausgeschriebenen Personen. Roder hoffte, dass die Justiz des Amtes Signau noch keinen internationalen Haftbefehl ausgestellt hatte oder die Franzosen diesen nicht beachten würden, weil er in deutscher Sprache verfasst war.

Der Schock kam in Finhaut, einem Dorf auf tausendzweihundert Metern über dem Meeresspiegel. An der Station standen etwa ein Dutzend Walliser Polizisten, die Hälfte von ihnen stieg in den Zug – und kam in den Wagen, in dem Roder sass. Kurz bevor der Zug abfuhr, gesellte sich auch der Mann, der in Wasen in den Zug eingestiegen war, zu ihnen.

Nun wusste Roder Bescheid. Ein Abspringen aus dem anfahrenden Zug wäre nicht dringelegen. Einmal waren auf beiden Seiten des Geleises die Mauern eines Tunnels, die nur einen halben Meter von den Waggons entfernt waren, und hätte er das wie durch ein Wunder geschafft, wäre er von den in Finhaut wartenden Polizisten gleich in Gewahrsam genommen worden.

Dicke Schweissperlen bildeten sich auf Roders Stirn. Der Mann aus Wasen bemerkte das und warf Roder einen scharfen Blick zu.

Wenige Minuten danach fuhr der Zug in den Grenzbahnhof ein. Der Mann aus Wasen ging zu Roder, setzte sich auf die gegenüberliegende Bank und sagte: «Wendolin Roder, Sie sind verhaftet.» Er hielt ihm den Haftbefehl unter die Nase. Dort stand mit roter Farbe unterstrichen:

Grund der Festnahme: Flucht während der Überstellung vom Bezirksgefängnis Langnau in das Gefängnis Schloss Burgdorf.

«Wer sind Sie?», fragte Roder.

«Das werden Sie bald erfahren. Strecken Sie mir die Hände entgegen.» Einer der Polizisten klickte aus seinem Hosenbund zwei Handschellen heraus und fesselte Roder damit.

«Wir begeben uns jetzt ins Zollgebäude. Dort ist ein Vernehmungsraum. Ich werde mit Ihnen im Beisein von zwei Walliser Gendarmen ein Gespräch führen. Das Protokoll wird einer der deutschen Sprache mächtige Grenzwächter aufnehmen. Wir legen Wert darauf, dass alles nach dem Gesetz abläuft.»

Der Mann stellte sich im kleinen Zimmer als Kaspar Marti, Leutnant der Kriminalpolizei des Kantons Bern, vor.

Lt. Marti: *Sie haben sich am 8. Januar 1926 vormittags in Zollbrück unerlaubterweise der Obhut des Landjägers Wäfler Armin entzogen. Trifft das zu?*
Untersuchungshäftling Roder Wendolin (UH R. W.): *Ja.*
Lt. Marti: *Schildern Sie den Ablauf dieses Vorgangs.*

Ohne Stauffer zu verraten, erzählte Roder, was sich damals zugetragen hatte. Er musste seine Ausführungen immer wieder unterbrechen, damit der Protokollführer alles mit der grossen, lauten Schreibmaschine tippen konnte.

Lt. Marti: Danke, Herr Doktor, für diese Wortmeldung. Es steht mir nicht zu, diese zu kommentieren. Aber selbstverständlich habe ich mir Gedanken darüber gemacht.

Leutnant Marti gab dem Protokollführer ein Handzeichen. Der zog das Blatt aus der Schreibmaschine, legte es seufzend auf die Beige der übrigen. «Wieder ein daumendickes Dossier mehr. Das wird ein komplexer Prozess», sagte Marti und sah Roder mit einem verhaltenen Schmunzeln an. «Wissen Sie überhaupt, warum es zu Ihrer Festnahme im Grenzbahnhof kam?»

Roder schüttelte den Kopf.

Leutnant Marti verzog keine Miene und erzählte: «Gestern verbrachte ich den ganzen Tag im Schloss Trachselwald, in einem der schönen Räume des Regierungsstatthalteramtes. Ich wurde im Auftrag der Kommandantur der Kripo des Kantons Bern ermächtigt, den Umständen Ihrer Flucht nachzugehen.»

Roder spielte den Erstaunten. «Warum Trachselwald und nicht Signau? Zollbrück, wo ich mich dem Landjäger aus Langnau entzog, liegt im Bezirk Signau.»

«Wie Ihre Flucht überhaupt möglich war, wirft Fragen bezüglich der Arbeitsweise der Polizei und der Justiz von Signau auf. Beide arbeiten ja im Langnauer Amtshaus. Deshalb hat man sich zu einer externen Untersuchung entschlossen.»

Roder entgegnete säuerlich: «Und das zu meinem Nachteil.»

«Ja, aber auch die Behörden des Amtes Signau im Amtshaus Langnau werden ihr Fett wegbekommen. Nun zur Sache. Im Schloss Trachselwald ackerte ich den Aktenberg über Sie durch, darunter auch eine Menge Fotografien aus der Untersuchungshaft, aber auch ältere Aufnahmen, solche, die im Zuge ihrer Verhaftung am 22. Dezember 1925 ausfindig gemacht werden konnten. Dass Sie Ihr Aussehen verändern mussten, um möglichst unerkannt aus der Schweiz zu verschwinden, lag auf der Hand. Zum Beispiel einen Vierzehntagebart wachsen zu lassen. Ihre Haare waren rötlich, und ich konnte annehmen, dass Ihr Bart rötlich sein musste.»

Roder nickte anerkennend.

Über Martis Gesicht huschte ein Lächeln der Befriedigung. «Nur das neue Aussehen und die Statur reichten noch nicht aus, um Sie bereits in Wasen festzunehmen. Ich wäre dazu gar nicht autorisiert gewesen. Deshalb habe ich Sie seither nicht mehr aus den Augen gelassen. Um ganz sicherzugehen, brauchte ich noch Ihre Fingerabdrücke. Nichts Einfacheres als das. Ich beobachtete, wie Sie im Schalterraum des Bahnhofs in der dort aufliegenden ‹Illustrierten der Schweiz› blätterten. Als Sie diese weglegten und ein anderes Blatt ansahen, nahm ich die Illustrierte, steckte sie in die Mappe und ging zum Schalter, bat den Mann dort, es war der Vorstand, ihn kurz unter vier Augen zu sprechen. In wenigen Sätzen eröffnete ich ihm, um was es ging, nicht ohne ihn zu ersuchen, vorläufig Stillschweigen zu bewahren. Ich schob die Illustrierte in ein grossformartiges Couvert und bat ihn, damit jemand ins Schloss Trachselwald zu schicken. Er werde das gleich veranlassen. Der Stationslehrling habe ein Velo, mit dem er jeweils zur Arbeit fahre. Als ich wieder in den Warteraum trat, sah ich den Jüngling bereits Richtung Trachselwald davonpedalen.»

«Ich könnte mich ohrfeigen. Ich habe davon nichts mitbekommen», klagte Roder.

Marti fuhr weiter. Er habe beim langen Aufenthalt in Brig mit Trachselwald telefoniert. Ergebnis: Die Fingerabdrücke seien mit denen vom Untersuchungsgefangenen Roder abgeglichen worden. Sie seien identisch. Auf dem Polizeiposten von Martigny könne er, Marti, den Haftbefehl abholen, dieser sei per Fernschreiber dorthin übermittelt worden. Von Martigny aus habe man die Polizeistationen sämtlicher Schweizer Anliegergemeinden der Martigny-Chamonix-Bahn informiert. Sollte es dem Flüchtenden einfallen, an einem dieser Bahnhöfe den Zug zu verlassen, würde er festgenommen. Es konnte nichts mehr schiefgehen. «Am Bahnhof Martigny wurden Sie, Herr Doktor, bereits von den Walliser Kollegen beschattet. Mir reichte es, in Martigny gerade noch in den letzten Wagen aufzuspringen, bevor der Zug abfuhr.»

Roder erhielt ein für einen Gefangenen fürstliches Nachtessen in der Kantine des Zollgebäudes. Er sass zwischen zwei

Grenzwächtern französischer Zunge und unterhielt sich mit ihnen. Marti, der auf der gegenüberliegenden Bank des langen Tisches sass, sah ein bisschen verdutzt zu ihm. Schliesslich erhob er sich und ging um den Tisch herum zu Roder. «Eine etwas ausgelassene Runde», sprach er ihn auf Berndeutsch an. «Ich habe gar nicht gewusst, dass Sie so gut Französisch reden.»

Roder konnte sich ein spitzbübisches Lächeln nicht verkneifen. «Offenbar hatten Sie nicht ausreichend Zeit, auf dem Schloss Trachselwald alle meine Akten durchzustöbern. Sonst wüssten Sie jetzt, dass ich zwei Semester an der Universität Lausanne studiert habe.»

Marti klopfte Roder freundschaftlich auf die Schultern. «Sie täten gut daran, sich etwas zurückzuhalten. Sprechen Sie bitte mit diesen Männern weder über Ihre Flucht noch über den Grund, weshalb Sie am 22. Dezember 1925 verhaftet wurden.»

«Ich werde Ihren Vorschlag beherzigen.»

«Das ist nicht ein Vorschlag, sondern ein Befehl.»

Roder übernachtete in der Arrestzelle des Zollhauses. Am nächsten Morgen wurde er um sechs geweckt. Nach einer kurzen Morgentoilette holten ihn zwei Polizisten aus Burgdorf ab. Der Dialekt und die Insignien der Berner Kantonspolizei verrieten ihre Herkunft. Sie führten ihn in ein Café, wo ihm ein gutes Frühstück aufgetischt wurde. Etwas später stiess Marti zu ihnen. «Herr Doktor, Sie werden nun ins Gefängnis des Schlosses Burgdorf überstellt. Die beiden Ihnen gegenübersitzenden Herren werden Sie mit mir zusammen begleiten.»

«Alles klar», sagte Roder folgsam.

Die Fahrt nach Burgdorf dauerte, die Zwischenhalte eingerechnet, nahezu acht Stunden.

Zum Abschied drückte ihm Marti freundlich die Hand und sagte zum Entsetzen des Gefängnisvorstehers: «Viel Glück, Herr Doktor.»

«Bei uns werden Strafgefangene nicht mit ihrem Titel angeredet», sagte dieser. Marti machte ihn darauf aufmerksam, dass Roder kein Strafgefangener, sondern ein Untersuchungshäftling sei. Für diese gelte die Unschuldsvermutung.

Der Oberaufseher, ein älterer Herr mit ungewöhnlich starken Brillengläsern, unterliess es, etwas darauf zu sagen. Doch seine wütenden Blicke, die er zwischen Marti und Roder hin- und herschleuderte, liessen vermuten, dass ihn diese Belehrung masslos ärgerte.

Als Marti gegangen war, verpasste er Roder Handschellen und murrte: «Jetzt ist Schluss mit dem Luxusleben. In diesen Mauern wirst du die Sonne lange nicht mehr sehen, erbärmlich an Händen, Füssen und Ohren frieren. Zum Fressen gibt es Wasser, Brot und Sauerkraut. Stell dich darauf ein. Morgen früh wird dich der Untersuchungsrichter des Amtes Signau vernehmen. Den kennst du schon. Mit ihm ist nicht gut Kirschen essen.»

***

Wüterich fand, es mache wenig Sinn, Roder nochmals zu vernehmen. Die ganze Geschichte mit der Flucht sei peinlich, sagte er dem Präsidenten des Schwurgerichtes, Ursus von Erlach, als er ihm die Akten übergab. Er würde die Sache nur komplizierter machen, wenn die Flucht im Mordprozess in die Anklage eingebaut würde.

Er biete immer Hand, wenn Vorschläge zur Vereinfachung komplizierter Prozesse gemacht würden, antwortete von Erlach. Doch dafür sei im Prozess eigentlich der Staatsanwalt zuständig.

«Keine Sorge, Ursus, Christian Lauener wird die Finger von diesem Anklagepunkt lassen, wenn ich ihn darum bitte.»

Von Erlach bedankte sich überschwänglich für die Akten, sie füllten zwei grosse Offizierskoffer. «Hast du noch eine Bitte, Friederich?»

«In beiden Fällen ein Urteil auf schuldig.»

«Wenn sich Christian Lauener gut schlägt, wird das kein Problem sein. Ich werde dafür tun, was in meiner Macht liegt.»

19. Die Lungenentzündung

Am gleichen Tag, als Roder ins Schlossgefängnis von Burgdorf hätte überstellt werden sollen, ordnete Wüterich eine Vernehmung von Laura Borelli im Amtshaus Langnau an.

Eine Viertelstunde nachdem Wäfler mit seinem Gaul Roder aus dem Gefängnishof geschleppt hatte, rief Wüterich den Oberwärter Hadorn zu sich und befahl ihm, Fräulein Borelli in sein Büro zu bringen.

Hadorn öffnete Borellis Zelle, ohne anzuklopfen, was nicht erlaubt gewesen wäre. «Soso, Knasttante, zieh dir deine besten Klamotten an, der Herr Untersuchungsrichter verlangt nach dir. Warum liegst du überhaupt im Bett, du weisst, das ist verboten. Steh augenblicklich auf. Ich stelle jetzt das Bett an die Wand, damit du nicht mehr auf der faulen Haut liegen kannst.»

«Ich mag nicht mehr. Ich glaube, ich habe hohes Fieber.»

«Simulantin. Zieh dich an, in fünf Minuten bin ich wieder zurück. Liegst du noch im Nest, werde ich dir dein Pyjama vom Leib reissen und dich anziehen.»

Nach weniger als der befohlenen Zeit erschien Hadorn wieder. Fräulein Borelli war angekleidet. Er fasste sie grob am Oberarm und zerrte sie die Treppe hinunter. Als sie unten ankam, wurde ihr schwindlig. Sie ging in die Knie, torkelte und fiel hin.

«Verdammtes Theater, mach schon! Der Herr Untersuchungsrichter wartet nicht.»

Nach einigen Minuten stand sie vor Wüterichs Büro. Hadorn klopfte an.

«Herein.»

Hadorn öffnete die Tür und schubste Laura Borelli ins Büro. Sie stürzte und blieb ohnmächtig liegen.

«Was ist denn mit dieser Borelli los?», fragte Wüterich unwirsch.

«Ich glaube, die stellt sich tot», sagte der Wärter. Dann beugte er sich, sich auf die Hände stützend, zu ihr hinunter und hielt das Ohr an ihren Mund. «Atmen tut sie jedenfalls noch.»

Wüterich erhob sich von seinem Sessel, schlurfte zur Liegenden, kniete vor ihr ab, nahm das Handgelenk. Nach einigen Sekunden sagte er: «Der Puls ist extrem hoch, Kreislaufschwäche. Die Stirn ist heiss. Ich denke, das Ding hat Fieber.» Er ging zu seinem Sessel zurück und drehte mehrmals an der Wählscheibe des Tischtelefons.

«Untersuchungsrichter Wüterich, Amtshaus. Könnten Sie rasch einen Arzt vorbeischicken? Eine Untersuchungsgefangene ist bei einer Vernehmung ohnmächtig geworden ... Wie bitte, in einer halben Stunde? ... Geben Sie mir den Oberarzt ... Bist du es, Klaus? ... Grüss dich, schick mir sofort einen Arzt, es macht mich nervös, wenn eine Untersuchungsgefangene in meinem Arbeitszimmer herumliegt ... Gut, wenn's nicht anders geht, in zwanzig Minuten also ...»

Wüterich schrie Hadorn an: «Schlepp mir dieses Subjekt aus dem Zimmer, legen Sie sie in den Gang, aber nicht direkt vor mein Büro. Und bewachen Sie sie, ich möchte nicht, dass sie noch verschwindet.» Er rief seine Sekretärin an. «Anna, bringe mir einen heissen Kaffee und einen Nussgipfel, machen Sie schon.»

Es dauerte eine gute halbe Stunde, bis der junge Assistenzarzt Wilhelm Tanner aus der Bezirkskrankenanstalt eintraf. Fräulein Borelli lag immer noch im Gang und röchelte. Der Arzt machte grosse Augen und liess seiner Empörung freien Lauf. Seine Stimme war so laut, dass Wüterich hinter der verschlossenen Tür jedes Wort verstand. «Die Frau scheint mir schwer krank. Schon als ich die Treppe hinaufeilte, realisierte ich, dass sie an einer Lungenentzündung leiden muss. Und Sie lassen sie auf einem kalten Steinboden liegen und frieren. Das Mindeste wäre es gewesen, sie in Wolldecken zu packen.»

Aufgebracht erhob sich Wüterich, stürzte zur Tür hinaus, rannte zu Tanner und sagte bestimmt: «Herr Doktor, hier endet Ihr Einflussbereich. Sie befinden sich in einem Gebäude der Justiz. Da bestimme ich! Ist Ihnen das klar?»

«Das hätte gerade noch gefehlt. Es gibt Grundregeln, die überall zu beachten sind, ganz besonders in Amtsgebäuden. Dazu gehört auch die Pflicht, Erste Hilfe zu leisten, Herr Untersuchungsrichter. Das ist hier unterlassen worden. Ich überlege mir, gegen Sie eine Strafanzeige einzureichen.»

«Sie? Was fällt Ihnen eigentlich ein? Alle Strafanzeigen gehen über meinen Schreibtisch. Solches Gewäsch landet bei mir im Papierkorb.»

«Auch das wäre strafbar. Zum Glück können Anzeigen überall, im ganzen Land von jeder Polizeistation aus, aufgegeben werden.»

«Ich sage es nochmals. In diesem Haus bestimme ich!»

«Nein!»

Wüterich ging zwei Schritte näher auf Tanner zu. Der Arzt wich nicht zurück, im Gegenteil, er machte einen Schritt nach vorn, sodass die Nasenspitze Wüterichs seine fast berührte, wenn nicht Tanner Wüterich um anderthalb Kopflängen überragt hätte.

«Vor Ihnen, Wüterich, habe ich keine Angst, keinen Respekt. Aber jeder Streit ist in dieser Situation müssig. Es muss gehandelt werden, und zwar sofort. Es gilt, ein Leben zu retten. Diese Frau muss sofort ins Spital transportiert werden. Machen Sie mir den Weg frei zu Ihrem Telefon, damit ich das Notwendige veranlassen kann.»

«Bringen Sie diesen Kerl zum Wandtelefon am Ende des Ganges. Ich dulde nicht, dass er von meinem Schreibtisch aus anruft», befahl Wüterich dem Wärter, ohne den Arzt eines weiteren Blicks zu würdigen.

Hadorn fasste den Arzt grob am Arm, das befolgend, was Wüterich angeordnet hatte. Tanner liess es geschehen. Danach begab er sich zu Fräulein Borelli, die inzwischen die Augen wieder geöffnet hatte. Er nahm aus einem Koffer, den er mitgebracht hatte, ein Stethoskop. Machte den Oberkörper der Frau frei und hörte den Brustkasten ab. Dann sah er auf und wies den Wärter zurecht. «Hören Sie auf, so blöd zu gaffen.»

Eine Viertelstunde später betraten zwei stämmige Männer mit einer Bahre den Gang im Amtshaus. Sie betteten Frau Borelli darauf, stiegen sehr vorsichtig die Treppe hinunter und schlugen den kürzesten Weg zum Spital ein. Tanner folgte ihnen.

Im Krankenhaus kämpfte Tanner den Rest des Tages und die nachfolgende Nacht um das Leben Fräulein Borellis. Das nervte den Chefarzt Klaus Rothacher. Am späten Nachmittag rief er Wüterich an und fragte, ob sich ein solcher Aufwand für Fräulein Borelli eigentlich lohne, schliesslich sei sie ja eine Mörderin. Wüterich überlegte nicht lange. «Ginge es nur um Laura Borelli, würde ich dir sagen, dieses Weibsbild ist es nicht wert, dass man sich weiter um sie kümmert. Aber es geht um mehr, um die berufliche Zukunft von Gerichtspräsident Wüterich, und der bin ich.»

«Fass dich konkreter, Friederich.»

«Das geht schlecht durchs Telefon. Ich komme rasch auf einen Sprung zu dir hinüber, geht das?»

«Gut, komm.»

Wohlgelaunt kehrte Wüterich eine Stunde später wieder ins Amtshaus zurück und suchte Lauener auf. «Ich habe Klaus überzeugen können, dass er alles tut, um diese Borelli am Leben zu erhalten.»

Lauener sah Wüterich erstaunt an. «Ich verstehe nur Bahnhof.»

«Ach so, das hast du nicht mitbekommen.» Wüterich klärte Lauener über die Lungenentzündung Borellis auf, die man nur dank ihm, eben Wüterich, entdeckt habe. Es sei doch von Bedeutung, dass dieses Flittchen nicht krepiere. «Wir beide brauchen ein Mordurteil gegen sie.»

Lauener musste einige Zeit nachdenken, bis er begriff, was Wüterich meinte. «Recht hast du, Friederich.»

«Ich spende im Nachgang zu unserer harten Tagesarbeit eine Flasche Roten oder allenfalls zwei. Klaus soll auch kommen», flüsterte Wüterich, Lauener aus den Augenwinkeln ansehend.

Lauener lachte gequält. «Ich würde ja gerne kommen. Aber mein ältester Sohn hat heute Geburtstag.»

«Schon wieder. Du hast immer eine Ausrede parat, um dich

zu drücken. Mach nicht schlapp, mein Junge. Du wirst mich als Gerichtspräsident beerben. Und sollte ich als Oberrichter an Leberzirrhose oder am Delirium tremens das Zeitliche segnen, wirst du es sein, der auch diese Stelle kriegt.»

«Also gut, ich komme.»

«Erinnere Klaus daran, dass er nur dank meiner Fürsprache Chefarzt geworden ist. Ich sage dir, er wird kommen.»

Rothacher kam, Lauener kam, und Wüterich sass bereits am Stammtisch im «Hirschen». Zusammen soffen sie bis tief in die Nacht hinein. Auf einer vierplätzigen Kutsche mit Kufen – bereits mehr als ein halber Meter Schnee lag über Langnau – liess der Wirt die Honoratioren nach Hause bringen. Der Kutscher begleitete jeden zum Hauseingang – das hatte man ihm eingeschärft. Doch es machte ihm Spass. Nachdem er seine Fracht übergeben hatte, verweilte er dort einige Minuten, presste das rechte Ohr an die zugezogene Tür, um noch etwas vom Donnerwetter mitzubekommen, das sich, ausgelöst von der jeweiligen Dame des Hauses, über den sturzbetrunkenen Heimkömmling entlud.

Während der Orgie der drei Herren kämpfte Wilhelm Tanner um das Überleben von Laura Borelli. Um Mitternacht gab er auf, liess die Stationsschwester kommen und wies sie an, Fräulein Borelli ins Sterbezimmer zu bringen. Er werde sich für einige Stunden hinlegen. Sollte sich am Zustand der Patientin etwas ändern, der Tod eintreten, müsste sie ihn umgehend wecken. Dann bliebe ihm nur noch die traurige Pflicht, den Totenschein auszufüllen.

Um fünf in der Früh klopfte es an der Tür zum Ruheraum des Spitals. «Herr Doktor, kommen Sie bitte. Frau Borelli ist über dem Berg, das Fieber ist von einundvierzig auf achtunddreissig Komma fünf Grad zurückgegangen. Jetzt müsste man mit der Behandlung weiterfahren.»

«Gott sei Dank. Bin ich froh, andernfalls hätte ich gegen Wüterich eine Strafanzeige eingereicht.»

«Dieser Saukerl. Eigentlich sollten Sie es auch jetzt noch tun», bemerkte die Schwester.

Die Genesung von Fräulein Borelli machte Fortschritte. Zwei Tage danach stürmte Wüterich in Tanners Behandlungszimmer. Tanner hatte einer Patientin den Oberkörper frei gemacht, um ihr ein Geschwür an der rechten Brust zu verarzten.

Barsch fuhr Tanner Wüterich an. «Was fällt Ihnen eigentlich ein? Machen Sie sich augenblicklich aus dem Staub. Raus!»

Wüterich liess das nicht gelten. Er begann zu stampfen und wütete: «Ich bin der Vertreter der Justiz, ich muss die Borelli verhören, und zwar jetzt …»

Der gross gewachsene Tanner ging auf das untersetzte Männchen Wüterich los, packte ihn an beiden Schultern und warf ihn richtiggehend aus dem Zimmer. Dann schloss er ab.

Nach zehn Minuten polterte es heftig an der Tür. «Kollega Tanner, das geht so nicht. Öffnen Sie augenblicklich.» Es war die Stimme Rothachers.

«Das kann ich jetzt nicht. Gedulden Sie sich noch eine halbe Stunde.»

«Tanner, was unterstehen Sie sich?»

Tanner gab keinen Laut von sich. Als er mit der Behandlung der Patientin zu Ende war, begab er sich ins Büro des Chefarztes Rothacher. Auf dem Besuchersofa gewahrte er Wüterich. Rothacher erhob sich vom Schreibtisch, ging auf Tanner zu, hielt ihm die Faust unter die Nase.

«Was Sie sich eben geleistet haben, Tanner, ist ungeheuerlich. Ich werde ein Verfahren gegen Sie einleiten.»

«Tun Sie das, wenn Sie nicht anders können. Ich werde das nicht tatenlos über mich ergehen lassen. Ich werde mich an die Presse wenden.»

Wüterich wurde bleich, er sah Rothacher besorgt an. «Klaus, es liegt nicht in meinem Interesse, sollte die Öffentlichkeit davon Wind bekommen. Ich mache Ihnen ein Angebot, Herr Doktor … Herr Doktor …»

«Tanner», half der Stationsarzt Wüterich aus.

«Also, Herr Dr. Tanner, vergessen wir das Ganze, wir sind doch vernünftige Menschen. Sie sind von nun an verantwortlich dafür, dass Fräulein Borelli in ihrem Krankenbett kontrolliert wird. Sie darf nicht allein das Zimmer verlassen. Und sobald es nur möglich ist, müssen Sie mir Gelegenheit geben, sie zu verhören. Dabei dürfen nur der Protokollführer und ich in diesem Raum anwesend sein. Wann, glauben Sie, könnte das sein?»

Tanner musste sich beherrschen, nicht laut herauszuprusten. «In dieser Beziehung scheint sich das Metier eines Justizlers von dem eines Mediziners erheblich zu unterscheiden. Wir können einen Genesungsprozess nicht wie ein Urteil im Voraus planen.»

Wüterich verzog das Gesicht zu einem breiten Grinsen, stand auf die Zehenspitzen und klopfte Tanner auf die Schultern. «Schon gut, Sie haben es erfasst. Gehen wir doch zusammen in den ‹Hirschen› und giessen uns etwas hinter die Binde. Machst du auch mit, Klaus?»

«Aber sicher doch, bei Versöhnungsritualen bin ich immer dabei.»

Tanner machte gute Miene zum bösen Spiel. Nach dem «Anlass», der abendfüllend wurde, hatte er sich zwei neue Duzfreunde zugezogen.

Laura Borelli verdankte Dr. Tanner, dass er sie wieder zum Leben erweckt hatte. Sie erzählte ihm ihre Lebensgeschichte.

Wüterich verzichtete auf eine weitere Vernehmung von Laura Borelli. Alles sei eigentlich ermittelt und bereit für den Prozess. Der Staatsanwalt könne aufgrund der Akten problemlos die Anklageschrift verfassen.

***

Die Lungenentzündung von Laura Borelli ging Wilhelm Tanner nicht aus dem Kopf. War es zu verantworten, dass man die Voruntersuchung zum Prozess gegen Laura Borelli in den Händen eines korrupten Richters beliess? Diese Frage stellte sich Tanner immer wieder.

Er erinnerte sich an Adrian Hebeisen, der etwa im gleichen Alter wie er war, beim Gericht arbeitete und als Stellvertreter des Regierungsstatthalters amtete. Hebeisen kannte Tanner bereits vom Gymnasium her. Sie waren beide in der gleichen Klasse. Tanner rief Hebeisen an, er lud ihn zu einem Umtrunk im «Bahnhöfli» ein.

Die Wirtin begrüsste die beiden jungen Männer herzlich. «Wir besprechen etwas Heikles und möchten keine Zuhörer. Könntest du uns in einem separaten Zimmer bedienen?», fragte Tanner.

«Selbstverständlich.»

Tanner schilderte Hebeisen, was ihm die Borelli über ihr Leben erzählt hatte, von den Anfängen bis zum Zusammenbruch in der Suite des Regierungsstatthalters. «Die Borelli hat einen Migrationshintergrund. Sie hätte die Fähigkeit gehabt, ins Gymnasium einzutreten und später ein Universitätsstudium in Angriff zu nehmen. Sie liess sich am Konservatorium Bern zur Cellistin ausbilden und fand Aufnahme im Stadtorchester Burgdorf. Sie erlernte autodidaktisch die Buchhalterei und organisierte die Finanzen eines mittleren Betriebs. Dann schmiss sie alles hin und begab sich ohne Not in eine Abhängigkeit, in die von Wendolin Paul Theodor Roder. Warum hat sich Laura freiwillig in diese Lage gebracht? Wie denkst du darüber, Adrian?»

«Laura Borelli ist in die falsche Zeit und im falschen Land geboren worden. Dazu kommt noch, dass sie das Kind eines Italieners, eines Tschinggs, ist. In der Schweiz haben die Frauen viel weniger Rechte als Männer. Sie können nicht stimmen und wählen. Sie dürfen weder Anwältinnen noch Richterinnen werden. Es gibt weder Polizistinnen noch Lokomotivführerinnen. Sobald eine Frau in den Ehestand tritt, darf der Mann über ihr Vermögen verfügen, kann ihr verbieten, einen Beruf auszuüben. Ist sie unverheiratet, zählt sie noch weniger. Sie ist ein Fräulein. Die Borelli hat schlicht keine Chancen. Hätte sie sich gewehrt und Roder verlassen, das noch mit einer Leibesfrucht von ihm im Bauch, wäre sie nach der Niederkunft administrativ versorgt und das Kind verdingt worden. Das nennt sich fürsorgerische Unterbringung. In diesen ‹Genuss› kommen Menschen, die mittellos sind und sich einem unsittlichen Lebenswandel hingeben. Zum Beispiel mit einem verheirateten Mann zusammenleben. Im Kanton Bern kommen administrativ versorgte Frauen ins Zuchthaus Hindelbank. Laura Borelli wird nach einem Schuldspruch im Prozess, der im Juli stattfinden soll, in diese Strafanstalt eingeliefert werden. Wäre sie während einer Schwangerschaft, die sie festgestellt hat, von Roder weggelaufen, würde sie womöglich jetzt schon dort schmachten.»

«Das weiss ich alles», sagte Wilhelm Tanner. «Es gibt noch eine andere Seite, mit der ich als Arzt auch noch konfrontiert werde. Die Hörigkeit von einem anderen Menschen. Laura Borelli war, ist es wohl noch jetzt, Wendolin Roder hörig. Der Grund mag in diesem Fall Liebe sein. Ich gehe davon aus, dass sich Laura Borelli gleich verhalten hätte, wäre sie mit weit mehr Rechten ausgestattet gewesen.»

Adrian Hebeisen sah nachdenklich zu Boden. «Du sagst, das liegt in der menschlichen Natur?»

«Ein Stück weit schon. Doch auch deine Erklärung dürfte eine Rolle für das Verhalten von Laura spielen.»

«Was geschieht wohl, wenn der Prozess mit einem Freispruch endet? Oder Jahre später eine Revision zu diesem Ausgang führt? Wird Laura Borelli wieder zu Wendolin Roder zurückkehren, obwohl er sie während der Vernehmungen belastet und verraten hat, um seine eigene Haut zu retten?»

Tanner antwortete, ohne überlegen zu müssen. «Laura wird sich Wendolin wieder an den Hals werfen, obwohl sie nach einer Abfindung auf eigenen Füssen stehen könnte.»

«Ich kann das nicht glauben. Wir werden sehen.»

Am Ende waren eine Flasche Roter ausgetrunken und eine üppige Mahlzeit verzehrt. Adrian Hebeisen und Wilhelm Tanner hatten den ganzen Abend diskutiert.

20. Der Prozess

Das amtliche Communiqué der Justizdirektion des Kantons Bern vom 14. Juli 1926:

> *Am Donnerstag, den 15. Juli 1926, beginnt der Geschworenenprozess im grossen Gerichtssaal des Schlosses Burgdorf gegen Dr. Wendolin Roder, Arzt in Langnau, und Laura Borelli, Haushälterin von Roder. Die beiden sind angeklagt wegen Mordes an Linda Roder, der Gattin des Arztes. Unter dem Vorsitz von Oberrichter Ursus von Erlach ist der erste Verhandlungstag auf zehn Uhr angesetzt. Zwei weitere Oberrichter werden von Erlach zur Seite stehen. Staatsanwalt Christian Lauener aus Langnau wird die Anklage führen. Friederich Wüterich, Untersuchungsrichter, Regierungsstatthalter und Gerichtspräsident des Amtes Signau, er hatte mit ungeheurem Aufwand und Akribie die Voruntersuchung geführt, wird bei den Verhandlungen anwesend sein, aber nicht aktiv daran teilnehmen. Hinter den Kulissen steht er dem Vorsitzenden, seinen zwei Stellvertretern und den zwölf Geschworenen mit Rat und Tat bei. Roder wird von Fürsprecher Zaugg, die Borelli von Fürsprecher Bühlmann verteidigt.*
> *Am Nachmittag des ersten Verhandlungstages wird Lauener die Anklageschrift verlesen. Der Staatsanwalt geht darin ein auf die Herkunft des Angeklagten, seinen Lebenslauf, seinen Charakter und seine Verfehlungen, die sich nicht nur auf den mutmasslich begangenen Mord an seiner Gattin beschränken. Am Morgen des 16. Juli 1926 steht die Anklage gegen die Borelli auf der Traktandenliste. Man rechnet mit einer Prozessdauer bis Ende Monat.*

Am Vormittag um zehn Uhr begann der erste Verhandlungstag. Die Sitze im grossen Saal des Schlosses Burgdorf waren in einem Rechteck angeordnet. Auf einer Längsseite die zwölf Geschworenen: Bauern, ein Gastwirt, ein Gemeindekassier, ein Bäcker; alles einfache Leute im Alter zwischen vierzig und siebzig Jahren. Andächtig und aufmerksam sassen sie auf den harten Holzbänken, kein Laut war von ihnen zu hören. Gegenüber sass die Angeklagte Laura Borelli, gross gewachsen, üppig geschminkt, mit ihren rot eingefärbten Wangen Gesundheit und Selbstbewusstsein ausstrahlend. Wendolin Roder, aufs Skelett abgemagert, ein erregtes Wippen seiner Füsse verriet seine pausenlos angespannte Wachsamkeit. Die Tribünen waren bis auf den letzten Platz besetzt.

Präsident von Erlach stellte die Mitglieder des Gerichts alle einzeln vor, die fünf Experten, sie sassen an einem separaten Tisch neben den Pulten der Oberrichter. Von Erlach schilderte langatmig, was sich im Arzthaus von Langnau im Dezember 1925 zugetragen hatte, wie die Bevölkerung des Emmentals darauf reagierte, was nun die Aufgabe des Gerichts sei. Eindringlich redete er auf die Geschworenen ein, sich stets bewusst zu sein, dass für die Angeklagten die Unschuldsvermutung gelte. Erst am zweitletzten Tag des Prozesses, nach den ausführlichen Verhandlungen, dürften sie ihr Urteil fällen, darüber abstimmen, ob Dr. Wendolin Roder und ob Laura Borelli schuldig seien. Die Mehrheit entscheide, bei Stimmengleichheit habe der Vormann der Geschworenen eine zweite Stimme.

Es war halb zwölf, als von Erlach ausführlich auf die Rechtslage einging, an welche juristischen Vorgaben und Grundsätze sich das Gericht zu halten habe. Kein Urteil, das nach dem ersten Prozess gefällt werde, sei endgültig. Die Angeklagten hätten das Recht, in die Revision zu gehen. Die Richter, der Ankläger und die Experten hätten es in der Hand, sorgfältig und umsichtig zu handeln. Täten sie das nicht, drohe eine Sistierung des Wahrspruchs des hohen Gerichts durch den Kassationshof, und es komme zu einem zweiten Prozess. Das wäre eine Schmach für die Gerichtsbarkeit des Emmentals.

Einige auf den Zuschauertribünen mochten die belehrenden Worte des Vorsitzenden als ausschweifend empfunden haben, gegen zwölf Uhr war von dort oben ein lautes Schnarchen vernehmbar. Viele von ihnen hatten eine lange Reise hinter sich, die sie in aller Herrgottsfrühe antraten, um rechtzeitig im Gerichtssaal eingetroffen zu sein. Es waren Männer und Frauen aus entlegenen, zerklüfteten Gebieten, von den Hängen des Napfs und aus den engen Seitentälern der Emme. Nach den zwölf lauten Schlägen vom Glockenturm der Kirche hielt von Erlach inne. Er war einer, der sich immer an die vorgegebene Zeit hielt. In wohlgeformten Sätzen, gespickt mit Zitaten von Gelehrten und Philosophen aus der zweieinhalbtausendjährigen Rechtsgeschichte des Abendlandes, verstand es von Erlach, vorgegebene Zeiträume zu füllen.

Nach einer zweistündigen Mittagspause ging die Verhandlung mit dem Auftritt des Anklägers Lauener weiter. Es war eine emotionale, streckenweise bissige Rede, dazu angetan, die beiden Angeklagten in Grund und Boden zu stampfen. Bisweilen, während Lauener sprach, winkte Roder hastig seinen Verteidiger heran. Zaugg flüsterte Roder entgegen: «Bitte nicht», als ob er ihn beschwören wollte, alles Überflüssige zu vermeiden. Am Expertentisch kam Hektik auf. Die fünf Herren – ein Gerichtsmediziner, ein Psychiater, ein Professor der Juristischen Fakultät der Universität, ein Chemiker und ein Pfarrer – tuschelten miteinander und machten sich emsig Notizen. Die mitten auf dem Tisch stehende Flasche, sie enthielt noch einen Rest der Fowlerschen Lösung aus Roders Apotheke, wirkte wie ein Mahnmal des Dramas, das sich vor einem halben Jahr in der heilen Welt des Marktfleckens Langnau abgespielt hatte.

Die Verhandlungen zogen sich zwei Wochen hin. Mehr als ein halbes Hundert Zeuginnen und Zeugen kamen zu Wort. Sie beantworteten die Fragen des Gerichtspräsidenten, der beiden Verteidiger, aber auch des einen oder anderen Experten – präzis, ungenau oder überhaupt nicht. Nicht wenige sprachen frisch von der Leber weg, nahmen das Urteil vorweg, indem sie im Befehlston die Assisen mit Ratschlägen eindeckten und sie unter Drohgebärden aufforderten, die Angeklagten zu hohen Zuchthausstrafen zu verurteilen.

Der Tag der Urteilsverkündung kam.

Es war wie an einem Spiessrutenlauf, als die beiden Angeklagten, begleitet von je einem Landjäger, vom Eingangsportal über den Mittelgang bis zur Anklagebank schritten und sich dort niederliessen.

Von der Tribüne, die sich vorübergehend gelichtet hatte, doch am 28. Juli, dem Schlusstag, erneut von einer beachtlichen Zuschauermenge besetzt war, flogen Fäuste in die Luft, und es wurden Buhrufe laut, die dann von Erlach, drohend, den Saal zu räumen, unterband.

Das Urteil. Ein Artikel aus dem «Emmentaler Blatt», am Tag danach, den 29. Juli 1926.

Nach anderthalbstündiger Beratung kehren die Geschworenen in den Assisen-Saal zurück. Bei atemloser Stille erhebt sich ihr Vormann und verkündet, die Hand aufs Herz gelegt, den

WAHRSPRUCH DER GESCHWORENEN
Er lautet:
1. Laura Borelli und Wendolin Roder sind des Giftmords an der Frau Roder schuldig.
2. Beiden Angeklagten werden mildernde Umstände zugebilligt.

Der Staatsanwalt beantragt, es seien beide Angeklagte zu einer Strafe von zwanzig Jahren Zuchthaus zu verurteilen. Die Angeklagten, die regungslos stehend den Wahrspruch angehört haben, werden gefragt, ob sie etwas anzubringen haben.
Wendolin Roder schüttelt den Kopf. Er sitzt vom Publikum abgewendet zusammengekauert auf der Anklagebank und schluchzt kaum merklich.
Laura Borelli spricht laut und deutlich: «Was soll man sagen, wenn man unschuldig verurteilt wird?» Sie sitzt

auf der lehnenlosen Bank wie schon am ersten Verhandlungstag, die Hände im Schoss gefaltet: Oft betupft sie die Augen mit einem Taschentuch.
Um sechzehn Uhr erheben sich alle Anwesenden. Der Präsident, Oberrichter von Erlach, verkündet das Urteil.

Aufgrund des Wahrspruchs der Geschworenen werden verurteilt wegen Giftmordes und Abtreibung:

Laura Borelli zu zwanzig Jahren Zuchthaus

Wegen Giftmordes, Beihilfe zur Abtreibung und Widerhandlung gegen die Verordnung betreffend Aufbewahrung von Arzneimitteln

Wendolin Roder zu zwanzig Jahren Zuchthaus und dreissig Franken Busse; es wird ihm für den Rest seines Lebens das Arztpatent entzogen.

Die Verurteilten werden in die Haft abgeführt. Stumm, sichtlich erregt, aber in aufrechter Haltung verlassen sie den Assisen-Saal.

Wie viele Geschworene für, wie viele gegen eine Verurteilung stimmten, wurde erst am kommenden Tag über die Presse berichtet. Sieben Geschworene stimmten mit Ja, fünf mit Nein. Wer wie gestimmt hatte, durfte nicht veröffentlicht werden.

21. Thorberg und Hindelbank

Die Burg Thorberg ist das Zuchthaus, in das Roder Ende Juli 1926 aus der Untersuchungshaft von Burgdorf überführt wurde – in einem grauschwarzen Fahrzeug, mit einer kleinen Frontscheibe und einem noch kleineren Seitenfenster neben dem Fahrersitz. Den motorisierten Transportwagen hatte der Staat Bern den Franzosen 1918 günstig abgekauft. Es war eine Beute aus dem Ersten Weltkrieg, laut und mit grässlich stinkenden Abgasen die Umwelt verpestend.

Die Fahrt von zehn Kilometern fand am frühen Morgen statt und dauerte circa zwanzig Minuten. Im düsteren Vorhof des Thorbergs nahmen zwei Wärter Roder in Empfang und brachten ihn in das Büro des Direktors, der Gruber hiess.

Gruber begrüsste Roder freundlich, streckte ihm sogar die Hand entgegen. «Willkommen in unserer Anstalt. Es erwartet Sie bei uns eine harte Zeit. Sie haben eine lange Strafe abzusitzen. Uns liegt viel daran, Sie korrekt zu behandeln. Sollten Sie andere Erfahrungen machen, dürfen Sie sich schriftlich bei mir beschweren. Dieses Recht steht allen Häftlingen zu. Unser Arbeitstag ist elf Stunden lang, am Samstag nur neun. Der Sonntag ist mit Ausnahmen arbeitsfrei. Wer für die Küche oder dringende Wartungen abkommandiert wird, den entschädigen wir mit zusätzlichem Sackgeld.» Gruber sah Roder einige Augenblicke ernst an. «Ich habe mir Ihre Prozessakten angesehen. Der Urteilsspruch des Schwurgerichts macht mich nachdenklich. Lediglich eine knappe Mehrheit der Geschworenen war dafür, sie hier einzuweisen. In solchen Fällen ist ein Revisionsprozess nicht unüblich. Wir leben in einem Rechtsstaat. Geben Sie sich nicht auf, Roder!»

Die ersten Wochen auf dem Thorberg waren für Roder, verglichen mit der Untersuchungshaft, fast so etwas wie eine Erleichterung. Am zweiten Tag wurde er ins Krankenzimmer geführt. Dort lagen sechs Patienten, für die strengen Verhältnisse in diesem Gefängnis mit hundertfünfzig Häftlingen normal.

Ein Gefangenenwärter beschrieb ihm, was wo in diesem Raum war. Kurz danach erschien der Amtsarzt im Türrahmen. «Kollega Roder, freut mich, Sie kennenzulernen. Ich heisse Herbert Merz. Sie werden hier immer wieder zu tun haben. Das nimmt mir Arbeit ab. Ich betreue eine Praxis in Krauchthal, der Gemeinde, zu der Thorberg gehört. Oft muss ich mich um meine Patienten dort kümmern. Erst danach kommen die Zuchthäusler.»

Merz drückte Roder einen Schlüssel in die Hand. «Diesen müssen Sie sicher aufbewahren. Es ist Ihr Zugang zur Apotheke und zum Raum der medizinischen Instrumente.» Merz kam pro Woche einmal auf einen kurzen Besuch. Das war Roder nur recht. Seine Tätigkeit als Anstaltsarzt brachte ihm von Beginn an viel Wertschätzung ein. Fast war er froh, dass das Krankenzimmer nur sieben Betten aufwies, mehr durften dort nicht aufgenommen werden.

Eine weitere Aufgabe, die Roder übertragen wurde, war die Organisation der Bibliothek, vor allem die Ausgabe von Büchern. Über sie lernte er diejenigen kennen, die über mindestens eine halbwegs gute Bildung verfügten. Das waren rund vierzig Insassen, nahezu ein Viertel des Bestandes.

Von den landwirtschaftlichen Arbeiten, die auf den Feldern rund um den Thorberg eine grosse Bedeutung hatten, wurde Roder dispensiert. Was ihm noch zugemutet wurde, waren Hilfsarbeiten in der Besenbinderei.

Im Sommer 1927 erhielt Roder unerwarteten Besuch. Es war Fürsprecher Fritz Blau. Er kannte den Mann nicht. Blau eröffnete Roder, er würde gerne als sein Anwalt wirken und ein Revisionsgesuch einreichen. Den Anstoss dazu habe er von den Eltern Roders erhalten, die für allfällige Kosten aufkommen würden. Ihm, Blau, gehe es allerdings nicht ums Geld, sondern darum, einen Justizirrtum aufzuklären. Eine freudige Überraschung, das habe er nicht gewusst, sagte Roder. Er dürfe jährlich zweimal Post von seinen Angehörigen erhalten und lediglich einmal Besuch von ihnen empfangen.

Blau suchte Roder von nun an mindestens einmal monatlich auf, um das geplante Revisionsgesuch zu besprechen. Direktor Gruber machte Blau diesbezüglich keine Schwierigkeiten, im Gegenteil. Er stellte dafür einen Besprechungsraum zur Verfügung.

Trotz all der Erleichterung und dem Entgegenkommen seitens der Strafvollzugsleitung verfiel Roder zeitweise in eine Depression. Der ohnehin schon schmalbrüstige Mann verlor an Gewicht. Merz fiel Roders schlechte Verfassung auf. Er gab ihm Medikamente dagegen, die allerdings kaum Wirkung zeigten.

***

Laura Borelli wurde einige Stunden nach Roder in die kantonale Frauenstrafanstalt Hindelbank überstellt. Mit demselben Fahrzeug.

Die meisten Insassinnen hatten eigentlich keine Verbrechen begangen. Sie wurden wegen liederlichem Lebenswandel «administrativ versorgt». Als liederlich galten Frauen und Mädchen mit einer Schwangerschaft ohne Trauschein. Der gleichen Strafe mussten sich auch solche unterziehen, die nicht in der Lage waren, für ihren Lebensunterhalt aufzukommen.

Laura Borelli wurde in Hindelbank keine Sonderbehandlung zuteil. Trotzdem gelang es ihr, sich mit dem Eingesperrtsein abzufinden. Sie freundete sich mit vielen ihrer Leidensgefährtinnen an.

Sie arrangierte sich mit dem tiefreligiösen Anstaltsdirektor und versprach, künftig ein moralisch einwandfreies Leben zu führen.

Als der Kassationshof dem Revisionsgesuch Blaus entsprach und damit ein neuer Prozess unausweichlich wurde, besorgte die Berner Justiz Laura Borelli einen Anwalt. Eine Gerichtsverhandlung ohne ihre Teilnahme wäre nicht denkbar.

22. Kassation des ersten Urteils

Am 8. März 1928 reichte der neue Anwalt Roders, Fürsprecher Fritz Blau, dem Obergericht ein Gesuch um Wiederaufnahme des Gerichtsverfahrens vom Sommer 1926 ein. Blau berief sich auf das bernische Recht, das die Revision eines Prozesses erlaube, wenn «neue Gegebenheiten oder Beweismittel zum Vorschein kommen, die dem im ersten Verfahren urteilenden Gericht nicht bekannt waren und die allein oder zusammen mit den früher festgestellten Tatsachen geeignet sind, die Freisprechung des Verurteilten oder in Anwendung eines milderen Strafgesetzes eine geringere Bestrafung herbeizuführen».

Im Revisionsgesuch stellte Blau die These auf, Linda Roder habe Selbstmord begangen, viele Indizien würden dafürsprechen. Auf der anderen Seite stünden die Indizien für einen Mord, ausgeführt von Dr. Roder, auf tönernen Füssen. Die umfangreichen Akten seien lückenhaft, einseitig und willkürlich, sie belasteten Roder in fast allen Punkten, dagegen fehle fast all das, was seine Unschuld belegen könnte. Neue Tatsachen und Beweismittel gebe es zuhauf.

Hart ins Gericht ging Blau mit dem Untersuchungsrichter, Dr. iur. Friederich Wüterich, der sein Amt als Regierungsstatthalter aufs Gröbste missbraucht habe.

Blau warf Wüterich eine gänzlich unprofessionelle Vorgehensweise vor. Der Spurensicherung, dem A und O des kriminalistischen Handwerks, habe er sozusagen keine Bedeutung beigemessen. Es seien keine Fingerabdrücke erfasst, das Inventar der Apotheke nicht mit der nötigen Sorgfalt unter die Lupe genommen worden. Erst nach und nach habe sich Wüterich bemüht, herauszufinden, was Roder für Arsenpräparate gekauft habe.

Das liege allerdings auch an der Institution, an der unmöglichen Ämterkumulation. Wüterich habe die gesamte Ermittlung sozusagen im Alleingang durchgeführt, alle Fäden seien in seinen Händen zusammengelaufen.

Er habe den Landjägern Befehle erteilt, ihnen Anweisungen gegeben, welchen Spuren nachzugehen sei und welchen nicht. Wüterich habe in der ganzen Schweiz, bei Polizeistationen, Untersuchungsrichtern, Staats- und Bezirksanwälten, Finanzämtern, politischen und konfessionellen Gemeinden, Erkundigungen eingezogen, aus deren Wortlaut eine unbotmässige Parteilichkeit herauszulesen sei. Er bezog sich auf die Erkundigungen von Wüterich, die er in Zürich im Umfeld Roders und Schneebergers angestellt hatte.

Blau hatte ein zweites Beispiel für Wüterichs einseitige Beweisaufnahme eingefügt.

In den Voruntersuchungsakten befindet sich ein Leumundsbericht des Polizeikommissariats Landquart über die Eltern des Angeklagten Dr. Roder, der überaus ungünstig lautet und, wie aus den Zeitungsberichten geschlossen werden kann, während des Schwurgerichtsverfahrens massgebend geblieben sein muss. Dieser Bericht sagt unter anderem, dass in Davos, wo die Familie Roder während dreissig Jahren (circa 1890 bis 1920) niedergelassen war, über deren Lebensführung und Ruf die «denkbar ungünstigste Auskunft» erteilt worden sei. Vater Roder sei ein «charakter- und herzloser» Mensch gewesen, der namentlich als «ekelhafter» Nachbar mit «allen Leuten auf Kriegsfuss» gelebt habe und ebenso wenig wie seine Frau in der Lage gewesen sei, den heranwachsenden Kindern irgendeine, geschweige denn eine gute Erziehung zu bieten. Dementsprechend seien auch die Kinder schlecht ausgefallen. Sie seien den Lehrern als «unangenehme und eher schwach begabte» Schüler in unguter Erinnerung geblieben, und «allgemein» habe man sich «gewundert», dass es der Sohn Wendolin bis zum Doktor gebracht habe. Als «Erzschlingel» habe der Sohn Wendolin den Leuten nur Ärger bereitet und sei dabei von seinem Vater erst noch ständig in Schutz genommen worden.

Im Revisionsgesuch wies Blau im Anschluss dieses Zitats darauf hin, dass der Rapport des Kommandanten des Kommissariats Landquart, Feldweibel Pirmin Accola, von grammatikalischen und orthografischen Fehlern nur so gestrotzt habe, die er, Blau, aus Gründen der Lesbarkeit berichtigt habe.

Die «Botschaft» Accolas, die nach Blau allein schon durch den unsachlich gehaltenen Ton und ihre vulgäre Sprache genügend verrate, habe einen verhängnisvollen Einfluss bei der Abfassung des Anklagetexts gehabt und insbesondere auf die Assisen, einfache Leute aus dem Volk, die nach seiner Erfahrung sehr empfänglich für eine Wortwahl wie die des Polizeichefs von Landquart seien.

Er habe, so fügte Blau hinzu, recherchiert, wie es wohl zu Accolas «Exposé» gekommen sei, da ja Landquart etwa fünfzig Kilometer von Davos entfernt sei. Er sei zum Ergebnis gekommen: In Landquart besitze Wüterich ein Ferienhaus, und gegenüber wohne der Sheriff, wie man dort Accola zu bezeichnen pflege.

Als Gegenbericht zur Schilderung Accolas präsentierte Blau eine Stellungnahme von mehreren Lehrpersonen, die Roder zwar als eigenwillig, aber originell und sehr intelligent beschrieben. Seine Streiche seien nie bösartig und durchaus vergleichbar mit jenen seiner Klassenkameraden ausgefallen. Nachfragen von Nachbarn in Davos stellten die Eltern Roders in ein gutes Licht.

Als weitere Tatsachen und Beweismittel zählte Blau auf:

Erstens. Zeugenaussagen zum Tagebuch der Frau Roder erschüttern die Glaubwürdigkeit dieses Dokuments. Vieles ist während des ersten Scheidungsverfahrens, aber auch vorher, schon kurz nach der ersten Eheschliessung 1918, geschrieben worden.

In einem Brief eines türkischen Chemiestudenten an der ETH Zürich, der Frau Roder nach ihrer Scheidung kennenlernte, wird ihre Neigung zu narkotischen und aufputschenden Mitteln erwähnt. Fowlersche Lösung, Opiumtinktur und Kokainpräparate. Er schrieb Frau Roder auch selbstmörderische Absichten zu.

Zweitens: Ein pharmakologisches Gutachten von Professor Dr. E. L. L. findet es äusserst unwahrscheinlich, dass eine im Einnehmen von Arsenik bewanderte Person eine Überdosis Fowlersche Lösung unfreiwillig hätte konsumieren können, ohne bei ihr auch in den folgenden Tagen einen Argwohn zu erwecken.
Drittens. Das psychologische Gutachten von Dr. W. Körner in Berlin-Charlottenburg, der anhand eines der Tagebucheinträge Linda Roder einen neurotischen Charakter zuschrieb und damit die Selbstmordthese stützte.

***

«Die Eingabe Blaus an das bernische Obergericht ist in sehr sachlichem Ton gehalten und nach wissenschaftlichen Kriterien abgefasst», liess der Generalprokurator, der oberste Ankläger des Standes Bern, verlauten. «Blau weist in seinem Revisionsgesuch nicht nur auf die populistische Stimmungsmache Wüterichs hin, sondern auch auf die Art und Weise, wie dieser die Ermittlungen vorangetrieben hat.»

***

Das Revisionsgesuch von Blau stiess in der Presse weiterhin auf Interesse.

Anzeiger der Ämter Burgdorf, Konolfingen, Signau, Trachselwald, 29. Juni 1931.

Aus dem Gerichtssaal.
Revision im Giftmordprozess Roder-Borelli. Bern, 27. Juni 1931.

In der Angelegenheit des vor fünf Jahren wegen Giftmordes an Frau Linda Roder in Langnau verurteilten Ehegatten Dr. Roder und der Haushälterin Laura Borelli beantragt nunmehr der Generalprokurator Langhans dem Kassationshof, es sei dem Revisionsgesuche stattzugeben. Bei Annahme dieses Antrages wäre das Urteil vom 28. Juli 1926 zu kassieren und die Überweisung der beiden Angeklagten an das Geschworenengericht des dritten Assisen-Bezirks (Emmental) zu beschliessen. Über das Revisionsgesuch wird noch vor den am 15. Juli 1931 beginnenden Gerichtsferien entschieden werden.

Das Urteil der Assisen wurde am 9. Juli 1931 aufgehoben und die Sache zur Neubeurteilung an das Geschworenengericht des Emmentals zurückgewiesen.

Der bernische Kassationshof kam zum Schluss, es liege auf der Hand, «dass den Feststellungen der neuen Expertisen nicht etwa nur fachwissenschaftliches Interesse zukommt, sondern dass der belastende Indizienbeweis in seiner Gesamtheit derartig erschüttert wird, dass erhebliche Zweifel an seiner Schlüssigkeit nicht mehr unterdrückt werden können».

Nach der Gutheissung des Wiederaufnahmegesuchs hätten der Gesuchsteller Dr. Roder als auch die Mitangeklagte Laura Borelli von Gesetzes wegen aus der Strafhaft entlassen werden müssen. Das lehnte jedoch der Kassationshof entgegen dem Antrag des Generalprokurators ab, da noch eine «gewisse Kollusionsgefahr» bestehe. Damit wären die gesetzlichen Voraussetzungen einer Haftentlassung nicht erfüllt. Die beiden Verurteilten blieben in Haft.

Das Verdikt des Kassationshofs wurde im Emmental, insbesondere in Langnau, mit Bestürzung aufgenommen. So schrieb der verantwortliche Redaktor im «Emmentaler Blatt»:

Das Urteil der ehrbaren Geschworenen ist von denen in Bern mit fadenscheinigen Begründungen kaltblütig umgestossen, die sorgfältigen und umsichtigen Ermittler des Gerichts und der Polizei des Amtes Signau in den Dreck gezogen worden.

Immerhin ging der Kassationshof nicht so weit, wie es der Generalprokurator gefordert hatte. Wendolin Roder und Laura Borelli bleiben bis zum erwarteten Prozessende kurz vor Weihnachten 1931 weiterhin im Zuchthaus. Und wollen wir hoffen, dass sie auch danach dort weiterschmoren.

23. Der zweite Prozess

Aus einer Mitteilung des Justizdepartements des Kantons Bern, die am Samstag, den 5. Dezember 1931 von nahezu allen Deutschschweizer Zeitungen publiziert wurde:

> *Am 7. Dezember wird im Schloss von Burgdorf vor dem Geschworenengericht des Emmentales der Prozess gegen Dr. Wendolin Roder und Laura Borelli von Neuem durchgeführt. Die Anklage lautet wiederum auf Mord, begangen zwischen dem 11. und 18. Dezember 1925 im Arzthaus in Langnau. Herr Dr. Wendolin Roder und Fräulein Laura Borelli sollen mit Vorbedacht Frau Linda Roder, geborene Schneeberger, durch Verabreichung von Arsenik getötet haben.*

Im «Emmentaler Blatt» wurde das amtliche Communiqué noch durch Hinweise ergänzt:

> *Die Verhandlungen, für die circa vierzehn Tage vorgesehen sind, werden also genau sechs Jahre nach den tragischen und rätselhaften Vorgängen im Doktorhaus von Langnau stattfinden. Sie hatten zu einer halbjährigen Strafuntersuchung und im Juli 1926 zu einer Verurteilung der beiden Angeklagten geführt. Noch mehr als beim ersten Prozess wird die Öffentlichkeit an den Verhandlungen im Gerichtssaal Anteil nehmen. War das Verdikt des Schwurgerichts von 1926 ein Justizirrtum? Diese Frage stellen sich heute viele Menschen, nicht nur im Emmental, sondern in der ganzen Schweiz, besonders nachdem der Kassationshof des Kantons Bern am 9. Juli 1931 das Urteil vom Sommer 1926 aufgehoben hatte. Die Bevölkerung im Emmental würde die beiden wohl nochmals schuldig sprechen.*

In der gleichen Zeitung folgte eine Zusammenfassung der «Vorgeschichte des Prozesses», der eine gewisse Voreingenommenheit anhaftete. Es fanden sich Passagen darin wie:

... Mit der Borelli wurde eine Verlobung geschlossen, um nach Ablauf der gerichtlich auferlegten Wartefrist, die erst im November 1925 ablaufen sollte, das Verhältnis endgültig zu ordnen.
Eine für den haltlosen Charakter Dr. Roders bezeichnende Wendung durchkreuzte diesen Plan. Im August 1925 fuhr er nach Weggis, um das Kind, das im Scheidungsurteil der Mutter zugesprochen worden war, zu besuchen ...

***

Wie vor fünfeinhalb Jahren, im Juli 1926, waren die Tribünen übervoll. Die Anordnung im Gerichtssaal war dieselbe wie im ersten Prozess, die Richter, die Geschworenen und die Experten jedoch andere Männer. Der Präsident, Oberrichter Manuel Tscharner, seine beiden Beisitzer, Dr. Wäber und Fürsprecher Jobin, auch Mitglieder des höchsten bernischen Tribunals, Fürsprecher Albert Trauffer als Ankläger, Fürsprecher Fritz Blau als Verteidiger Roders, Rechtsanwalt David Rosenbaum, Zürich, als Verteidiger Laura Borellis. Das Expertenteam setzte sich aus einem Psychologieprofessor der Universität Zürich, einem Pathologen des Universitätsspitals Basel, dem Kantonschemiker Solothurns, einem Privatdozenten für Pharmakologie an der ETH und dem Direktor des Zürcher Zuchthauses Regensdorf zusammen.

Statt zwölf waren es nur noch neun Geschworene.

Nicht bloss die personelle Besetzung unterschied sich fundamental von der des ersten Prozesses, auch der Stil der Richter, der Verteidiger und der Experten war ein anderer. Ausser der Ankläger. Sein Auftreten glich dem Laueners von 1926. Er verteidigte das erste Urteil durch dick und dünn, auch wenn er nicht umhinkam, einige Versäumnisse von damals einzugestehen. Für Trauffer waren Roder und Borelli schuldig am Tod von Linda Roder. Der Mord sei häppchenweise begangen worden, während sechs Tagen, vom 12. bis 18. Dezember 1925. Der damalige Untersuchungsrichter, Friederich Wüterich, habe gute Arbeit geleistet.

Während Trauffer die Anklage verlas, kam auf den Tribünen Unruhe auf. Man war sich dort offensichtlich untereinander nicht einig. Mehrmals musste Tscharner die Verhandlung unterbrechen und die Ruhestörer ermahnen.

Als am zweiten Prozesstag dem Verteidiger Blau das Wort erteilt wurde, kam es zu einem ersten Eklat. Blau, mit seiner wuchtigen, kraftstrotzenden Gestalt Trauffer an Körpergrösse hoch überlegen, stand auf und protestierte energisch gegen die Anklageschrift. Blau warf die Frage auf, ob die Anklage in der vorliegenden Form nicht zurückzuweisen sei. «Der Vorsitzende Oberrichter Dr. Tscharner hat in seinem Eröffnungswort hervorgehoben, das Verfahren sei von Grund auf neu durchzuführen. Der frühere Prozess sei völlig ausser Acht zu lassen. Es geht doch nicht an, dass nun ein Staatsanwalt daherkommt und sozusagen wortwörtlich die veraltete, aus dem Jahre 1926 stammende Anklageschrift nochmals vorträgt. Trauffer hat es mit diesem Dokument darauf abgesehen, die Angeklagten persönlich zu disqualifizieren und die Geschworenen von vornherein gegen sie einzunehmen. Eine solche Art der Anklageerhebung ist mit einer fairen Prozessführung nicht vereinbar.» Blau beantragte, alle Stellen, die nur das Charakterbild der Angeklagten zu belasten suchten, in der Anklageschrift streichen zu lassen.

Der Verteidiger Fräulein Borellis, Rechtsanwalt Rosenbaum, unterstützte Blau. «Die alte Anklageschrift enthält Unwahrheiten. Sie stimmt nicht mehr, nachdem die Untersuchung nach dem Beschluss des Kassationshofs neue Tatsachen zum Vorschein gebracht hat. Es würde genügen, die Anklage in einem einzigen Satz zu formulieren.»

Blau warf Trauffer vor, die Regeln der elementarsten Gerechtigkeit mit Füssen zu treten. Der Disput zwischen beiden Juristen wurde immer heftiger und nahm bedrohlich an Lautstärke zu, sodass sich Präsident Tscharner genötigt sah, die Verhandlung auf unbestimmte Zeit auszusetzen.

Die Parteien, Experten, Journalisten und das Publikum räumten den Saal. Nach einer nahezu einstündigen Unterbrechung konnte die Verhandlung fortgesetzt werden. Blau zog seinen Antrag zurück. Durch seine Intervention wäre es auch den hintersten Assisen klar geworden, dass Trauffers Elaborat eine Lügengeschichte sei. Und Tscharner ergänzte: «Die alte Anklageschrift besteht zwar noch zu Recht. Es bleibt aber zu beachten, dass die neue, mit der alten weitgehend identisch, nicht geeignet ist, das Urteil zu beeinflussen.»

Die Verteidiger lächelten, Ankläger Trauffer schlug mit hochrotem Kopf einen Papierstoss zweimal auf sein Pult.

Allerdings erregte eine weitere Aussage des Fürsprechers Blau Aufsehen. Sie betraf die Behandlung des Angeklagten in der Untersuchungshaft.

Mein Mandant war bis zum 28. Juli 1926 in Untersuchungshaft. Für Untersuchungshäftlinge gilt die Unschuldsvermutung. Wendolin Roders Essensrationen wurden nach Beginn der Untersuchungshaft gekürzt, obwohl er bereits damals untergewichtig war. Er wurde dürftig bekleidet in eine viel zu kalte, feuchte Zelle eingesperrt, obgleich er in seiner Jugend an Tuberkulose erkrankt war und seither häufig an Atembeschwerden leidet.
Eine solche Behandlung kommt einer Bestrafung vor dem Urteil gleich. Das ist mit unseren Strafgesetzen nicht vereinbar. Jemanden frieren und hungern zu lassen, ganz unabhängig davon, ob er schuldig oder unschuldig ist, muss man als Folter bezeichnen. Gefangene zu foltern ist seit 1848, seit der Gründung unseres Bundesstaates, strikt verboten. Verantwortlich für diese Handlungen war der Untersuchungsrichter Wüterich. Er hat damit auf grobe Art und Weise gegen unsere Gesetze verstossen. Meine

Herren, ich erlaube mir die Feststellung: Untersuchungsrichter Friederich Wüterich hat damit kriminelle Taten begangen.

Gerichtspräsident Tscharner läutete nach diesen Worten heftig mit der Glocke. Er warf Blau vor, eine geachtete Magistratsperson verunglimpft zu haben. Sollte er sich weiter in diesem Sinne äussern, müsste er ihm das Wort entziehen und ihn zu einer Ordnungsstrafe verurteilen.

Nach dieser Unterbrechung erinnerte Blau die Richter und den Ankläger daran, dass das höchste Gericht des Kantons Wüterich deswegen nach dem Urteil des Kassationshofes im Juni 1931 eine Rüge erteilt habe und sogar so weit ging, eine solche Behandlung als Folter zu bezeichnen.

Zaugg, der Anwalt Roders im ersten Prozess, hatte seinerzeit dieses Thema in seinem Verteidigungsplädoyer ebenfalls angeschnitten, wurde aber vom damaligen Gerichtspräsidenten von Erlach deswegen zurechtgewiesen. Dass er damals von Foltermethoden sprach, trug ihm eine saftige Busse ein – wegen Verunglimpfung des Richters.

Tscharner fuhr mit seiner sonoren Stimme fort. «Der Weg ist nun frei, um dem Tatbestand näherzutreten. Wir können jetzt versuchen, die Schuldfrage abzuklären. Die künftige Verhandlung spalten wir in vier Teile, das ergibt vier Aktenberge: das Verhör der Angeklagten, die Einvernahme der Zeugen, die Aussagen der Experten, die Plädoyers des Staatsanwalts und der Verteidiger. Von diesen vier Teilen wird jeder zwei bis drei Tage beanspruchen. Damit dürfte es nicht reichen, den Prozess noch vor Weihnachten abzuschliessen.»

Präsident Tscharner richtete an beide Angeklagten die Mahnung, sich bis in alle Einzelheiten an die Wahrheit zu halten. Als Gegenleistung sicherte er ihnen eine faire Befragung ohne jeglichen Hinterhalt zu.

Roder begann nun mit der Erzählung seiner Lebensgeschichte. Seine Stimme war leise, die Art, wie er erzählte, monoton, emotionslos, von einer rätselhaften Nüchternheit geprägt.

Auch dann, als er auf die fatale Chronik seiner Ehe mit Linda Schneeberger zu sprechen kam. Roder gab zu, was er im ersten Prozess nur angedeutet hatte. Er habe seine Frau wiederholt geschlagen und misshandelt. Was Linda in ihrem Tagebuch bezüglich seiner Wirtshausbesuche geschrieben hatte, sei im Wesentlichen richtig. Oft sei er lange hocken geblieben und habe über den Durst getrunken. Das sei jedoch während der ersten Ehe geschehen. Im November und Dezember 1925 sei er nie betrunken gewesen, in dieser Zeitspanne habe er auch nie allein eine Gaststätte aufgesucht. Zwischendurch wurden die Schilderungen Roders unterbrochen, es wurden schriftliche Erklärungen der Dienstmagd Hanna Althaus im Arzthaus Langnau und einiger Frauen aus der Zeit in Oberburg verlesen, in denen sich Hinweise auf Grobheiten Roders, aber auch auf kleinliche Züge und die Zanksucht seiner Frau fanden. Zur Sprache kam auch das Verhältnis mit Laura Borelli, das im Sommer 1923 anfing und bis zu der Verhaftung beider am 22. Dezember 1925 andauerte.

Dass Roders Scheidung eine Folge des Verhältnisses mit Laura Borelli war, bestritten beide, als sie Richter Tscharner danach fragte. Die Ehe zwischen Wendolin und Linda sei schon vorher zerrüttet gewesen.

Das ging eindrücklich aus den Erklärungen von Hulda Schneeberger, der Schwester der verstorbenen Linda Roder, hervor. Sie wurde von den Gerichtsberichterstattern als «älteres Fräulein» beschrieben, «das in sachlicher und höflicher Art über die unselige Geschichte des Verhältnisses zwischen Wendolin und Linda Auskunft erteilte».

Hulda sagte als Zeugin aus: «Wendolin und Linda passten von Anfang an nicht zusammen, weder in den äusseren Verhältnissen noch in den Temperamenten. In Zürich folgte eine häusliche Szene nach der anderen, und alle paar Tage war von einer Scheidung die Rede. In Oberburg mochte es vielleicht etwas besser gehen, immerhin habe ich einmal einen Streit beobachtet, bei dem Wendolin Linda ohrfeigte.»

Allerdings entsprächen auch nicht alle Eintragungen, die

Linda in ihrem Tagebuch niedergeschrieben hatte, den Angaben Huldas, zeigte Blau dem Richter Tscharner auf. Als Vater habe Roder sich die ersten Monate nach der Scheidung nie um sein Kind Rosemarie gekümmert, sagte Hulda aus, im Tagebuch hingegen hatte Linda geschrieben:

Schon einen Monat nach der Scheidung, im Dezember 1924, fuhr Wendolin an die Nelkenstrasse, um das Weihnachtsfest mit mir und Rosemarie zu feiern. Er brachte Geschenke für das Kind mit. Karl und Hulda verbrachten den Heiligabend auch bei uns. Wir sprachen dabei auch das Thema «Wiederverheiratung» an.
Wir haben beide einen Fehler gemacht, als wir uns trennten.

Er sehe keinen Grund, warum da Linda gelogen hätte, argumentierte Blau. Dagegen unterlasse ihre Schwester Hulda nichts, Roder in einem denkbar schlechten Licht erscheinen zu lassen. Die Zeugenaussagen Huldas seien deshalb mit Vorsicht zu geniessen.

Es kamen auch die verschiedenen Konkubinatsklagen wegen der wilden Ehe zwischen der Borelli und Roder auf den Tisch. Roder bestritt, wie auch im ersten Prozess, mit der Borelli Tisch und Bett geteilt zu haben, was im Saal Heiterkeit hervorrief. Dazu wurde auch die Borelli befragt, die ungezwungen darauf reagierte. Sie hätten zwischendurch möglicherweise schon etwas miteinander gehabt. Darauf reagierten die Prozessbesucher mit verhaltenem Gelächter, vereinzelte klatschten sogar.

Still wurde es, als Roder über das Zusammentreffen mit seiner geschiedenen Frau im Sommer 1925 in Weggis berichtete. «Das ist vor allem Liebe zum Kind Rosemarie gewesen. Und daraus ist der Wunsch nach Wiederverheiratung mit Linda in mir aufgekommen.»

«Haben Sie dazu eine Frage?», sagte Tscharner zu Trauffer. Trauffer war offensichtlich in Gedanken abwesend und reagierte nicht darauf.

Danach ordnete der Präsident eine halbstündige Pause an.

«Warum hat Trauffer nicht angebissen?» Tscharner wollte von seinen beiden Kollegen und den Experten wissen, was sie sich darüber für Gedanken machten. Keiner der Herren konnte sich einen Reim darauf machen.

«Es ist uns doch allen klar, dass Roder sich wegen der Schulden zu diesem Schritt entschloss, ganz sicher nicht wegen der kleinen Rosemarie. Linda, die immer noch an Roder hing, war sehr sparsam, sie gab nach dem neuen Heiratsversprechen Roder ihr ganzes Vermögen. Das wäre ein Motiv für den späteren Mord gewesen. Aber nicht mehr», kommentierte Tscharner.

Mit dem Hinweis «Was hätte Roder denn noch von Linda bekommen, wenn sie tot wäre? Sie hat ihm ja schon das ganze Vermögen gegeben» stellte einer der Experten dieses Mordmotiv in Frage.

Der Vorsitzende ging nach der Pause auf das eigentliche Kernthema des Prozesses, auf die Ereignisse zwischen dem 12. und 18. Dezember 1925, ein. Am Samstag, den 12., erkrankte Linda Roder, am späten Freitagabend des 18. starb sie. Die Vernehmung der beiden Angeklagten darüber brachte nichts Neues und auch keine Klärung. Ebenso ergaben die Zeugenbefragungen nichts Neues. Das Einzige, was feststand, das wusste man aber schon am 21. Dezember 1925, war, dass das Opfer an einer Überdosis Arsenik starb. Wer ihr das Gift verabreicht oder ob Frau Roder es selbst eingenommen hatte, blieb ein Geheimnis.

«Solange diese Frage nicht geklärt wird, können wir nur Vermutungen anstellen. Und aufgrund von Vermutungen darf man niemanden verurteilen.» Diese zwei Sätze schleuderte Tscharner in den Saal und sah eine Weile zur Bank der Geschworenen.

Weder die Aussagen der Experten noch die Plädoyers des Anklägers und der Verteidiger konnten eine plausible Antwort darauf geben, obwohl sie nach den Auftritten von Roder und Borelli mehr als eine Woche darum gerungen hatten.

Der 19. Dezember, ein Samstag, kam. Der Tag, an dem das Urteil verkündet werden sollte. Das war früher als erwartet, denn die meisten Prozessbeobachter gingen davon aus, dass das Urteil erst nach Weihnachten gefällt werden würde. Doch es waren weit und breit keine Beweise für eine Schuld der Angeklagten in Sicht.

Um zwei Uhr am Nachmittag wurden die drei Oberrichter und neun Geschworenen miteinander im Gerichtssaal eingeschlossen. Man ging davon aus, dass die Beratung mehrere Stunden dauern würde.

Im «Emmentaler Blatt» stand unter dem Titel «Prozessvorschau»:

Das Geschworenengericht ist nicht mehr die rätselhafte Sphinx wie vor dem Jahre 1928. Damals verabschiedete der Grosse Rat des Staates Bern eine Revision der die Gerichtsbarkeit betreffenden Gesetze. Haargenau wird dieses Gericht über die Gründe seiner Entscheidung schriftlich Rechenschaft ablegen müssen. Das Gesetz schreibt vor, dass in der Beratung ein jeder das Wort ergreifen muss, auch die Geschworenen, die Laienrichter also, ausgewählt per Losverfahren für die Mitwirkung an diesem Kriminalfall. Sie sind in Rechten und Pflichten den Oberrichtern gleichgestellt.
Die Entscheidungen über zwei Menschenschicksale fallen hinter der verschlossenen Tür des Gerichtssaales.

Kurz nach drei Uhr spazierte Staatsanwalt Trauffer gemächlich zum Schloss hinauf, um rechtzeitig zur Stelle zu sein, wenn das Urteil verkündet würde. Schon waren auch mehrere dutzend Leute dort, die Hände in den Hosensäcken vergraben, den Kragen des Mantels hochgekrempelt, mit den Füssen auf den holprigen Pflastersteinen stampfend. Es galt, die Kälte loszuwerden. Die Bise wehte um die Mauern und Zinnen des alten Schlosses. Die Wetterfahne knarrte.

Vier Uhr. Die Eingangstür zum Gebäude des Amtsgerichts wurde geöffnet. Für die Schar der Zeitungsschreiber von Ost bis West, von Nord bis Süd ein willkommener, wärmender Unterschlupf. Man wähnte sich auf einem Jahrmarkt mit bunten und unternehmungslustigen Leuten, die hier durcheinanderwogten. Die Bleistifte, das Werkzeug der schreibenden Zunft, waren gespitzt, die Radiergummis in Griffweite.

Halb fünf Uhr. Geduld! Es dämmerte, es dunkelte. In der Ferne wurden die Lichter vom gegenüberliegenden Oberburg angezündet. Aus der Gegend von Langnau ging, hinter Fels und Wald noch halb verborgen, der Mond auf.

Halb sechs Uhr. Es wurde Nacht. Der massige Turm, der den Schlosshof überragte, stiess in den fast schwarzen Himmel. Mehr Leute traten hinzu, erwartungsvoll und frierend. Unter der Felsklippe hörte man die Emme, zwischen Eisschollen ihren Weg suchend, rauschen.

Sechs Uhr. Im Pressezimmer schrillte ein Telefonapparat nach dem andern: Zuwarten!

Dann, endlich, lief etwas. Alles drängte in den kleinen Nebenhof. Dort befand sich die schmale Eingangstür zum Schwurgerichtstrakt. Es mochten zweihundert Personen warten, doch sie benahmen sich, als wäre es das Zehnfache. Ein Dutzend Burschen kletterte auf die kunstvoll aufgerichteten Holzstösse, mit denen der Polizeiwachtmeister bis zum Frühjahr seinen Ofen heizen wollte. Was alle schon vorher gewusst haben wollten, sie polterten unter lautem Getöse mit den Scheitern aufs Pflaster herunter.

Der Wachtmeister, der herbeigerannt kam, schimpfte. «Gottfried Stutz, muss das sein?»

Ein Fotograf mit einer grossen Blitzlichtlampe erschien auf der Bildfläche. Schon stürzte sich eine Handvoll hübsch hergerichteter Weibspersonen mit der Bitte auf ihn, sie abzulichten.

Der gutmütige Wachtmeister mit dem wilden Schnauz, dem Tschako und der masslos weit gespannten Uniform hielt tapfer seine Stellung an der Eingangstür, nicht alle Schaulustigen durften gleichzeitig hineinströmen.

Sechs Uhr fünfzehn. Eine schmale Gasse tat sich auf. Die beiden Angeklagten erschienen, begleitet von je einem Landjäger. Die Borelli mit ihren hochroten Wangen und einem aufgesetzt naiven Lächeln, eine Wolke von Parfum nach sich ziehend. Hinter ihr in einem Abstand von zehn Metern der Herr Doktor, käsebleich und mit leeren Augen.

Vor den beiden Türen zu den Zuschauertribünen überprüften Polizeigefreite die Eintrittskarten. Wer keine hatte, musste zurück in die Kälte. Vom Korridor her vernahm man das Klappern von Schreibmaschinen. Wurden da noch die letzten Zeilen des Urteiltexts ins Reine geschrieben? Kurz danach rannte ein halbes Dutzend Tippistinnen in den Saal, wo die Journalisten sich eben gesetzt hatten, und verteilten die Durchschläge. Vorne, unter der Empore des Gerichts, warteten die beiden Verteidiger und der Staatsanwalt vor ihren Pulten. Die Mehrheit der Geschworenen lächelte, die anderen machten eine Miene, als hätten sie einen Becher voll Essig ausgetrunken.

Halb sieben. Gerichtspräsident Tscharner erhob sich. Sein Blick glitt nach oben rechts und oben links. «Bitte bewahren Sie Ruhe, es darf kein Laut von dort oben nach unten dringen. Andernfalls sehe ich mich gezwungen, die Tribünen zu räumen.»

Dann musterte Tscharner die beiden Angeklagten. «Herr Dr. Roder, Fräulein Laura Borelli, stehen Sie auf.»

Atemlose Stille.

«Ich verlese das Urteil.»

Herr Dr. Wendolin Roder, Fräulein Laura Borelli, Sie werden beide
freigesprochen von der Anklage auf Mord,
werden freigesprochen auf Beihilfe zu Mord,
werden freigesprochen auf Begünstigung von Mord.

Fräulein Laura Borelli, Sie werden der Abtreibung der Leibesfrucht schuldig erklärt, begangen in Langnau im Januar, im Mai und im November 1925.

Herr Dr. Wendolin Roder, Sie werden schuldig erklärt
a) der Beihilfe zur Abtreibung der Leibesfrucht, begangen im Januar, im Mai und im November 1925.

b) der Verletzung der ärztlichen Hilfeleistungspflicht an Ihrer verstorbenen Ehefrau.

Die Strafe für Fräulein Laura Borelli lautet:
zwanzig Tage Gefängnis, getilgt durch die ausgestandene Untersuchungshaft.

Die Strafe für Herrn Dr. Wendolin Roder lautet:
a) sechs Monate Korrektionshaus, getilgt durch die ausgestandene Untersuchungshaft.
b) zweihundert Franken Geldbusse.
c) Entzug des Arztpatents auf vier Jahre, beginnend mit dem 18. Juli 1926, endend mit dem 28. Juli 1930.

Herr Dr. Roder und Fräulein Laura Borelli werden in die bürgerlichen Ehren und Rechte wieder eingesetzt. Herr Dr. Roder erhält die Stimm- und Wahlfähigkeit vom 28. Juli 1930 an.

Die Kosten des Gerichtsverfahrens werden auf zweitausendfünfhundert Franken festgesetzt. Davon hat Herr Dr. Roder zweitausend Franken, Fräulein Laura Borelli fünfhundert Franken zu tragen.

Die noch hängigen Kosten des ersten Verfahrens vom Juli 1926 – siebentausendfünfhundert Franken – werden Fräulein Laura Borelli auferlegt. Der Anteil Roders wurde bereits nach dem Urteil 1926 seinem beschlagnahmten Privatvermögen entzogen.

Als Entschädigung wird Fräulein Laura Borelli ein Betrag von dreiundzwanzigtausend Franken zugesprochen, von dem die Gerichtskosten des gegenwärtigen Verfahrens und die Kosten des ersten und zweiten Verfahrens, zusammen achttausend Franken, abgezogen werden.

Als Entschädigung wird Herrn Dr. Roder ein Betrag von achtunddreissigtausend Franken zugesprochen, von dem die Kosten beider Verfahren, zusammen also sechstausend Franken, abgezogen werden.

Soweit sich das Urteil auf die Anklage wegen Mordes bezieht, ist es im Amtsblatt zu veröffentlichen.

Herr Dr. Wendolin Roder und Fräulein Laura Borelli sind unverzüglich aus der Haft zu entlassen.

***

Wendolin Roder und Laura Borelli heirateten standesamtlich im März 1932. Im September 1932 gebar Laura die Tochter Nadine.

24. Der Urteilsbericht

Monate später veröffentlichte das Geschworenengericht des Emmentals die Begründung des Urteils. Wortwörtlich zitiert wurde in den meisten Zeitungen die folgende Passage:

> *Laura Borelli hatte sich seit nahezu zwei Jahren vollständig auf eine Ehe mit Wendolin Roder eingestellt und diesem ihr in Aussicht stehenden Ziel ihren Ruf und eine gesicherte Stellung geopfert. Für Dr. Roder aber brachte der Tod seiner Frau auch äusserlich die Lösung aus dem Gefühlskonflikt, der innerlich schon damals wieder zugunsten der Laura Borelli entschieden war. Zugleich verschaffte Frau Roders Tod dem überschuldeten Arzt erhebliche finanzielle Vorteile.*

In einem weiteren Abschnitt der Urteilsbegründung wurde die Frage aufgeworfen, ob die Angeklagten nach ihrer Veranlagung zu einem Mord fähig gewesen wären. Diese Frage wurde bejaht.

Um das zu untermauern, zitierte Tscharner nun seitenweise Aussagen aus Protokollen, die Roder und Borelli belasteten, sie im denkbar schlechtesten Licht erscheinen liessen.

Laura Borelli wurde von «psychiatrischen Sachverständigen» als Person an der Grenze des Schwachsinns beschrieben, eine Frau mit abnorm starker Affektivität, die in hohem Masse dazu neigte, sich in ihrem Handeln einzig von Gefühlen leiten zu lassen.

Tscharner zog in der Urteilsbegründung den Schluss: «Der von Laura Borelli mehrfach erwogene Gedanke an eine Beseitigung der Frau Roder könnte schliesslich zur Ausführung gelangt sein.»

Auch für Dr. Roder, folgerte Tscharner weiter, könne eine Täterschaft nicht von vornherein ausgeschlossen werden, wenn in Betracht gezogen wird, wie unwürdig und brutal er seine Frau während der ersten Ehe behandelte, wie gemein und herzlos er nach der Wiederverheiratung und während ihrer Krankheit über sie bei Bekannten hergezogen sei.

Dann Tscharners Fazit: «Beides Vermutungen, die aber keinesfalls zur Verurteilung reichen. Deshalb waren die Freisprüche zwingend.»

Die «Berner Tagwacht» nahm diese Passagen zum Anlass, den Bericht des Präsidenten des Schwurgerichts als nachträgliche Rechtfertigung des aufgehobenen Urteils vom Juli 1926 hinzustellen. Das sei ungeheuerlich und könne nur so gedeutet werden, dass es Tscharner darum ging, die Abfindungen des Staates möglichst tief zu halten. Daran sei leider nichts mehr zu ändern, die Geschworenen hätten dem Urteil, das ebenfalls den Betrag der Wiedergutmachung beinhalte, zugestimmt.

Auch für die NZZ war die Urteilsbegründung ein Thema. In der Morgenausgabe vom 21. April 1932 war zu lesen:

> *Das Gericht gelangt also für beide Angeklagte zum Freispruch. Mit diesem Entscheid ist jedoch nicht gesagt, ob Wendolin Roder und Laura Borelli in Wirklichkeit schuldig oder unschuldig sind. Dementsprechend ist der Wahrspruch der Geschworenen von Juli 1926 auch nicht ein Verdikt über die Schuldfrage, vielmehr wird damit festgestellt, dass die Anklage nach Auffassung des Gerichts nicht hinlänglich bewiesen ist.*

***

Roder reichte durch seinen Anwalt gegen die Vormundschaftsbehörde der Stadt Zürich Klage ein, mit dem Begehren, das Scheidungsurteil des Amtsgerichts Burgdorf vom 19. November 1924 bezüglich Kindszuteilung aufzuheben. Damit beabsichtigte er, Rosemarie, die mit der verstorbenen ersten Frau Linda gezeugte und 1923 geborene Tochter, zur dauernden

Pflege und Erziehung unter seine väterliche Gewalt zu stellen. Die 6. Abteilung des Bezirksgerichts Zürich wies die Klage entsprechend dem Antrag der Vormundschaftsbehörde wegen sachlicher Unzuständigkeit ab.

Roder sah sein erstes Kind nie mehr.

25. Die Enthüllung

NZZ, kleine Mitteilungen
Totentafel.
Glattfelden, 21. November 1955.
Dieser Tage starb in Glattfelden, wo er nach seinem Freispruch im Revisionsprozess in den dreissiger Jahren eine neue Praxis eröffnet hatte, Dr. med. Wendolin Roder-Borelli. Dr. Roder und seine spätere Gattin standen im Jahre 1926 im Mittelpunkt eines aufsehenerregenden Giftmordprozesses, welcher sich um den plötzlichen Tod der ersten Gattin Dr. Roders drehte und während Wochen vor den Assisen des Berner Emmentals im Schloss Burgdorf abrollte. Er endete mit der Verurteilung der späteren Eheleute zu langjährigen Zuchthausstrafen. Von Anwälten der beiden Verurteilten wurde ein Revisionsverfahren angestrengt, das nach Verbüssung eines grossen Teils der Strafen mit der Freisprechung der späteren Eheleute endete.

Das war die letzte Meldung über Wendolin Roder in der Presse. Todesanzeigen in den lokalen Zeitungen suchte man vergebens. Roder starb still, von seiner Umgebung kaum beachtet.

Einen Monat vor seinem Tod hatte ihn Adrian Hebeisen, der Gerichtsschreiber und Amtsverweser des Bezirks Signau während des ersten Mordprozesses im Juli 1926, besucht.

Hebeisen hatte im Sommer 1927 seine nicht fürstlich bezahlte, aber sichere Staatsstelle an den Nagel gehängt und in Burgdorf eine Anwaltspraxis eröffnet. Ihm liess der Fall Linda Roder keine Ruhe, auch nach dem für Roder und Borelli glücklichen Ausgang des Revisionsprozesses.

Obwohl Hebeisen seinerzeit grosse Vorbehalte gegen die Ermittlungen und speziell gegen den Prozess im Sommer 1926 hatte, mochte er nie so recht an die Unschuld Roders glauben.

Anfang der 1950er Jahre hatte er zwei Zeuginnen ausfindig

gemacht, die während des Todes von Linda Roder im Langnauer Arzthaus als Dienstmagd und Kindermädchen beschäftigt waren. Hanna Althaus und Klara Bähler. Das heisst, Hanna Althaus, mit der Hebeisen in all den Jahren immer wieder Kontakt hatte, hatte sich an ihn gewandt. Sie, die inzwischen Grossenbacher hiess und eine gut situierte Bäuerin mit sieben Kindern war, liess Anfang 1955 Hebeisen an ihr Sterbebett kommen und erzählte ihm ein Geheimnis, das sie seit dem Tod von Linda Roder nicht mehr losgelassen hatte.

«An den Todestag von Linda Roder, den Freitag des 18. Dezember 1925, erinnere ich mich noch genau, so als wäre es gestern gewesen. Ich half überall im Hause Roder aus, auch in der Arztpraxis, wo ich oft putzen musste. Es war keine angenehme Beschäftigung, weniger wegen der niedrigen Arbeit, die ich dort zu verrichten hatte, vielmehr wegen der unguten Stimmung zwischen den Menschen, die dort etwas zu sagen hatten.»

Hanna Grossenbacher bat Hebeisen, die Schublade aus dem Nachttischchen herauszuziehen. Darin lag ein dickes Wachstuchheft. Das sei ihr Tagebuch, das sie seit ihrem Schulaustritt geführt habe. Die Einträge mit einer ausnehmend schönen Schrift waren gut lesbar. Kleine Zettel, mit Büroklammern an vielen Seiten angeheftet, ragten zwischen den beiden Heftdeckeln hervor.

«Öffnen Sie es beim ersten Zettel und lesen Sie daraus vor.»

Mittwoch, 25. November 1925
Es war der zweite Arbeitstag nach meinem Stellenantritt am 21. November bei Dr. Roder.
Am 23. und 24. weilte ich bei meinen Eltern auf ihrem Hof am steilen Nordhang des Ilfistales. Fünf Tage, so war es abgemacht, sollte ich beim Arzt arbeiten, zwei auf unserem Hof verbringen. Um fünf in der Früh machte ich mich zu Fuss auf den Weg nach Langnau. Um halb sieben war ich im Arzthaus, begab mich in die Küche und fing mit dem Zubereiten des Zmorge an. Milch, Kaffee, Zopf, Speckwürfel, mehrere Konfitüren, Honig und frische Butter.

Ein solches Morgenessen gibt es bei uns zu Hause nur an Festtagen: Weihnachten, Ostern, Pfingsten.
Plötzlich öffnete sich die Tür. Eine Frau trat grusslos ein und sah mir mit verächtlichem Blick beim Arbeiten zu. Nach mehreren Minuten begann sie endlich zu reden. «Was machst du da für einen Saukrach? Und was bist du für eine unanständige Person! Du hast mich zu grüssen, Hanna, wenn ich einen Raum betrete, in dem du dich aufhältst.»
«Guten Tag, Frau Roder.»
«Ich bin die Frau Doktor, so hast du mich künftig anzureden.»

«Behandelte die Frau Dr. Roder Sie immer so von oben herab?», fragte Hebeisen.

«Ja. Sie war eine hochnäsige Frau. Roder selbst wurde seinem Ruf als Schürzenjäger, den er sich im Laufe des Jahres erworben hatte, das er seit Januar 1925 in Langnau verbrachte, voll gerecht. Heimlich, wenn ich putzte im Sprechzimmer, in der Apotheke oder in seinem Büro, fasste er mich am Hintern oder den Brüsten. Es war demütigend, aber ich liess es geschehen, da ich auf die Einkünfte bei den Roders angewiesen war. Fünfzig Franken im Monat, die ich bis auf den letzten Rappen nach Hause, in unser kleines Heimetli, brachte. Meine zwölf Geschwister hatten besonders zur Winterzeit nicht selten zu wenig zum Essen und zum Anziehen. Mein Vater war lungenkrank und starb kurz nach dem ersten Prozess.»

Hebeisen blätterte weiter im Tagebuch und las folgende Stelle vor:

Donnerstag, 10. Dezember 1925
Laura Borelli lässt mich oft spüren, dass ich etwas Minderwertiges bin. Tauchte sie unvermittelt auf, grüsste sie nicht, sondern warf mir folgende Worte an den Kopf: «Wie geht es unserem Tollpatsch aus der Wildnis?» Was sollte ich darauf sagen? Ich schwieg und bekam zu hören: «Unhöflich bist du auch noch, verweigerst mir die Antwort.»

Es geht mich nichts an, aber die Borelli scheint es mit Roder zu treiben, wann und wo sich Gelegenheit ergibt. Diesen Vormittag zum Beispiel. Die Frau Doktor schickte mich in die Praxis mit dem Auftrag, den Korridor zu wischen, das Wartezimmer und die Ordination zu säubern. Es habe verkrustet Blut dort am Boden. Sie drückte mir einen schweren Kessel mit heissem Wasser in die Hand und sagte: «Das, was dazugehört, findest du unten im Putzkasten. Nimm Schmierseife und schrubbe die hässlichen Flecken weg.»
Die Tür zur Ordination war einen Spalt weit offen. Von dort vernahm ich ein Stöhnen. Ich bemühte mich, nicht hinzuschauen, doch dann passierte mir ein Missgeschick. Die Fegbürste glitt mir aus den Händen, fiel an die angelehnte Tür, und diese öffnete sich.
Was ich sah, verschlug mir den Atem. Die Borelli lag nackt auf dem Schragen, der dürftig bekleidete Roder über ihr. Die beiden waren so mit sich beschäftigt, dass sie von meinen Blicken nichts merkten.

«Was geschah am 18. Dezember 1925, dem Todestag von Linda Roder?»

«Es war Nachmittag … Ich habe nicht die Kraft, das zu erzählen. Alles ist in diesem Heft aufgeschrieben.» Hebeisen legte einige Seiten um und fand den Eintrag.

19. Dezember 1925
Ich schlief, als die Frau Doktor starb. Das war zwischen elf abends und Mitternacht. Am Nachmittag waren die Borelli und ich im Schlafzimmer der Wohnung, wo die Frau Doktor sich in ihrem Bett räkelte. Es schien ihr wieder etwas besser zu gehen. Die Schmerzen hätten nachgelassen, sie möchte jetzt wieder mal so richtig schlafen, und wir, also die Borelli und ich, sollten ihr Schwarztee mit Schlaftabletten bringen. Die Borelli schickte mich.
Ich tat wie geheissen. Der Hocker, mit dem ich die Ta-

bletten vom obersten Tablar im Giftschrank holen wollte, kippte, und ich riss das Tablar herunter. Darauf waren zwei Glasflaschen, eine ging in Brüche, auf der nicht beschädigten stand ein Name, den ich nicht verstand, die andere war nicht angeschrieben.

«Der Eintrag hört hier auf. Ist das alles?», fragte Hebeisen.

«Nein. Aber was dabei geschah, versetzte mir einen heftigen Schrecken. Ich fand nicht die Energie, es aufzuschreiben. Das war erst einen Tag später der Fall. Blättern Sie um, auf der nächsten Seite steht es.»

20. Dezember 1925
Ich sammelte die weissen Tabletten auf und schob sie in eine leere Flasche, die auf dem nicht aufgeräumten Tisch stand. Drei davon gab ich in den Tee und rührte drei Löffel Zucker hinein. Die Scherben am Boden wischte ich auf und warf sie in den Abfallkübel. Als es der Frau Doktor nach dem Genuss des Tees plötzlich schlechter ging, machte ich mir nicht weiter Gedanken. Sie hatte häufig diese weissen Tabletten genommen, auch andere Sachen wie Pülverchen und Tropfen, immer mehr, als ihr Roder verschrieben hatte.

«Hat Roder etwa auch Tabletten selbst hergestellt?»

Hanna Grossenbacher-Althaus bejahte das. «Zum Beispiel solche gegen Mäuse. Er hat mir einige davon gegeben, mit der Auflage, keine davon zu kosten, sie seien auch für Menschen giftig.»

Hebeisen sah die sterbende Frau besorgt an. «Darf ich noch weiter fragen?»

«Ich kann mir vorstellen, was Sie jetzt noch wissen möchten. Auch das habe ich einige Tage später festgehalten.»

24. Dezember 1925
Die Borelli und Dr. Roder wurden vor zwei Tagen fest-

genommen. Offenbar gehen die Staatsanwaltschaft und die Polizei davon aus, dass Linda Roder nicht eines natürlichen Todes gestorben ist. Natürlich blieben mir die Gerüchte in Langnau nicht verborgen. Man munkelte, die Roderin sei vergiftet worden. Wer hat das getan?
Da ich zum Todeszeitpunkt im Arzthaus weilte und die Frau Doktor am Nachmittag mit Tee versorgte, musste ich damit rechnen, dass auch ein Verdacht auf mich fallen würde. Ich bekam es plötzlich mit der Angst zu tun. Ein schrecklicher Gedanke frass sich in mein Gehirn. Könnte ich die Person sein, die Frau Roder das Leben genommen hatte? Waren die Tabletten nicht zum Einschlafen, sondern zum Vergiften von Mäusen bestimmt gewesen?
Ich weiss, ich hätte damit zum Untersuchungsrichter gehen sollen. Doch dann wäre ich wohl verhaftet worden und ins Zuchthaus gekommen. Ich wollte ja niemanden umbringen. So behielt ich dieses Geheimnis für mich.

«Sind Sie sich bewusst, dass es ein Risiko war, das aufzuschreiben? Was, wenn Ihr Tagebuch gefunden worden wäre?», gab Hebeisen zu bedenken.

«Darüber habe ich mir keine Gedanken gemacht.»

«Darf ich Ihnen, Frau Grossenbacher, noch eine letzte Frage stellen?»

Sie nickte schwach.

«Warum hat man diese Tabletten bei der Hausdurchsuchung nicht gefunden?»

Mit einer zittrigen, kraftlosen Handbewegung winkte Hanna Grossenbacher Hebeisen zu sich. Er hielt sein Ohr an ihren Mund, um zu verstehen, was sie sagte.

«Die Borelli hatte am Tag nach dem Tod der Frau Doktor alle weissen Tabletten und viele andere Mittel die Toilette hinuntergespült. Dr. Roder fuhr währenddessen mit den Geschwistern Schneeberger nach Bern.»

Hebeisen zeigte Verständnis für Hanna Grossenbacher. Sie habe nichts Unrechtes getan, er hätte auch so gehandelt. Tränen liefen der Sterbenden über die Wangen, und sie sagte zu Hebeisen: «Sie sind ein guter Mensch, jetzt kann ich mit reinem Gewissen gehen.»

Hebeisen suchte einige Tage später die seinerzeitige Klara Bähler auf, die nun Huwiler hiess. Er vertrat sie mehrmals in Rechtssachen. Sie führte in Bern das Cabaret Dancing Sonnenblume, ein Etablissement, dem die Aura des Rotlichtmilieus anhaftete. Ihr Gatte hatte Klara in den Dreissigern als Tänzerin und Animierdame engagiert, war von ihr eingenommen und heiratete sie schliesslich. Er ging damals auf die sechzig zu und verstarb kurz nach Ende des Zweiten Weltkriegs. Seitdem führte Klara das Lokal, das seit der Übernahme durch sie einen Aufschwung nahm und zur Goldgrube wurde.

Die Roder-Borellis hätten sie, Klara, zu ihrer Hochzeit im Frühjahr 1932 eingeladen. Seitdem seien die beiden oft bei ihr zu Besuch gewesen. «Die Ehe zwischen Wendolin und Laura hat gehalten. Ob sie harmonisch verlaufen ist, wage ich zu bezweifeln», äusserte sich Klara gegenüber Hebeisen. «Dass Roder nach dem Freispruch Ende Dezember 1931 die Borelli doch noch geheiratet hat, ist ganz sicher nicht Liebe, sondern Kalkül gewesen. Die Borelli ging damals auf die vierzig zu. Sie hat damit auf dem Heiratsmarkt an Attraktivität eingebüsst. Durch die Abfindung als Folge des Freispruchs ist sie zu einer Person mit einem kleinen Vermögen geworden. Roder brauchte für die Eröffnung einer neuen Praxis zusätzliches Geld und eine unentgeltliche Praxishilfe. Ein anderer Mann als Roder ist für Laura wohl nicht mehr in Frage gekommen.»

Klara ging auch davon aus, dass die Borelli Roder immer noch liebte und sich insgeheim nach einem Kind von ihm sehnte. Zu ihrer freudigen Überraschung ging der Kinderwunsch trotz Abtreibungen und dem fortgeschrittenen Alter in Erfüllung. Rosemarie, das Kind Lindas und Wendolins, durfte das Ehepaar Roder-Borelli nicht aufnehmen, was für Wendolin, aber auch für Laura zu einer Belastung geworden sei. Um 1954 war die psychische Verfassung von Laura derart besorgniserregend geworden, dass sie sich zeitweise in psychiatrische Behandlung begeben musste. Roder habe sie bei einem seiner Besuche unter Tränen über Lauras Seelenkrankheit informiert. Er sei immer mehr zum Selbstbedaurer geworden. Klara nahm an, dass, nachdem die Tochter Nadine studienbedingt von zu Hause ausgezogen war, es Laura nicht mehr bei Wendolin aushielt.

«Glauben Sie eigentlich, Roder war am Tod von Linda unschuldig?», fragte Hebeisen Klara Huwiler-Bähler.

«Diese Frage kann ich so nicht beantworten. Was ich Roder aber unterstelle, ist, dass er Linda in Gedanken oft umbrachte. Sie war ihm im Weg. Dass er sie ein zweites Mal heiratete, ist nur damit zu erklären, dass er es auf ihr Geld abgesehen hatte. Seit der Zeit, in der ich am Arzthaus von Langnau arbeitete, ging mir auf, dass Roder immer nur von der Hand in den Mund lebte. Männer wie Roder können ihr Unwesen nur treiben, weil es dumme, blauäugige Frauen gibt, die auf sie hereinfallen.»

«Da sind wir uns ja einig», bemerkte Hebeisen, doch ihn würde jetzt interessieren, ob sie ihm etwas verraten könne, das weder im ersten noch im zweiten Prozess zur Diskussion gestanden sei.

«Ich habe die mediale Berichterstattung im Prozess von 1926 und dem von 1931 genauestens verfolgt.» In beiden Prozessen sei sie auch als Zeugin aufgetreten. Um sich nicht selbst in Schwierigkeiten zu bringen, habe sie nicht alles ausgesagt. Das mit den Tabletten zum Beispiel. Sie wisse, dass Roder arsenhaltige Tabletten hergestellt habe. Sie habe auch selbst davon profitiert, als Gift gegen die Mäuseplage, die vor allem in den Haushalten armer Leute grassierte. Ob Roder wegen dem solche Tabletten hergestellt habe, könne sie nicht mit Sicherheit sagen. «Er muss auch gewusst haben, dass man damit Menschen umbringen kann. Wahrscheinlich ist das auch geschehen. Absichtlich oder versehentlich? Da kann ich nur spekulieren. Ich könnte mir vorstellen, dass es versehentlich geschehen ist. In der Apotheke der Praxis Roder herrschten chaotische Zustände. Tabletten, Pillen, Tropffläschchen, Pülverchen lagen dort herum, oft nicht oder mangelhaft angeschrieben. Die Schlaftabletten und die selbst gebastelten arsenhaltigen sahen zum Verwechseln ähnlich aus.»

Nach dem Treffen mit Klara Huwiler-Bähler und der bald danach verstorbenen Hanna Grossenbacher-Althaus wälzte sich Hebeisen im Staatsarchiv des Kantons Bern durch die Akten des Falls Roder-Borelli. Es waren gut drei Laufmeter. Hebeisen durfte das, weil er damals selbst im Ermittlungsteam war.

Hebeisen telefonierte mit Dr. Roder-Borelli in Glattfelden. Dieser konnte sich nicht mehr an Hebeisen erinnern. Hebeisen bemerkte rasch, dass Roder wegen Atemnot Mühe mit dem Sprechen hatte. Als er erfuhr, um was es ging, zeigte er sich interessiert. Er machte Hebeisen das Angebot, ihn doch zu besuchen. Er, Roder, sei aus gesundheitlichen Gründen nicht mehr in der Lage zu reisen. Hebeisen war damit einverstanden, man vereinbarte einen Termin Anfang Oktober.

Roder empfing Hebeisen freundlich. Der Arzt machte auf Hebeisen einen zerfallenen Eindruck, das Gesicht ausgemergelt und leichenblass, der Gang gebeugt. Im Türrahmen stand Hebeisen ein alter, gebrochener, sehr kranker Mann gegenüber.

«Ist gut, dass Sie mich besuchen. Nach dem Telefonat begann ich mich an Sie zu erinnern. Mein Anwalt im ersten Prozess hielt grosse Stücke auf Sie.»

«Da es Ihnen offensichtlich schwerfällt zu sprechen, beginne ich mit dem, was ich Ihnen zu sagen habe. Sollten meine Ausführungen Ihnen zu viel werden, geben Sie mir ein Zeichen, dann machen wir eine Pause.»

Roder nickte.

Hebeisen wies Roder darauf hin, dass er mit zwei Frauen, die ihm bekannt vorkommen müssten, gesprochen habe. Beide seien zur Zeit des Todes Bedienstete in seinem Haus gewesen. Die eine, Hanna Grossenbacher-Althaus, sei inzwischen verstorben, die andere, Klara Huwiler-Bähler, habe mit ihm bis in die heutige Zeit Kontakt.

Das sei so, sagte Roder.

«Sie waren fünf Jahre und elf Monate in Haft. Dann wurden

Sie und Ihre Mitangeklagte Laura Borelli freigesprochen und für die Haft entschädigt. Der Freispruch erfolgte, weil man Ihnen die Tat nicht nachweisen konnte. Wie haben Sie das verarbeitet? Ich frage das, weil es immer noch Leute gibt, die von Ihrer Schuld am Tod Ihrer Frau überzeugt sind.»

«Ich habe immer bestritten, Linda umgebracht zu haben. Dasselbe gilt auch für Laura, meine heutige Frau.»

«Wo lebt sie jetzt? Ich gehe davon aus, nicht mehr in Ihrem Haus.»

«Es ist immer noch ihre Wohnadresse. Sie lebt derzeit in der Heil- und Pflegeanstalt Burghölzli.» Roder zog ein Taschentuch aus seinem Hosensack und wischte sich eine Träne ab. «Laura hat das Trauma der langen Haft nie verarbeitet. Ich besuchte sie bis vor Kurzem fast jeden Tag. Sie liebt mich immer noch.»

«Was macht Ihre 1932 geborene zweite Tochter Nadine?»

«Es geht ihr wunderbar. Sie studiert an der Universität Bern Medizin. Unterschlupf hat sie bei meiner Schwester, die seit vielen Jahren in Bern wohnt, gefunden.»

«Ich denke auch, dass Sie nicht der Mörder Ihrer Frau sind. Wer, meinen Sie denn, könnte Linda getötet haben?»

«Hanna Althaus, wie sie damals hiess. Aber sie war sich dessen nicht bewusst, sie rührte Linda Arseniktabletten in den Tee, im Glauben, es seien Schlafmittel.»

«Arseniktabletten? Ja, ich weiss mittlerweile, dass Sie solche selbst hergestellt hatten. Und ich glaube auch, herausgefunden zu haben, wo Sie sich das Material dafür beschafften. Im Labor des chemischen Instituts der Universität Bern, über einen Studenten aus Langnau, der Patient bei Ihnen war. Dieser hat sich nie als Zeuge gemeldet, denn damit hätte er sich ernste Schwierigkeiten eingehandelt. Mit Chemikalien Geschäfte machen, die man für Studienzwecke zu vergünstigten Preisen einkauft, ist streng verboten.»

Roder sah zur Decke. «Das ist schon fast eine Ewigkeit her.»

Hebeisen musterte Roder mit einem vielsagenden Blick. «Sie brachten Ihre Gattin nicht um, doch vielleicht hatten Sie mit dem Gedanken gespielt, es zu tun. Lindas Leidensweg über die letzten zwei Wochen vor ihrem Tod könnte darauf hindeuten, dass Sie einen Plan hatten, ihrem Leben ein Ende zu setzen. Nutzten Sie Lindas Opium- und Arsensucht aus, um sie zu einem menschlichen Wrack verkommen zu lassen?»

Roder schüttelte ungläubig den Kopf und sagte: «Dann kam eine naive, einfältige Dienstmagd und hat alles zunichtegemacht.»

Personenverzeichnis

Affolter, Erna – Frau des Vorstehers des Konvikts (Gymnasium) von Frauenfeld

Althaus, Hanna – Dienstmagd im Doktorhaus von Wendolin Roder

Bähler, Klara – Kindermädchen

Blau, Fritz – Fürsprecher, Verteidiger von Wendolin Roder im Revisionsprozess

Borelli, Aldo – Malermeister in Burgdorf

Borelli, Laura – Musikerin, Geliebte und später Gattin von Wendolin Roder, Tochter von Aldo

Fankhauser, Johann – Wohnungsvermieter von Roder in Langnau

Fankhauser, Sarah – Gattin von Johann

Fonio, Anton, Christoph – Arzt in der Bezirkskrankenanstalt Langnau

Gerber – Garagist in Burgdorf

Gody – Gefangenenwärter im Bezirksgefängnis Langnau

Grädel, Anton – Gerichtspräsident und Untersuchungsrichter Burgdorf

Gruber – Direktor des Zuchthauses Thorberg

Gusti – Gefangenenwärter im Bezirksgefängnis Langnau

Guyer, Alois – Arzt von Linda Roder-Schneeberger bis 1919

Hadorn, Melchior – Landjäger-Wachtmeister, Oberwärter Bezirksgefängnis Langnau

Haller, Otto – Leiter der Gerichtsmedizin im Universitätsspital Bern

Hebeisen, Adrian – Fürsprecher, Amtsverweser und Gerichtsschreiber in Langnau

Hofmann, Ernst – Fuhrhalter in Langnau

Jenni, Adolf – Gefreiter, Landjägerposten Langnau

Kernen, Arnold – Fürsprecher, erster Anwalt von Laura Borelli

Krämer, Kurt – Finanzbeamter in der Stadtverwaltung von Zürich

Krebs – Anwalt von Linda Roder beim Scheidungsprozess

Lanz, Willi – stellvertretender Chefredaktor der «Thuner Nachrichten»

Lauener, Christian – stellvertretender Untersuchungsrichter, Staatsanwalt, Amtsbezirk Signau

Leibundgut, Meinrad – Psychiater, ehemals Studienkollege von Wendolin Roder.

Lukas – Technikums-Student, Freund von Laura Borelli, bevor sie Wendolin Roder kennenlernte

Marti, Kaspar – Leutnant der Kriminalpolizei Bern

Merz, Herbert – Amtsarzt des Zuchthauses Thorberg

Oppliger, Jakob – Pfarrer von Langnau

Pfyffer von Altishofen, Joseph (Seppi) – Luzerner Patriziersohn

Roder, Nadine – Tochter von Wendolin und Laura

Roder, Rosemarie – Kind von Wendolin und Linda

Roder, Wendolin – Arzt, Langnau, vorher Oberburg

Roder-Schneeberger, Linda – Gattin des Arztes Wendolin Roder

Rosenfeld, David – Anwalt und Verteidiger von Laura Borelli im Revisionsprozess

Rothacher, Klaus – Chefarzt, Bezirkskrankenanstalt Langnau

Schneeberger, Hulda – Schwester von Linda Roder-Schneeberger

Schneeberger, Karl – Bruder von Linda Roder-Schneeberger

Sommerhalder, Lothar – Spross einer Textilfabrikantenfamilie

Stauffer, Erna – (verstorben) Apothekerin, Gattin von Johannes

Stauffer, Johannes – Bauer, Chemiker und Schwinger

Tanner, Wilhelm – Arzt, Bezirkskrankenanstalt Langnau

Trauffer, Albert – Ankläger im Revisionsprozess

Tscharner, Manuel – Präsident des Schwurgerichts im Revisionsprozess

von Erlach, Ursus – Präsident des Schwurgerichts im ersten Prozess

von Steiger, Erich – Grossrat, ab November 1925 Nationalrat

Wäfler, Armin – Landjäger aus Langnau

Weber, Traugott – Direktor des Stadtorchesters Burgdorf

Wüterich, Friederich – Gerichtspräsident und Regierungsstatthalter, Amtsbezirk Signau

Zaugg, Hannes – Fürsprecher (Anwalt) und Freund von Wendolin Roder

Zwald, Marie-Therese – Wirtin des «Bären» in Kröschenbrunnen

Zweiacker, Hans – Untersuchungshäftling im Bezirksgefängnis Langnau

Zwygart, Konrad – Bankdirektor, Burgdorf, Schwager von Laura Borelli

Zwygart-Borelli, Paula – Ehefrau von Konrad, Schwester von Laura, Tochter von Aldo

Glossar

Abtritt – Toilette

Amtsverweser – Stellvertreter des Regierungsstatthalters

Bahnabteil dritter Klasse – Bis in die 1950er Jahre gab es bei den Schweizer Eisenbahnen drei Klassen. Erst-Klass-Passagiere waren hochgestellte oder sehr reiche Personen, die in Salonwagen mit ausgeklügeltem Luxus befördert wurden.

Brügiwagen – Pferdewagen mit einer grossen Ladefläche ohne Seitengeländer

Bundesordner – in der Schweiz am meisten verbreiteter DIN-A4-Ordner mit zwei Ringen und einer Rückenbreite von 80 mm und den Abmessungen 280 x 320 mm, die circa sechshundert Blätter mit einer Grammatur von achtzig Gramm pro Quadratmeter aufnehmen

Davos – Gemeinde im Kanton Graubünden. Davos umfasst eine ganze Talschaft, besteht aus zahlreichen Siedlungen. Seit Mitte des 19. Jahrhunderts entwickelte sich Davos zu einem bekannten Lungenkurort und Wintersportgebiet; die Bevölkerung stieg von 1700 Einwohnern um 1850 auf über 11'000 im Jahr 1925 an, danach ging sie zwischenzeitlich auf unter 10'000 zurück. 2018 lebten 10'900 Menschen in Davos.

Fürsprecher – Bezeichnung für Anwalt im Kanton Bern bis 2015

Gerichtsschreiber – ausgebildeter Jurist, in der Regel Anwalt (Fürsprecher); erste Stufe der Karriere als Richter in der Schweiz

Heimatort – Bei amtlichen Dokumenten über Personen wird in der Schweiz üblicherweise der Heimatort angegeben. Dabei handelt es sich nicht um den Geburtsort, sondern den Ort, von wo die Vorfahren herkommen, oder den Ort, wo diese, oder die betroffene Person selbst, eingebürgert worden waren.

Lädelen (Mundart) – an Schaufenstern, Läden, Auslagen usw. entlanggehen und dabei manchmal sogar etwas einkaufen

Landjäger – 1. die Polizisten im Kanton Bern bis zur Jahrtausendwende; 2. Rohwürste

Mata Hari – Künstlername der niederländischen Tänzerin Margaretha Geertruida Zelle (geboren 1876 in Leeuwarden; hingerichtet am 15. Oktober 1917 in Vincennes, Frankreich). Während ihrer Ehe verwendete sie auch die Namen Marguerite Campbell und Lady Gretha MacLeod. Als Spionin für den deutschen Geheimdienst führte sie den Decknamen H 21.

Mostindien (umgangssprachlich) – Kanton Thurgau

Ottomane – Möbelstück, eine sofaähnliche, gepolsterte Sitzbank mit halbrunden Armlehnen

Papierli-Schweizer – Schweizerinnen und Schweizer mit Migrationshintergrund

Regierungsstatthalter – Er war im Kanton Bern bis 2008 Vorsteher eines Amtsbezirks, danach eines Verwaltungskreises. Bis weit ins 20. Jahrhundert hatte der R. neben ausführender auch polizeiliche und richterliche Funktionen. Regierungsstatthalter werden vom Volk gewählt.

Schragen – auf kreuzweise verschränkten (hölzernen) Füssen ruhendes Gestell; umgangssprachlich: Beim Arzt legt man sich auf den Schragen zur Untersuchung.

St. Légier – Saint-Légier-La Chiésaz, Gemeinde im Kanton Waadt, drei Kilometer nordöstlich des Bezirkshauptortes Vevey; 5000 Einwohner (1925), 5200 (2018)

Tschako – Schirmmütze der Landjäger

Tschingg – in der deutschsprachigen Schweiz sowie im angrenzenden deutschen Südbaden und österreichischen Vorarlberg abwertende Dialektbezeichnung für einen Italiener

Veitstanz – unheilbare erbliche Erkrankung des Gehirns, gekennzeichnet durch unwillkürliche, unkoordinierte Bewegungen von Armen, Beinen und dem Kopf

Nachwort

Die Amtsbezirke im Kanton Bern

In den 1920er Jahren war die bernische Kantonsverwaltung in 28 Amtsbezirke aufgeteilt. Im Emmental waren es Burgdorf, Signau, Trachselwald und Konolfingen.

In jedem Amtsbezirk gab es ein Regierungsstatthalteramt, ein Gericht, ein Gefängnis und ein Spital. Im Amt Signau waren all diese Institutionen in Langnau.

Der Kanton Bern ist seit dem 1. Januar 2010 in zehn Verwaltungskreisen organisiert.

Regierungsstatthalter, Gerichtspräsident, Untersuchungsrichter

Ende Juli 1926 verurteilte im Schloss Burgdorf das Schwurgericht Emmental den Arzt Dr. med. Max Paul Theodor Riedel und seine Geliebte, die Musikerin Antonia Guala, zu zwanzig Jahren Zuchthaus. Die Anklage: Giftmord an der Gattin Riedels. An einem Revisionsprozess im Dezember 1931 wurden beide, was die Mordanklage betraf, freigesprochen. Das Urteil wegen der Abtreibung blieb allerdings bestehen. Die Entschädigung für die erduldete Haft war bescheiden.

Der Fall Riedel-Guala erregte weit über die Landesgrenzen hinaus Aufsehen. Die mysteriösen und nie wirklich aufgeklärten Umstände des Todes der Frau Riedel und deren Aufarbeitung gingen als Beispiel für menschliche Abgründe in einer heilen Welt sowie korrupte, überforderte Ermittlungsbehörden und abscheuliche Haftbedingungen des Staates Bern in die Literatur (Romane und Theaterstücke) ein.

Der Kanton Bern mit seiner Geschichte, von den einen als glorreich bewundert, von den anderen als imperialistisch gebrandmarkt. Imperialistisch war er zweifellos. Jahrhundertelang der grösste Stadtstaat auf der Alpennordseite mit einem grossen Hinterland und mehreren Untertanengebieten wie dem Emmental, dem Oberland, der Waadt, dem Aargau, dem Jura und eine Zeit lang auch Savoyens. 1799 fiel das Alte Bern. Doch der Geist und der Einfluss der gnädigen Herren aus der alten Zähringerstadt hielten sich noch lange, bis weit ins 20. Jahrhundert.

Riedel war kein Unschuldsengel und die Guala wohl auch nicht. Dennoch war das Urteil von 1926 ein Justizskandal, ein Beispiel, wie die Gerichtsbarkeit der Staatsräson untergeordnet wurde.

Der Mann – damals gab es nur Männer in der Justiz und der Polizei, die Frauen durften in der Schweiz weder abstimmen noch wählen –, der Mann also, der sozusagen im Alleingang die Ermittlungen vorantrieb, hiess Gerber. Er war Regierungsstatthalter; im Alten Bern nannte man ihn Landvogt. Ein Amt mit einer aussergewöhnlichen Machtfülle. Der Regierungsstatthalter kontrollierte die Räte der Gemeinden und die Polizei. Gerber war der höchste politische Funktionär im Amtsbezirk, aber auch Gerichtspräsident und Untersuchungsrichter. Er konnte nach Gutdünken Haftbefehle ausstellen und Menschen verurteilen.

Im ersten Jahrzehnt des 20. Jahrhunderts wurde der Regierungsstatthalter nicht mehr von der Kantonsregierung und dem Grossen Rat eingesetzt, die Männer des Bezirks wählten ihn direkt.

Gerber war kein Dummkopf. An der Rechtswissenschaftlichen Fakultät der Universität Bern schloss er seine Studien als Fürsprecher ab. Der bernische Fürsprecher ist einem Anwalt gleichwertig und hatte schon in den 1920er Jahren einen guten Ruf. Vor einigen Jahren wurde diese Berufsbezeichnung auch bernweit in Anwalt umgetauft.

Geschworenengerichte

Die Geschworenengerichte setzten sich aus sechs bis zwölf Geschworenen zusammen, die durch Losentscheid aus den stimm- und wahlberechtigten Bürgerinnen und Bürgern hervorgingen, und einem Präsidenten, der Mitglied des Obergerichtes war. Der Präsident konnte nach der Urteilsfindung nicht über Schuld oder Unschuld abstimmen.

1926, im ersten Prozess des Falles Riedel-Guala, haben von den zwölf Geschworenen sieben *für* und fünf *gegen* «schuldig» gestimmt. In Anbetracht der Anträge des Staatsanwalts und der Empfehlungen des Untersuchungsrichters des Amtes Signau ein bemerkenswert knapper Entscheid.

Die letzten Geschworenengerichte wurden in der Schweiz im Jahr 2010 abgeschafft, im Kanton Bern bereits 2008. Die am 1. Januar 2011 in Kraft getretene schweizerische Strafprozessordnung sieht keine Prozesse nach dem Unmittelbarkeitsprinzip und damit keine Geschworenenprozesse mehr vor. Darin ist auch eine strikte Gewaltentrennung vorgeschrieben. Seitdem ist es nicht mehr zulässig, dass jemand gleichzeitig als Regierungsfunktionär und als Richter amtet.

Frauen konnten in der Schweiz erst ab 1971 bei Volksabstimmungen und Wahlen zur Urne gehen und damit auch in Geschworenengerichten Einsitz nehmen.

Die Geschworenengerichte hatten nach der bernischen Verfassung die folgenden Vergehen und Verbrechen zu beurteilen:

vorsätzliche Tötung
Mord
Totschlag
schwere Körperverletzung
Raub
Erpressung
Freiheitsberaubung und Entführung
Geiselnahme
Brandstiftung
Gefährdung durch Sprengstoffe oder giftige Gase

Das Emmental der 1920er Jahre

Die meisten Handlungen des Romans finden im Emmental der 1920er und der beginnenden 1930er Jahre statt. Das Tal der achtzig Kilometer langen Grossen Emme grenzt im Süden an das Oberland, im Norden an den Oberaargau und im Osten an den Kanton Luzern. Die Talsohle ist meist schmal, das Einzugsgebiet, das dazugezählt wird, am Oberlauf wenige bis zwanzig Kilometer breit, am Unterlauf, von der Stadt Burgdorf an, wesentlich mehr. Der obere Teil, das obere Emmental, ist ein ausgesprochenes Bergland, das untere Emmental ein Hügelland. Die Grosse Emme entspringt am Hohgant (2197 Meter), am Augstmatthorn (2136 Meter) und an der Schrattenfluh (2092 Meter).

Bis zur bernischen Verwaltungsreform, die 2010 umgesetzt wurde, war das Emmental in vier Amtsbezirke gegliedert: Burgdorf, Konolfingen, Trachselwald und Signau. 1925 lebten in allen Bezirken zusammen rund 110'000 Menschen, heute sind es knapp 100'000. Die Bevölkerungsabnahme – die ganze Schweiz zählte 1925 weniger als vier Millionen Einwohner, 2018 waren es mehr als acht – ist mit der Urbanisierung zu erklären, massenweise zogen die Leute vom Land in die Stadt.

Die Orte der wesentlichen Handlungen in diesem Buch, Burgdorf, Langnau, Oberburg, Trachselwald, Trubschachen, Kröschenbrunnen, Wasen und Zollbrück, sind mit Ausnahme der Stadt Burgdorf dörflich geprägt.

Der grössere Teil der arbeitenden Bevölkerung war in den 1920er Jahren in der Landwirtschaft tätig. Doch es gab auch Dörfer mit viel Industrie: Oberburg, Wasen und Langnau.

Burgdorf war bis 2010 Hauptort des gleichnamigen Amtsbezirks. 1925 lebten dort 8500 und 2017 17'500 Menschen. Burgdorf wurde von den Kyburgern gegründet und erhielt 1273 das Stadtrecht. 1899 wurde die Burgdorf-Thun-Bahn als erste elektrische Überlandbahn Europas eröffnet.

Die einzige Stadt an der Emme war seit jeher bekannt für kulturelle Aktivitäten.

Burgdorf ist derzeit noch Sitz einer Fachhochschule, von 1900 bis 2000 hiess diese Bildungsstätte Technikum.

Das Stadtbild wird durch den Schlosskomplex geprägt.

Der *Dürrgraben* ist ein enges Tal, entwässert vom Dürrbach. Dieser Wasserlauf ist der linksseitige Nebenarm der Grünen, ein Fluss, der bei Ramsei rechtsseitig in die Emme mündet. Mit den Orten Hopfere, Chramershus und Thal gehört der Dürrgraben zur Gemeinde Trachselwald. Daneben gibt es an den steilen Hängen dieser Talschaft zahlreiche Einzelhöfe.

Heute heisst der *Dürrgraben* anders. Zu Ehren des Mundartschriftstellers Simon Gfeller (1968–1943) – er kam im Dürrgraben zur Welt und verbrachte dort seine Jugendjahre – wurde die Talschaft 1968 in *Heimisbach* umbenannt. «Heimisbach» heisst Gfellers berühmtester Roman.

Kröschenbrunnen ist ein zur Gemeinde Trubschachen gehörender Weiler. Es ist der erste bernische Ort an der Strasse vom Entlebuch nach Langnau.

Langnau war um 1925 das am meisten industrialisierte Dorf im Emmental. In der Gemeinde standen damals eine oder mehrere Leinwand-, Halbleinwand-, Baumwolltuch-, Zigarren-, Bleicherei-, Holzwaren-, Säge-, Musikinstrumente-, Soda-, Tonwaren- und Likörfabriken, ein grosser Bahnhof und die Bezirksverwaltung mit dem Krankenhaus. Daneben gab es eine Mühle, eine Gerberei und neun Käsereien, die Emmentaler in alle Welt exportierten. In der Nähe des Bahnhofs Langnau werden heute ehemalige Emmentalerkäse-Reifungskeller (zum Teil über hundertfünfzigjährig und bis zehn Meter unter der Erdoberfläche) umgenutzt und so der Öffentlichkeit zugänglich gemacht. Ein weiteres Unternehmen mit Wirkung auf die ganze Region: Die Buchdruckerei und der Verlag des «Emmentaler Blattes», 1925 mit rund 25'000 Abonnenten. Neben sechs Jahrmärkten wurden damals und teils heute noch regelmässig Monats- und Wochenmärkte abgehalten. Eine ganze Menge von Bediensteten hatte auch das Kriegsmaterialdepot der 4. Armeedivision. Die Mehrheit der 8500 Einwohner in Langnau gehörte zur Arbeitnehmerschaft. Das Dorf beschäftigte mehr Menschen als die meisten Kleinstädte im Kanton Bern.

Präsent war damals immer noch die Erinnerung an Michael Schüppach, genannt Schärer Micheli (1707–1781). Er war zunächst im Textilhandwerk tätig wie bereits seine Eltern. Dann machte er seine Heiltätigkeit zum Hauptberuf. Michael Schüppach galt als «Naturarzt» von internationaler Ausstrahlung, bei dem Kranke aus allen Schichten und vielen Ländern Heilung suchten. Zu dieser Zeit gab es in der Schweiz und den meisten Ländern Europas noch keine akademisch ausgebildeten Ärzte. Max Riedel bezeichnete sich in der für ihn typischen Selbstüberschätzung während seiner Langnauer Zeit als dessen Nachfolger.

In *Oberburg* lebten 1925 rund 2000 Einwohner, es gab drei Giessereien, eine bedeutende Schmiede, eine grosse Mühle, fünf Käsereien, eine Holzwaren-, Leinwand-, Möbel- und Ofenfabrik. Heute zählt die Gemeinde circa 3000 Einwohner.

Ramsei war Anfang des 20. Jahrhunderts ein Weiler mit einem knappen Dutzend Häusern an der Bahnstrecke Burgdorf–Langnau. Nachdem die neue Linie Ramsei-Sumiswald-Huttwil gebaut worden war, wurde Ramsei zu einem kleinen Bahnknotenpunkt und wuchs zu einem Dorf. Ramsei ist Teil von Lützelflüh, einer Gemeinde mit heute 4000, im Jahre 1925 3800 Einwohnern.

Trachselwald war bis 2010 Hauptort des gleichnamigen Amtsbezirks. 1925 zählte die Gemeinde 1500 Einwohner, 960 waren es im Jahr 2018. Der Ort besitzt ein imposantes Schloss, das im Alten Bern Sitz eines Landvogts war.

Im Zuge des Schweizer Bauernkrieges fand am 3. April 1653 im Gasthof Tanne eine Versammlung statt, bei welcher der Bauernführer Niklaus Leuenberger seinen ersten öffentlichen Auftritt hatte. Am 19. Juni wurde er verhaftet und bis zu seiner Hinrichtung am 27. August im Bergfried des Schlosses Trachselwald gefangen gehalten.

Trubschachen, der Grenzort zum Kanton Luzern, war 1925 eine Gemeinde mit 1000 Einwohnern, 2018 waren es 1500, seit 1900 ist der Sitz der national bekannten Biskuitfabrik Kambly AG dort. Von Trubschachen nahm im Jahr 1773 der Handel mit dem Emmentalerkäse ins Ausland seinen Ausgang.

In *Wasen*, 1925 rund 400 Einwohner, gab es eine Zigarren-, Essenz-, Metallwaren- und eine Leinwandfabrik, dazu zwei Mühlen, drei Sägereien und fünf Käsereien. Deshalb erhielt das Dorf kurz nach der Jahrhundertwende eine Zweiglinie der Ramsei-Sumiswald-Huttwil-Bahn. Viele Arbeiterinnen und Arbeiter kamen von umliegenden Weilern frühmorgens nach Wasen und kehrten abends wieder nach Hause zurück.

Zollbrück ist ein Dorf am rechten Emmenufer, das in den 1920ern circa 700 Einwohner zählte. Der Ortsname kommt von einer Holzbrücke über die Emme, die die Strassen nach Langnau und Signau miteinander verband. Im 18. Jahrhundert wurde dort ein Brückenzoll erhoben. Das Gasthaus Rössli, es existiert heute noch, war in alter Zeit eine beliebte Raststätte an der Strasse Burgdorf–Langnau.

Quellen

Gerichtsakten
Im Berner Staatsarchiv befinden sich mehrere tausend Dokumente über den Kriminalfall Riedel-Guala. Sie können nach Voranmeldung im Lesesaal gesichtet werden.

https://www.sta.be.ch/sta/de/index/staatsarchiv/staatsarchiv.html
http://www.query.sta.be.ch/detail.aspx?ID=161729

Presseartikel
Berner Tagwacht
https://www.historia.net/ch-de/berner-tagwacht/p/14699
Kunden-Hotline: 061-312 81 35

Im Lesesaal der *Schweizerischen Nationalbibliothek* können sämtliche Presseartikel, die in der Schweiz über den Fall Riedel-Guala erschienen sind, eingesehen werden.
Hallwylerstrasse 15, CH-3003 Bern
www.nb.admin.ch

Neue Zürcher Zeitung (NZZ)
Nachruf 21.11.1955; https://www.helveticarchives.ch/detail.aspx?ID=466338

Archiv der NZZ
Die Artikel über den ersten Prozess, den Revisionsprozess und weitere danach können gegen eine bescheidene Gebühr heruntergeladen werden. Zeitraum 1925–1933, Stichwort Riedel.
https://zeitungsarchiv.nzz.ch/?PageSpeed=noscript

Literarische Werke und Sachliteratur
Bürgi, Emil: Arsenik-Vergiftung. Der Giftmord-Prozess Dr. Riedel-Guala. In: Sammlung von Vergiftungsfällen. Band 4, Dezember 1933, S. A69-A76, doi:10.1007/BF02462648 (kostenpflichtig).

Kolontai, Alexandra: Die neue Moral und die Arbeiterklasse, Broschüre. Verlag Frauenpolitik – 1977, ISBN-10: 3881750258, ISBN-13: 978-3881750257.

Mühlethaler, Hans: Die Fowlersche Lösung. Roman. Zytglogge Verlag, Bern 1978, ISBN 3-7296-0079-6.

Roth, Fritz: Ein Justizirrtum? Der Giftmordprozess Riedel-Guala. Aus den Dokumenten für seine Revision. Orell Füssli, Zürich/Leipzig 1929, DNB 575904321, OCLC 829746472.

Toller, Ernst: Die blinde Göttin: Schauspiel in fünf Akten. Kiepenheuer, Berlin 1932, OCLC 57646425 (mehrere Neuauflagen).

Alle Titel von Erfolgsautor Peter Beutler:
Auch als eBook erhältlich

Weissenau
ISBN 978-3-89705-971-9

Hohle Gasse
ISBN 978-3-95451-058-0

Kanderschlucht
ISBN 978-3-95451-136-5

Morgarten
ISBN 978-3-95451-246-1

Kristallhöhle
ISBN 978-3-95451-389-5

Berner Münstersturz
ISBN 978-3-95451-711-4

Kehrsatz
ISBN 978-3-95451-967-5

Hauptwache Urania
ISBN 978-3-7408-0164-9

Der Lucens-GAU
ISBN 978-3-7408-0432-9

Der Bunker von Gstaad
ISBN 978-3-7408-0608-8